M

Papel certificado por el Forest Stewardship Council®

Primera edición: abril de 2023

Título original: *Kiss the Sky*

Printed in Spain – Impreso en España

ISBN: 978-84-19501-94-3
Depósito legal: B-2.822-2023

Compuesto en Compaginem Llibres, S. L.
Impreso en Rotativas de Estella, S. L.
Villatuerta (Navarra)

GT 0 1 9 4 3

Krista y Becca Ritchie

Besar el cielo

Traducción de Elena Macian

Montena

Prólogo
Connor Cobalt

—¡Eh, tú! ¿Quieres saber de qué va la vida de verdad? —me dijo un hombre una vez—. Pues lo primero que tienes que hacer es conocerte a ti mismo. —Estaba bebiendo alcohol de una botella escondida en una bolsa de papel, sentado en los escalones de la puerta trasera de un hotel de cinco estrellas. Era mi décimo cumpleaños y había salido a tomar un poco de aire fresco. Lo necesitaba. En aquella convención, todos los asistentes tenían más de treinta y cinco años. No había ni uno solo de mi edad.

Mi cuerpo preadolescente estaba embutido en un traje que me apretaba demasiado y estaba intentando ignorar a mi madre, que, con su abultada barriga, se mezclaba entre sus socios en el interior. Incluso embarazada, era capaz de imponerse sobre cualquiera de los presentes, se valía de una reticencia y un estoicismo que a mí no me costaba nada imitar.

—Ya sé quién soy —le contesté. Era Connor Cobalt, el chico que siempre se portaba bien. El chico que siempre sabía cuándo cerrar el pico y cuándo hablar. Me mordí la lengua hasta sangrar.

Echó un vistazo a mi traje y resopló.

—No eres más que un mocoso, niño. Si quieres ser como esos tíos que hay ahí dentro... —señaló la puerta que había tras él y luego se inclinó hacia mí, como si quisiera confesarme un secreto. Retrocedí al notar el hedor a vodka, casi tropezándome. Y, sin embargo, ya me imaginaba lo que me iba a decir—, tendrás que ser mejor que ellos.

El consejo de ese viejo borracho me acompañó durante más tiempo que ninguna de las enseñanzas de mi padre. Dos años después, mi madre me sentaría en el salón de la casa familiar para darme una noticia que se pondría a la altura de ese recuerdo, que me moldearía de una forma catalítica.

Veréis, una vida puede descomponerse en años, meses, recuerdos y momentos que fluctúan. La mía la definieron tres de ellos.

Uno.

Tenía doce años. Estaba pasando las vacaciones en el Internado para Jóvenes Fausto, pero, por casualidad, un fin de semana decidí visitar la casa que mi madre tenía en las afueras de Filadelfia.

Fue el día que escogió para contármelo. No es que hubiera elegido la fecha con antelación. No había planificado el acontecimiento ni le dio más importancia de la que juzgó necesaria. Me dio la noticia como si estuviera despidiendo a un empleado, de forma rápida y constructiva.

—Tu padre y yo estamos divorciados.

«Estamos». Como si ya hubiera pasado. En algún momento, me había perdido un acontecimiento dramático de mi propia vida. Lo había tenido delante de las narices y no me había enterado, solo por la poca importancia que ella le daba. Y me hizo creer a mí lo mismo.

La consideraron una separación amistosa. Simplemente, se habían ido alejando. Katarina Cobalt nunca me abrió las puertas de su vida al cien por cien. No permitía que nadie viera más allá de lo que ella mostraba, y fue en ese momento cuando aprendí ese truco. Aprendí a ser fuerte e inhumano a la vez.

Perdí el contacto con Jim Elson, mi padre. Tampoco tenía ningún deseo de retomar mi relación con él. Las verdades que guardaba cerca de mí solo eran dolorosas si yo se lo permitía, así que me convencí bastante bien de que no eran más que hechos. Y pasé página.

Dos.

Tenía dieciséis años. En la sala de estudio tenuemente iluminada de Fausto, con el aire lleno de humo, dos chavales de los cursos superiores evaluaban una fila de diez chicos, deteniéndose delante de cada uno. Unirse a una sociedad secreta te proporcionaba tanto prestigio como que te aceptaran en el equipo de lacrosse. Con nuestros pantalones de traje, nuestras americanas y nuestras corbatas, estábamos destinados a honrar los pasillos de Harvard y Yale, y a repetir los mismos errores una y otra vez.

Le hacían a cada no iniciado la misma pregunta. Este respondía con un simple y sumiso «sí» y luego obedecía a una nueva orden, la de arrodillarse. Después pasaban al siguiente no iniciado.

Cuando se detuvieron delante de mí, mantuve bastante bien la compostura. Intenté cuanto pude esconder una incipiente sonrisa engreída. Aquellos tipos me recordaban a dos orangutanes golpeándose en el pecho y pidiendo un plátano. Sin embargo, lo que me hace particular es que no estaba dispuesto a darle mi puto plátano a nadie. Todo beneficio debe ser mayor que su coste.

—Connor Cobalt —dijo el rubio con una sonrisa lasciva—. ¿Me chupas la polla?

Al responder a esa pregunta, debíamos demostrar que estábamos dispuestos a seguir órdenes, y lo cierto es que no estaba seguro de lo lejos que eran capaces de llegar.

«¿Qué saco yo de todo esto?», me había preguntado.

El premio sería formar parte de la élite. No obstante, yo creía que podía conseguirlo de otro modo. Vi un camino que nadie más vio.

—Creo que lo has entendido al revés —contesté dejando que por fin asomara mi sonrisa—. Eres tú quien debería chupármela a mí. Lo disfrutarías más.

Los no iniciados rompieron a reír y el rubio dio un paso al frente. Su nariz casi rozaba la mía.

—¿Qué has dicho?

—Creo que he sido bastante claro. —Me estaba dando otra oportunidad para doblegarme, pero, si yo hubiera querido que me liderara un grupo de orangutanes envenenados de testosterona, me habría apuntado al equipo de fútbol americano.

—No, no lo has sido.

—Pues permíteme que te lo repita. —Me incliné hacia delante; la seguridad en mí mismo rezumaba por todos los poros de mi piel. Le rocé la oreja con los labios, lo que le gustó más de lo que pensaba—. Chúpame la polla.

Me dio un empujón, rojo como un tomate, y enarqué las cejas.

—¿Algún problema? —le pregunté.

—¿Eres gay, Cobalt?

—Simplemente, me quiero a mí mismo. Visto así, tal vez lo sea. Pero no pienso hacerte ninguna mamada.

Y, con esa frase, dejé la sociedad secreta atrás.

Ocho de los diez no iniciados me acompañaron.

Tres.

Tenía diecinueve años y estaba en la Universidad de Pensilvania, que forma parte de la Ivy League.

Corría por los pasillos del centro de estudiantes, aunque reduje la velocidad al llegar al baño de las chicas. Abrí la puerta y me encontré a una chica morena con unos tacones de diez centímetros y un vestido azul de corte conservador junto a la pila, frotándose una mancha con papel mojado y con los ojos rojos de ira y angustia.

Al verme entrar, dirigió toda su frustración acumulada hacia mí.

—Este es el baño de las chicas, Richard. —Solía usar mi verdadero nombre. Intentó tirarme una bola de papel, pero esta se limitó a revolotear hasta el suelo, como derrotada.

No era yo quien le había derramado una lata de refresco Fizz de cereza en el vestido, pero, en la mente de Rose Calloway, bien podría haber sido yo el culpable. Nos cruzábamos cada año, cuando mi internado y su colegio privado competían en sociedades de honor y en el Modelo de Naciones Unidas.

Ese día me tocaba ser su embajador: tenía que enseñarle el campus antes de su entrevista con el decano, que decidiría si entraría o no en el Programa de Honores de la universidad el curso siguiente.

—Soy consciente de ello —contesté preocupado por el estado en el que se encontraba. Rose se aferraba al lavamanos con fuerza, como si estuviera a punto de gritar.

—Voy a matar a Caroline. Le voy a arrancar la cabellera mechón a mechón y luego le robaré toda la ropa.

Sus exageraciones y excesos siempre me hacían pensar en un rumor que corría por Fausto. Se decía que, durante una clase de educación para la salud en la Academia Dalton, su colegio, había cogido el muñeco con el que estaba practicando y lo había apuñalado con unas tijeras. Alguien me había contado que había escrito algo en la frente del muñeco bebé y se lo había devuelto al profesor. La frase era: «Me preocuparé por un objeto inanimado cuando los chicos también lo hagan».

La gente pensaba que estaba pirada, aunque de una forma genial, en plan «devoraré tu alma».

A mí me parecía fascinante.

—Rose…

Golpeó la encimera con las palmas de las manos.

—¡Me ha tirado un refresco encima! Habría preferido que me diera un puñetazo en la cara. Al menos llevo maquillaje.

—Tengo una solución.

Alzó una mano.

—En este baño no se permiten los egos.

—Entonces ¿qué coño haces aquí? —repuse ladeando la cabeza.

Me fulminó con la mirada, pero me acerqué a ella, dispuesto a ayudarla. Airada, me dio un empujón en el pecho.

Apenas me moví del sitio.

—Eso ha sido un poco infantil, incluso para ti.

—Ha sido un sabotaje —me dijo con ojos llameantes, mientras me señalaba con el dedo—. Gula académica. Odio a los tramposos, y ella me acaba de dejar fuera de Penn con trampas.

—Pero si ya te han aceptado… —le recordé.

—¿Irías a una universidad en la que no te han admitido en el Programa de Honores? —No contesté, aunque ella ya sabía mi respuesta—. ¡Ya decía yo!

Tiré el papel mojado en una papelera. Ella me observaba de cerca; mis gestos empezaban a relajarla, se le notaba en los hombros, que estaban cada vez menos tensos. Luego comencé a quitarme la americana roja.

—¿Qué haces? —preguntó.

—¿No ves que estoy intentando echarte una mano?

Negó con la cabeza.

—No quiero estar en deuda contigo. —Me señaló con el dedo otra vez y dio un paso atrás—. Sé muy bien cómo funcionas. Lo pillo. Haces cosas por los demás estudiantes y luego tienen que pagarte con algún método enfermizo. —Coste de oportunidad, beneficios, acuerdos… Eran los pilares de mi vida.

—Tampoco es que obligue a la gente a prostituirse. —Le tendí la americana—. Te la presto sin condiciones. No espero nada a cambio. Cógela.

Ella siguió negando con la cabeza.

Dejé caer la mano.

—¿Qué?

—¿Por qué te comportas así con Caroline? —preguntó de repente.

Leí entre líneas y oí: «¿Por qué te gusta?». Caroline era la típica chica blanca de buena familia. Siempre me miraba con ojos de depredadora, como si me preguntara en silencio: «¿De qué me servirás? ¿Me casaré contigo algún día y me quedaré con todo tu dinero?».

Pero Rose Calloway era distinta. Iba a la moda, pero no era la típica chica que pertenecía a una sororidad. Era un genio, pero no se relacionaba bien con los demás. Despreciaba a la gente sin remordimientos, pero tampoco estaba en contra del amor.

Era una complicada ecuación que no hacía falta resolver.

Ni siquiera me dio tiempo a contestar; así de rápido se movía Rose, con lo irritada que estaba. Puso los brazos en jarras y me imitó:

—«Qué bien montas a caballo, Caroline. Te vi en el evento ecuestre de la semana pasada. ¿Cómo está tu madre?».

—Solo estaba siendo amable.

—Te comportas diferente con ciertas personas —continuó—. Hace tiempo que nos vemos en las conferencias académicas, así que lo sé. Te conozco. Actúas de una forma con ellos y de otra conmigo. ¿Cómo sé quién es el auténtico Connor Cobalt?

«Nunca lo sabrás».

—Contigo soy todo lo auténtico que puedo ser.

—Eso es una puta trola —me espetó.

—No puedo ser como tú. Tus miradas fulminantes dejan un reguero de cadáveres. A la gente le da miedo acercarse a ti, Rose. Eso es un problema.

—Al menos sé quién soy.

De algún modo, nos habíamos acercado. Yo le sacaba una cabeza; era más alto que la mayoría de los hombres y tenía la complexión de un atleta. Jamás me encorvaba ni me encogía. Lucía mi altura con orgullo.

Ella alzó la barbilla para enfrentarse a mí. Yo hacía que quisiese ser la mejor versión de sí misma.

—Sé exactamente quién soy —contesté con cada gramo de seguridad en mí mismo que poseía—. Lo que te inquieta, Rose, es que no tienes ni idea de cómo es ese chico. —Di un paso hacia ella y se puso rígida—. Si la gente ve mis problemas cuando me mira, no les sirvo de nada, así que les doy justo lo que quieren, ni más ni menos. Soy quienquiera o lo que sea que necesitan. —Volví a tenderle mi americana—. Y tú necesitas una chaqueta.

Cogió la americana a regañadientes.

—No puedo ser como tú —dijo, vacilante—. No puedo guardarme todos mis sentimientos para mí. No entiendo cómo lo haces.

—Tengo práctica.

Nos miramos a los ojos un largo momento. Había algo poderoso entre nosotros, algo que en aquel momento yo no estaba preparado para destapar. No estaba preparado para las profundas conversaciones que aquella chica me obligaría a mantener.

Rose Calloway no me soportaba porque yo era quien era: un chico que quería llegar a la cima. Lo irónico era que ella quería lo mismo, solo que no estaba dispuesta a hacer lo que yo para lograrlo.

Se puso mi americana, que le quedaba demasiado grande.

—¿Y qué parte de ti es la que me enseñas? —preguntó.

—La mejor.

Puso los ojos en blanco.

—Si no tienes nada auténtico que decir, Richard, ¿para qué hablar?

Fui incapaz de formar las palabras para contestar lo que ella quería oír. Había pasado años construyendo barreras, levantando defensas. Podía cuidar de una mujer mejor que ningún otro tío, pero mi madre nunca me había enseñado a amar. Me había enseñado historia, idiomas, cómo funcionaba la bolsa. Me había hecho inteligente.

Me había hecho lógico y objetivo.

Conocía el sexo. Conocía el afecto. Pero ¿el amor? Como habría dicho Katarina Cobalt, eso era un concepto ilógico, algo tan ficticio como la Biblia. De niño, pensaba que el amor era una fantasía, como las brujas y los monstruos, que no podía existir en la vida real y que, si existía, era igual que la religión: solo servía para que la gente se sintiera bien.

El amor.

Para mí, era una falsedad.

Estuve a punto de poner los ojos en blanco. «Toma ya, Connor —me dije para mis adentros—. Eso sí que es auténtico. Sí que es algo que te sale del corazón».

—Rose —la llamé. Se volvió para mirarme. Sus ojos eran pozos tan profundos como los del infierno. Fríos como el hielo, amargos, tumultuosos; estaban colmados de dolor. Y yo quería soportar todo ese dolor, pero, para ello, debía mostrarle mis cartas, y eso no podía hacerlo. No podía dejarla entrar. Sería el primero en perder la partida, y esta acababa de empezar—. Te irá genial.

Y eso fue todo.

Se marchó.

Por un amigo de un amigo, me enteré de que a Rose Calloway la admitieron en el Programa de Honores. Y también me enteré de que rechazó su plaza en Penn. Por alguna razón, eligió Princeton, nuestra universidad rival.

Seis meses después, empecé a salir con Caroline Haverford y, no mucho después, se convirtió en mi novia.

Era una vida que ya veía venir.

La vida para la que estaba preparado.

En ella no había nada espontáneo ni atractivo.

Cuando tenía diecinueve años, todo era simplemente práctico.

Cinco años después

Capítulo 1

Rose Calloway

Todo el mundo conoce esas historias en las que un hombre fuerte y musculoso irrumpe en una habitación con la cabeza alta, el pecho henchido y los anchos hombros hacia atrás. Es el rey de la jungla, el hombretón del campus, el que hace que a las chicas les tiemblen las piernas. Tiene un aire de injustificada superioridad por el simple hecho de tener polla, y lo sabe. Y espera que la chica se quede sin palabras y acceda a todas sus demandas.

Bueno, pues ahora mismo estoy viviendo esa historia.

El hombre se sienta en una butaca a la cabeza de la mesa de la sala de reuniones (en lugar de elegir la silla que tengo al lado) y se limita a mirarme.

Quizá esté esperando a que represente el papel de chica estupefacta, que me empequeñezca bajo su mirada gris y profunda y ese pelo repeinado entre rubio y castaño. Tiene veintiocho años y lleva el elitismo hollywoodiense y la superioridad moral escritos en la frente. La primera vez que hablé con él, se dedicó a mencionar casualmente nombres de actores, productores y directores, esperando que me quedara boquiabierta y aletargada. «Conozco a este y al de más allá. Hice un proyecto con fulanito».

Mi novio tuvo que quitarme el teléfono de la mano antes de que lo insultara. Ese ejecutivo hollywoodiense me sacaba de quicio.

Por fin se decide a hablar:

—¿Tienes los contratos? —Se inclina hacia atrás en la silla.

Saco el montón de papeles del maletín.

—Tráemelos. —Me hace un gesto con dos dedos.

—Podrías haberte sentado a mi lado —replico mientras me pongo de pie sobre dos zapatos de tacón grueso con botones de latón de inspiración militar, parte de la nueva colección de Calloway Couture.

—Pero no lo he hecho —responde como si nada—. Ven aquí.

Recorro peligrosamente la distancia que me separa de Scott Van Wright, haciendo repiquetear los tacones contra el suelo.

Se apoya un tobillo en el muslo y se lleva un dedo a la mejilla mientras observa mi cuerpo detenidamente y con descaro. Desde mis piernas esbeltas al cuello alto y recto del vestido, pasando por el dobladillo de la falda plisada y las mangas tres cuartos transparentes. Recorre con la mirada mis labios pintados con un brillo oscuro, el colorete de las mejillas y luego pasa sobre mis ojos iracundos sin fijarse en ellos. Al final, se entretiene más de la cuenta sobre mis pechos.

Me detengo ante él y tiro los contratos encima de la mesa. Resbalan por la pulida superficie y caen en sus piernas. Un montón grapado se desliza hasta el suelo. Dibujo una sonrisa de oreja a oreja, porque ahora tendrá que agacharse para recogerlo.

—Recoge eso —me ordena.

Mi sonrisa se esfuma.

—Está debajo de la mesa.

Ladea la cabeza y me da otro repaso.

—Se te ha caído a ti.

No puede estar hablando en serio. Me cruzo de brazos y no le contesto, pero se queda ahí sentado, esperando a que obedezca.

Me está poniendo a prueba.

Estoy acostumbrada. A veces soy yo quien lo hace, pero ahora no me llevaría por buen camino.

Si me agacho, establecerá ese extraño poder sobre mí. Podrá darme órdenes del mismo modo que Connor Cobalt puede obligar a la gente a hacer lo que él quiere con un par de palabras sencillas.

Es el don de los manipuladores.

Yo no tengo nada parecido. Creo que llevo las emociones demasiado a la vista como para ejercer esa influencia sobre los demás.

—Recógelo —insiste mirándome otra vez los pechos.

Me recuerdo por qué necesito a Scott y por qué quiero que un enjambre de cámaras siga todos mis movimientos. Respiro. Está bien. «Tienes que hacerlo, Rose. Cueste lo que cueste». Me estremezco y, a pesar de ir con vestido, me pongo de rodillas. Esta tarea le correspondería a un asistente personal, no a un cliente.

Lo oigo toquetear el bolígrafo mientras recojo los papeles. No llevo un top con el que pueda verme el escote, ni siquiera tengo mucho pecho. Lo peor que puede hacer es darme una palmada en el culo e intentar mirar por debajo del vestido, cuyo dobladillo está subiendo peligrosamente por mis muslos.

Cuando me vuelvo a poner de pie y dejo los papeles sobre la mesa, sus labios se curvan hacia arriba.

Scott Van Wright (gilipollas) 1 - Rose Calloway (patética) 0.

Me siento en la silla de al lado mientras Scott mete los contratos en su maletín.

Mi novio había insistido en que viniera a esta reunión con su abogado, pero yo no quería que Scott pensase que no era capaz de gestionar esto por mí misma. Cuando las cámaras me estén siguiendo, no contaré con ningún abogado, así que prefiero no posponer el momento de tomar las riendas de la situación.

Aunque no me está saliendo muy bien.

Si le diese una orden a Scott, se reiría en mi cara. Sin embargo, hice algunas asignaturas de derecho antes de graduarme en Princeton, así que conozco mis derechos.

—Solo para que quede claro, eres tú quien trabaja para mí —le recuerdo—. Te he contratado para que produzcas la serie.

—Qué mona. Pero una vez que has firmado ese contrato, te conviertes oficialmente en mi empleada. Eres el equivalente a una actriz, Rose.

«Ni hablar».

—Puedo echarte, pero tú no puedes despedirme a mí. Eso no me convierte en tu empleada, Scott. Me convierte en tu jefa.

Espero que se retire de esta batalla, ya que está perdiendo, pero niega con la cabeza, como si la equivocada fuese yo. Estoy convencida de que tengo razón… ¿No?

—Mi productora es la propietaria única de cualquier cosa que las hermanas Calloway filmen en televisión. Si me despides, necesitas una causa procedente y no podrás trabajar con otro productor. Soy tu única oportunidad de tener un reality show, Rose.

Me acuerdo de esa cláusula, pero no se me había ocurrido que pudiera ser un problema. Había dado por hecho que vería a Scott un par de veces durante todo el rodaje, pero sus primeras palabras cuando ha entrado en la sala de reuniones han sido las siguientes: «A partir de ahora nos veremos las caras muy a menudo». Estupendo.

Me sube el calor al rostro. Tengo que rendirme. Ha ganado. No sé cómo, pero ha ganado. Lo odio.

—Bueno, ahora que están las cosas claras… —continúa, mientras se pone recto y se acerca un poco a mí. Sus rodillas casi chocan con las mías. Me pongo rígida—. Tenemos que repasar algunos de los detalles del contrato, no sea que los hayas entendido mal.

—No entiendo mal las cosas.

—Es evidente que hay una parte de tu cerebro que no estabas utilizando, porque, si no, te habrías dado cuenta de que eres tú quien trabaja para mí y no habríamos desperdiciado... —se mira el reloj— cinco minutos de mi tiempo. —Me dedica una sonrisa sardónica, como si fuese una niña pequeña.

—No soy idiota —replico—. Me gradué la primera de mi clase con honores y...

—Tu título me importa un pimiento —me corta—. Ahora estás en el mundo real, Rose Calloway. Ninguna universidad te va a enseñar cómo moverte en esta industria.

Surgen las dudas. No sé mucho sobre telerrealidad, pero llevo el tiempo suficiente metida en los medios de comunicación para saber que puede ayudarte tanto como destruirte.

Y necesito que me ayude.

Comprendo muy bien por qué esta cadena tiene interés en las hijas de Fizzle. La marca de mi padre ha superado a Pepsi en ventas los últimos dos años, y ahora está trabajando para que Fizzle sea el refresco más vendido en los estados del sur. Deberíamos ser tan anónimos como el rostro que se esconde detrás de Coca-Cola, pero, desde que mi familia saltó a la fama, los medios no nos dejan en paz, y todo por el escándalo de mi hermana pequeña.

Con toda la cobertura de la prensa y los medios, el crecimiento de mi marca debería haberse disparado, pero ahora el nombre de Calloway Couture está unido a los sucios secretitos de Lily. Lo que una vez fue una marca floreciente comercializada en H&M ha acabado desahuciada en un montón de cajas, que ahora están almacenadas en mi oficina de Nueva York.

Necesito buena publicidad, de la clase que hará que las mujeres deseen un abrigo único, un par de botas originales y un bolso chic, pero al alcance de sus bolsillos. Y Scott Van Wright me ofrece un reality show en horario de máxima audiencia que tentará a los espectadores a comprar mis prendas.

Por eso he accedido a esto.

Quiero salvar mi sueño.

—Habrá cámaras en tu salón y en tu cocina en todo momento, incluso después de que las tres personas del equipo de grabación se marchen —dice Scott—. Solo tendrás privacidad en el dormitorio y en el baño.

—Eso lo recuerdo.

—Bien. —Scott aprieta el botón del bolígrafo—. Entonces tal vez también recuerdes que espero entrevistas con el elenco cada semana, lo que te incluye a ti, a tus tres hermanas...

—Tres no —lo interrumpo—. Solo Lily y Daisy han accedido a salir en la serie. —Mi hermana mayor, Poppy, no ha firmado el contrato porque no quería que grabaran a su hija. Mi sobrinita ya ha sufrido bastante a los paparazzi desde el escándalo de Lily.

—Está bien, habría sido un aburrimiento de todos modos. —Lo fulmino con la mirada—. Solo estoy siendo sincero.

—Estoy acostumbrada a la sinceridad sin filtros —replico—. Pero la tuya me resulta desagradable.

Me mira de una forma nueva, como si mis palabras llevaran consigo una nube de feromonas tóxicas. No lo comprendo. Estoy siendo muy mala. Lo estoy mirando como si quisiera arrancarle el pene y, aun así, se siente atraído por mí. Tiene un problema grave.

Y puede que mi novio también.

Cualquier chico que quiera estar conmigo, en realidad. Ni yo estoy segura de querer estar conmigo misma.

—Como iba diciendo… —Me roza la rodilla con la suya.

Me echo hacia atrás, pero él se limita a sonreír más. Esto no es el juego del gato y el ratón, como él se cree. Yo no soy ningún ratón, y él no es ningún gato. Ni a la inversa. Soy un puto tiburón y él no es más que un triste humano que se baña en mi océano.

Y mi novio pertenece a la misma especie que yo.

—Continúa —le espeto.

—Te entrevistaré a ti, a tus dos hermanas, al novio de Lily y a su hermano. —6 personas + 6 meses + 3 cámaras + 1 reality show = drama infinito. He hecho los cálculos.

Aunque será Scott quien haga las entrevistas… Vomito para mis adentros.

—Te olvidas de mi novio —le recuerdo—. Él también es parte del programa.

—Ah, claro.

—No hagas como que te has olvidado, Scott. Acabas de decir que practicabas la sinceridad y ahora… Bueno, estás quedando como un mentiroso.

Finge no haberme oído.

—Cada episodio se emitirá una semana después del rodaje. El estreno será en febrero, pero empezaremos a grabar cuanto antes. Como te dije por teléfono, vamos a intentar que este reality show sea tan en tiempo real como sea posible. Hace seis meses que saltó la noticia de que tu hermana es adicta al sexo. Tenemos que beneficiarnos del interés lo antes posible.

—Sí, tú y cualquiera que tenga una cámara —contesto.

Siempre hay al menos dos hombres regordetes aparcados frente a las puertas de mi casa, que nos apuntan con sus objetivos. Lily suele bromear sobre ello. Dice que deben de estar esperando a que ella salga a hacerles una mamada. Me haría más gracia si no viese los correos electrónicos que le mandan un montón de pervertidos, la mayoría junto a fotos de sus genitales peludos. Tiene un club de fanes repugnante. Ahora siempre reviso las cartas antes de dárselas.

—Y, por último —añade Scott—, no tendrás ningún control sobre el montaje. El corte final lo decido yo.

Tengo tanto poder sobre el reality show como sobre las instantáneas de los paparazzi. Puedo intentar comportarme como un angelito amable y dócil ante las cámaras y Lily puede intentar ser una santa virginal, pero, en última instancia, las cámaras nos descubrirán tal como somos. Con defectos y con todo. No hay forma de forzar algo diferente. Es la condición a la que accedieron mis amigos y mis hermanas.

«Para hacer el reality show, no podemos fingir ser otras personas».

Aunque yo jamás les pediría algo así.

Nos la estamos jugando. Es posible que la gente nos odie; a Lily ya la llaman puta en los blogs de cotilleo. Pero, si la pequeña posibilidad de que la gente llegue a amarnos funciona, tal vez consiga salvar mi empresa. Solo necesito buena publicidad para que alguna tienda tenga razones para volver a vender mi colección.

Y quizá así Fizzle no sufra demasiado por las indecencias de Lily. Quizá la empresa de refrescos de mi padre consiga que sus acciones suban en lugar de bajar.

Esa es mi esperanza.

—¿Te parece bien? —quiere saber Scott.

—No sé para qué me lo preguntas. Ya he firmado el contrato. Tiene que parecerme bien; de lo contrario me llevarás a juicio.

Suelta una breve carcajada y me hace un repaso por tercera vez.

—Tu novio no debe de saber qué hacer contigo.

—Eso lo dices porque no lo conoces.

—He hablado con él. Parece maleable. —Da unos golpecitos con el boli—. Creo que, si le pidiera que se arrodillara y me la chupara, lo haría.

Arrugo la nariz. Estoy que echo chispas.

—Piensa lo que quieras. —Me pongo de pie—. Cuando te clave una puñalada en el pecho, yo estaré sonriente a su lado.

Scott sonríe. ¡Sonríe!

—Acepto el reto.

Estos capullos intelectuales…

Lo más gracioso es que estoy saliendo con uno.

Y eso significa que, si estoy en medio de esta estúpida pelea de gallos, es porque tengo parte de culpa.

Sabía que tendría que haber bajado mis expectativas y salir con un tipo que fuese por ahí con un monopatín y la camiseta del revés. Hago una mueca. Es broma. Me quedo con mi novio trajeado. Me quedo con el alto coeficiente intelectual y las réplicas ingeniosas. Solo espero que las ganas que Scott tiene de incomodarlo no interfieran con el reality show.

Pero, si de algo estoy segura, es de que a mi novio le encanta ganar.

Y odia perder.

Capítulo 2
Rose Calloway

Al llegar al porche, busco las llaves en el bolso mientras hago malabarismos con una caja de facturas viejas, el teléfono y una bolsa de plástico con ensalada y pollo primavera preparados que llevo colgada del brazo. Me esfuerzo por mantener el equilibrio, tambaleándome sobre mis botines de tacón de diez centímetros.

Vivo en una ciudad de estudiantes: Princeton, Nueva Jersey. Mi casa de estilo colonial, con sus portones y sus persianas negras, cuenta con grandes extensiones de prados verdes y flores de invierno. Sin embargo, ahora mismo no puedo regodearme en la atmósfera serena que me rodea.

Un objetivo brilla a mi izquierda. Me están grabando. El cámara, que es alto y desgarbado, tendrá más o menos mi edad. Durante los últimos dos días, Ben ha hablado tanto como sus dos compañeros, lo que no es mucho. Se limitan a filmarnos.

Su sola presencia basta para desestabilizarme un poco y…

Y la salsa roja se sale de la bolsa de plástico blanco. Mi abrigo se libra, pero acaba aterrizando en mi mono. Me muevo consternada, intentando mantener un mínimo de gracia, pero se me empieza a caer la caja de facturas.

Y entonces, de repente, alguien me la quita de los brazos y me quedo en esa posición encorvada tan torpe, para evitar la bolsa de plástico que gotea como si fuese la fuente de la peste bubónica.

Miro hacia atrás y mi mirada se cruza con la de Connor. Contemplo sus rasgos con rapidez: pelo castaño, grueso y ondulado, piel blanca, labios rosados, penetrantes ojos azules y una sonrisa petulante que, no sé cómo, pero nunca lo mete en líos. Luce su seguridad en sí mismo como si fuese su traje más caro, con dignidad y grandes dosis de encanto. Me entran ganas de medirme con él de inmediato, de combatir sonrisa con sonrisa, gesto con gesto, palabra con palabra. Sin embargo, ahora mismo, su expresión no aligera mi desgracia.

No obstante, me siento muy agradecida por que haya evitado que mis facturas terminen desperdigadas por el porche. Mi margen de beneficios es una vergüenza, así que prefiero que Connor no vea los números.

—¿Vas a hacer un casting para interpretar a Quasimodo? —bromea.

Le dedico una sonrisa irónica.

—Muy gracioso.

—Dame eso. —Me hace un gesto para que le pase la comida.

—Puedo yo —contesto—. El daño ya está hecho. —Tendré que dejar el mono en remojo durante más de una hora para que se le vayan las manchas.

De todos modos, él se inclina y abre la puerta con su llave. No sé por qué, pero me excita. Quizá sea el simple hecho de que tenga una llave, de que viva conmigo. Todavía no me puedo creer que hayamos dado ese paso en nuestra relación, sobre todo porque todavía no he logrado a Connor Cobalt del todo, y eso que hace más de un año que salimos juntos.

No conozco a nadie que sea más difícil de entender, y es porque él lo quiere así.

Pero jamás lo reconocería delante de Scott Van Wright.

Debería alegrarme de que mi novio me haya echado una mano, pero lo que acaba de ocurrir me ha estropeado el día y me hace sentir un desastre, como si llevara el pelo despeinado, el pintalabios corrido y el vestido torcido... En fin, lo que llevo puesto está manchado, así que no voy tan desencaminada. Y, de repente, me quedo boquiabierta sin poder hacer nada por evitarlo.

—Eso se te da muy bien. —Él enarca una ceja; sabe perfectamente a qué me refiero.

—¿El qué? ¿Meter mi llave en una cerradura? —Me coloca una mano sobre la curva de la cadera.

—No he dicho nada de ninguna cerradura —replico.

—No, pero creo que ibas a hacer un comentario sobre tu cerradura y mi llave...

—Si estás intentando ponerme nerviosa con comentarios sexuales, que sepas que no va a funcionar.

—No lo pensaba, teniendo en cuenta que eres tú la que ha empezado a hablar de agujeros. —Es como si pudiera leerme la mente. Pensamos igual en demasiadas ocasiones—. Pasas mucho tiempo con tu hermana —añade con una sonrisa.

Supongo que tiene razón. Lily no habría tardado ni cinco segundos en hacer ese comentario. Llaves, cerraduras... Sexo. Su mente suele dirigirse siempre hacia el sexo. Me gustaría decir que a la mía no le pasa nunca, pero soy humana.

Miro al objetivo y Ben niega con la cabeza, como diciendo: «No mires a cámara». Pero nuestra conversación no me avergüenza. Solo estoy intentando acostumbrarme a la presencia de terceros, de gente que deambula por aquí como una carabina en una cita.

—La puerta está abierta —anuncia Connor.

Así es. Le paso mi bolso y mi teléfono y luego sacrifico mi mano para tapar el agujero de la bolsa de plástico y así contener la salsa derramada en la mano, lo que evita, por suerte, que deje un reguero rojo sobre el parquet.

Entro en la cocina de casa, donde me encuentro con el segundo cámara, Brett, que es bajito, achaparrado y un poco regordete, el polo opuesto de Ben. Está filmando con los ojos muy abiertos y su *steadicam* enganchada al pecho, igual que la lleva su compañero.

Tardo dos segundos en descubrir el porqué de su expresión sorprendida. Loren tiene a mi hermana arrinconada contra un armario y se apretuja contra ella con tanta fuerza que es imposible que pase aire entre ellos. Se besan profunda y apasionadamente, como si nadie más viviera en el mismo universo que ellos.

Las manos de él desaparecen bajo la blusa de ella; es evidente que le está manoseando los pechos. Pero entonces saca una mano. «Gracias a Dios —pienso, pero a continuación él se pone una pierna de mi hermana alrededor de la cintura—. No cantemos victoria».

Lily ahoga un grito y le acaricia el pelo castaño, más largo en la parte superior que a los lados. Mi hermana es más menuda que yo y tiene el pelo más claro. A mí me han tocado el culo y las tetas más grandes y las caderas más anchas. A ella le ha tocado ser la delgada.

Connor carraspea y Lily se despega de Loren (o Lo, según de qué humor esté; suelo ir cambiando entre los dos. Él prefiere el diminutivo, pero la verdad es que no me importa).

Lily se sonroja.

—¿Os estamos molestando? —pregunta Connor de forma despreocupada mientras deja mis cosas sobre la barra de la cocina.

Lo levanta las cejas y se seca la boca.

—Pues sí.

—No seas grosero, Loren —le espeto mientras dejo la bolsa en el fregadero. Lily intenta esconderse detrás de sus propias manos. Connor y yo nos sentimos más cómodos en este tipo de situaciones.

—¿Grosero, yo? —repone Loren con una carcajada—. La semana pasada me dijiste que si alguna vez me veías con la polla dura me la machacarías contra el marco de la puerta.

Connor le hace un gesto con la cabeza.

—En defensa de Rose, la única persona que quiere ver tu polla dura es Lily.

—Pues anoche no decías eso —bromea Loren.

Connor sonríe.

—Calla, que quede entre los dos, amor mío.

Lo fulmino con la mirada.

—Estás pidiendo a gritos dormir en el suelo. —La amistad entre ellos dos, aunque sea divertida, es a costa mía.

Connor se acerca a mí e inclina la cabeza para susurrarme al oído. Su mirada es poderosa.

—Como quieras, ya te convenceré luego para que me dejes volver a tu cama.

Tiene una voz profunda y sexual; no sé qué emana de ella, pero me corta la respiración. Estoy a punto de responder, pero Lo le hace cosquillas a Lily en las caderas y ella suelta un gritito. La escena me distrae, y el momento que estaba viviendo con Connor se interrumpe.

Loren es un alcohólico en recuperación y Lily está intentando superar su adicción al sexo. En este momento, se hacen bien el uno al otro, pero no pueden vivir solos, porque fue el aislamiento lo que exacerbó sus adicciones... Así que están aquí. Con nosotros.

Y es todo tan incómodo como parece.

Pensaba que, con las cámaras por aquí, serían más discretos, pero ha sucedido lo contrario. Loren ha llevado las muestras de afecto en público a niveles desconocidos.

Algunos periódicos sensacionalistas creen que él y Lily solo están comprometidos para limpiar la imagen manchada de mi hermana, la adicta al sexo, así que ahora a Loren le ha dado por meterle la lengua hasta la campanilla delante de la cámara, como si fuera un modo de mandar al mundo a tomar viento por dudar de su amor. Aunque, llegados a este punto, lo que piense el público le da igual.

Pero a mí no.

Por eso están las cámaras aquí.

Antes de que Lily se libere por completo del abrazo de Loren, él la atrae de nuevo hacia su pecho y le muerde un hombro con aire juguetón. Ella se resiste un poco con una sonrisa bobalicona y le da un cachete en el brazo. Sus mordisquitos no tardan en convertirse en besos.

Y las dos cámaras se apartan de mí y hacen zum sobre ellos.

La verdad es que me parece estupendo. Lily va vestida de Calloway Couture y es posible que a los espectadores les guste el atuendo: es una falda de encaje de color ciruela con una blusa de un tono champán (que lleva fuera de la falda porque su novio tiene las manos muy largas). Normalmente, viste con leggins y con una de las camisetas anchas de Loren, sin ponerse ni siquiera un sujetador, así que parece un poco incómoda con ese atuendo. Pero sé que está intentando arreglar las cosas con todas sus fuerzas.

Abro el grifo con un golpe de muñeca y Loren aparta la mirada de Lily para ver cómo me lavo para eliminar la salsa roja de las manos.

—¿A quién le has arrancado el corazón esta vez?

«A Scott Van Wright». Ojalá.

—A Connor —contesto—, pero me ha parado antes de que llegara demasiado lejos.

Connor sonríe.

—Es rápida con las manos, pero yo lo soy más.

Entorno los ojos. Ya le gustaría.

—¿Cuándo viene la vidente? —pregunta Lily de pronto.

Se peina el pelo con los dedos con cierta ansiedad y se mueve de un lado a otro, como si no se sintiera a gusto en su propio cuerpo. Loren la abraza desde detrás por la cintura y apoya la barbilla en su hombro y ella se relaja de inmediato.

La presencia de Loren le resulta tranquilizadora, es como si la iluminara. Si no lo tuviera a él, imagino que estaría tirada en alguna esquina, acostándose con cualquier tío para satisfacer sus compulsiones sexuales. No se lo doy a entender, pero me siento agradecida de que él esté aquí, ayudándola.

—No tardará en llegar. —Me pongo más jabón en las manos y me froto por debajo de las uñas.

Connor se apoya en la encimera, a mi lado.

—Una vidente en una cena —comenta—. Lo próximo será tirar sal al lado de las puertas y dibujar círculos espirituales.

—Son un par de horas —le recuerdo—. Y para disfrutar de una lectura de cartas no hace falta creer en ello.

Me mira con tanta intensidad que el corazón empieza a latirme desbocado. Le recorro los labios con la mirada para luego concentrarme de nuevo en sus ojos.

—No —responde al cabo de un largo momento—. Solo tengo que escuchar cómo una bruja saca nuestros trapos sucios...

Me echo más jabón en la palma de la mano.

—Eso no pasará.

—Puedo adivinar el futuro mejor que cualquiera que entre por esa puerta… Te apuesto mil dólares a que esa tipa hará llorar a alguien.

—Vale —accedo—. Si quieres perder mil dólares, acepto la apuesta.

¿Quién se va a echar a llorar? Los chicos no, yo tampoco… Eso deja a Lily y a Daisy, y no me imagino a mi hermana pequeña derramando una sola lágrima. Lily es imprevisible, sí, pero apostaría por su fortaleza.

—Oh, ¡vamos! —interviene Loren, que todavía tiene a Lily entre sus brazos—. ¡Vaya mierda de apuesta! Tenéis que jugaros algo de verdad.

—Mil dólares es mucho dinero —dice Connor.

—¿Para quién? Eres el heredero de una empresa multimillonaria, y Rose también. Vuestros padres cagan oro.

—Qué asco —contesto de forma inexpresiva.

—Un bailecito erótico. En plan bailarina de estriptís —sugiere Loren de repente—. Si Rose pierde, le hace un baile erótico a Connor de cinco minutos.

Noto una presión en el pecho. Fulmino a Loren con la mirada con tanto ahínco que siento como si me estuviesen serrando los ojos.

—No tienes por qué hacerlo —repone Connor mientras me observa intentando respirar.

Yo no soy mi hermana.

En los asuntos íntimos, soy una gallina. No tengo problema en reconocerlo. Si veo un par de brazos abiertos, lo más probable es que salga corriendo en la dirección contraria.

Y Loren es consciente de mis aprensiones. Parte de mí se pregunta si se sentirá mal por Connor, pues sabe que después de tanto tiempo todavía no me abro de piernas, aunque quizá solo esté intentando provocar mi reacción.

Reacción que todo el mundo está a punto de ver.

—¿No me ves capaz? —le pregunto a Connor. No sé si podría restregarme contra él. En público. Sin sentirme humillada. Soy una mujer segura de sí misma en todos los ámbitos, menos en ser sexy, ser buena en la cama, ser un as en el sexo. Creo ciegamente que el sexo no es algo que pueda estudiarse. No, tienes que aprender a base de experiencia.

Y yo no tengo ninguna.

Así pues, me da la sensación de que, cuando me acueste con Connor, nuestra relación cambiará. Que cualquier atracción que haya entre nosotros se apagará debido a mis torpes movimientos y mi incapacidad de complacerle.

Hasta ahora no me ha presionado para que tengamos relaciones, pero estoy esperando a que llegue el momento en el que me deje plantada, cuando por fin se canse de lo intensa que soy y de mi comportamiento obsesivo-compulsivo.

En fin, hasta yo quiero dejarme plantada a veces. Hasta mi terapeuta me odia. Me ha recetado alprazolam, paroxetina, fluvoxamina y clomipramina, medicamentos que he tomado y que luego he dejado. Cuando los tomo, me siento tan colocada como si fuera flotando por la vida o tan densa y pesada como si me estuviera hundiendo en un infierno mortal.

No soy una de esas chicas con las que te apetece acostarte cada semana. Soy la que quieres perseguir. La que atrapas y luego dejas ir. Así que, una vez que Connor se acueste conmigo, lo habrá conseguido. Habrá cumplido el reto más difícil de su vida: desvirgar a la virgen más virgen.

Lo sé de buena tinta. Así es como los hombres funcionan conmigo.

Pero yo nunca, jamás les dejo ganar.

Sin embargo, Connor se está acercando.

Me observa frotarme con fuerza la piel, con todo el cuerpo tenso e inmóvil, excepto por los enfurecidos movimientos de mis dedos.

—No le contestes —le advierte Loren—. Es una trampa.

Connor no despega sus ojos de los míos.

—Puedo con ella, Lo.

«Sí, y puede que sea el único». Se acerca a mí y cierra el grifo.

Yo lo vuelvo a abrir.

—No he terminado. —Todavía hay una fina capa de salsa bajo mis uñas.

—Los dos sabemos que no me vas a hacer ningún baile erótico, así que limitémonos a la apuesta de mil dólares. —Su voz es imperturbable. Si está decepcionado, jamás permitirá que me dé cuenta de ello.

Me siento tremendamente derrotada.

—Puedo hacerlo —replico.

—No estoy usando psicología inversa contigo, Rose. La verdad es que creo que no deberías hacer esa apuesta. —Vuelve a cerrar el grifo y cuando me dispongo a abrirlo de nuevo se pone delante de mí, tapándome el fregadero, y me envuelve las manos con una toalla—. Están limpias —me asegura.

Me miro el mono, que está manchado de salsa.

—Tengo que cambiarme.

—Bueno, entonces ¿al final veremos un baile erótico esta noche o no? —interviene Loren.

—Solo si pierdo —respondo.

Connor aprieta la mandíbula, la única señal que sé interpretar. Es evidente que no quiere que siga con esto, pero tampoco me gusta la forma en que me está mirando. Como si yo fuera un pajarillo asustado.

No estoy asustada. Todavía no.

—Y, si pierdes tú, ¿qué gano yo? —pregunto.

Connor contempla mis labios, igual que he hecho yo con él. Me acaricia el inferior con el pulgar y me pregunta:

—¿Qué quieres, cariño?

El corazón me late desbocado. Quiero ser fantástica en la cama. Quiero complacerle más de lo que me complace él. Quiero ganarle.

Pero sé que, en lo relativo al sexo, jamás le ganaré, así que contesto:

—Si pierdes, no tengo que hacerte el baile.

—¡Buuu! —nos abuchea Lily.

—Qué aburrido —coincide Loren.

Pero la única persona que importa dice:

—Hecho.

Connor ignora a mi hermana y a su novio y termina de secarme las manos. En ese momento me doy cuenta de lo irritada y roja que tengo la piel. A veces me dejo llevar sin percatarme de que...

—De todos modos, ¿de quién ha sido la idea de contratar a una pitonisa? —pregunta Loren.

—Lo ha organizado producción —le recuerdo. Tanto Brett como Ben me miran horrorizados tras escucharme pronunciar la palabra «producción». Ni que estuviéramos en directo. Esto no es *Gran Hermano*—. ¡Por favor! —protesto mirando a cámara—. Scott, si me oyes, borra esta parte. —Fulmino a Ben con la mirada—. Hale, ya está. Ahora no te azotará en el culo por portarte mal.

Y, como buenos cámaras, se quedan en silencio.

Loren observa a Brett, el bajito y regordete, durante unos segundos, hasta que por fin consigue que le preste atención... Y entonces recorre el cuello de Lily con la lengua con la mirada fija en el objetivo, como si quisiera seducir a los espectadores. Mi hermana casi se derrite bajo sus caricias; se le corta la respiración y se le transforma en un gemido audible. Loren esboza una sonrisa traviesa, sobre todo cuando Brett da un paso atrás, impactado.

Y entonces mete la lengua en la oreja de Lily.

Están jugando con los cámaras...

Y solo es el segundo día.

Capítulo 3

Connor Cobalt

Han cambiado muchas cosas desde mis diecinueve años. Y, sin embargo, todo sigue igual. Tengo a la chica, pero no del todo. Si hubiera sido tan fácil —tan aburrido—, no seguiría aquí. Si, además, metes a Scott Van Wright en nuestras vidas, una amenaza de alto nivel, no perder a Rose va a ser problemático. Pero pienso luchar con uñas y dientes.

Hasta ha cambiado el día para la fiesta «mágica» con la vidente tras alegar alguna trola sobre la falta de tiempo, pero está decidido a sacar el mayor provecho posible del reality show. Simplemente, todavía no he descubierto cómo piensa hacerlo.

Me aclaro el pelo castaño y ondulado; el agua me envuelve en su calor. Nunca había vivido con una chica. Nunca había compartido mi espacio con nadie, ni siquiera en el internado.

Lo que es mío siempre ha sido mío.

El estante de la ducha está lleno de perfumes caros. Comparto el cuarto de baño con Rose, y también el dormitorio. Hemos pasado tantos años enfrentados que no está del todo claro que en nuestro futuro vayamos a formar un equipo.

En la cama seguimos siendo rivales.

Subo la temperatura del agua; el vapor se concentra y me llena el pecho de gotitas de agua. Bajo la mano y me imagino a Rose como nunca la he visto. Desnuda. Llena de deseo. No me deja llegar a tanto.

Todavía.

Pongo las manos sobre sus rodillas flexionadas y la abro de piernas con un gesto rápido y duro. Ella da un respingo; el grito de placer se le queda atrapado en el pecho.

—Por favor… —gimotea.

En la ducha, me acaricio la polla, que se tensa con cada movimiento rítmico, endureciéndose ante las imágenes fugaces de mi fantasía. Su cuerpo reacciona; noto sus pechos y sus caderas exuberantes bajo mi fuerza. Ella me ataca con la misma intensidad, pero yo la vuelvo a empujar contra el colchón. Se le ilumina el rostro; es puro fuego.

La domino, le doy todo lo que sé que va a adorar.

Es lo bueno de ser tan jodidamente listo: la entiendo mejor de lo que se entiende a sí misma.

Tenso los músculos, subo y bajo la mano por mi miembro y un sonido se escapa involuntariamente de mis labios. Apoyo una mano en la pared de azulejos y acelero mis movimientos. ¡Sí, joder!

Y, justo cuando estoy a punto de correrme, la puerta del baño se abre.

Veo sus formas femeninas a través del cristal empañado; sé que ella puede ver mi figura con la misma facilidad. Una sonrisa se adueña de mis rasgos al verla volverse hacia la ducha con los brazos en jarras. Casi puedo sentir la ira caliente y desenfrenada que emana de su cuerpo.

«Ven aquí», pienso.

Se acerca a toda prisa a la ducha y abre la puerta de cristal.

No me detengo.

Está ahí, de pie, con los ojos encendidos ante la sola idea de que yo pueda correrme en la ducha. Nuestra ducha. Sin embargo, se queda en silencio; no baja la vista para ver mi erección ni abre la boca para regañarme. Una curiosidad silenciosa la ha dejado paralizada, y no dudaré en aprovecharme de ello.

La observo, recorriendo con la mirada la curva de su cuello, que asoma de su bata de seda negra. El pecho le sube y le baja, colmado de una atracción profunda y física, pero es demasiado insegura para hacer nada al respecto. Se queda plantada sobre la alfombra del baño; ni siquiera hace ademán de mirarme la mano, que sube y baja con habilidosa eficiencia. No quiere darme esa satisfacción. No piensa dejarme ganar.

Me agarro la polla con más fuerza y un grave gemido nace en mi garganta.

Ella inhala con brusquedad.

Vuelvo a sonreír. Aunque es una mujer muy segura de sí misma, altiva y descarada, todo eso desaparece cuando se trata de sexo. De follar. De afecto.

Y tal vez yo sea paciente, pero no pienso seguir poniéndoselo fácil, no ahora que Scott Van Wright ha entrado en la ecuación. Antes de mudarme con Rose, habría intentado apaciguarla. Habría dejado de masturbarme en cuanto hubiese abierto la puerta.

Pero ahora no pienso ser tan galante.

La observo de arriba abajo, hasta la curva de sus caderas, visible bajo la seda que le abraza la cintura. Recorro su cuerpo con mi mirada intensa y ella responde moviendo las piernas y flexionando las rodillas.

Tengo tanto efecto sobre ella como ella sobre mí.

Me froto más rápido y me estremezco al llegar al clímax.

Ella da un paso atrás, rígida, antes de que me dé tiempo a mirarla a los ojos, y enchufa el rizador de pelo junto al lavabo.

Controlo la respiración mientras sigo aguantando mi peso con la mano izquierda, que tengo apoyada en la pared. Dejo que mis pensamientos vuelvan a un lugar más lógico, menos hormonal. Llevo con Rose un año entero y me he pasado gran parte de él cascándomela.

Esperándola. Aunque eso no es lo más duro. Lo más duro es saber qué es lo mejor para ella y ver que se lo niega por testarudez.

Abro la puerta de la ducha. Ella le pone el tapón a la pasta de dientes y la vuelve a dejar en el armario meticulosamente ordenado. Tiene el cuerpo tenso y encendido; es muy probable que más tarde decida entregarse al autoplacer para aliviar las palpitaciones que siente entre las piernas.

Me mira una vez, pero aparta la vista de inmediato.

—Tenemos toallas, Richard. —Señala el estante con su manicura perfecta—. De buen tejido. Suaves. Dan ganas de usarlas. ¿No quieres probar una?

Las comisuras de mi boca se curvan hacia arriba.

—Solo es una polla, Rose —le digo—. Si la tuvieras dentro, la disfrutarías.

Pone los ojos en blanco en un gesto teatral, pero se sonroja.

Tiene miedo de perder su poder. Somos iguales en muchos aspectos, pero, cuando se trata de sexo, yo soy un dios al lado de una mortal. Y eso la vuelve loca. Aunque no es que haya estado del todo cuerda alguna vez.

Me acerco a ella con aire despreocupado.

—Así que en Princeton aprendiste filosofía, política, francés, economía y moda, pero es evidente que no se te daban bien las ciencias del dormitorio. Te habría ido mejor en Penn.

Me fulmina con la mirada.

—¿Por qué? ¿Porque tu universidad estaba llena de salidos?

Me pongo tras ella, y me dirige una mirada interrogante a través del espejo. Acercarme a Rose Calloway es como aproximarse a un tigre dormido. Siempre corres el riesgo de que te muerda.

—No —susurro apartándole la bata de la nuca para dejar más expuesto su cuello—. Porque estaba yo. —Presiono suavemente los labios contra su piel.

Y todo su cuerpo empieza a temblar. Cuando mi mano desciende hacia el lazo de su bata, se da la vuelta de golpe y me pone las manos sobre el pecho. Normalmente, retrocedería, pero esta vez me resisto. Me quedo donde estoy y no cedo a sus demandas. Levanto las manos y me las pongo a la espalda, para demostrarle que no voy a tocarla más, pero si quiere rizarse el pelo tendrá que hacerlo conmigo pegado a ella… Y desnudo.

—Apártate.

—Si de verdad creyera que es lo que quieres, lo haría.

—Es lo que quiero. —Sin embargo, hay un destello de curiosidad en el verde amarillento de sus ojos, y echa un vistazo a mi polla por primera vez.

Se muestra seria, casi imperturbable, pero las comisuras de la boca la traicionan, pues se elevan en una sombra de sonrisa. Cuando vuelve a mirarme a los ojos, ladeo la cabeza con una sonrisa de satisfacción, de esas que tanto la provocan.

Ella levanta un dedo a modo de advertencia.

—No te atrevas a preguntarme si me gusta lo que veo. Romperé contigo aquí mismo si te atreves a pronunciar esas palabras tan estúpidas.

Esbozo una sonrisa aún más ancha, casi una carcajada, y contesto:

—No tengo que preguntártelo, Rose. Ya sé que te gusta.

Me da un empujoncito en el pecho mientras intenta no devolverme la sonrisa.

—¿Por qué estoy contigo? Eres engreído, arrogante...

—Narcisista —agrego—, atractivo, adorable, brillante...

—No te estaba invitando a enumerar alabanzas hacia ti mismo.

—¿No? Perdona, pensaba que estábamos haciendo una lista de mis mejores cualidades. —Vuelve a bajar la vista—. Sí, mi polla es una de ellas, sin duda.

Rose se cruza de brazos y la bata se le desliza un poco por el pecho, revelando la parte superior. Siento calor al ver su piel suave; el pezón casi asoma bajo la tela negra.

—Guárdala —me ordena.

—Si estás conmigo es porque no puedes pisotearme como un felpudo —le recuerdo—. Si quieres un hombre así, deberías haber elegido a Lewis Jacobson.

Finge una arcada.

—Por Dios, ni lo nombres. Le miraba el culo a todas las chicas cuando corría por el campo. —Jugaba como base en el equipo de Princeton; era el tipo de chico al que le habría encantado que Rose lo controlara.

—Recuerda que no me voy a doblegar a tu voluntad.

—Pero ¿esperas que yo me doblegue a la tuya? —me espeta.

—Y aquí llegamos a nuestro enésimo impasse. —Me paso una mano por el pelo mojado para peinar los mechones hacia atrás; ella me observa y coge aire—. Dos cocineros en una única cocina.

—Dos dominantes y ningún sumiso —añade.

Niego con la cabeza e intento rebajar mi sonrisa, que la está llevando al límite, y no en el buen sentido. Parece tener ganas de abofetearme.

—No —contesto.

Ella se queda boquiabierta.

—¿Cómo que no? ¡Mi metáfora era tan válida como la tuya!

Ella todavía no lo sabe, pero no es ni por asomo igual de dominante en la cama. Esa es la razón por la que tiene pisado el freno. Tiene tanto control sobre su vida que está convencida de que cuando monte a un hombre sucederá lo mismo, pero, si de verdad lo deseara, se sentiría atraída por un tipo de hombre muy distinto a mí y ya habría perdido la virginidad. Ya se lo habría follado hasta hartarse.

—Me parece que los dos sabemos que aquí solo hay un dominante.

Me fulmina con la mirada.

—Retíralo, Richard.

Quiero hacer que se sienta tan segura de sí misma y tan fuerte dentro del dormitorio como fuera. Y Scott Van Wright no me robará ese propósito, por mucho que lo intente.

—¿Que retire la verdad? —Frunzo el ceño—. Eso me convertiría en un mentiroso, y sé lo mucho que odias a los mentirosos, cariño.

Doy un paso hacia ella, aunque todavía tengo las manos tras la espalda. Ella se agarra de la encimera que tiene detrás y alarga un brazo para coger una toalla, que luego me empuja contra el pecho.

Pero todavía no he perdido.

Me la pongo alrededor de la cintura, pero de forma que ella pueda seguir viendo mis músculos definidos. Saco tiempo para ir al gimnasio con Loren y con su hermanastro, aunque siempre he estado en forma. Crecí con el deseo de alcanzar la máxima perfección, tanto física como mental. Es un objetivo inalcanzable, pero es el que me he marcado. El que busco.

La gente tiene la esperanza de tocar el cielo.

Yo sueño con besarlo.

Rose da media vuelta y empieza a peinarse con el rizador, creando ondas poco definidas. Asustaría casi a cualquier hombre, así, con un arma ardiendo en la mano. La observo a través del espejo y la polla empieza a palpitarme.

Respira con dificultad mientras intenta no prestarme atención, pero le cuesta. Mido más de un metro noventa; la sobrepaso, con mucho, en altura. Ella es pequeña y femenina; podría envolverla por completo.

Traga saliva y dice:

—¿Crees que Lily y Loren están teniendo más relaciones que de costumbre?

Cada vez que sale el tema de la vida sexual de Lily y Lo, se cierra la puerta a hablar sobre la nuestra. Es una treta, una simple distracción, pero lo cierto es que a Rose le preocupa de verdad la recuperación de su hermana. Le importa. Y a mí también, pero para mí Rose siempre será mi prioridad número uno.

—Se tocan más que de costumbre —contesto—, pero creo que lo hacen sobre todo por las cámaras.

—Como siga provocándola así, va a conseguir que ella tenga una regresión... Después de todos los progresos que ha hecho.

—Tienes que confiar en él.

Se estremece ante la idea de tener fe en Loren Hale. Solo se toleran el uno al otro por el bien de Lily. Estoy en una posición difícil, porque Lo se ha convertido en un amigo de verdad para mí.

—Necesito un favor —dice de repente.

—Favores, ¿eh? —musito con una sonrisa—. Te costará caro.

—Ya sabía yo que ser tu novia no me traería muchos beneficios. Todavía te debo cosas.

—Tienes un montón de beneficios —respondo—, simplemente, te niegas a disfrutar de ellos. —Me aproximo más a ella, pongo una mano en la encimera y le acerco la boca al cuello. Ella se pone tensa cuando con la otra mano la cojo de la cadera—. ¿Qué favor necesitas? —pregunto, deslizando la palma bajo su bata.

—Te voy a quemar —me advierte, aunque no a modo de amenaza. Hay miedo en su voz. Desenchufa el rizador y lo deja a un lado.

Le muerdo una oreja y susurro:

—Respira.

Exhala a duras penas.

—Necesito que tengas «la charla» con Lo.

Apoyo la barbilla en su hombro unos segundos. Mantengo una expresión autocomplaciente y compuesta, la que llevo conmigo a lo largo del día, la que Rose define como «falsa».

—Me parece que es un poco tarde para eso, Rose.

Me fulmina con la mirada; todo su cuerpo responde a la emoción. Entorna los ojos, cierra las piernas y echa los hombros atrás, forzándome a ponerme recto.

Casi se me pone dura.

—No seas condescendiente conmigo —replica—. Loren va a dejar a mi hermana embarazada sin querer. Es impulsivo y no tiene cuidado. Así que haz lo que mejor se te da e incúlcale algo de sentido común.

—Me parece que esa conversación será tan tranquila como un huracán. —La cojo de la cintura y le doy la vuelta, de modo que queda apoyada en la encimera, de cara a mí—. Así que te va a costar caro.

—Pagaré lo que haga falta.

Mis labios se curvan poco a poco.

—¿Segura?

—Sí. —Sin embargo, sus ojos dicen otra cosa, y mi sonrisa se esfuma. Está asustada, asustada de verdad.

—Estás a salvo conmigo, Rose, lo sabes, ¿verdad? —le pregunto—. Yo nunca te haré daño. —Siempre la he tratado como si fuera una extensión de mí mismo.

El lado más hostil y tórrido.

Es la razón por la que me he ido haciendo tan posesivo con ella a lo largo de los años, incluso cuando no estábamos juntos.

—Lo sé —responde relajando los hombros.

—Entonces hablaré con Lo.

—¿Y qué tendré que hacer yo por ti? —pregunta demasiado testaruda para echarse atrás, aunque lo desconocido la asuste.

—Deja de pensar por un minuto.

—¿Qué...?

La beso moviendo los labios con suavidad mientras le acaricio el delicado rostro con una mano. El aliento se le atora en la garganta; su cuerpo se arquea para encontrarse con el mío. Se alza y se agarra de mis brazos musculosos, aunque su inquietud sigue sobre sus labios vacilantes.

Me separo.

—Deja de pensar —le digo mientras bajo una mano hacia su culo. La empujo contra mí y encajo su pelvis con la mía. La bata se le desliza por las piernas y revela la desnudez de sus muslos.

Un gemido escapa de sus labios. La apretujo contra la encimera; la toalla es lo único que separa mi polla de su cuerpo. Conmigo, le cuesta hacerse con el control. Echa la cabeza hacia atrás, excitada, y se coge de mis brazos con desesperación mientras me clava los dedos en los bíceps. No obstante, no parece saber qué hacer con las piernas; una quiere enrollarse a mi cintura, la otra está medio levantada del suelo debido a la fuerza de mi cuerpo.

Levanto su pierna izquierda, me la pongo al lado y la estiro, y ella exhala de forma temblorosa.

—Espera, espera… —empieza a decir poniéndome las manos en el pecho. Está ruborizada y tiene la piel caliente, pero de nuevo vuelve a ser una rehén de sus propios pensamientos.

—Rose… —la regaño y bajo su pierna al suelo.

Apoya los codos en la encimera. Su mirada está llena de confusión.

«Te estaba gustando. Está bien que te guste, Rose», pienso. Vuelvo a llevar la mano a su mandíbula y le acaricio la mejilla. Mientras tanto, ella intenta asimilar lo que ha sucedido: mis movimientos dominantes la han vencido, la han derretido.

Le acaricio el labio inferior con el pulgar.

—*Je suis passionné de toi* —le confieso. «Siento pasión por ti».

Exhala con fuerza; me comprende bien.

Le meto el pulgar en la boca y ella emite un fuerte sonido. Se sonroja al oírse. Sin sacar el pulgar, le doy un beso en el cuello y luego lamo los puntos más sensibles, subiendo hacia su mejilla.

Puede librarse de mí cuando quiera.

Pero, para mi sorpresa, cierra los labios sobre mi pulgar. No lo succiona, no lo lame, no creo que sepa qué hacer, pero la adoro todavía más por intentarlo. La ayudo reemplazando mi mano por mis labios, por mi lengua; intento hacer que se deje llevar.

Ahora se mueve con más seguridad. Enreda las manos en mi pelo, lo estira, lo acaricia. Su espalda vuelve a arquearse, su cuerpo se encuentra de nuevo con el mío. «Así, Rose, ya te tengo. Conmigo estás a salvo».

Al cabo de un minuto, todo desaparece: vuelve a quedarse atrapada en sus pensamientos, los besos se acortan, sus labios se cierran y se aparta.

Ha sido un momento breve y fugaz; he estado a punto de poseerla, desnuda y vulnerable. Pero, si puedo meterle el pulgar en la boca sin que me lo arranque de un mordisco, que esté completamente dentro de ella es solo cuestión de tiempo.

Capítulo 4
Connor Cobalt

En fin, ya me he enterado de lo que entiende Scott por sacar el máximo provecho del reality show.

Esto es nuevo.

Scott Van Wright se las ha arreglado para manipular a mi novia para que dejara nuestra casa de Princeton, su santuario. Ojalá hubiera podido estar presente en esa conversación, en lugar de estar metido en un aula de la universidad. Habría rebatido cada uno de sus argumentos, que empezaban por *The Real World* y terminaban con un «viviréis todos juntos».

Ya estábamos viviendo todos juntos en Princeton, Nueva Jersey.

La diferencia es que, ahora, el hermanastro de Loren Hale, Ryke Meadows, se va a mudar con nosotros durante seis meses, y también la hermana pequeña de Rose, Daisy. En total, seremos seis personas en una sola casa.

Estoy intentando ser de esa clase de novios que dan ánimos, pero no podrán reprocharme mi comportamiento cuando Scott esté presente. No me gusta que haya convencido a Rose de hacer algo para lo que incluso yo habría tenido problemas para convencerla. Me pone nervioso.

Rose está mirando el techo abierto. Los micrófonos y los cables cuelgan de las vigas de nuestro nuevo hogar. Arruga la frente ante la perspectiva de tener que vivir en una casa en Filadelfia diseñada especialmente por el equipo de producción. Tres plantas, cinco dormitorios y un baño comunitario. No tiene jardín, pero sí una zona con una bañera y un patio, y un salón y una cocina todavía más grandes.

—Me ha prometido que no nos grabarán ni en el baño ni en los dormitorios —me informa con los labios apretados.

—Las promesas no valen nada si no las hago yo —contesto—. ¿Es que te ha dado un golpe en la cabeza?

Me fulmina con la mirada.

—Está en el contrato.

—Entonces Lo y yo comprobaremos que no haya cámaras en las habitaciones.

—Y en el baño —agrega a toda prisa.

—También.

Asiente para sí y levanta la barbilla para parecer más segura sobre este asunto, pero lo cierto es que la privacidad es muy importante para Rose, y todo esto es mucho más intrusivo de lo que se esperaba.

—Siempre puedes mandarlo a la mierda —le recuerdo—. Lo has hecho con muchos otros hombres antes.

—Y aun así sigues aquí. —Sonrío. Es cierto. Exhala y añade—: No. Tenemos que hacerlo así.

—¿Por qué?

—Dijo que, si vivíamos todos juntos, el programa tendría más audiencia. Lo de grabar a una familia rica en su entorno natural ya se ha hecho antes. Esto no. —Hace una pausa—. Excepto por *The Real World*, pero…

—No hago más que oír a Scott Van Wright en tu boca, y es el último sitio donde quiero que esté.

Me mira con frialdad y repone:

—Pues resulta que estoy de acuerdo con él. Lo he investigado.

—Está bien. —En realidad, lo que Scott quiere es la mayor cantidad posible de dramas, de caos, y este es el tipo de escenario que le proporcionará lo que desea. Pero, si Rose viene en el mismo paquete, va a perder la puta batalla. No obstante, no quiero que sea a expensas de su marca de ropa. Si destruyo Calloway Couture, la perderé a ella también. Al fin y al cabo, su empresa es la razón por la que estamos metidos en este lío. Haría casi cualquier cosa por ayudarla a cumplir sus sueños.

—Además —continúa solo para provocarme—, en nuestra casa no había una buena calidad de sonido. Habríamos tenido que mudarnos de todos modos.

—Claro, porque no se podían gastar un par de miles de dólares para mejorar el equipo de sonido en Princeton. Pero sí han podido pagar esta mudanza, que ha resultado ser muchísimo más cara.

—Te estás poniendo verde y, para tu información, no es un color que te quede bien.

—No estoy celoso —contesto—. Odio a Scott por las mismas razones que tú: porque caga donde come.

—Ni siquiera lo conoces todavía.

—Como si lo conociera.

Se alisa el maxivestido negro con las manos mientras se pasea de un lado a otro de la sala.

—Eres incorregible —protesta.

—Y tú no paras quieta. ¿Hay algo más de lo que debamos quejarnos?

Me da un golpe con el bolso e intento reprimir una sonrisa. Cuando se detiene, dice:

—Dentro de seis meses podremos volver a Princeton.

Puede seguir enumerando las razones por las que es mejor que estemos en Filadelfia: que sus padres viven cerca, que Daisy puede seguir yendo al colegio, que el negocio de cómics de Lo está aquí, que ahora estoy una hora más cerca de Penn... El resultado es el mismo: no la han dejado elegir. Scott le ordenó que se mudara. Y ella lo ha hecho.

Es más, ha sido él quien ha escogido esta casa. No ha dejado que fuera la propia Rose la que buscara un lugar que encajase con los ridículos requisitos de producción.

Echo un vistazo al mantel lila con flecos que cubre la mesa de café, sobre la que hay una hilera de velas blancas. Producción ha contratado a un equipo de decoración para la llegada de la vidente, como si ella también viviera aquí.

—Pero no me pidas que sea amable con la pitonisa —le pido mientras veo que Ben, el cámara flaco, baja las escaleras. Nos apunta con el objetivo.

—Mientras estés aquí, me da igual lo que hagas.

Intento no mostrar lo que me sorprende su declaración. Nuestras posturas tensas se suavizan. La atraigo hacia mi pecho y le acaricio la nuca. Ella se derrite contra mí; su cuerpo, que suele estar rígido, encuentra la ocasión de relajarse. Me quedo mirando esos ojos fieros que nunca parecen ablandarse, aunque su cuerpo sí lo haga.

—Cariño, y yo que pensaba que podías hacerlo todo sola...

—Y puedo —contesta alzando la barbilla—. Pero me gusta que me ayudes... A veces. —Su mirada se desplaza hasta mis labios, de nuevo insegura. Está esperando a que sea yo quien dé el siguiente paso.

Le acaricio la mejilla con los labios.

—Te voy a abrir las piernas hasta romperte, Rose. Desearás mi polla dura con cada centímetro de tu cuerpo. —Se tensa contra mí—. Te correrás incluso antes de que te llene todos los huecos.

Un gemido se le queda atorado en la garganta y baja las manos a mi cintura, palpando a toda prisa tanto la petaca como los micrófonos que llevamos debajo de la ropa.

—Olvídate de las cámaras —le pido.

Ben aprovecha ese momento para rodearnos, enfocando la cara de Rose. Es un obstáculo más, una marioneta de Scott. Fantástico, joder. Me dan ganas de estampar la cámara contra la pared, pero resisto el impulso violento.

Cojo a Rose de la nuca y acerco los labios a su oído.

—Ya has visto lo grande que la tengo... Imagínatela en tu interior, entera, clavándose una y otra vez hasta que no puedas seguir respirando...

—Connor —me advierte con una voz más débil de lo normal.

La cojo del pelo y tiro, alzándole la barbilla. Ella abre la boca y ahoga un sonido que está intentando escapar de su garganta. Bajo una mano hasta la curva de su espalda y aprieto su cuerpo contra el mío. Se sonroja.

—No me tengas miedo —le susurro al oído—. Tal vez no esté siempre de tu lado, pero siempre quiero lo mejor para ti.

Cuando la suelto, se aparta, da dos pasos hacia atrás y carraspea. Se reajusta el bolso en el brazo y dice:

—No creo que pueda perdonarle por ese cuarto de baño.

Ignora por completo lo que acaba de ocurrir y, encima, haciendo referencia a Scott, la última persona de la que quiero hablar justo después de haberle dicho cómo sería follarla duro.

—Para ser justos con Scott —replico con una sonrisa irónica—, ese cuarto de baño tiene cuatro lavamanos y dos duchas. No es que sea pequeño. Además, en cada ducha cabrían cinco personas.

—Es comunitaria. ¡Comunitaria! No sé cómo sería Penn, pero yo tenía mi propio baño y lo compartía solo con otra chica.

—Sí, en Penn somos unos salvajes. Tendrías que ver al equipo de fútbol. Viven en cavernas y comen con las manos.

—Ya sé que soy una borde y una malcriada, pero la idea de que alguien entre cuando estoy en el baño me hace sentir incómoda.

—Las duchas tienen una mampara de cristal translúcido. No puedes ver lo que hay detrás —la tranquilizo, aunque eso no es del todo cierto. Yo sería capaz de distinguir su cuerpo bastante bien—. Y tú entraste cuando me estaba duchando yo hace tres días.

Mencionar el momento que vivimos en el cuarto de baño, cuando me descubrió masturbándome y luego puse su pierna alrededor de mi cintura, hace que todo su cuerpo se tense de excitación. Se cruza de brazos para ocultar el rubor que se le empieza a extender por el cuello. La sola mención de su vida sexual (o ausencia de ella) la turba.

—No es lo mismo.

—Lo sé. —Lo, Lily, Daisy y Ryke también compartirán ese espacio con nosotros dos. Convivir conmigo fue para ella como subir escalones de dos en dos; añadirlos a ellos es como intentar subirlos de cinco en cinco—. Pero todo el mundo estará incómodo, no solo tú.

Ella gime, disgustada.

—No quería ponerlos en esta situación. Se suponía que el reality show no les trastocaría la vida de este modo.

Suelo decir lo que necesita oír, pero es evidente que hoy se me está dando fatal. La vidente y Scott me han distraído.

Le pongo un brazo sobre los hombros.

—Lily quiere ayudar con Calloway Couture. Haría cualquier cosa por ti. Además, no tardarán en acostumbrarse. —Para arreglar las cosas con Rose, Lily incluso ha sacrificado asistir a la universidad. Hará clases online para no quedarse atrás.

Cuando la toco, Rose deja de pasearse. Ben filma su reacción haciendo un zum con su cámara. Ella se queda mirando mis ojos azules y se acerca más, presionando su pierna contra la mía. Le aparto el pelo brillante de las mejillas y ella se aferra a mi cintura.

—De ahora en adelante, ¿hablarás de Scott cada vez que te bese? —le pregunto—. ¿O solo cuando tengamos relaciones sexuales?

Ella se aferra a mi camisa tirando de la tela e intenta estrangularme por haber hecho ese comentario, pero yo me quedo inmóvil. Tengo demasiada fuerza para ella, aunque se enfrente a mí con todas sus ganas. Resopla y deja de intentar zarandearme.

—Un día te daré un bofetón de repente y luego me sentiré como una mierda. —Leo lo que dicen sus ojos: «Tal vez deberíamos romper antes de que eso ocurra. Tal vez no seamos una buena combinación».

—No te sentirás como una mierda porque te castigaré.

Entreabre los labios despacio.

—¿Me castigarás? —Reprime una carcajada—. ¿Cómo?

—Te encantará, créeme.

Ella traga saliva y niega con la cabeza.

—No veo cómo podría encantarme un castigo.

—No será como cuando te castigaban en el colegio, Rose. —«No lo olvides: quiero lo mejor para ti».

Inhala profundamente y se queda mirando mis labios de nuevo, pidiéndome en silencio que me acerque un poco más a ella. Justo cuando me dispongo a besarla, se oye un tintineo que viene de la cocina, la cual se ve desde el salón. No hay paredes; es un único espacio abierto.

Sadie, mi gata, que es naranja y atigrada, viene hacia nosotros haciendo resonar el cascabel que lleva en el collar. Rose se pasó una hora luchando con ella para ponérselo mientras yo estaba en clase. Quiere saber dónde está para poder evitarla. Mi gata suele arañar a las mujeres; no recuerda con cariño las veces que la dejé encerrada porque tenía una cita. Eso le costó a Rose varios arañazos en los brazos que le duraron una semana. Estuve a punto de vender a Sadie después de aquello, pero Rose se negó. Valoro mucho que intente soportar a mi mascota, pero no quiero volver a encontrármela sangrando de ese modo nunca más.

Rose chilla horrorizada.

—¡Tenemos ratas! —Se desenreda de mis brazos por completo.

El roedor que cuelga de las fauces de Sadie, más que asustarla, le da asco. Me froto los labios para reprimir una sonrisa.

—Sadie está hecha toda una cazadora. —Le guiño un ojo.

Rose pone los brazos en jarras y se me queda mirando como si no se pudiera creer mi reacción.

—¡Le has guiñado un ojo a la gata! —Me fulmina con la mirada, pero al final se echa a reír. Sin embargo, se le ensombrece el rostro al mirar a la gata de nuevo—. Está sangrando... Dios mío. —Sadie suelta la rata sobre el parquet—. No, no...

—No pasa nada —le digo, cogiéndola de los hombros—. Respira.

Rose tiene un trastorno obsesivo-compulsivo, el cual se ha descontrolado desde que los paparazzi persiguen a la familia Calloway. Ella exhala una larga bocanada de aire.

—No puedo convivir con roedores. —Hace una pausa—. Bueno, eso es mentira. Llevo nueve meses viviendo con Loren, pero ahí es donde pongo el límite.

—Bueno, entonces volveremos a Princeton. —«Y así salgo ganando. Que te den, Scott».

Ella niega con la cabeza poco a poco.

—No, no… Tendré que arreglármelas. Todo irá bien.

«De acuerdo».

—Mañana, Lo, Ryke y yo pondremos trampas. —Y, solo para sacarla de quicio, añado—: Las ventajas de tener a tres hombres viviendo bajo un mismo techo.

Me mira con desdén.

—Lily, Daisy y yo somos perfectamente capaces de ponerlas nosotras. —Sin embargo, se nota que respira un poco más tranquila ante la perspectiva de que haya tres chicos viviendo con ella. Es atractivo no tener que controlarlo todo siempre. Bueno, para ella, no para mí.

—Pues, como quieras, hacedlo vosotras entonces. Ya sabes que me encanta el poder femenino. —Doy un paso hacia ella, cerrando el espacio que nos separa—. Pero tendréis que colocarlas en sitios polvorientos… —le rodeo la cadera con un brazo— y sucios. —Subo la otra mano por su cuello y le rozo el labio inferior con el pulgar.

Ella inhala de nuevo al recordar dónde tenía puesto ese mismo pulgar hace tres días. Ben nos graba en silencio, pero noto su presencia indeseada. No aparto el pulgar de su labio suave y húmedo. Que le den a la cámara.

Cuando estoy a punto de volver a meterle el pulgar en la boca, la puerta se abre de golpe.

Rose me aparta casi de inmediato y vuelve a refugiarse en su mente, de nuevo consciente de quién y de qué hay a nuestro alrededor. Yo me pongo mi expresión petulante habitual, aunque estoy muy cabreado con quienquiera que haya irrumpido en la estancia.

Lo primero que veo es su pelo rubio y, en ese momento, mi irritación se dispara hasta niveles desorbitados. Ya soy un gilipollas egotista, y ahora me temo que estoy a punto de convertirme en el villano de este reality show.

Aunque, ahora mismo, me importa una mierda.

—Mira, otro roedor —le digo a Rose.

Ella me da un cachete en el pecho, pero luce una sonrisa.

Scott entra como si fuese el dueño de la casa, aunque estoy seguro de que el alquiler está a nombre de su productora. Lo siguiente que hará será intentar estampar el nombre de Van Wright encima de mi novia.

—¿Dónde está todo el mundo? —pregunta extendiendo los brazos—. La vidente llegará en cinco minutos.

Me fijo en la mochila que lleva colgada del hombro. No me gusta dar cosas por hecho, pero, si ahí dentro hay ropa, un cepillo de dientes y una muda de ropa interior, vamos a tener un puto problema.

Rose me da un apretón en el brazo.

Mi enfado es evidente, y eso... Eso no pasa nunca.

—Se están instalando en sus nuevas habitaciones —contesta Rose mirando su mochila—. ¿Te vas de viaje, Scott? Espero que sea a California; allí sí que te necesitan.

Mira a mi novia y me doy cuenta de que no se siente insultado. No. ¡Sonríe! Incluso se atreve a mirarla a los labios, los que yo acabo de tocar.

—Me necesitan aquí —repone—. Es que hay gente que tarda un poco en comprender lo que le conviene. —Mira a Rose de arriba abajo y a mí me hierve la sangre—. Es un vestido bonito, pero no le vendría mal más escote. Si enseñas las tetas, subirá la audiencia.

—También subirá si te meto un pie por el culo —replica ella.

Sonrío...

Y Scott también.

—Solo intentaba ayudar —responde sin inmutarse—. Pero tengo una pregunta. Si tus hermanas llevan ropa de tu firma durante la grabación, ¿no parecerá que están a punto de entrar en un convento?

Rose gruñe e intenta abalanzarse sobre él, pero yo la retengo cogiéndola de la cintura. Odio que la encienda de ese modo. Eso me corresponde a mí.

Mis labios encuentran su oreja.

—Le estás dando lo que quiere.

—Está insultando mi colección.

Es como si hubiera llamado estúpido a su hijo; comprendo que le moleste.

—Tu ropa es perfecta, Rose. No es tan recatada como él cree. Habrá muchas mujeres que la compren.

Mis palabras la tranquilizan de inmediato; noto que se relaja entre mis brazos. Scott le hace un gesto a Ben para que se acerque a nosotros, y yo, sin soltar a Rose, miro al productor a los ojos.

—Así que te mudas aquí.

Era una suposición, pero se convierte en un hecho en cuanto deja caer la mochila al suelo.

—Así es.

Rose retrocede.

—¿Y qué quería producción esta vez? —pregunto—. ¿Un misógino? ¿Un rubio natural?

—Un triángulo amoroso —responde con voz inexpresiva.

Rose ahueca las mejillas como si estuviera intentando aspirar todo el aire que hay en la habitación. Señala a Scott con un dedo con la uña pintada de un rojo tan sexy como amenazante.

—Si intentas romper la relación entre Lily y Loren, te arrancaré las tripas.

«No, Rose —pienso—. Te quiere a ti».

Casi puedo ver la excitación en los ojos de ese tío mientras la mira enfrentarse a él.

—No he venido a romper la relación de nadie. En el programa

me presentaré como tu exnovio. Salimos juntos durante unos años cuando íbamos a la universidad, pero decidimos romper de forma amistosa cuando tu marca de ropa empezó a absorber todo tu tiempo. A mí me gustan las mujeres... atentas. Seguimos siendo amigos, a pesar de lo mucho que te gusta fastidiarme.

Suelto a Rose y doy un paso al frente.

—No nos han presentado formalmente —digo tendiéndole la mano—. Soy Connor Cobalt, el novio de la chica que quieres follarte. Y, para que te quede claro, el viento no sopla a tu favor.

Él me estrecha la mano y yo se la aprieto tan fuerte que le cuesta reprimir una mueca.

—Es normal que te sientas amenazado por mí —afirma sin romper el contacto visual—. Tengo veintiocho años y tú...

«Cómo odio el tema de la edad», pienso.

—Y yo soy veinticuatro años más listo que tú. —Ladeo la cabeza—. Y dentro de diez años, seré treinta y cuatro años más listo que tú. ¿Entiendes cómo va el tema?

Rose se interpone entre nosotros con los brazos estirados, como si estuviera intentando protegernos de nosotros mismos, pero lo único que yo quiero es protegerla a ella.

—Muy bien, muy bien, ya os podéis guardar las pollas. Ya las hemos visto.

Los dos la miramos con el mismo deseo.

—La mía todavía no la has visto —repone Scott con los labios curvados.

«¿Este tío habla en serio?».

—Te aseguro que sí, que lo que acabas de hacer es sacarte la polla —le digo.

—Parad. Los dos —insiste ella.

El pecho se le alza dentro del vestido y sus senos se hacen más visibles, pese a que su escote es alto. Verla interponiéndose en nuestra pelea, por poco violenta que sea, hace que me palpite el nabo. Me cuesta no estrecharla entre mis brazos y apartarla de Scott y de su mirada libidinosa. A ella no le gustaría que la reclamara para mí de esa forma. Sin embargo, si este tío tiene pensado intentar quitármela... No sé cuánto tiempo podré contenerme.

De todos modos, no creo que a ella le gustara que otra chica me tirara los trastos de esta manera. De hecho, estoy seguro de que la haría trizas y luego se agarraría a mí con todas sus fuerzas.

—¡Eres el productor ejecutivo! —le espeta Rose a Scott.

—¿Y?

—Que estás al mando de la producción. Tú pones las reglas, así que puedes irte.

—Sí, pero los de la cadena no me dejan en paz. Después de que les haya vendido *Princesas de Filadelfia*, la GBA espera ciertas cosas. Les prometí que yo también estaría en la casa.

¿Lo tenía planeado desde hacía todo este tiempo? Tal vez sea más listo de lo que pensaba.

Rose está que echa humo.

—Si la cadena te quiere aquí, pues vale. Pero, si me da la impresión de que estás metiéndote con mis amigos y con sus relaciones, o con la mía, te largas, ¿entendido? Mi empresa no vale tanto como para herir a las personas que me importan.

—De acuerdo —responde Scott—. Pero yo no soy responsable de tus sentimientos, Rose. Si te acabo gustando, eso escapa totalmente a mi control.

Pues sí, es tan gilipollas como pensaba.

Rose resopla y se apoya en mi pecho. Lo ha hecho a propósito, y la besaría por ello. Le rodeo el pecho con el brazo de forma protectora y ella se aferra a mí.

—Preferiría quemarme a lo bonzo —le espeta.

Scott se limita a sonreír y le hace un gesto a Ben, que ha grabado toda la escena.

—Encárgate de que todo el mundo esté en esta jodida habitación. Tenemos que rodar la escena de la vidente.

Que empiece el juego.

Capítulo 5

Rose Calloway

—Es mono —comenta Daisy mientras evalúa a Scott con la mirada.

La planta principal de la casa es un espacio abierto, así que desde la cocina vemos a los cuatro chicos que hay en el salón, sentados en sillones y sofás de cuero. La vidente, con su pelo encrespado y alborotado, está sentada en la otomana barajando las cartas del tarot.

Lily y yo nos quedamos mirando a nuestra hermana pequeña. En mis ojos hay una severa advertencia, pero Lily parece más bien confundida, como un cachorrito perdido en una cuneta. Yo solo me detengo a ayudar a perritos tristes con mi misma genética. Sonará cruel, pero así es la supervivencia del más fuerte. La sangre es lo que más une. Por mucho que molesten todos esos clichés, son ciertos.

—Quiero decir, si os gusta el rollo macho alfa rubio y desaliñado —añade Daisy con una sonrisa torcida. Luego le da un bocado a una zanahoria.

—Querrás decir si os gusta el rollo gilipollas dominante —la corrijo.

—O eso, sí —responde—. Pero, sin ánimo de ofender, Ryke es más gilipollas. —Lo dice con una sonrisa todavía más ancha. Sí, se ha hecho amiga del hermanastro de Loren, que resulta tener veintitrés años, algo que sería más extraño si ella no soliera estar rodeada de modelos de alta costura que incluso son mayores que Ryke.

Mis dos hermanas y yo nos hemos librado de la lectura de manos con la excusa de ir a buscar más bebidas y más pizza, pero lo que yo quería en realidad era dejar que los chicos le hicieran pasar un mal rato al productor… o, mejor dicho, a mi falso exnovio. En realidad, siento arcadas cada vez que pienso en las palabras «Scott» y «novio» en una misma frase. Me ha dejado un mal sabor de boca, como de pepinillo y de chile a la vez. Y, si a alguien le gusta esa combinación, no tengo problema en pasarle el número de Scott. Es todo suyo.

Observo la tensa conversación entre Scott y Connor, que están sentados en el mismo sofá. Los dos se mantienen erguidos, estableciendo su dominio en silencio, pero los separa una distancia nada desdeñable. Desde su sillón, Ryke contempla al productor con una expresión hosca, pero es lo bastante listo como para mantenerse en silencio.

Sin embargo, Lo, que está sentado en el sofá de dos plazas, interviene constantemente. Y, a diferencia de los otros, que no levantan la voz, oigo sus airadas respuestas desde la cocina. Gesticula con las manos y señala a Scott de vez en cuando.

—Creo que son todos gilipollas —afirmo—. Solo que algunos tienen más cualidades que otros. —Igual que nosotras. Yo tampoco soy la chica más agradable del mundo.

Savannah, la cámara pelirroja, está de pie al lado del horno. Tiene más o menos nuestra edad y lleva una diadema con calaveras encima de las trenzas. Está enfocando a Lily con la cámara, lo que no es buena idea. Mi hermana de veintiún años es la única persona a la que le cuesta no mirar al objetivo.

—Scott no me cae bien —dice Lily mirando a cámara una y otra vez. Se acerca a Daisy y, protegiéndose la boca para susurrar, añade—: Te ha estado mirando las tetas un minuto entero.

Daisy se encoge de hombros, se sienta en la encimera y empieza a balancear sus largas piernas. La melena teñida de rubio le llega hasta la cintura. Ella se la cortaría, pero su nueva agencia de modelos no se lo permite.

—Circulan fotos mías en ropa interior —comenta con demasiada despreocupación. Coge un pedazo de brócoli de una bandeja de verduras y se lo mete en la boca—. Hay tíos que podrían estar haciendo mucho más que mirarme las tetas al hojear una revista.

Lily se pone roja, avergonzada. Daisy frunce el ceño y se ríe con suavidad.

—¿Te la cascabas mirando revistas? ¡Qué puta pasada, Lil!

Inhalo aire bruscamente, preocupada por la falta de filtro de mi hermana pequeña delante de las cámaras, pero no la regaño por su falta de delicadeza. No quiero mostrar la masturbación femenina como algo malo; de hecho, estoy totalmente a favor. Sin embargo, Lily se está recuperando de su adicción al sexo y sabemos que recurre al onanismo y al porno de forma compulsiva y que abusa de ambos. Con todo, esos días quedaron atrás. Hace meses que lo hicieron.

—Las chicas no podemos cascárnosla —la corrige Lily, que de repente se pone recta, intentando mostrar más seguridad en sí misma.

Daisy sigue balanceando las piernas y golpeando los armarios de debajo con sus botas altas de cordones. Si esta fuera mi casa, me molestaría que arañase la madera, pero es prácticamente de Scott. «Patea todo lo que quieras, Daisy».

—Tienes toda la razón. —Asiente—. Supongo que podríamos llamarlo hacerse un dedo, ¿no?

—Las chicas podemos tocar la guitarra —interviene Lily.

—¿Qué? —decimos Daisy y yo a la vez.

—Ya sabéis… —Lily vuelve a ponerse como un tomate, solo que cuando se ruboriza parece sufrir una reacción alérgica: le salen manchas rojas en los brazos y en el cuello. Mira a la cámara y luego a nosotras—. Por el movimiento.

Daisy se echa a reír, pateando los armarios con cada carcajada.

—Madre mía… ¡Es genial!

Yo también sonrío. Adoro a mis hermanas por un sinfín de razones.

Cojo un pedazo de pizza de la caja con ayuda de una servilleta.

—Tienes dieciséis años —le recuerdo a Daisy—. Ningún hombre debería estar pensando en follarte mientras mira tus fotos. No está bien.

—Dentro de un mes tendré diecisiete —repone—. Probablemente, le pasó lo mismo a Brooke Shields, así que… —Se encoge de hombros como si esa explicación lo arreglara todo. No es así. A nadie le gusta que en los medios estén diciendo que Daisy es una sex symbol solo porque Lily es adicta al sexo. Antes del escándalo, mi hermana pequeña era solo una modelo de alta costura y salía en algunas fotografías, en algunas campañas de poco alcance… Nada muy relevante. Ahora es una supermodelo y ha empezado a posar de forma más sugerente, cada vez con menos ropa.

No quiero ni pensar en lo que pasará cuando cumpla los dieciocho.

Cuando pueda posar desnuda legalmente.

Me gustaría que a ella le importara más, pero cuando empezó en la industria de la moda era tan joven que no creo que vaya a ser capaz de ver su cuerpo más que como un objeto de la mirada masculina.

—¡Chicas! —nos llama Scott—. La vidente solo se quedará media hora más. Tenéis que volver.

Salimos de la cocina y entramos al salón, con la pizza y las bebidas en las manos. Le paso a Connor el plato que me había pedido y me siento a su lado, que, casualmente, también es al lado de Scott. Lo mandaría a otro sofá, pero no quiero ponerlo junto a Lily, una adicta al sexo con novio formal, ni tampoco junto a Daisy, una modelo de alta costura de dieciséis años con problemas de impulsividad. Lo digo en serio; cuando estuvo en México, saltó desde un acantilado de doce metros.

Ojalá estuviese exagerando.

Lily se acomoda al lado de Loren en el sofá de dos plazas y él se le acerca y se pone sus piernas encima. Ella se apoya en su pecho mientras quita el *pepperoni* de su pizza.

—Ahora yo —pide Daisy con una sonrisa pícara mientras se sienta en el suelo. Se apoya en las patas de la silla de Ryke y le tiende la mano a madame Charmaine. La vidente es una mujer con el pelo gris enmarañado, como si se hubiese cepillado los rizos, y la piel llena de manchas del sol.

Ryke ha apoyado los pies en mi mesa de café de madera de cedro, que trajeron desde la casa de Princeton. «Al menos la han tapado con ese mantel lila tan feo», pienso. Sin embargo, no consigo morderme la lengua.

—Ryke, tienes las botas llenas de barro.

Enarca las cejas y se peina el pelo castaño con las manos. Sus rasgos son más duros y de aspecto más taciturno que los de Loren, pero tiene la misma complexión esbelta y musculosa. No son corpulentos, pero están muy en forma. Le hace un gesto a su hermano con la cabeza y le dice:

—Por favor, no me digas que esto es lo normal en ella.

—Pues sí. —Loren coge el *pepperoni* que Lily ha dejado en el plato y se mete una loncha en la boca—. No te dejes levantada la tapa de la taza del váter si no quieres un sermón de diez minutos.

—Se llama respeto —replico.

Lily levanta una mano.

—Estoy de acuerdo con Rose.

«¡Ja! Chúpate esa, Loren».

Sin embargo, él me ignora y le da un mordisquito juguetón a Lily en el cuello. A ella se le ilumina la cara con una sonrisa.

El orgullo me dura un instante. Simplemente me siento... extraña, frustrada ante el amor cegador y constante de Lily y Lo. En lugar de alterarme por lo mucho que se manosean delante de los demás, hacen que sea más consciente de lo que tengo yo. Me vuelvo hacia Connor y, por alguna razón, me doy cuenta de que me estaba observando, de que me estaba estudiando y de que lo ha comprendido todo. Contemplo sus rasgos; la suavidad de su piel perfecta, las ondas de su pelo castaño, las curvas de los músculos de sus brazos y su pecho, que se marcan bajo una sofisticada camisa. Contemplo esos ojos azules que parecen saberlo todo.

Exuda poder y perfección de tantas maneras... Pero jamás lo admitiré. Se hincharía como un pavo. Cuando era más joven, a menudo pensaba cómo sería estar con él en el plano físico.

Tenía dieciséis años la primera vez que me imaginé a Connor dentro de mí, y el único contacto que había tenido con él era una pelea verbal en las conferencias del Modelo de Naciones Unidas. Habíamos discutido en los pasillos de un hotel de lujo sobre Epicuro y sus teorías filosóficas sobre lo intangible, como el amor, la felicidad o Dios. Una vez, Connor me soltó una diatriba... ¡en francés!, y a partir de entonces yo intenté seguirle el ritmo. Me juré que sería mejor que él, así que empecé a estudiar todavía más. Abrí más libros. Me aseguré de hablar francés con la suficiente fluidez no solo para entenderle, sino para aplastarle. Nunca lo logré, pero tampoco me quedé atrás.

Si soy lista es porque paso horas leyendo. Connor es listo porque tiene un talento natural, aunque estudia más que la media. Lo envidio, envidio que pueda tener tanto talento y que nunca le pesen los obstáculos y los reveses. Simplemente, sigue avanzando.

Me hace pensar que cualquier cosa es posible. No creo que vaya a encontrar nunca a otra persona como Connor Cobalt.

Me pone una mano en el cuello y frota con el pulgar una zona sensible, lo que hace que me estremezca de la cabeza a los pies.

Me alegro de tenerle, aunque antes, cuando estaba soltera y sola, también estaba bien. De todos modos, a veces me parece que para que haya llegado hasta aquí se han alineado los planetas. Un día, por casualidad, me enteré de que era el profesor particular de economía de Lily en la Universidad de Pensilvania. No era una treta para acercarse a mí; al principio, no tenía ni idea de que Lily era mi hermana y, además, ella lo había elegido al azar. En aquella época, Connor y yo nos veíamos solo una vez al año, cuando Princeton y Penn competían en un torneo académico, y aquella casualidad fue una oportunidad para que nos viéramos más a menudo. Para que nos reencontráramos.

Y nunca ha sido propio de Connor desaprovechar una oportunidad.

Así pues, cuando me vio en el viejo apartamento de Lily, me pidió una cita. Acepté porque me estaba desafiando a salir de mi zona de confort, como ha hecho durante todos estos años. Me pregunto si el día que me acueste con él será cuando todo termine, cuando nuestra travesía, que ha consistido en perdernos y encontrarnos el uno al otro una y otra vez, llegará a su fin.

Me vuelvo hacia Ryke, que no ha quitado las botas de la mesa, y me aseguro de que repare en mi mirada fulminante. Levanta las manos en un gesto de derrota.

—Mira, si vamos a vivir juntos, tenemos que poner reglas, ¿vale? Joder.

Madame Charmaine interrumpe nuestra discusión.

—Ahora estás soltera, pero pronto encontrarás a alguien —le dice a Daisy.

—Espera, eso no encaja —responde mi hermana mientras las cámaras se vuelven hacia ella—. Ya tengo novio.

Ryke baja por fin las botas al suelo.

—¿Desde cuándo?

—Desde la semana pasada.

Madame Charmaine levanta un dedo.

—¡Ajá! —exclama—. Pronto. Muy pronto.

—Tan pronto que ya ha sucedido —comenta Connor—. ¿Vamos a cambiar la definición de «precognición»? ¿Debería llamar a la academia de la lengua?

Lo esboza una sonrisa.

—Qué borde estás hoy, Connor.

—Mi tolerancia a las tonterías tiene un límite. La magia lo sobrepasa.

—No es magia —replica madame Charmaine de inmediato—. Tengo un don.

Connor hace una pausa.

—Como iba diciendo…

—¿Por qué ninguno de nosotros conoce a tu novio? —le pregunto a Daisy para intentar reconducir la conversación hacia lugares en los que Connor no parezca más capullo de lo que es, aunque me da en la nariz que Scott se encargará de que el montaje lo muestre de la peor forma posible.

Antes de que conteste, Ryke le susurra algo al oído y los dos se ponen de pie a la vez. Nos quedamos todos expectantes hasta que

Ryke se sienta en el suelo, donde antes estaba ella, y ella en la silla, con las piernas cruzadas.

A veces, Ryke es majo. He de reconocerlo.

—¿Me has oído, Daisy? —insisto.

—Ah… Sí. —Se aparta el pelo de la cara—. No es de esa clase de novios que presentas en casa.

—O sea, que te lo estás follando y punto —suelta Ryke.

Vaya, ya ha dejado de ser majo. Aunque al menos puedo estar segura de que no va a intentar nada con Daisy por su edad. Creo que es más probable que le dé por correr por una autopista antes que liarse con ella.

—Delante de las cámaras no —advierte Connor.

Ryke le hace una peineta y lo fulmina con la mirada. Noto cómo el pecho de Connor se hincha de irritación.

—No sé por qué me molesto —dice—. Total, tampoco os va a entender nadie. No hacéis más que decir palabrotas. Tendrán que añadir tantos pitidos que ni siquiera saldréis en el programa.

—Y eso te haría feliz de cojones, ¿eh?

—Lo que me haría feliz es atarte al porche delantero y dejarte ahí. Hasta tendría la amabilidad de tirarte algún hueso para que pudieras roerlo.

Lo no puede parar de reír, pero su hermano lo fulmina con la mirada.

—¿Dónde está tu puta lealtad?

Lo deja de reírse y borra su sonrisa.

—¿Has oído lo que le has dicho a Daisy? ¿Qué te parece si no vuelves a mencionar nunca más su vida sexual? Así, tal vez, solo tal vez, considere la posibilidad de ponerme de tu lado.

—Chicos, chicos… —Daisy hace un gesto con la mano para reconducir la conversación—. No me estoy follando a mi novio, es solo que no quiero que lo conozcáis. Es un poco tonto.

Ryke aprieta la mandíbula.

—¿Es tonto? Entonces ¿por qué coño estás con él?

Daisy se encoge de hombros y evita la mirada oscura de Ryke.

—Es majo.

De repente, Scott se me pega; noto su cadera apretada contra la mía. Lo que me apetece es acercarme corriendo a Connor, pero no quiero que el productor piense que le tengo miedo, así que me quedo donde estoy, notando su aliento cálido en el oído.

—Deberías ser la siguiente. Ver qué te depara el futuro.

Me estremezco al imaginar una lectura como «Alguien a quien amas morirá pronto» o «Te casarás con un estúpido». Tal vez Connor no confíe mucho en las videntes, pero una parte de mí será siempre un poco supersticiosa.

—Madame —dice Scott antes de que me dé tiempo a pararle—, Rose quiere ser la siguiente.

—¿Y luego irás tú? —pregunta Connor—. A todos nos encantaría saber cuándo vas a morir.

Scott tensa el cuello. Madame Charmaine, por su parte, se acerca a nuestro sofá y se arrodilla frente a mí. Me coge la mano y escudriña las líneas de la palma con una mirada frenética.

—Hum…

No me gustan los «hum». Suenan a los balbuceos ininteligibles de un bebé; es decir, al equivalente de clavarme una aguja en el oído.

—Creo que… Creo que la lectura será mejor con las cartas. —Se saca la baraja del bolsillo—. Pártela en dos. No les des la vuelta.

Obedezco y la parto sin pensarlo mucho. El dorso de las cartas tiene un estampado púrpura de lunas crecientes. Ella vuelve a sentarse en la otomana que hay junto a la mesa de café y empieza a girar las cartas. No veo los dibujos, pero me parece atisbar un unicornio blanco en una de ellas, lo que lleva a Connor a poner los ojos en blanco.

Sin embargo, entrelaza sus dedos con los míos y me da un beso en los nudillos, como si pensara que necesito que me reconforte antes de que la mujer exponga mi futuro.

Gira la última carta, asiente y comenta:

—Vaya... Eres muy fértil. Siento dos espíritus masculinos muy fuertes en tu vida; es posible que tengas gemelos.

Tiene que estar de broma. Un bebé llorando es como mi círculo del infierno personal. Cuando mi hermana mayor, Poppy, tuvo a mi sobrina, no le hice ni caso hasta que no empezó a formar frases inteligibles. No tengo nada en común con los niños, y no hace falta que nadie me diga que sería una madre horrible. Sé perfectamente que es cierto. Por eso no pienso tener hijos jamás.

—Retíralo —le espeto.

—No puedo retirar una lectura de cartas.

—No es un bolso, Rose. No lo puedes devolver —interviene Connor con una media sonrisa—. Es tu futuro. —Es evidente que se está divirtiendo.

Lo señalo con un dedo.

—¡Cierra el pico!

Él me coge la mano y dice:

—Si tú no te lo crees, yo tampoco.

No parece muy disgustado por mi declaración (aunque, técnicamente, no es la primera vez que doy voz a mi desprecio por los bebés, así que no debería ser ninguna sorpresa para nadie), pero, por extraño que parezca, quiero saber qué piensa él en realidad. Anhelo una respuesta sincera. Sin embargo, sé que no me la va a dar ahora, no cuando las cámaras nos están grabando y no con Scott sentado a mi lado.

—Trato hecho —contesto.

La vidente chasquea la lengua.

—Creo que percibo la energía de otra persona. Es muy negra, muy oscura. No es nada buena.

—Seguro que es Connor —aventura Loren guiñando un ojo.

Este sonríe y, por lo que me parece, lo hace con sinceridad.

—No —repone madame Charmaine—. Viene de ella. —Se queda mirando a Lily. «No, no, no…»—. Vas a casarte pronto, ¿no es así?

Mi hermana se hunde más en su asiento, incómoda por ser el centro de atención, sobre todo cuando Brett y Ben giran sus objetivos hacia ella.

—Sí —contesta con un hilo de voz.

Lo deja sus platos de papel sobre la mesa de café.

—Muy bien —dice Connor poniéndose de pie—. Creo que ya hemos tenido bastante magia por una noche. —Coge a madame Charmaine por el codo y ella se levanta—. Ha sido interesante conocer a alguien que se dedica al arte dramático, pero creo que ya es hora de que se marche.

Loren le da las gracias a Connor moviendo solo los labios y frota la espalda de Lily. Sin embargo, Scott, que tiene que estropearlo todo, se levanta y declara:

—Quien está a cargo de la producción soy yo, Connor. Soy yo quien decide cuándo terminan estos eventos. —Echa un vistazo al reloj—. Y todavía nos quedan diez minutos.

De inmediato, madame Charmaine le hace a Lily la siguiente pregunta:

—Y esa boda… Tú no quieres casarte, ¿no es así?

—¿Qué? —Lily abre los ojos como platos—. No… —Dirige su mirada a Loren—. O sea, sí. Sí, claro que quiero. ¿Por qué no iba a querer? —Mira a la cámara alarmada—. Yo… Quiero muchísimo a Lo. Es mi mejor amigo…

—Eh, Lily —interviene Lo, la estrecha contra su pecho y la sienta en sus piernas—, no tienes por qué contarle nada a ese vejestorio.

Ryke niega con la cabeza y masculla:

—¿La acaba de llamar vejestorio?

—Eso parece —responde Daisy.

—De puta madre.

Lily no presenta buen aspecto. Tiene los hombros hundidos, como si fuese un cachorrito desamparado que tiembla de frío bajo la lluvia. Me pongo al lado de Connor.

—Vale, madame… —Yo tampoco soy capaz de pronunciar su nombre sin poner los ojos en blanco—. Si no se quiere ir ya… —fulmino a Scott con la mirada antes de que me interrumpa—, tendrá que dejar en paz a mi hermana.

Sin embargo, la mujer pregunta:

—¿Por qué te casas si estás llena de aprensión?

¡Voy a matar a Scott! Si ha sido él quien se ha inventado estas preguntas… Se me escapa incluso un pequeño gruñido, así que Connor me pone una mano en el hombro para tranquilizarme. Me gustaría sacarle los ojos a este tipo con mis propias garras y luego pisotearlos con la punta afilada de los tacones. Me vuelvo hacia él; me noto los ojos ardientes.

—¿Has sido tú quien le ha dicho que haga estas preguntas?

Scott finge estar desconcertado.

—¿Y por qué iba yo a hacer eso?

—No… No estoy llena de aprensión —balbucea Lily.

Pero sí lo está. Cuando su adicción al sexo se hizo pública, los relaciones públicas de Fizzle sugirieron las mejores opciones para controlar los daños. En el número uno de la lista estaba el matrimonio; así, Lily demostraría que tenía una relación estable. Que no es tan pervertida como el mundo piensa.

Por eso nuestra madre y nuestro padre decidieron dejar de mantener a Lily hasta que se casara legalmente con Loren. Además, querían que esperaran un año, para que no pareciera una boda de conveniencia. No hay mucha gente que sepa que es una estrategia, aunque, de todos modos, la boda es real. Dentro de seis meses ya no será una Calloway.

No es una boda por amor, a pesar de que seguramente se habrían casado por voluntad propia en unos cinco o seis años. Nuestros padres decidieron por ellos, así que la boda es por dinero y por las apariencias, nada más.

En realidad, tanto Lily como Loren tienen sus reservas y sus dudas. He hablado con mi hermana al respecto y me ha dicho sin preámbulos que odia la idea de que un día, al mirar las fotos de su boda, solo vea algo frío y falso. A mí me gustaría que su matrimonio empezara con buen pie, pero no encuentro el modo de librarnos de todo esto.

Hasta cierto punto, estoy de acuerdo con mi madre. Creo que esto ayudará a Fizzle porque reparará la imagen de Lily en los medios de comunicación. Ahora bien, ¿creo que merece la pena? Eso le corresponde juzgarlo a Lily. Sé que, si ha accedido a casarse, es más porque se siente culpable por haberle causado problemas a Fizzle que por recuperar su herencia.

Madame Charmaine levanta las manos.

—¡Cuántas emociones! —Se presiona la frente con los dedos.

La expresión imperturbable de Connor se está desmoronando por momentos.

—¡Pues yo estoy bien! —grita Lily de repente saltando del sofá—. Y quiero a Loren. ¡Mirad! —Le da un beso en la mejilla y luego en los labios.

Él retrocede, la peor reacción para Lily en estos momentos. Loren está intentando entender en qué estado mental se encuentra mi hermana, aunque es evidente que va empeorando poco a poco. Ella es como un edificio que puede desmoronarse lentamente o de golpe, según quién haya colocado los ladrillos.

Lily se estremece y se echa hacia atrás; no esperaba que Lo la rechazara. Se golpea contra la mesa y vuelca una vela encendida. Dios mío.

—Ay, no quería… —Se le llenan los ojos de lágrimas; cree que lo ha estropeado todo. Intenta levantar la vela, pero Loren la coge de la cintura y la acerca a él antes de que se queme.

La llama enciende una servilleta y un plato de papel. Daisy coge la servilleta como si fuese un pañal sucio, no una bola de fuego.

—Uf, está caliente.

—¿En serio? —dice Ryke cogiéndola de la muñeca para quitarle la servilleta en llamas.

—Sí, sí, en serio. ¿Quieres ver? —Sonríe con aire juguetón y le acerca la servilleta, y él no se aparta.

—Qué graciosa eres.

—Y yo que pensaba que solo era una tía ardiente…

Me gustaría decir que yo soy la más normal de las hermanas Calloway, pero en este preciso instante estoy intentando hacerme con la jarra de agua que hay en una esquina de la mesa de café con tanto ímpetu que acabo tirando otra vela.

Qué maravilla.

Las cámaras van de un lado a otro por detrás de nosotros, tan descontroladas como las llamas.

Daisy tira la servilleta sobre la mesa antes de quemarse. La vidente chilla no sé qué sobre sus cartas y las recoge a toda prisa. Y entonces un par de manos me apartan de las llamas crecientes, que han terminado ya con las servilletas y han empezado a devorar el mantel lila.

—¡El agua…! —empiezo a decir, pero Connor me deja junto a la pared y trae un extintor.

Mi novio apaga el fuego en cuestión de segundos. La vidente ya se ha largado de la casa con su bolso lila a cuestas. De pronto, reina la calma; lo único que se oye es un «losientolosientolosiento» amortiguado. Se me encoge el corazón cuando veo a Lily murmurar las disculpas una y otra vez con la cabeza enterrada en el pecho de Loren. Él le acaricia la nuca con una expresión dura. Levanta la vista y me dice:

—Gracias a Dios que estaba Connor, ¿eh? —Intenta disimular el dolor que le deforma el rostro.

—Dios siempre se las apaña para quitarme el mérito —protesta mi novio.

Loren esboza una media sonrisa.

Creo que, en este momento, quiero más a Connor por rebajar la tensión que por haber salvado mi mesa de café de madera de cedro, aunque me alegro de que no se haya quemado.

Es una antigüedad.

Loren coge a Lily en brazos para que no tenga que enfrentarse a la mirada inquisidora de la cámara.

Scott se vuelve hacia mí.

—Parece que al final podremos ver ese bailecito erótico.

—¿Perdona? —le espeto con una expresión de desagrado.

Un tenso silencio cae sobre la sala. Scott sonríe.

—Hiciste una apuesta hace unos días. Vi el metraje. Si alguien lloraba durante la escena de la vidente, tendrías que hacerle un baile erótico a tu novio.

«Mierda. Joder. Mierda».

—En realidad, Lily no ha llorado —contesto enseguida.

Loren la mueve un poco para que vea su camiseta, que está mojada por las lágrimas de mi hermana. Ella se seca las mejillas a toda prisa, intentando esconder su tristeza, pero ahí está, a la vista de todos. Olvidaba que Loren no estaba de mi lado en lo referente a la apuesta. ¿Qué digo? Si fue él quien la propuso.

—¡Deberías sentirte fatal por aprovecharte de sus sentimientos!

—Ella también estaba presente cuando hiciste la apuesta —me recuerda—. ¿Dejamos el baile para otro día? Lily y yo queremos verlo en primera fila.

Mi hermana masculla algo que suena a «Solo si ella quiere».

—Está bien —accedo al notar las manos de Connor en mi cintura.

Me aparto de él; la ansiedad me provoca más calor que el pequeño incendio. «Voy a tener que contonearme delante de él. En público. Y luego lo verán millones de personas por televisión. Mierda…». La única ventaja es que el primer episodio se emitirá en febrero y para eso queda más de un mes, así que tengo tiempo antes de que la gente descubra que soy incapaz de mover el culo.

—Creo que nos hemos perdido algo —le dice Daisy a Ryke.

Él se la queda mirando.

—Al parecer, últimamente me he perdido un montón de cosas.

Ella aparta la vista y, cuando se da cuenta de que la estoy mirando, me sonríe. Creo que Ryke está preocupado por ella. Todos lo estamos. Entre nosotros flota un cierto miedo a que termine como Lily, loca por el sexo y compulsiva. La atención de los medios de comunicación la está afectando en el colegio más de lo que sabemos. Daisy no quiere hablar del tema. No me extrañaría que intentara liberar la tensión de una forma perjudicial.

Loren se lleva a Lily de la sala, escaleras arriba; ella lo rodea con las piernas. Ben el Enjuto los sigue.

Me giro ligeramente y choco con una cámara. Brett el Rechoncho tiene una sonrisa petulante pintada en la cara, como si él también hubiese ganado la apuesta. Supongo que han ganado todos menos yo.

—Brett, borra esa sonrisa antes de que la convierta en un ceño fruncido perenne. —La amenaza suena en serio. No lo es, pero me siento tan al límite que creo que podría causar unos daños astronómicos.

Miro los alrededores de la mesa de café. Espuma blanca, servilletas calcinadas, comida quemada, platos sucios y una otomana tirada en el suelo. ¿Es una mancha eso que hay sobre la alfombra? Ay…

—Ahora lo limpio —me dice Connor.

—Yo te ayudo —se ofrece Scott. Connor se lo queda mirando—. ¿Qué? Ahora vivo aquí —añade con una sonrisa—. Puedo echar una mano.

Tengo la sensación de que Scott quiere echarme algo más que una mano.

«Seis meses. Seis meses».

Si me lo repito varias veces, quizá no me parezca tanto tiempo.

Capítulo 6

Connor Cobalt

«Menuda manera de desperdiciar la tarde».

Me repito el pensamiento en bucle mientras escucho a otro de los miembros de la junta de Cobalt Inc. parlotear y parlotear sobre publicidad e inversores ángel. Siento la necesidad de ponerme de pie y hacerle saber a todos que se las han arreglado para cargarse la conversación.

Pero no lo hago.

Estos son los empleados de más alto rango de la empresa. Si quiero conservar la esperanza, por ínfima que sea, de tomar las riendas de Cobalt Inc. sin que parezca que la he heredado sin merecerla, no me queda más remedio que morderme la lengua. La empresa es propietaria de marcas como MagNetic, pinturas Smith & Keller y otras subsidiarias muy rentables que han estado llenándome los bolsillos desde que nací.

Finjo interés lo mejor que puedo, pero estoy sentado a la cabeza de una larga mesa junto a veinte hombres de mediana edad. Durante estas reuniones, soy el interino de mi madre, un puesto para el que me nombró hace dos años. En realidad, no significa nada.

Sobre el papel, sigo siendo solo su hijo. Esto no es más que un examen.

Mi madre nunca ha estado muy dispuesta a ceder el imperio que erigió desde la nada. Para ser miembro de la junta, convertirme en el presidente y adquirir sus acciones, debo demostrar mi valía en estas reuniones o en las tareas que me encomienda en los momentos menos oportunos. Llevo el teléfono móvil en el bolsillo a todas horas y siempre amenaza con sonar.

Las peticiones repentinas para entretener a sus socios o a algún amigo de la familia llegan cuando menos me lo espero, así que siempre me siento agradecido cuando me deja tener una noche de paz.

Escribo en la tableta que tengo en las piernas. En realidad, estoy tomando apuntes para un trabajo para una de mis asignaturas de economía en Wharton que tengo que entregar esta noche. El año pasado me gradué en la Universidad de Pensilvania, pero ahora estoy jugando en otra liga: la escuela de posgrado. Quiero sacarme este MBA, aunque no lo necesito. Lo cierto es que no.

Con o sin el título, seré el presidente de Cobalt Inc. Sin embargo, no conseguiré fácilmente el respeto que tanto anhelo.

Me vibra el teléfono, que llevo en el bolsillo de los pantalones. El sonido es lo bastante alto para que Steve Balm, el director general de operaciones y el miembro de la junta que mi madre más respeta, haga una pausa en su discurso sobre pinturas de dedos. Steve lleva un buen rato divagando sobre colores primarios y los corazones de los niños del mundo. Quiere joder a Crayola. No ha usado esas palabras, pero sé leer entre líneas.

—¿Te he interrumpido, Connor? —pregunta frunciendo las cejas grises con aire crítico. Steve y yo tenemos un pasado. Supongo que empezó el día en que nací, cuando lo nombraron mi padrino.

No hago ademán de coger el teléfono.

—¿Acaso he dicho algo? —pregunto a modo de respuesta. Silencio la llamada antes de que vibre otra vez.

—¿No vas a contestar? —me insta Gary Holmes, un hombre bajo y fornido que está sentado unas sillas más allá—. Podría ser Hollywood. Ahora eres una estrella de cine, ¿no?

Se oyen unas risitas por la sala de reuniones. Se atreven a bromear porque me conocen desde que tenía siete años, cuando iba detrás de mi madre por los pasillos.

A ojos de estos hombres, no soy más que un muchacho.

No me los ganaré discutiendo, golpeándome el pecho con los puños ni exigiendo que me tomen en serio, así que me vuelvo hacia Steve y digo:

—Si quieres hundir esta empresa, adelante, decide gastar millones de nuestro presupuesto de investigación en financiar pinturas de dedos sin patente, pero respetuosas para la salud.

Steve no demuestra si está de acuerdo conmigo o no; su rostro es tan inexpresivo como el mío.

—Katarina quiere expandirse —asegura al resto de la sala—. Nos ha dado una semana para proponer opciones viables para llevar a Cobalt Inc. a otro nivel.

—Podríamos asociarnos con Fizzle —sugiere Gary—. Connor ya ha metido la patita.

Antes de que se produzca otro estallido de carcajadas en la sala, le planteo:

—¿Y qué podemos hacer con Fizzle? Somos una empresa de pinturas e imanes. ¿Envenenamos a los consumidores con latas de refresco magnéticas? —Todo el mundo se queda en silencio, nos miran al uno y luego al otro. Yo no despego los ojos de Gary, que se sonroja y se hunde en su asiento.

Me pongo recto para recordarles a todos quién de los presentes ya no es un niño.

—Solo era una broma —se defiende Gary. Mira a Steve en busca de apoyo, pero mi padrino nunca le ofrece un chaleco salvavidas. Si te estás ahogando, jódete y ahógate.

—A no ser que constituyan una opinión productiva, guárdate las bromas para otro momento —le espeto con aspereza. Y, ahora sí, me saco el teléfono del bolsillo. Era un mensaje…

Rose: Virginia Woolf, Jane Austen, Anne Brontë

Mis labios amenazan con curvarse en una sonrisa. Tengo que esforzarme mucho para reprimirla. Empiezo a escribir mientras digo:

—Katarina acaba de avisarme de que está de camino —miento, aunque sé por un correo que he leído esta mañana que vendrá más tarde.

Connor: Follar a la primera, matar a la segunda y casarme con la tercera

Toco el botón de enviar y me vuelvo a meter el móvil en el bolsillo.

—¿Alguna otra idea genial, Gary? —pregunta Steve. Y ahí está: su opinión. Lo miro a los ojos y asiente discretamente para hacerme saber que está de acuerdo conmigo. No respiro de alivio; esta es solo una reunión entre tantas otras.

Katarina llega solo cinco minutos más tarde y, después de que Steve la ponga al día, los miembros de la junta salen de la sala de reuniones y me dejan solo con ella.

Su melena ondulada teñida de rojo oscuro cae como una cascada sobre sus hombros. Se sienta en la silla de Steve, a mi derecha. Eso significa que la conversación no será corta, aunque ya le había hablado del reality show.

Le expuse los pros y los contras en una hoja de cálculo en la que destaqué todas las razones por las que mi participación en el programa era positiva, sobre todo en beneficio de Cobalt Inc.: la cobertura mediática, ponerle cara a nuestra marca... Algo que mi madre quiere, pero que nunca ha logrado.

El único riesgo es la mala prensa. Las acciones de Fizzle y Hale Co. se desplomaron después de que se publicara la noticia de la adicción al sexo de Lily. Yo guardaba suficiente distancia de la hermana de Rose para que Cobalt Inc. no se viera salpicado, pero ahora me estoy situando más cerca de las Calloway. Mi madre me ha dicho que no está muy de acuerdo: no le gusta correr riesgos ni ensuciarse las manos, pero para eso estoy yo.

—¿Dónde están los cámaras? —pregunta sin preámbulos.

—Solo hay tres —le repito—. No me seguirán si no estoy con otra persona, así que si lo que te preocupa es que entren en este edificio...

—No me preocupa eso. —Saca su teléfono y empieza a escribir un correo mientras habla conmigo—. Lo que me preocupa es que esa chica arruine tu vida.

—Se llama Rose, y no va a arruinar mi vida. —Todavía no se conocen, pero las dos llevan tiempo presionándome para que las deje ir a tomar un café o a comer juntas. No creo que vaya a salir nada bueno de ello, así que pongo como excusa que mi madre nunca tiene tiempo para quedar con Rose y que Rose nunca tiene tiempo para quedar con mi madre. Ya sé que está mal, pero estoy seguro de que se caerán fatal. Además, creo que Katarina intentaría sacar a Rose de mi vida, algo que no pienso permitir.

Mi madre se guarda el móvil en el bolsillo y me mira con el rostro ensombrecido y contrariado.

—Es una chica poderosa que fundó su propia empresa cuando solo era una adolescente. Es independiente, apasionada y ambiciosa.

—Estas son algunas de las cualidades que más admiro de Rose, pero estoy convencido de que mi madre está a punto de convertirlas en algo siniestro e inadecuado—. Las mujeres emprendedoras no podemos tener a un hombre a nuestro lado. No podemos mantener relaciones duraderas. Estamos casadas con nuestras carreras profesionales. —Pronuncia cada frase como si fuera un clavo en un ataúd, dándome bofetadas de realidad—. Mandamos a nuestros hijos a un internado o dejamos que los críe una niñera. Es la vida que yo quise, aun sacrificando a mi marido y a mi hijo. Pero tú no quieres acabar así, Connor. Eres más inteligente.

Me niego a apartar la vista de sus ojos azul oscuro; quiero combatir su poderosa mirada con la mía. Sus palabras me afectan, sí, pero jamás se lo mostraré.

No hablo con mi madre sobre mis relaciones muy a menudo, y siempre que nombro a Rose recibo la misma reacción: un resoplido desdeñoso y luego cambia de tema como si nada. Cuando le conté que me iba a vivir con ella, me dejó de hablar durante semanas. Prefería que fuese mi novia quien viniese a vivir conmigo, y no al revés. Yo estaba dispuesto a desarraigarme por Rose y, según Katarina Cobalt, había otras chicas que habrían estado más que dispuestas a trasladarse a mi casa. A sus ojos, elegí un camino que no me beneficiaba.

Durante ese tiempo, tuve que recurrir a Steve Balm como intermediario para hablar con ella. Retomamos la comunicación cuando le hablé del reality show y de cómo ayudaría a Cobalt Inc. si yo tomaba las decisiones adecuadas.

—Tendrías que fijarte en una chica como Caroline Haverford —insiste.

Hago una mueca para mis adentros, pero no permito que vea que oír su nombre es como si un montón de puñales se me clavaran en la espalda. Salí con Caroline. Me follé a Caroline. Pero eran negocios. Igual que mi relación con mi madre. Igual que el resto de mi vida.

¿Tan malo es desear algo real?

—Estoy con Rose —sentencio—. Y eso no va a cambiar.

Tamborilea sobre la mesa con las uñas, frustrada. Katarina Cobalt siempre consigue lo que quiere, y esta es la primera vez que yo piso el freno y me niego a ceder a sus demandas.

—Caroline estaría siempre a tu lado. Tendría tiempo para ti. Rose no. Entre vosotros dos irán creciendo el rencor y la amargura, y al cabo de unos años os daréis cuenta de que dormís junto a un desconocido.

—¿Seguimos hablando de mi relación? —le pregunto con las cejas enarcadas.

Aprieta los labios formando una delgada línea.

—¿La amas?

—El amor es un sentimiento irracional —contesto. Odio creer de verdad en esas palabras—. Hace que la gente inteligente haga cosas estúpidas. Mi relación con Rose es… estimulante. —Creo que soy un sociópata. ¡Joder! Necesito ver a Frederick.

—Bien. No hace falta que convirtamos todo esto en una trágica obra de Shakespeare. Al menos todavía no ha corrompido tu mente.

Se levanta de la silla y se alisa la falda de tubo.

—Me gustaría conocerla —me dice por enésima vez—. Programa una cita con Marci. Si no lo haces, llamaré a Rose yo misma. No hace falta que sigas mintiendo por nosotras.

Se va repicando en el suelo con los tacones y me deja ahí, imaginando la inminente reunión entre Katarina Cobalt y Rose Calloway.

Habrá gritos. Llantos. Es posible que corra la sangre.

Y, a pesar de lo resiliente que es, no creo que sea Rose quien salga victoriosa.

Me suena el teléfono. Miro el nombre que aparece en pantalla: Scott Van Wright. Estupendo.

Al responder, me aseguro de ser yo quien hable primero.

—Scott, qué amable eres por llamar. Empezaba a sospechar que no te caía muy bien.

—¿Qué te hace pensar eso? —«Quieres follarte a mi novia».

—Rose te cae mejor. —Lanzo el anzuelo; a ver qué responde.

—La verdad es que sí —contesta—. Es más guapa.

Espero a que diga algo más vulgar como «y tiene chochete», pero no lo hace. O llevo demasiado tiempo alrededor de gente vulgar o se está autocensurando.

—Muchos hombres no estarían de acuerdo contigo —repongo de forma despreocupada—. ¿A qué se debe esta llamada tan repentina?

—Voy a ir al supermercado. Necesitamos algunas cosas. Y he pensado que podría comprar algunos de los productos preferidos de Rose. ¿Qué le gusta?

—Le gusto yo.

Se echa a reír.

—Esta llamada está siendo grabada, ¿lo sabes? Tengo puesto el altavoz —lo dice como si acabase de caer en una trampa.

—También le gusta mi polla, mi pelo, mi cerebro, mi cuerpo…

—Sí, te quiere tanto que sigue siendo virgen.

Debe de haberlo leído en alguna entrevista o quizá alguien lo ha mencionado en la casa y se ha enterado al ver las grabaciones. Rose no se avergüenza de ser virgen, así que no me extrañaría que lo hubiera admitido delante de las cámaras.

—Y tú eres su exnovio —replico de forma inexpresiva—. Tiene problemas con la intimidad y no es una conclusión disparatada que sea a causa de tu impotencia. —Nada de lo que he dicho es verdad, pero espero que lo emitan… Aunque lo dudo mucho. Él resopla—. Ah, y le gusta el chocolate negro.

—Compraré condones y ya está. ¿Qué te parece?

Cojo el teléfono con fuerza.

—¿Me estás pidiendo permiso para tener relaciones? Muy amable por tu parte, pero la respuesta es no. Ya estoy pillado.

Se ríe con sequedad.

—Eres un puto capullo.

—Me han llamado cosas peores —repongo, todavía con voz despreocupada—. Pero soy el capullo que tiene a la chica. Y no una muñeca hinchable.

—Nos vemos en casa —contesta pasando por alto mi comentario—. Llegarás muy tarde, ¿no? Tienes el trabajo, la universidad, toda esa mierda. No te preocupes, colega. Yo le haré compañía a las chicas.

Cuelga y yo reproduzco toda la conversación en mi mente. Me saca de quicio más que ningún otro ser humano, y el hecho de que no tenga que impresionarle hace que se me desate la lengua más de lo normal.

Me ha llamado para joderme.

Y está funcionando.

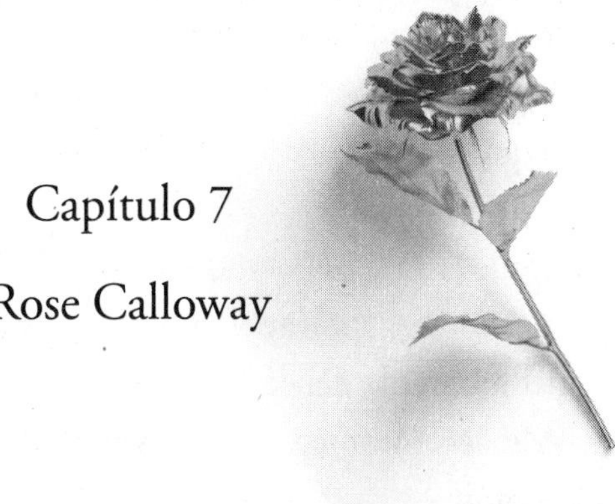

Capítulo 7

Rose Calloway

—Recuerda que no debes mirar a las cámaras —le dice a Lily por enésima vez. Está intentando pasar de Ben y de Brett, que nos están grabando desde dos ángulos distintos, pero es evidente que la hacen sentir incómoda.

Al menos cuando no está Loren.

Cuando él está, parece incapaz de pensar en nada más; le derrite los nervios hasta convertirla en un pozo de calma.

Lily me acompaña mientras yo doy vueltas por la cocina y me hago una ensalada para llevármela a las oficinas de Calloway Couture. Intento no analizar en exceso por qué la llevo pegada al costado.

Se inclina hacia mí y susurra:

—¿Y si tengo un moco en la nariz o algo así? —Vuelve a mirar al objetivo ansiosa—. ¿O si tengo manchada la cara de queso o de mantequilla de cacahuete? Soy bastante patosa comiendo. ¿Usarán esas imágenes?

Dejo las zanahorias sobre la encimera y, cuando me doy la vuelta, casi me choco con ella otra vez. Da un paso atrás y yo le pongo las manos sobre los hombros.

—No tengo ningún control sobre el montaje —le repito por enésima vez. También quiero recordarle que no tiene por qué hacer esto, que, si quiere dejar de formar parte del reality show, me parecerá bien. Estaré conforme.

Aunque eso no es del todo cierto.

El éxito de Calloway Couture depende de este programa, y el éxito del programa depende de Lily y Loren.

—Me acostumbraré —me asegura al interpretar correctamente mi expresión—. Es solo que todo esto es nuevo para mí, y lo nuevo siempre me da un poco de miedo, ¿sabes? Bueno, supongo que no lo sabes. —Se ríe nerviosa—. A ti no te asusta nada.

Eso tampoco es cierto. No hace mucho tuve miedo. Terror, de hecho. Alguien a quien no pienso nombrar me metió el pulgar en la boca. Y creo que me gustó.

Me vibra el móvil, que está sobre la encimera. Me seco las manos antes de tocar la pantalla. Tengo dos mensajes nuevos.

El primero:

Mamá: 5 meses y 20 días hasta la boda

Llegados a este punto, ni siquiera me sorprende. Cada día recibo un mensaje suyo con una cuenta atrás que me recuerda que he asumido la responsabilidad de planificar la boda de Lily.

Abro el segundo mensaje para ver si me distrae de todas las cosas que tengo por hacer.

Connor: Príncipe Encantador, Robin Hood, la Bestia

¿En serio? ¿Yo le mandé tres escritoras brillantes y él me hace elegir entre personajes de Disney? Esto es una declaración de guerra.

Contesto a toda prisa; no tengo ni que pensarlo.

Rose: Matar al primero, casarme con el segundo, follarme al tercero

Al cabo de menos de un minuto, recibo otro mensaje.

Connor: ¿Preferirías follarte a la Bestia que a Robin Hood? Explícate.

Rose: ¿No tienes nada que decir sobre que quiera matar al Príncipe Encantador?

Cambiar de tema por mensaje es mi especialidad.

Connor: No me sorprende. Yo también lo mataría. Siempre pensando que todas las chicas necesitan ser rescatadas de sus torres... Es un imbécil.

Sonrío; tengo mariposas en el estómago.

—¿Es Connor? —pregunta Lily mirando mi sonrisa con suspicacia.

Reprimo la sonrisa y ella intenta leer el mensaje por encima de mi hombro. Me aprieto el teléfono contra el pecho. A ella le brillan los ojos.

—¿Le estás mandando mensajes marranos? —pregunta divertida.

¿Debería? ¿Qué clase de pareja se manda mensajes hablando de matar al Príncipe Encantador? Si evalúo en serio mi relación con Connor, el veredicto será más cercano a «extraña» que a «normal».

El teléfono vuelve a vibrar, pero no lo aparto de la seguridad que le confiere mi blusa.

—¿Sobre qué os escribís Lo y tú?

Arruga el gesto al pensarlo.

—Bueno, yo le escribo cosas que me gustaría hacer… Y él suele contestar con un «vale», aunque a veces es un cerdo mentiroso y no lo hacemos. —Se encoge de hombros—. No es mucho de escribir mensajes. —El rostro se le ilumina de repente con una sonrisa—. Pero a veces me envía mensajes como este así por las buenas… —Levanta un dedo para decirme que espere mientras abre su teléfono antiguo con la otra mano. Ese cacharro viejo no tiene internet ni aplicaciones. Cuantas menos tentaciones de mirar porno tenga, mejor—. La semana pasada me mandó este.

Levanta el teléfono delante de mi cara, y Brett y Ben intentan hacer zum en la pantalla. Lily la protege con la mano mientras yo leo el mensaje.

Lo: Echo de menos tu coño

Qué elocuente. Lily está radiante.

—No suele enviar mensajes guarros para excitarme —me explica—, así que, cuando me manda uno, para mí es como si fuera Navidad. —Señala mi móvil—. ¿Qué pone en el tuyo?

—Son cosas de trabajo —respondo con una evasiva.

Y luego escribo:

Rose: Robin Hood es un putón. Querría formar parte de la banda de los alegres hombres, no ser una muesca en el poste de su cama. Seguro que la Bestia es virgen.

En cuanto toco el botón de enviar se me cae el alma a los pies. ¿Qué coño acabo de hacer? Culpo a Lily, que sigue mirando por encima de mi hombro mientras escribo y me ha distraído. Por su culpa no he releído el mensaje.

Básicamente, acabo de admitir que quiero acostarme con un virgen.

Y Connor no es virgen.

No tengo tiempo de pensar; suena el timbre. Recorro la cocina y el salón para abrir la puerta, y dejo a Lily al lado de la nevera. Miro atrás un segundo para asegurarme de que no se desmorone sin mí, pero me relajo al verla concentrada en mi ensalada, cortando pepino.

Ben me sigue con su *steadicam*. Ahora que no está Lily mirando constantemente el objetivo, me resulta más fácil fingir que es invisible.

Cuando abro la puerta, mi estado de ánimo cambia totalmente. Espero lanzarle una mirada del tipo «preferiría asesinar a una población entera de tortugas marinas antes que estar cerca de ti». Los labios de Scott Van Wright se curvan en una sonrisa engreída y chulesca.

Debo de estar haciendo algo mal.

—La mayoría de las chicas responden a la puerta con un «hola».

—¿No tienes trabajo?

—Tú eres mi trabajo, Rose.

Fantástico. Todavía no me he hecho a la idea de que Scott vive con nosotros. Esta mañana, me he levantado a las cinco de la madrugada con Connor solo para ducharme antes de que nadie (básicamente, Scott) quisiera usar las duchas y viera mi cuerpo desnudo a contraluz. Sé perfectamente que a través del cristal translúcido se ven sombras. No soy idiota.

Y ahora lo tengo aquí.

Y siempre va a estar por aquí. Tengo que hacerme a la idea de una vez.

Levanta unas bolsas de plástico del supermercado.

—Vengo en son de paz. —Baja la mirada por mi blusa azul oscuro con botones dorados en los hombros. El escote no es mucho más pronunciado que el de la que me puse para la grabación con la vidente, pero llevo un collar dorado que desaparece entre mis pechos y que acentúa un poco más de lo normal mis pequeñas copas de tamaño C.

—He visto que has cambiado de armario. Hemos dejado el convento y hemos entrado en la escuela primaria. No es perfecto, pero poco a poco.

Intento cerrarle la puerta en las narices. Como va cargado, se ve obligado a usar la cadera para mantenerla abierta.

—Haz un solo comentario más sobre mi ropa —le espeto echando humo— y veremos lo cerca que tienes el trasero de la punta de mi pie.

—Trato hecho —se limita a contestar absteniéndose de responder con mordacidad. Creo que solo está intentando ganar tiempo para no acabar derramando la leche por el suelo.

Exhalo aire de forma entrecortada y le abro la puerta para que pueda pasar a la cocina.

Lily levanta la vista de la ensalada con los ojos muy abiertos y una expresión interrogante. Todavía no ha estado a solas con Scott sin que Loren esté presente, pero era cuestión de tiempo. Todos tenemos un lugar donde ir durante el día.

Yo voy a Calloway Couture, en Nueva York. He alquilado un despacho en Filadelfia porque ir cada día a Nueva York me estaba matando, pero, aun así, me dejo caer por la oficina principal una vez a la semana, para ver cómo va.

Connor está en la Universidad de Pensilvania o en Cobalt Inc., en Filadelfia.

Loren va a su empresa de cómics en Filadelfia.

Daisy ha de ir al instituto, también en Filadelfia.

Y Ryke... Bueno, no estoy muy segura de dónde narices está durante el día. Tal vez en el gimnasio o en el rocódromo. Se graduó el año pasado, igual que yo, pero de momento no parece tener intención de hacer nada con su título de Periodismo. Incluso ha dejado de trabajar para *La Crónica de Filadelfia*.

Y, por último, está Lily. Ahora que asiste a sus clases de Princeton online, es la única que está sola en casa. Me pone nerviosa que tenga que pasar tanto tiempo con Scott. Quizá pueda convencerla para que venga a las oficinas de Calloway Couture conmigo.

Scott deja las bolsas de plástico sobre la encimera de la cocina y Lily se aparta de su camino, evitando sus ojos, su cuerpo y cualquier cosa que le pertenezca.

—No muerdo, ¿eh? —le dice él.

—Ya lo sé, es que... —Mi hermana no despega la vista del suelo.

Él la mira con el ceño fruncido, desconcertado. Estoy segura de que se imaginaba que mi hermana, la adicta al sexo, sería una chica segura de sí misma y descarada que se pondría de rodillas en cuanto hubiera una polla presente. Es lo que piensa la mayoría de la gente. Solo hace falta una conversación de cinco minutos para darse cuenta de que Lily no es así. Es tímida, nerviosa y está consumida por la ansiedad social. Solo tiene confianza cuando se trata de sexo.

A veces pienso que somos polos opuestos.

—Es tímida —respondo por ella—. No es nada personal.

—¿Una adicta al sexo tímida? —Se queda mirando a Lily como si no se creyera que existe—. ¿Me estás vacilando?

Ella se pone roja de inmediato y yo lo fulmino con la mirada.

—Déjala en paz.

Lily levanta las manos en un gesto conciliador.

—No, no pasa nada. Quiero explicarme… —Mira a la cámara.

—No mires a cámara —la regaña Scott como si fuera una niña—. No es tan difícil de entender, cariño.

—¿Eres capaz de hablar sin ser un cerdo? —le pregunto.

Él sonríe como si me hubiera ofrecido a hacerle una mamada. ¡Puaj! Soy un reto, ya lo he entendido. Soy la perra que quiere domesticar. Pero, lo digo en serio, mis insultos no deberían poner así de cachondo a nadie. ¿Perdería el interés por mí si empezase a alabarlo?

Lily se dirige de nuevo a Scott:

—Quiero que los espectadores se encuentren con un retrato real y honesto de la adicción al sexo. Al menos de una versión. Mi versión. Así, tal vez, si hay alguna otra chica como yo, no se sentirá tan sola.

—Está bien —dice Scott asintiendo—. Pues sí que voy a morder. ¿Por qué coño pareces tenerme tanto miedo? ¿No deberías desear arrodillarte ahora mismo delante de mí? —Abre la nevera y guarda la leche y la crema agria.

—Estoy en rehabilitación —le rebate Lily—. Y tengo novio. No quiero acostarme con nadie que no sea él. Así que no, no tengo ningún deseo de arrodillarme delante de ti. Y siempre he sido tímida. Solo que… no en eso.

Una vez, me contó que durante el sexo se siente una persona totalmente distinta: fuerte, empoderada… Es lo único que cree que se le da bien, y se ha tomado ese conocimiento muy a pecho. Sin embargo, después del sexo la inunda la vergüenza; cree que jamás logrará nada más que eso, que no es más que una puta, que su único talento es follar. Y se comporta al respecto de forma tan compulsiva que llega a extremos insanos. Y ser una mujer que es fantástica en el sexo, que tiene cinco veces más relaciones que cualquier hombre, no es algo de lo que pueda jactarse. No en una sociedad que le pone la etiqueta de «puta» en un abrir y cerrar de ojos.

El estilo de vida de Lily está plagado de humillación. No hay ningún triunfo en ella.

Desearía poder protegerla, pero no puedes resguardar a una chica del mundo sin aislarla de él.

—¿No puedes ni pronunciar la palabra «sexo»? —responde Scott con una carcajada—. Santo Dios...

Lily se pone un mechón de pelo detrás de la oreja y se vuelve hacia mí. Intenta no hacerle caso, pero veo una sombra de dolor en su rostro.

—Me voy a hacer los deberes —dice con un hilo de voz.

—Oye... —Me seco las manos con un trapo y la cojo de los hombros antes de que se marche—. No le hagas caso —susurro—. Es un asqueroso.

—Ya lo sé. Connor me ha dicho lo mismo esta mañana.

Frunzo el ceño.

—Ah, ¿sí?

—Sí. Me ha dicho que Scott se reiría de mí y que tenía que recordar que a él todo el mundo lo odia y que a mí me quieren. —Se ríe, pero tiene los ojos llenos de lágrimas. Se las seca antes de que empiecen a caer—. No quería llorar tanto esta semana, lo prometo. Creo que me va a venir la regla. Puedo usar eso como excusa, ¿no?

Le doy un abrazo, aunque mis abrazos siempre son un poco tiesos. Cada vez que alguien la condena por su adicción, se me parte un poco el alma. Como si fuera una broma... No lo es. Y no es asquerosa ni rara ni patética por sentirse así. Si a mí me calumniaran cada día en las redes sociales, estaría mucho peor que ella. Mi reacción sería mucho peor que soltar unas lagrimitas de vez en cuando.

—¿Vas a llamar a Lo? —le pregunto. Aunque me irrita, siempre parece saber qué decirle para ponerla de mejor humor.

—Sí, creo que sí.

Me da otro abrazo antes de irse a su habitación... Y me deja sola con Scott. Me hierve la sangre. Siento el impulso de buscar un cuchillo serrado por los cajones y de cercenarle el rabo. Me vuelvo hacia la nevera de doble puerta y veo que casi ha terminado de guardar toda la compra.

—Eres la vileza personificada —le espeto con frialdad—. Podría hacerte pedazos ahora mismo, pero en realidad me das pena.

—¿Y eso por qué? —Cierra la puerta de la despensa y me mira con los ojos entornados.

—Porque acabas de insultar a la única chica con la que no deberías meterte. Una vez entras en la lista negra de Loren Hale, es muy difícil salir de ella.

—Ese es el de los pómulos marcados, ¿no? —comenta como si no conociera al chico de veintidós años que sale en las noticias día sí, día también, con el que, además, vive—. No me parece peligroso.

—Hará de tu vida un infierno —le aseguro con una sonrisa—. Durante seis largos meses.

—Bueno, ya que estás celebrando mi defunción... —mete una mano en la última bolsa y me tiende una tableta de chocolate—, he comprado esto para ti. Me han dicho que es tu preferido.

Esbozo una sonrisa de oreja a oreja mientras doy vueltas a la tableta en la mano. «Connor». Miro a Scott a los ojos.

—Odio el chocolate negro... Pero buen intento.

Aprieta la mandíbula y yo le estampo la tableta de chocolate en el pecho.

Me dirijo a las escaleras; noto su mirada ardiente clavada en el culo.

No me atrevo a mirar atrás para comprobarlo.

No pienso dejar que me robe esta victoria.

Capítulo 8
Connor Cobalt

El equipo ha hecho una pausa para comer, así que los únicos objetivos que nos graban están colgados de las paredes y los techos. Es un alivio no tener que ignorar a los cámaras.

Ryke, Lo y yo estamos en el nivel más bajo de la casa. Hace unos días, Daisy encontró dos ratas chillando en su armario y heces dentro de sus botas. Si hubiera sido Rose, habría puesto la casa patas arriba. Sin embargo, Daisy prefirió callárselo y se lo dijo solo a Ryke. Quería que nos encargásemos del problema sin alarmar a sus hermanas.

Me apoyo en la pared. Lo está agachado delante del espacio por donde tenemos que reptar con una bolsa de basura y Ryke ha desaparecido en el interior de los bajos de la casa, que tienen menos de un metro de alto y cuya superficie es de tierra. El fuerte hedor a moho y a humedad se cuela por la portezuela de madera.

Estamos esperando a que Ryke compruebe si las trampas para ratas que pusimos han funcionado.

—Tienes una pinta horrible —me dice Loren con su elocuencia habitual.

Tiene razón. Tengo unas ojeras muy oscuras y, si no estuviera apoyado en la pared, me habría desplomado. Solo he dormido dos horas. Como es sábado, tenía pensado recuperar sueño esta mañana, pero he recibido un mensaje inesperado de mi madre. He tenido que llevar al equipo de publicidad de Cobalt Inc. a desayunar y hablar sobre posicionamiento de productos.

Supongo que ahora podría echarme una siesta, pero doy otro trago de café. Por nada del mundo me perdería esto. Esto es Ryke metido en un espacio lleno de telarañas en busca de una rata muerta. Sonrío. Que le den a dormir. Las pequeñas cosas son lo mejor de la vida.

—Soy un estudiante de posgrado que intenta controlar una empresa multimillonaria —le contesto a Lo—. Si no tuviera una pinta horrible, sería gracias a las drogas.

Oigo que Ryke se da un golpe contra una tubería.

—¡Joder! —maldice.

—¿Ya estás fornicando con las ratas? —pregunto sin soltar la taza caliente.

—Que te den, Cobalt —me espeta con un gruñido mientras sale poco a poco—. Tendría que haber entrado el más bajito de los tres.

Lo se da por aludido de inmediato.

—Si hubiera sabido que ibas a lloriquear, lo habría hecho yo mismo, y solo mido un par de centímetros menos que tú, hermanito.

Ryke se da otro golpe en la cabeza y suelta un gruñido de frustración.

—Sigo midiendo un puto metro noventa —protesta.

Lo apoya los antebrazos en los muslos y se agacha para ver a su hermano salir arrastrándose.

—Además de ser un gigante, ¿qué otra cosa te hace ir tan lento? La trampa la pusiste tú; deberías saber dónde está.

—Se la ha debido de llevar la rata con ella.

—Usa el hocico —sugiero—. En los perros está más desarrollado el sentido del olfato.

Lo se echa a reír mientras yo doy otro sorbo de café con aire despreocupado.

—Que os den a los dos —dice Ryke, aunque desde el otro lado de la pared suena menos amenazante.

El teléfono me vibra en el bolsillo. Lo saco y leo el mensaje rápidamente.

Rose: ¿Has hablado ya con Loren?

No me sorprende que Rose se haya concentrado de nuevo en arreglar los asuntos de Lily y Loren. Le gusta cuidar de sus hermanas, pero creo que si les presta tanta atención es para no tener que lidiar con sus propios problemas.

Le contesto:

Connor: Lo haré ahora mismo

Un problema menos que la obsesione, una fuente de estrés menos en su vida. Me meto el teléfono en el bolsillo, me vuelvo hacia Lo y le planteo la pregunta de Rose como si fuese mía.

—¿Lily está manteniendo más relaciones sexuales que de costumbre?

Rose no lo sabe, pero, por extraño que parezca, Lo es muy abierto con su vida sexual con Lily. Le motiva el miedo a permitirle recaer, y que confíe en mis sabios consejos también ayuda.

—No, pero quiere. —Se pone de pie con la bolsa de basura en la mano—. Este puto reality show la tiene de los nervios. Y para ella el sexo es como medicación para la ansiedad, lo que significa que la semana que viene yo no mojo y ella tiene que conformarse con mis dedos. —Mira a la cámara que hay sujeta a la esquina del techo y la pared y saluda al objetivo moviendo los dedos. Luego le guiña un ojo.

Y por eso este reality show va a ser un éxito. Este relato sin filtros es buena televisión.

—Entonces ¿no os estáis acostando? —insisto, mientras intento que la incredulidad no se filtre en mi voz. Follan casi todas las noches y también por las mañanas. Se oye bastante a través de las paredes.

Loren se frota la nuca; supongo que intenta decidir si me miente o no. Baja la mano y dice:

—No, a ver... —Respira hondo mientras espero pacientemente—. El otro día follamos, pero luego se puso un poco compulsiva, así que quiero que se abstenga tres o cuatro días, a ver cómo le va.

—¿Y usasteis un preservativo?

Se queda en silencio unos instantes y luego golpea la pared con el puño.

—¡Joder, Ryke, date prisa!

—Lo...

Me mira con una expresión iracunda.

—Esta conversación ha terminado.

—Estoy intentando imaginarme qué aspecto tendrá Lily cuando esté embarazada —comento con aire despreocupado—. ¿Le engordará el cuerpo entero o solo la barriga?

—Por lo menos, yo la meto en caliente —replica Lo con un matiz de pura malicia en la voz—. ¿Cuánto tiempo llevas follándote a tu propia mano?

Tensa la mandíbula después de hablar para contener una mueca. Lo tiene la costumbre de atacar verbalmente a la gente, aunque ha mejorado mucho desde que lo conocí. Entonces no era más que un capullo borracho. Ahora es un capullo sobrio que se arrepiente cuando no es capaz de poner filtro a sus palabras.

Por suerte para él, no es fácil cabrearme.

—Mi mano y yo tenemos un pasado juntos —respondo de forma despreocupada, e incluso sonrío. Él parece relajarse al ver que no me he enfadado—. Mira, yo no soy tu hermano. —Señalo el pequeño espacio donde Ryke ha desaparecido por fin—. Yo no pienso echarte la bronca por cometer alguna estupidez. Pero salgo con la hermana mayor de tu novia. No eres el único que tiene los huevos en la cuerda floja.

Asiente para decirme que lo entiende.

—Son las consecuencias de meterse en la cama con una diabla.

—Y me gusta mucho —continúo—, así que ponte un condón y no me compliques la vida.

No le digo que no está preparado para ser padre, que la idea de que Lily se quede embarazada nos pone a todos los pelos de punta. No le digo que el alcoholismo es hereditario ni que ahora mismo está demasiado ocupado para criar a un niño. Todo eso ya lo sabe. Rose y su hermano se lo han dicho miles de veces.

Lo que Rose y Ryke no entienden es que si te repiten algo hasta la saciedad puedes acabar por insensibilizarte a ello. Andy Warhol puso en práctica esta teoría en su obra de la silla eléctrica: repitió la imagen hasta que dejó de ser vista como algo cruel.

Pierde su significado. Así pues, no le repito lo que ya le han dicho. Quiero que mis palabras tengan significado.

Por eso he elegido mi razón egoísta.

Al fin y al cabo, soy el capullo que solo piensa en sí mismo.

Soy lo que él necesita que sea.

Se queda mirando al suelo unos instantes, asimilando lo que le acabo de decir.

—Tendré más cuidado —murmura.

El sonido que viene del hueco pone fin a la conversación. Ryke debe de haberse golpeado contra tres tuberías a la vez. Tose y dice:

—Está lleno de puto moho. Nadie debería dormir en esta puta planta hasta que contratemos a alguien que la limpie.

Lo se agacha junto a la puerta.

—Si lo que pretendes es que Daisy comparta habitación contigo, lo llevas claro. A duras penas tolero que seáis amigos.

—¿Me estás jodiendo? —replica Ryke—. Había ratas en su habitación, está viviendo al lado del moho, ¿y lo primero que piensas es que me la quiero follar?

Loren entorna los ojos.

—No he dicho nada de follar.

Ryke gime.

Daisy es un tema delicado para ellos dos, es evidente. Como la relación de Ryke y Loren es joven —se conocieron solo hace un año y medio—, hay cierta tensión en lo que respecta a las Calloway. Loren se crio con ellas; Ryke no. Es natural que Lo se muestre protector con Daisy, pero el problema que yo le veo es que, como está consumido por Lily, como siempre la está cuidando, no tiene espacio para hacer lo mismo con otra chica, ni siquiera con una que considera su hermana pequeña.

Así que, aunque Lo cree que está protegiendo a Daisy de su hermanastro, lo único que consigue es crear una barrera entre ella y la única persona que se preocupará por ella antes que por las demás. Y, aun así, no puedo decir ni una palabra al respecto. Tengo que dejar que las cosas sucedan de forma natural, no servirá de nada que me meta. Más bien al revés. Mis palabras no tendrían el efecto deseado en Lo, así que lo mejor es que me muerda la lengua.

—Compartiré cuarto con el puto Scott —resuelve Ryke alzando la voz para que lo oigamos desde el pasillo—. Y que Daisy se quede con mi habitación. O puedo quedarme yo en esta y ella que se vaya a la mía, me la pela. Ninguna de las chicas debería estar cerca de esto.

—¿Y si nos oye follar a Lily y a mí desde el otro lado de la pared? Si duerme en la planta baja, es por algo.

Ryke no contesta, pero casi puedo oírlo echar humo desde aquí. Lo se vuelve hacia mí y me pregunta con una mirada dura qué pienso al respecto.

—No puedes censurar a una chica de casi diecisiete años, y menos si es una modelo de alta costura —opino. Mis palabras no son tan duras como las suyas o las de su hermano. Yo siempre me muestro tranquilo. Sereno. Así no se pone a la defensiva—. Ha visto y oído tanto como tú, si no más. Puedo llamar a alguien para que le eche un vistazo a esto, pero, hasta entonces, Rose querría que su hermana durmiera en un lugar limpio.

Tras pasarse un minuto digiriendo mi respuesta, Lo suspira y se rinde.

—Ryke, ¿compartirás cuarto con Scott?

—Ya te he dicho que sí.

—Vale. Cuanto más vigilado tengamos a ese capullo, mejor, ¿no?

Ryke dice algo a modo de respuesta, pero no lo oigo. Está dando demasiados golpes.

—Me cago en todo —maldice en voz alta mientras intenta salir de ese espacio diminuto.

Loren lo coge por debajo de un brazo para ayudarlo a salir. Cuando lo consigue, Ryke se pone de pie y nos muestra la trampa con la rata muerta. Tiene la cola enredada, como si la hubiera arrastrado con ella.

—Me parece que te hemos encontrado una nueva profesión —comento con una sonrisa.

—Al menos a mí no me da miedo ensuciarme las manos, princesa. —Me balancea la trampa (con la rata colgada) delante de la cara.

Ni siquiera reacciono.

Ryke pone los ojos en blanco y se dispone a tirarla a la bolsa de basura.

—Espera —dice Lo—. Podríamos hacer algo con ella.

—No —nos negamos Ryke y yo al unísono.

Reprimo una mueca. Ryke debe de ser una de las personas más inteligentes que viven bajo este techo, pero no me gusta estar de acuerdo con él. Es como estar del lado de un perro guardián en lugar de una persona.

—No me habéis dejado terminar —protesta Lo enfadado.

—Quieres hacerle algo a Scott —contesto.

—Es el puto productor —le recuerda Ryke—. Si le declaras la guerra, te hará parecer un psicópata en el montaje. Relájate, hostia.

—¡Lily ha llorado a gritos por su culpa! —vocifera Lo—. No me pienso quedar de brazos cruzados durante seis meses sin hacer caso de toda la mierda que suelta por la boca. Esto no es como las redes sociales y los blogs de cotilleo, ¡vivimos con ese cabrón!

Se oyen pasos por la escalera y nos quedamos sospechosamente callados. Brett aparece por la esquina, jadeando y con la *steadicam* sujeta del pecho, y eso que solo ha bajado corriendo una planta.

—Scott dice... que vayáis todos al salón... para el baile erótico —explica sin aliento.

Scott Van Wright toma todas las decisiones. Cuándo, cómo, dónde...

Lo odio a muerte.

Lo me mira, esperando a que acepte sus métodos para lidiar con Scott.

No puedo ni ver a ese tipo, pero todavía no he llegado a ese punto. No pienso hacer nada tan cruel y malévolo como para mandarlo a un hospital psiquiátrico, mentalmente hecho trizas.

Mi forma de encarar mis batallas es muy distinta de la de Loren Hale. Tal vez no sea tan rápida ni tan efectiva, pero he de confiar en que lograré evitar que mis amigos acaben destrozados.

Capítulo 9

Connor Cobalt

Cuando subimos a la planta principal, me encuentro a Rose y a Daisy susurrando junto a la chimenea. Daisy se va cambiando de sitio para tapar la vista del objetivo, se adelanta a Ben cada vez que intenta grabar a Rose.

Me froto los labios mientras observo a mi novia. Está escuchando a su hermana con el cuello rígido mientras contiene el aliento.

Se ha puesto pantalones. Va vestida con un jersey negro de Calloway Couture y unos vaqueros pitillo de otra marca. Tiene miedo de exponer su cuerpo ante las cámaras y, como ha dicho más de una vez, los únicos bailes que conoce son bailes de salón. El vals y el foxtrot.

El perreo no forma parte de su repertorio.

Lily aparece de repente y le da un puñetazo a Lo en el hombro. Él finge estremecerse.

—¡Ay! ¿Y eso a qué viene?

—Viene a que esa estupidez de la apuesta se te ocurrió a ti —le espeta Lily en un siseo. Baja la voz cuando Brett la enfoca. Tiene un micrófono direccional puesto en la *steadicam*, pero no importa. Todos llevamos micrófonos de corbata que capturarán sus palabras, y, por si fuera poco, la casa está llena de equipos de sonido.

Scott está sentado en el sofá de cuero. Me mira a los ojos y se pinta una sonrisa petulante. Yo, en cambio, lo escondo todo detrás de mis rasgos, sobre todo la ira, que amenaza con salir desbordada.

—¿Qué hace Daisy? —pregunta Ryke.

Lily coge a Loren de la mano.

—Le está dando consejos a Rose.

Ryke frunce el ceño.

—La adicta al sexo eres tú. ¿No deberías darle tú los jodidos consejos?

—¡Eh! —Loren lo fulmina con la mirada a modo de advertencia.

Él hace un gesto con los brazos y repone:

—Es una pregunta lógica.

—También es maleducada.

—Bueno, pues se lo preguntaré amablemente. —Mira a Lily—. Es evidente que tienes más experiencia que tu hermana pequeña. Entonces ¿por qué cojones no eres tú la que instruye a Rose?

Lo niega con la cabeza.

—Patético.

—No sé hacerlo mejor.

Lily se toca el pecho.

—Me gusta bailar en la discoteca, pero nunca le he hecho un baile erótico a nadie.

—¿Y Daisy sí? —replica Ryke con incredulidad.

—Ha dicho que lo hizo una vez. —Lily se apoya en el pecho de Loren y él la abraza.

Ryke exhala una bocanada de aire, enfadado.

—¿Os dais cuenta de que el 90 por ciento de un baile erótico es básicamente lo mismo que cuando una chica folla poniéndose encima? Ya sabéis, montando al chico.

—No creo que Rose quiera llevarlo tan lejos delante de las cámaras.

Un sonido desagradable interrumpe nuestra conversación. Me vuelvo y veo que Scott está arrastrando una silla hacia el salón, haciendo rechinar las patas contra el suelo de parquet. La coloca en el centro de la sala y da unos golpecitos en el respaldo.

—Siéntate, Connor.

No acepto órdenes de buen grado a no ser que pueda sacar algún beneficio de ello. Y, en este caso, no es así.

Todos los ojos y las cámaras se posan sobre mí. Esperan mi reacción; se preguntan en silencio si obedeceré esa petición tan sencilla de Scott Van Wright. Rose está de pie, recta e impecable, en una postura rígida y dura. Lo único que veo es miedo, algo de lo que deseo liberarla con toda mi alma.

Miro fijamente a Scott y rompo el silencio con dos simples palabras.

—Siéntate, Rose. —No aparto la vista de Scott, ni siquiera cuando le cambia la expresión.

—Eso no era lo que decía la apuesta —protesta el productor.

—Solo estoy haciendo algunos cambios en las condiciones.

Rose se dirige a la silla, repicando en el suelo con los tacones. Se sienta con los hombros hacia atrás y cruza los tobillos, como si acabara de reclamar su trono.

Me caliento solo con verla.

Vuelvo mi atención hacia Lo, que tiene a Lily cogida por los hombros.

—Vas a ver un baile erótico de todos modos. ¿Te parece bien?

—No quiero otra cosa.

—Un momento. —Daisy alza las manos y luego me señala—. ¿Eres tú quien va a bailarle a Rose?

—Así es. —Me saco la camisa negra de los pantalones de vestir.

Esboza una sonrisa radiante.

—Tenemos que grabarlo. —Se vuelve como si se dispusiera a ir a buscar una cámara, pero golpea la Canon Rebel de Savannah con el codo—. Ah, sí... No me acordaba. —Solo Daisy, una chica que se pasa el día rodeada de fotógrafos por trabajo, podría olvidarse por un instante de que nos están filmando constantemente.

—Esto no me lo puedo perder —dice Ryke mientras se sienta en el sofá al lado de Scott. Todos lo imitan, preparados para el espectáculo.

Pero yo solo tengo ojos para Rose. Me acerco a ella y contemplo cómo se coge de los lados de la silla de madera con tanta fuerza que se le ponen blancos los nudillos. Está asustada, ansiosa y excitada.

Recorre mi cuerpo con la mirada mientras me desabrocho la camisa; empieza a respirar de forma más profunda.

Lo desconocido le da miedo.

Pero esto podría ser la experiencia más salvaje, tempestuosa y reveladora que tendrá nunca.

«Prepárate, cariño. Te va a dar vueltas la cabeza».

Capítulo 10

Rose Calloway

Dios.

Mío.

De mi vida.

Connor se desabrocha el último botón de la camisa negra acompañado de la atronadora música de discoteca que reproducen un par de altavoces. Se muestra seguro de sí mismo, alto y dominante, como una estatua de mármol perfecta. No aparta la vista de mí ni un instante.

Me niego a acobardarme, a convertirme en una bolita asustada, así que me siento recta y espero a que se acerque a mí. Espero a... No sé qué espero. No tengo ni idea de qué tiene pensado Connor Cobalt.

—¡Mueve ese culito, cariño! —grita Loren por encima de la música.

Pero Connor no cede a los deseos de Lo. Noto la mirada penetrante de Scott, que me observa desde el sofá.

En cuanto las piernas de Connor me rozan las rodillas, todo el aire se me agolpa en el pecho, encadenándose en mis costillas. Coloca los pies a los lados de la silla y se erige sobre mí. Me pierdo en esa postura; mi corazón ha decidido danzar por libre y palpita, hace piruetas y revolotea. Lo que vienen siendo espasmos. Mi corazón está bailando como un idiota, el equivalente a menearse en el suelo como un estúpido.

Y entonces él me alza la barbilla para que me pierda en el pozo interminable de sus ojos azules.

Así, en esa postura, inmóvil, irradia poder.

Noto que el calor me abraza el cuello; él me quita las manos de la silla y las guía a sus marcados abdominales. Siento su piel de una forma que jamás la había sentido; descubro las líneas y la dureza de sus músculos. Cuanto más recorro su cuerpo con las manos, más calor siento. He imaginado esto tantas veces... Cómo sería estar bajo alguien tan fuerte como él. Simplemente, jamás me había permitido concederle esa victoria, temerosa de que se largase con ella y me dejara atrás.

Reparo en que tengo su entrepierna prácticamente a la altura de los ojos. Cruzo los tobillos con tanta fuerza que me hago daño, pero me obligo a cerrar las piernas de todos modos.

Tengo las bragas empapadas. No ha hecho falta nada más: él, de pie ante mí. «¿En serio, Rose?».

Espero a que mueva el culo delante de mi cara o que haga un bailecito tonto sobre mis piernas, pero no hace ninguna de las dos cosas.

Scott se aclara la garganta y suelta una carcajada.

—Connor, ¿seguro que sabes lo que estás haciendo?

Mi novio clava su mirada en mis ojos y dice:

—*Je sais toujours ce que je fais.* —«Siempre sé lo que hago».

Se desabrocha el cinturón y mi corazón se desboca. En serio, necesito que lo manden al banquillo, que descanse un ratito.

—No te va a gustar mucho si te mueves, así que mejor quédate como una estatua.

De todos modos, no me puedo mover. Estoy congelada en esta silla.

Desliza el cinturón de cuero por las presillas del pantalón de vestir mientras yo lo sigo con la mirada. Baja hacia mí, pero, en lugar de sentarse en mis muslos, apoya las manos en mis rodillas y me abre las piernas para sentarse en la silla conmigo. La música sigue reverberando con fuerza en el fondo, desatando todos mis sentidos.

Abro los ojos, alarmada, y me aferro a sus brazos. Intento respirar con normalidad, pero tengo los labios sellados; temo que se me escape algún sonido. De placer, de miedo... De todo lo anterior.

De repente, con el cinturón enrollado en una mano, me coge de la cintura y me desliza silla abajo, de forma que me quedo medio tumbada. Luego coge el respaldo con una mano. Ahora está escondiendo mi rostro de las cámaras a la vez que me domina por completo.

Se desenrolla el cinturón, me pone las muñecas detrás de la espalda y me las ata. Noto cómo el cuero se me clava en la piel. Termina el nudo y, mientras me acaricia la cara, empieza a balancearse al ritmo de la música.

Frota su pelvis contra la mía, pero sigue el ritmo y el tempo de la canción, así que es más que eso. Me está regalando un baile erótico mucho más sensual que cualquier coreografía que hubiera podido hacer yo. Me cuesta no apartar la mirada de la suya. Soy demasiado consciente de que no estamos solos, de la presencia de las cámaras, del hecho de que está encima de mí, de que mis piernas cuelgan a los lados, llenas de inseguridad.

Su dureza se me clava en la carne y pierdo los nervios. Encojo los dedos de los pies dentro de los zapatos de tacón. «Dios mío...».

¿Esto está pasando de verdad? ¿Delante de todos? Y pronto se emitirá por la televisión nacional...

¿En qué lío me he metido?

Acerca los labios entreabiertos a mi oído.

—*Ne pense pas.* —«No pienses».

«Eso es muy fácil decirlo, Richard». Pero no consigo abrir la boca y formar las palabras. Acelera sus movimientos, siempre al ritmo de la música; se mueve con más dureza y yo aprieto los dientes para reprimir un sonido que me hace cosquillas en la garganta. «Por Dios...». Esto no debería excitarme tanto. No bajo la atenta mirada de todos.

Cierro los ojos un segundo y echo la cabeza hacia atrás. Él sigue sujetando mi rostro con una mano fuerte y controladora; se mece, con su boca muy cerca de mi mejilla. No me hace falta mirar para saber que me observa, que me estudia, que no pierde de vista mis necesidades. Me conoce demasiado bien.

Se frota con fuerza y un sonido agudo se me escapa de los labios. «Mierda». Pero, antes de que pueda obcecarme en lo que acaba de suceder, quita la mano de la silla y la desliza por mi muslo, en dirección al culo. Abro los ojos de golpe e intento mover las manos, pero las tengo atadas.

Lo fulmino con la mirada y él me sonríe con esa arrogancia que me es tan familiar. Ahora soy mucho más consciente de lo que está ocurriendo. Echo un vistazo tras él y veo a mis hermanas. Lily está boquiabierta, pero Lo le está tapando los ojos, así que podemos concluir que ha pillado a Connor siendo pícaro en público, una imagen nada habitual. Normalmente, solo es así en privado.

Daisy está sentada en el reposabrazos de un sofá con una sonrisa de oreja a oreja. Ryke y Lo observan la escena con curiosidad, y Scott... En cuanto me vuelvo para mirar al productor, Connor me coge de la barbilla y me obliga a devolverle mi atención.

—*Lui donnerais-toi ce qu'il veut?* —«¿Piensas darle lo que quiere?». Enarca una ceja y luego presiona los labios contra mi mandíbula para besarme con suavidad, y a continuación succiona con fuerza.

Me quedo sin aliento. En cuanto vuelve a mirarme a los ojos, le digo:

—*Il ne peut pas m'avoir.* —«Él no puede tenerme». Debería pararme ahí y no añadir nada más, pero no quiero perder esta batalla contra Connor. No quiero ponérselo fácil, quiero desafiarle tal como él tanto desea—. *Aucun homme ne peut.* —«Ningún hombre puede».

Sus labios vuelven a acudir junto a mi oído.

—Ya lo veremos. —Y entonces me rodea por la parte baja de la espalda para unir mi cuerpo con el suyo y desliza la otra mano entre mi pelo.

Me besa en los labios antes de que me dé tiempo a pensar nada; su lengua se enreda con la mía, aprieta todo su cuerpo contra mí. El vértice entre mis muslos palpita, ansía una presión implacable, y me tenso como respuesta. «Santo Dios…».

La música se interrumpe. Entonces me doy cuenta de que Connor ha dejado de mecerse contra mí en cuanto la canción ha terminado y de que nos estamos besando con más pasión que nunca; él me agarra el pelo con los dedos y yo intento tocarle tan desesperadamente que se me clava el cinturón de cuero en las muñecas.

—Vale —dice Scott—. Ya es suficiente.

Su voz me hace bajar a la tierra. Me separo de Connor y giro la cara antes de que me vuelva a besar. Todo mi cuerpo está ruborizado, sudado; mi corazón sigue latiendo descontrolado.

—Guau —exclama Daisy mientras aplaude—. ¡Qué sexy! Le doy un diez.

—¿Cuánto me he perdido? —protesta Lily intentando quitarse los dedos de Lo de la cara.

—Era demasiado escandaloso para tus ojitos, mi amor —contesta Lo con una sonrisa. Aparta la mano y le da un beso en la sien.

Yo todavía estoy intentando recuperar el aliento. Connor me observa con atención mientras me desata, pero yo miro a la pared con los ojos entornados. «¿Qué acaba de pasar?».

Cuando Connor se pone de pie, me incorporo en la silla, pero mis músculos no cooperan más allá de eso.

—Se supone que íbamos a ver un baile —comenta Scott—. No una película porno.

—¿Te he hecho sentir incómodo? —pregunta Connor con su impasividad habitual. Se mete la camisa por el pantalón y empieza a abotonársela, pero no se separa de mí. Scott no contesta—. Pues deja que tenga en cuenta tus sentimientos, por favor. Ahí tienes la puerta. Seguro que estarías mucho más contento estando al otro lado.

Loren está a punto de sonreír, pero al final decide fulminar al productor con la mirada. Scott se rasca la barba de varios días y se limita a asentir. Luego se va a la cocina. Me pregunto quién quedará como el gilipollas cuando esta escena se emita por televisión.

Ryke se levanta y dice:

—Cobalt, ¿has sido estríper?

—Nadie podría permitirse contratarme.

—Ha sido como en *Magic Mike*, ¿no? —pregunta Lily—. Tienes que haber visto esa película. —Se vuelve hacia Lo y lo mira con ojos suplicantes—. Veámosla solo una vez. No es porno.

—Los abdominales de Channing Tatum podrían considerarse algo porno —interviene Daisy.

Lo se limita a besar a Lily en la frente. Mi hermana suspira, resignada, y se queda pensativa.

—Después de ver esto necesito una ducha. —Se pone roja de inmediato y los ojos están a punto de salírsele de las órbitas. Casi puedo oír sus pensamientos: «¿He dicho eso en voz alta?». Pues sí, Lily. Sí lo has hecho.

Daisy le da un codazo y le sonríe.

—Después tendré que ir yo.

Ryke y Lo gruñen, pero Lily se relaja al ver que no es la única que está excitada. Joder, yo no puedo ni moverme de lo mojada que estoy. Connor casi me ha electrocutado sin ni siquiera quitarse los pantalones.

Ryke se levanta del sofá.

—Me voy al gimnasio. ¿Alguien se apunta?

Daisy ahoga un grito.

—¿Te masturbas en el gimnasio?

Él le lanza un almohadón a la cara y ella lo coge al vuelo con una sonrisa juguetona.

Loren se vuelve hacia Lily.

—¿De verdad vas a ir a ducharte? —le pregunta con la voz cargada de incredulidad. Desde que nos mudamos, los he oído discutir varias veces sobre el asunto de los baños. Lily todavía no se ha bañado, sobre todo porque tiene miedo de que Scott entre mientras lo hace. Intentaría persuadirla si yo no tuviera los mismos temores, razón por la que me ducho a las cinco de la mañana.

Se queda en silencio y Loren baja la voz.

—Hueles a sexo —susurra, pero yo estoy lo bastante cerca para oírlo—. No deberías tardar mucho.

Ella se mira las manos.

—¿Podemos ducharnos juntos? No haré nada, te lo prometo. Es que… me sentiré más segura.

Loren hace una larga pausa y contesta:

—Solo si nos ponemos el bañador. No quiero pasarme seis meses tentándote, Lil.

A ella se le ilumina el rostro y se lanza a sus brazos.

Yo me froto las muñecas doloridas; por unos instantes me siento insegura respecto a todo. Pero, de repente, Connor me da la mano y me ayuda a levantarme.

Me mira a los ojos y me doy cuenta de lo que podría haber sucedido. Podría haberme movido con torpeza a su alrededor, haberme puesto en evidencia en la televisión nacional. Y, en cambio, me ha hecho sentir atractiva y deseada en lugar de horrible y avergonzada.

Entorno los ojos, agradecida, con un «gracias» en la punta de la lengua. Él me acaricia la mejilla con el pulgar y, en voz muy baja, me dice:

—De nada, cariño.

Exhalo, contenta por no tener que esforzarme por hallar las palabras adecuadas. Oigo que Scott se mueve pesadamente por la cocina, abriendo y cerrando armarios.

—Le has jodido los planes —susurro.

—Pues que se seque las lágrimas y lo supere.

Yo no soy tan optimista.

—O encontrará algo que no le puedas fastidiar…

Capítulo 11

Rose Calloway

Cuando noto vibrar el móvil sobre mi mesilla de noche, todo está oscuro aún. Me froto los ojos, todavía soñolientos, y echo un vistazo al reloj: las cuatro y media. Alargo una mano para coger el teléfono y vuelco un bote de aspirinas, que cae al suelo con un repiqueteo. Miro atrás para ver si Connor se ha despertado, pero sigue inmóvil en su lado de la cama.

Anoche no tuvimos sexo. Hace tiempo que dormimos juntos como buenos amigos, sin hacer nada más de lo que quiero yo, lo que no está del todo bien. Ni siquiera sigo estando segura de lo que deseo respecto al sexo. No obstante, aún dudo si entregarle esa parte de mí, la parte que tal vez acepte triunfalmente para luego desaparecer.

Le doy la vuelta al teléfono con cuidado y rodeo la pantalla con la mano para tapar el resplandor.

Mamá: 5 meses y 12 días para la boda

Segura de que no entenderá el sarcasmo, contesto:

Rose: Gracias, mamá

Ayer, cuando me mandó el recordatorio de «cinco meses y trece días», fue Lily quien vio el mensaje. Casi tuvo que meter la nariz en una bolsa de papel para ser capaz de respirar. Tiene tantas ganas de casarse como un perro de que lo atropellen. Planificar la boda es como empujarla a una carretera llena de tráfico, así que ofrecí mis servicios.

Planificar, organizar y preparar. Eso es lo que mejor se me da. Incluso logro mediar entre las demandas de mi madre y los deseos de Lily. Por lo que respecta a nuestros padres, Lily intenta no tener mucho contacto con ellos. La culpa por haber perjudicado a Fizzle es una herida que no le gusta reabrir, así que me he convertido en su intermediaria: soy yo quien tiene que asegurarles que Lily Calloway no se está dando un atracón de pollas.

Aunque, si le dijera algo así a mi madre, le daría un infarto.

Sin embargo, cada vez que le pregunto a mi hermana algo sobre las invitaciones o la música, se pone pálida y masculla algo como «Elige tú». En definitiva, no estoy más cerca de planificar la boda que Lily de querer casarse, lo que saca a mi madre de sus casillas. Estoy segura de que esta misma tarde me llamará para sermonearme sobre cómo aprovechar el tiempo.

—¿Todo bien, cariño?

Mi corazón da un brinco al oír la voz de Connor. Me giro en la cama y lo encuentro despierto, con la cabeza apoyada en la mano.

—Solo es mi madre —susurro—. Siento haberte despertado.

Cuando estoy a punto de volver a rodar hacia el otro extremo de la cama, me vibra de nuevo el teléfono.

Mamá: Envíame los informes de ventas de Calloway Couture de la última semana. Me gustaría que un asesor financiero les echara un vistazo.

Suelto un gruñido, irritada.

—Sabe perfectamente que no quiero que siga metiéndose en los asuntos de mi empresa —protesto, más para mí que para Connor—. ¿Por qué no me deja en paz?

No vuelvo a contestarle. Sé por experiencia que es mejor no empezar una discusión por teléfono, sobre todo a las cuatro y media de la madrugada.

—Así que sí quieres hablar —afirma Connor enarcando las cejas.

—No, no. —Parpadeo y niego con la cabeza—. Lo siento. Es demasiado temprano…

Cuando me dispongo a darme la vuelta, él me coge del brazo.

—Tengo tiempo para ti —me dice. Se sienta, ahueca la almohada y se apoya en el cabezal. Me hace un gesto y añade—: Adelante.

Me incorporo un poco y tiro del dobladillo de mi camisón de seda azul.

—Cuando le conté que quería hacer un reality show para ayudar a Fizzle y a Calloway Couture, lo primero que dijo fue: «Más vale que funcione, porque, si no, ya tendré dos hijas que habrán manchado el nombre de Calloway». —Me quedo mirando las sábanas y niego con la cabeza—. ¿Quién le dice eso a su hija?

Connor se mantiene en silencio y me escucha pacientemente mientras me desahogo. Suelo esperar hasta que tengo terapia para liberar mi irritación, pero al final de esas sesiones siempre me recetan medicación contra la ansiedad, mientras que Connor suele ser capaz de apaciguar la mayoría de mis preocupaciones. Con los mensajes de mi madre todavía en mente, continúo:

—Y, aunque le he recordado cientos de veces que tengo la boda de Lily bajo control, insiste en meter las narices. «No puedes elegir un pastel *red velvet.* Que en la paleta de colores predomine el dorado, como en Fizzle, Rose. Ese sitio es demasiado pequeño, Rose. Ay, ese es demasiado grande». —Tras imitarla, lanzo los brazos al cielo, exasperada—. ¡No hago nada bien!

—¿Has probado a pasar de ella? —pregunta Connor.

Sabe que no. Ante la insistencia de mi madre, siempre claudico. Y, aunque sea una mujer abrumadora e imposible de gestionar, a una parte de mí le encanta ver que le importo. Que prefiere pasar su tiempo pensando en sus hijas que preocupándose por nimiedades.

—Aunque la odie, la quiero —digo, a pesar de que no conteste del todo a su pregunta.

—Una paradoja —musita Connor—. Me gustan. Hacen la vida más interesante.

Lo miro a los ojos. No tenemos este tipo de conversaciones muy a menudo; es mucho más divertido debatir sobre las teorías misóginas de Freud. Sin embargo, hemos hablado un par de veces sobre la relación de Connor con su madre. No es fría, ni maternal, simplemente… es. Al menos así es como siempre ha descrito a Katarina Cobalt. Como si solo fuera su jefa.

Me encantaría conocerla, pero él lleva más de un año mintiéndome al respecto, diciéndome que está ocupada. No quiere que la vea por vete a saber qué necia razón y, aunque no me explique por qué, respeto su opinión. Así que hace un par de días, cuando ella me llamó, me la quité de encima con la misma excusa que ha usado Connor todo este tiempo: que estoy demasiado ocupada para tomarme un café y no digamos ya para ir a comer. Fue maleducado por mi parte, pero, si presta atención a los cotilleos y a los chismes sobre el famoseo, ya sabrá que soy una borde.

—Las madres están todas un poco locas —comenta Connor con una media sonrisa. Acaba de citar a J. D. Salinger y está esperando a que lo mencione, pero cierro la boca, como si me hubiera perdido. Se le borra la sonrisa—. J. D. Salinger.

—¿En serio? La mayoría de las madres son filósofas por instinto —replico.

Vuelve a sonreír.

—Harriet Beecher Stowe. Y no podría estar más de acuerdo.

—No tenía intención de dejarte sin palabras, así que no te lo creas tanto. —Quiero oír la verdad, no las palabras de otra persona—. Dime algo real.

Con un ágil movimiento, tira de mi tobillo y me deja tumbada sobre el colchón. El camisón se me levanta hasta la barriga y mis bragas de algodón negro quedan al descubierto. Antes de que me dé tiempo de cubrirme, me sorprende poniendo las manos a los lados de mi cuerpo y cerniéndose sobre mí. Hay un desafío en sus ojos: quiere que me quede quieta. Que no le tenga miedo.

Inhalo, el fuego crece en mi interior. No me bajo el camisón y entorno los ojos, sacando mi lado más combativo.

—No me has contestado.

Su mirada baila sobre mis rasgos.

—No te va a gustar lo que tengo que decir.

—No me importa. Dime lo que sea.

—Mientras sea real, ¿no?

—Sí.

Sonríe.

—¿Por dónde empiezo? —Recorre la desnudez de mi rodilla por la mano y sube por el muslo—. Además de lo que me encantaría hacerte ahora mismo, y mañana, y durante el resto de mi vida, tengo la esperanza de que, algún día, veré cómo te pones más grande y redonda... —Me besa la barriga y traza una línea de besos hasta el hueso de la cadera, acercándose peligrosamente a las bragas—. Y estrecharte entre mis brazos... cada... —acaricia la piel por encima de la tela— noche...

Sus palabras me encandilan tanto que reacciono tal como debía de haber predicho. Pongo las manos en su pecho con firmeza y lo empujo hasta que se queda sentado.

—¿Sí? —dice enarcando una ceja.

—¿Quieres tener hijos? —pregunto boquiabierta. No estaba segura de qué quería, pero el hecho de que no piense lo mismo que yo, que pensemos distinto en algo, hace que el corazón me lata a toda prisa. Pensaba que Connor era una versión masculina de mí, pero me acabo de dar cuenta de que no estoy saliendo conmigo misma. Estoy saliendo con alguien muy distinto a mí. Si eso es mejor o peor, está por ver.

—Ya te he avisado de que no te iba a gustar mi respuesta. Me has dicho que no te importaba. Uno de los dos ha mentido. —Lo fulmino con la mirada.

—Quieres tener hijos.

—¿Es más real si lo repites? —repone mientras se acaricia la mandíbula. Sonríe; la situación le divierte.

—¿Por qué quieres tener hijos? Tú eres... tú.

—Tienes razón. Yo soy yo. Y yo quiero ocho niños escandalosos que salten en nuestra cama por la mañana, que te pidan que les hagas trenzas, que tengan tus bonitos ojos y tu mente brillante. Lo quiero todo, Rose. Y, un día, nuestros hijos también lo tendrán todo.

—¿Ocho hijos? —Ya no puedo pensar en otra cosa—. ¿No tengo estómago para tener uno y quieres que dé a luz a una estirpe entera? No soy la reina de Inglaterra, que procrea para garantizarle un heredero a su imperio.

Se echa a reír; tiene unos dientes tan bonitos que casi cuesta mirarlos. Me vuelve a tirar sobre el colchón y me da un beso en la mejilla.

—Pero ¿no quieres tener un hijo y una hija que te sucedan? —plantea—. ¿No quieres criarlos y saber que tu legado perdurará mucho mucho tiempo después de que te hayas ido?

—Sigues pensando en ti mismo —repongo; de repente, lo he comprendido—. ¿Serías capaz de querer a tus hijos?

Su sonrisa se desvanece y vuelve a mostrarse impasible, inexpresivo.

—Los querría.

Ojalá no intentara mentirme. No hay nada que desee más. Eso me indigna más que escuchar la verdad.

—Tú solo te quieres a ti mismo.

—Te quiero a ti. —Prácticamente se ríe de mí.

Le doy otro empujón y me pongo de rodillas. Le acerco los labios al oído y, con la voz fría y caliente a la vez, le espeto:

—No te creo.

Me dirijo al borde de la cama para bajar, pero me vuelve a coger del brazo.

—Estaba hablando en serio —me dice con una expresión severa—. Antes de que metieras al amor en la ecuación.

—De eso se trata, Connor. —Me separo de él—. El amor siempre debería formar parte de la ecuación si hay niños en ella. Simplemente, tienes suerte de que para mí no sea un requisito. —Me levanto de la cama y me aliso el camisón.

—¿Adónde vas? —pregunta con el ceño fruncido en un gesto de preocupación. Discutimos a menudo… Y nos reconciliamos todavía más a menudo. Que me vaya de este modo no es nada extraordinario.

—A ducharme.

—Son las cinco de la mañana. Vuelve a la cama.

—No. Quiero ducharme antes de que entre alguien en el baño. —Me dirijo a la puerta.

—Rose… —empieza a decir, pero enseguida se interrumpe.

Me siento como si volviera a tener dieciocho años.

Y como si Connor fuera ese muchacho de diecinueve que me prestó su americana en la universidad.

Espero a que hable, pero, igual que sucedió entonces, se limita a mirarme con esos ojos estrictos y profundos, con sombras de verdad escondidas tras pozos de azul.

Así que digo:

—No me importa que no me quieras como yo te quiero a ti. —Me pongo el pelo detrás de las orejas—. Gracias por, al menos, intentarlo.

Y me marcho.

Pero él sabe que volveré.

En los casi diez años que hace que nos conocemos, siempre parecemos regresar el uno junto al otro, incluso cuando estábamos a miles de kilómetros, en dos planos separados de la existencia, incluso cuando parecía que nuestros futuros iban por caminos distintos.

Tal vez él no crea en el destino, pero yo sí.

Y sé que mi destino es estar con él.

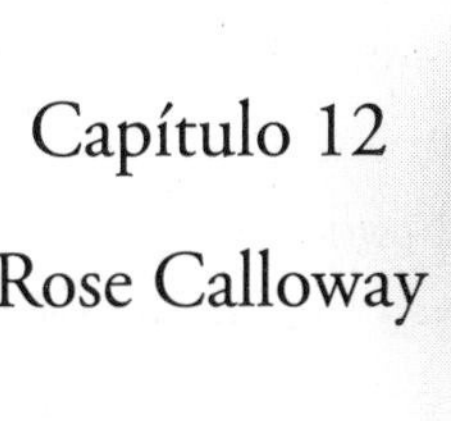

Capítulo 12

Rose Calloway

Mamá: 5 meses y 10 días

Me meto el teléfono en el bolsillo. Estaba a punto de salir hacia las oficinas de Calloway Couture. Savannah está a mi lado, persiguiéndome con la cámara. Justo cuando llego a la puerta, esta se abre y entra Daisy con el casco blanco de la moto bajo el brazo.

—Hola, Rose. —Deja el casco sobre el sofá de cuero y se recoge la larga melena rubia en un moño.

Pero no está sola: Brett entra tras ella con su *steadicam*, y quien cierra la puerta es Ryke, que lleva su casco negro colgado de la mano. Se deja caer en el sofá y se peina el pelo grueso y alborotado con los dedos.

—Me alegro de que hayas llegado —le digo a Daisy abandonando mis planes por un segundo—. Quiero darte una cosa, antes de que se me olvide. —Lily también debería estar aquí, pero es mucho más difícil lidiar con ella—. Quédate aquí. —Me dirijo al armario del recibidor y vuelvo con una bolsa.

Antes de dársela, veo que Ryke y Daisy están intercambiando miradas furtivas. Ella lo mira negando con la cabeza y él aprieta los dientes; la tensión de su mandíbula es visible en las líneas duras de su rostro.

—¿Va todo bien? —pregunto un poco nerviosa. No me gusta no estar al tanto de lo que sucede. Si tiene que ver con mis hermanas, quiero saber hasta cuándo respiran.

—Va perfecto —responde Daisy con una sonrisa radiante. No me lo creo, y sospecho que Ryke quiere decir la verdad, porque está negando con la cabeza. Mi hermana coge la bolsa que tengo en la mano para distraerme.

Lo dejo estar, pero solo porque hoy no tengo tiempo de inmiscuirme. Tengo mucho que hacer en la oficina y, si empiezo a preocuparme por mi hermana pequeña, estaré obsesionada con esto hasta que alguien me confiese la verdad. Además, seguro que no es para tanto. Seguro que solo ha acelerado demasiado con la Ducati por la autopista y ha estado a punto de matarse. En el mundo lleno de adrenalina de Daisy Calloway, una situación así es tan común como que el sol salga por el este y se ponga por el oeste.

—¡Oh! ¿Cuál es la mía, la de colores o la del estampado de leopardo?

Ryke frunce el ceño.

—¿Qué coño le has comprado?

Le lanzo una mirada asesina.

—No es lo que estás pensando.

—¡Bragas! —responde Daisy.

—¡Joder! Pues es justo lo que estaba pensando.

Ella sonríe.

—Lo sé. —Y saca un paquetito de plástico que no contiene bragas—. Es espray de pimienta. Creo que me quedo este. —Coge el paquete de colores.

—Como Lily y tú habéis despedido a vuestros guardaespaldas por el reality show, he pensado que sería buena idea que llevaseis algún tipo de protección. —Una de las condiciones de Scott previas al rodaje era que Daisy y Lily le dieran puerta a sus guardaespaldas, que las protegían de los paparazzi desde que habían pasado de ser anónimas a famosas—. También nos he apuntado a una clase de defensa personal.

—¿No ibas a ese tipo de clase todo el tiempo en Princeton? ¿Por qué quieres ir a otra?

—Porque vosotras deberíais aprender.

—No sé si tendré tiempo —confiesa Daisy—. Tengo sesiones de fotos toda la semana.

—A mí me parece buena idea —opina Ryke.

Arqueo las cejas de golpe.

—¿De verdad?

—Claro —contesta, aunque su mirada no se ha suavizado como la mía—. Y si Daisy no tiene puto tiempo, Lo, Connor y yo podemos echar una mano. Podemos apartar los muebles para que haya más espacio.

Me encantaría darle una buena paliza a Loren, pero la idea más atractiva es la de tener a Connor inmóvil en el suelo. Me regodearía con esa victoria durante meses.

—¿Quieres ayudar? —le pregunto.

—¿Por qué a todo el puto mundo le cuesta tanto creerlo?

—No es que me cueste. Solo me pregunto por qué estás tan preocupado de repente.

—Yo siempre estoy preocupado, lo que pasa es que no voy por ahí proclamando mi opinión cada cinco minutos como haces tú.

—Eres un capullo —le digo como si tal cosa.

—Y tú una zorra.

—Gracias. —Saco mi teléfono del bolso—. Y acepto tu ayuda, por cierto. Lily tiene que aprender a protegerse sin correr a esconderse detrás de Lo.

—Ya —contesta Ryke—, pero vosotras tenéis que admitir de una puta vez que no os podéis proteger de una manada de tíos cabreados con una botellita ridícula de espray de pimienta y una patada en las pelotas. Es mejor que nosotros también estemos.

Marco el número de Lily.

—No estoy de acuerdo. Si te clavo la punta del tacón en el escroto, te dejo tullido.

—He dicho una manada de tíos, hostia, una manada —enfatiza Ryke, y pone las botas sucias encima de mi mesa de café para fastidiarme.

Decido no partirle el cuello. Por esta vez.

Daisy rompe el plástico y saca la lata mientras yo me acerco el teléfono, que suena de forma incesante, a la oreja.

Daisy agita el espray de pimienta.

—¿No debería probarlo? —Sonríe y apunta a Ryke—. ¡Atrás, pervertido!

A él se le ensombrece el rostro. No le ha hecho gracia.

Ella baja la mano, va hacia el sofá y se sienta a su lado. Mantienen una intensa conversación en susurros que Brett intenta capturar acercándose a Daisy, pero Ryke tapa el objetivo con la mano y lo empuja hacia atrás.

Brett lo fulmina con la mirada.

—No puedes tocar las cámaras, Ryke. ¿Cuántas veces tenemos que decírtelo?

—Apártate y no las tocaré.

Brett niega con la cabeza, pero retrocede.

Me concentro en mi llamada de teléfono, pero se corta después del último tono. Gimo y toco el botón rojo.

—¡Lily! —grito.

Sé que está en la planta de arriba y quiero darle su espray de pimienta antes de irme.

Cuando echo un vistazo a mi hermana pequeña, analizo la forma en la que se inclina hacia Ryke mientras le susurra algo. Veo que recorre sus rasgos con la mirada con ademán curioso e impulsivo y se me acelera el corazón.

Lo va a besar.

Entonces, cuando ella deja de mover los labios, Ryke le pone una mano en la mejilla... Y la aparta de él. Es un empujoncito suave al que ella responde intentando abalanzarse sobre él entre risas. Están casi tonteando, aunque la expresión sombría de él me dice que está cabreado con ella. Intenta contenerla, pero ella se desliza bajo su brazo y le quita el casco. Se lo pone rápidamente y él intenta arrebatárselo, sonriendo poco a poco. Sin embargo, ella lo esquiva y, en cuestión de segundos, la veo subida a horcajadas sobre él. Él le levanta la visera de su casco y la mira con dureza, escondiendo una media sonrisa.

Me preocupa que las cámaras capturen cualquier rastro de química que haya entre ellos. Mi madre no aprobaría una pareja formada por Ryke Meadows y Daisy Calloway. Por un sinfín de razones.

—Vosotros dos, parad.

Ryke entra en razón de repente y se quita a mi hermana de encima con un empujón. Ella cae de espaldas sobre los cojines. Me mira a mí y luego a las escaleras.

—¡Lo! —grita—. ¡Lily! ¡Bajad de una puta vez! —Su voz es mucho más alta que la mía.

Oigo unos pasos en la planta de arriba, pero se detienen y se hace el silencio; dudan si bajar al reino de las personas, ese en el que deben lidiar con problemas de verdad, como adultos. Lo y Lily son bastante reservados; viven en su propio mundo confuso de adicción. Estar aquí les asusta un poco.

—¡Loren Hale! —grita Ryke.

Nada.

Daisy se pone de rodillas y se agarra al respaldo del sofá para echar un vistazo a las escaleras, que están detrás de mí.

—¡Lo! ¡Lily! ¡El cartero ha traído un cómic para vosotros!

Atraer a Lo con algo que en realidad no está lo pondrá de peor humor... Pero funciona.

Lo y Lily bajan corriendo las escaleras.

—¡Es mío! —le grita Lily—. He pedido el nuevo de los *X-Men*. —Intenta empujar a Lo contra la pared y los dos se impiden el paso mutuamente en mitad de las escaleras.

—Y yo he pedido el último volumen de *Los Nuevos Mutantes*. —Da un paso al frente, pero ella salta ante él, boquiabierta.

—Pero ¡ese ya lo has leído! El mío es más importante. —Va corriendo hacia la puerta.

Daisy se agacha detrás del sofá.

Antes de que Lily llegue al último escalón, Lo la coge de la cintura y se la echa encima del hombro.

—¡No es justo! —protesta ella retorciéndose para soltarse.

Loren la lleva hasta la puerta sin molestarse en mirarnos ni una sola vez. Cuando se trata de cómics, sexo y alcohol, los dos son de ideas fijas.

Ben baja sigilosamente por la escalera con la cámara bajo el brazo. Parece petrificado después de haber estado a solas con ellos; tiene los ojos como platos y le tiemblan las piernas. Debían de estar en el estudio y no en la habitación, de lo contrario no habría podido grabarlos... Y estoy segura de que se estaban enrollando como gatos en celo, solo para joder a los cámaras. Llevan toda la semana así. Cuanto más tiempo tiene Lo que aguantar a Scott, peor es.

Lily me ha contado que ha estado intentando alejar a Lo del productor y buscando formas de mantenerlos separados el mayor tiempo posible, y a mí me parece una idea brillante.

A Ben casi se le cae la cámara.

—Manos firmes —le dice Savannah.

Brett pone los ojos en blanco. La verdad es que no soy muy fan de Brett.

Ben se ríe nervioso. Documentar a Lily y a Loren es como ser un voyeur, pero llevado al extremo, como espiar sus asuntos más íntimos. Apuesto a que después se siente mal, que incluso le da un poco de asco. Leer sobre la vida sexual de Lily online ya me hace sentir violada, y me imagino que para mi hermana es diez veces peor.

—Espera… —pide Lily desde la puerta—. Aquí no hay nada.

Cojo la bolsa y me acerco a la pareja.

—Esto es para ti —le digo a mi hermana. Piensa que es el cómic y se le ilumina el rostro, pero mientras rebusca en su interior, se le ensombrece por segunda vez.

—¿Espray de pimienta?

—Para que te protejas.

—Ah, ¿sí? Pues ella pensaba que era para engrasar sartenes —replica Loren. Le lanzo una mirada asesina—. ¿Qué? Si nos tratas como a idiotas recibirás una respuesta idiota.

Touché.

—Bueno, me voy.

—Vaya, Lil. La reina ha anunciado su marcha. ¿Deberíamos hacerle una reverencia?

—Lo —le advierte Lily, dirigiéndole una mirada penetrante, algo no muy habitual en ella.

Él cierra la boca, lo que le debe de costar un grandísimo esfuerzo.

—Ve a sentarte en el sofá con el capullo de tu hermano —le indico—. Y, para que lo sepas, ese capullo me cae mejor que tú y hace quince años menos que lo conozco. —Le dedico una sonrisa áspera—. Hasta mañana.

Loren suele decir siempre la última palabra, pero esta vez cierro de un portazo antes de que le dé tiempo a hacerlo. Discutir con Lo hace que mi día se convierta en una jornada normal. Los días malos son esos en los que todo está un poco en la cuerda floja. De momento, todo bien.

Me he gafado.

Sé que Connor no cree en estas cosas, pero yo sé que he hecho algo mal. He pensado: «De momento, todo bien». Y, ¡por supuesto!, me ha salido el tiro por la culata.

Scott está aquí.

En mi oficina.

Se ha presentado aquí cuando estaba organizando las existencias de Calloway Couture en cajas de plástico, separándolas por estación mientras intento desenterrar las colecciones de primavera y verano, ya que dentro de poco las necesitaremos para el programa. A veces he dejado que mis hermanas llevasen su propia ropa, pero solo porque no tengo bastantes prendas para seis meses enteros, ni siquiera si repetimos algún atuendo. Espero que Scott emita el metraje en el que vamos vestidas de Calloway Couture y no de marcas como Old Navy, que Lily tiende a preferir.

—Trabajas demasiado —me dice mientras deja una bolsa de plástico sobre mi escritorio blanco. El gran espacio abierto, tipo *loft*, está lleno de cajas. Además de eso, el escritorio y este cerdo, no hay mucha cosa más. Bueno, sí: está Brett, que nos está grabando.

Supongo que Scott es amable porque tiene una cámara delante. Deben de estar intentando conseguir grabaciones en las que parece majo. Seguro que es un gran esfuerzo para él.

—No —repongo—. Las personas que trabajan duro son las que se dedican a proteger nuestro país. Yo solo diseño ropa.

Pongo la tapa en una de las cajas de plástico y me limpio las manos en el vestido negro con falda plisada que llevo puesto. La tela me llega hasta los muslos (mal asunto) y hasta las clavículas (menos mal). Al menos llevo unas medias negras.

—Te he traído la cena.

Lo veo sacar dos recipientes de comida para llevar con cierto interés. Intento no hacer caso de mi estómago, que amenaza con rugir en cualquier momento.

Abre los recipientes y veo las hileras de sushi, el wasabi y el montoncito de jengibre. Apenas lo oigo nombrar mi restaurante de sushi preferido de Nueva York; estoy demasiado boquiabierta por que haya conseguido hacer algo bien. Quizá haya sido demasiado dura, demasiado borde, solo porque es de California y hace algunos comentarios ruines.

Hago una mueca e intento esforzarme para ser maja yo también. Carraspeo y me pongo recta.

—Solo tengo una silla. —Me acerco a la mesa y echo un vistazo a la bolsa. Saco los palillos y la salsa de soja.

—No pasa nada; puedes sentarte en mis piernas. —Lo fulmino con la mirada. Él se ríe y añade—: Era broma. Me sentaré en la mesa.

Está bien. Me acomodo en mi silla giratoria y cojo el recipiente que contiene el sushi arcoíris, que es mi preferido. Normalmente, es Connor quien me trae algo de cenar cuando estoy en la ciudad, y el hecho de que lo haya sustituido Scott me inquieta.

—¿Quién te ha dicho que me gusta el sushi? —le pregunto.

Se sienta en la mesa, como ha prometido, dejando que sus piernas cuelguen cerca de mí.

—Siempre he sabido que es tu plato preferido, nena.

Hago una pausa, dejando los palillos congelados sobre el jengibre. Así que está haciendo el numerito de la falsa relación pasada. Pero a este juego podemos jugar los dos.

—Pero contigo nunca comía sushi —replico—. Decías que lo odiabas. Y me hacías comer sola.

Sus labios casi se retuercen con una mueca, pero evita muy bien que la cámara pueda captarlo. Se pone el recipiente de comida sobre las piernas.

—Las cosas han cambiado.

—¿Ahora te gusta el sushi?

Se come una pieza, mastica y traga.

—Ahora me encanta el sushi. —Sonríe y yo contemplo sus rasgos: pelo rubio oscuro peinado de manera alborotada y disfuncional, una barba de varios días que le cubre la mandíbula y lo hace parecer un poco mayor de lo que es.

Odio que no sea feo. Ojalá tuviera un centenar de verrugas y la nariz peluda. Sin embargo, más que un productor, podría pasar perfectamente por actor de telenovelas.

—Me echas de menos —dice de repente.

Entrecierro los ojos.

—Ni lo sueñes. —Me vibra el teléfono, que está sobre la mesa, pero Scott se me adelanta y lo coge antes que yo—. ¡Qué maleducado! —exclamo cuando lee el mensaje.

Suelta una carcajada.

—«Marilyn Monroe, Paul Newman y James Dean». Mira que es rarito tu novio. —Me lanza el móvil, que apenas consigo atrapar sin tirar los palillos.

—A veces, lo raro es mejor que lo normal. Lo normal es aburrido.

Se toca el pecho.

—Yo no soy aburrido, cariño.

¿Por qué tiene que hablar siempre en ese tono tan condescendiente?

—Cada vez que querías acostarte conmigo, me quedaba dormida. ¿Cómo llamarías a eso?

—Un problema personal.

Pongo los ojos en blanco y contesto a Connor.

Rose: Follar, casarme, matar

Por extraño que parezca, me siento más cómoda con la idea de tener relaciones sexuales con una mujer que con un hombre. No creo que a Connor se le pase por alto, pero no me importa. Toco el botón de enviar y vuelvo a dejar el teléfono en el escritorio, esta vez lejos de las sucias manazas de Scott.

—Ayer vi a tu madre —dice.

—Ah, ¿sí? —Intento no mostrarme sorprendida, pero se me ha subido el corazón a la garganta. ¿Para qué habrá ido a ver a mi madre?

—Fuimos a comer y nos pusimos al día, como en los viejos tiempos. —Me pasa una botella de agua y da un trago de su refresco Fizz de cereza—. Dijo que le gustaría que Daisy siguiera allí, que la casa está demasiado silenciosa sin vosotras.

—Para —replico. Me pongo de pie y dejo el sushi sobre la mesa. De repente, la comida me parece un engañabobos, una trampa, algo que le das a un perro de tres cabezas para colarte en la cueva del tesoro cuando no mire.

Él frunce el ceño, y no sé si es sincero o falso. Auténtico o engañoso.

—¿Qué pasa?

—No me conoces —le espeto. Vuelvo con mis montones de ropa, pero no quiero agacharme delante de él.

—Sí te conozco —miente.

Me doy la vuelta y veo que está apoyado en el escritorio con aire despreocupado.

—¿Puedes marcharte, por favor?

—No lo entiendo. ¿Nombro a tu madre y te pones así?

Miro a la cámara. No quiero vilipendiar a mi madre delante de todo el país. No quiero causarle ese dolor. Es una buena persona, aunque a veces haga cosas mal. Pero, cuanto más me pincha, mayor es la fuerza con la que resurgen estos sentimientos, y más me cuesta morderme la lengua. Esa es la especialidad de Connor. Él es como el río que pasa entre las montañas; yo soy el volcán que destruye un pueblo entero.

—¿Qué pasa? —me provoca con un tono que es cualquier cosa menos amable. Luce una sonrisa de villano—. ¿No te compró el collar de diamantes que querías? ¿Se olvidó de tu dieciocho cumpleaños?

—Mi madre nunca se olvidaría de mi cumpleaños —contesto—. Siempre ha estado a mi lado.

Scott se encoge de hombros como si estuviera loca. Quizá lo esté. Quizá mis sentimientos sean irracionales y todo el estrés que hay en mi vida me esté haciendo perder la cabeza.

—Estaba triste por haberse quedado con el nido vacío. Es normal, Rose.

—No quiero que Daisy vuelva con ella —suelto de repente.

Scott frunce el ceño.

—¿Por qué no? ¿Tienes una fantasía perversa que implica criarla tú y ser su madre porque Connor no quiere tener hijos contigo?

—Que te follen —le espeto. Cojo mi bolso y una de las cajas de plástico. Scott no se ofrece a llevarla en mi lugar, aunque tampoco se lo permitiría—. Ya sabes dónde está la puerta.

—Ha sido un placer comer contigo.

Tengo dificultades para abrir la puerta con una sola mano y, esta vez, no tengo a Connor detrás para coger la caja y ayudarme. Al principio lo consigo; cruzo la puerta y bajo por el pasillo, respirando bocanadas de aire esporádicas que se deslizan por mi garganta como cuchillos.

La caja se me cae justo al llegar al ascensor. La tapa se abre, así que me apresuro a doblar cada prenda y a volverlas a guardar. No quiero perderme en mis pensamientos, pero cuanto más tiempo pasa más siento al pasado susurrando tras de mí, como un fantasma frío y familiar. Veo a mi hermana mayor, Poppy, que creció antes que Lily, Daisy y yo, que en un abrir y cerrar de ojos se casó, se quedó embarazada y dejó de vivir con nosotras.

Cuando se marchó, mi madre concentró toda su atención en mí. Me presionaba para seguir con el ballet y asistir a cada clase y actuación, llenaba mis horarios con cenas y funciones. Y yo quería que estuviera orgullosa de mí. ¿De qué otro modo puedes darle las gracias a alguien que te da todo lo que deseas? ¿Que te colma de cosas que resplandecen? Te conviertes en algo de lo que puedan presumir, en su tesoro más preciado.

Connor tiene razón cuando habla de valor monetario, de beneficios, de coste de oportunidad. Cuando creces rodeada de lujos, hay un precio que pagar. Sientes que no mereces nada de lo que te rodea, así que debes buscar un modo de merecértelo: siendo inteligente y talentosa, teniendo éxito.

Creando tu propia empresa.

Con Calloway Couture conseguí que mi padre estuviera orgulloso de mí. Le demostré que podía seguir sus pasos y ser emprendedora. El fracaso de mi empresa no es solo el fracaso de mi sueño, sino también el de mi lugar en la familia. El de mi derecho a tener todas estas cosas bonitas.

Pero he de recordar que mi empresa significa también otras cosas. He de recordar lo que ha sido, que me ha salvado. Era una salida, un lugar donde podría ser creativa pese a tener a mi madre encima constantemente. Solía llegar a casa, frotarme los pies doloridos por las zapatillas de ballet y dibujar en mi cama, a solas. Tenía doce años, trece, catorce. Encontré consuelo en la moda. Encontré la paz y la felicidad.

Aquello era solo para mí. Mi madre no podía quitarme mis diseños, no podía hacerlos suyos. Yo creé cada vestido, cada blusa y cada falda. Eran la arcilla que yo moldeaba mientras ella intentaba moldearme a mí.

Y entonces, al cumplir los dieciocho años, me fui a Princeton. Mi madre perdió a la hija con la que más discutía, pero solo porque era la hija a la que siempre recurría, con la que más conversaba, la que pasaba noches escuchándola hablar, la que apreciaba sus consejos, aunque eligiera no seguirlos. Me encanta que me quiera, solo desearía que me dejara respirar alguna vez.

Cuando yo me fui, a mi madre aún le quedaba Lily, pero la ignoró, convencida de que ya había resuelto su vida con Loren Hale, el heredero de una empresa millonaria casi tan rentable como Fizzle.

Eso dejaba a Daisy.

Yo sabía exactamente lo que pasaría en cuanto me marchase a la universidad. Sabía que mi hermana pequeña ocuparía mi lugar como la hija predilecta, dispuesta a decirle sí a mi madre en cuanto yo cerrara la puerta. Pero yo, de adolescente, peleaba con mi madre por todo. Era borde y obstinada.

Mi hermana no es ninguna de esas cosas.

Cuando terminé de ordenar mis pertenencias en mi habitación de la universidad, lloré. Era lo bastante inteligente para saber lo que ocurriría, pero no podía hacer nada al respecto. Daisy se doblegaría a los deseos de mi madre, a sus modos egoístas. La apuntaría a tantas clases que no podría con todo. La obligaría a salir con quien ella eligiera. La vestiría con vestidos de fiesta llenos de lazos y volantes y la exhibiría como a una muñequita sin voz ni cerebro. Por mucho que llamara a Daisy para ver cómo estaba, para escuchar cómo se le rompía la voz antes de recurrir a un optimismo impostado, no podía cambiar el curso de las cosas.

Estaba segura de que mi hermana recurriría a las drogas.

Estaba segura de que saldría demasiado de fiesta para encontrar el aire que mi madre absorbía.

Yo había encontrado consuelo garabateando en un cuaderno de bocetos, pero no veía a Daisy haciendo lo mismo. Solo veía la más profunda negrura. Y nunca me perdonaré lo que pasó, lo ciega que estuve.

Me preocupé por la hermana equivocada.

Era Lily quien estaba descendiendo por esa oscura espiral, avivando una adicción que poca gente comprende.

Daisy no estaba tan cerca del peligro.

Sin embargo, me da miedo cometer el mismo error y no ayudarla, llegar demasiado tarde, como me pasó con Lily. No quiero que mi madre explote la carrera como modelo de mi hermana pequeña solo para presumir con sus amigas del club de tenis. Quiero que Daisy vea maratones de películas hasta bien entrada la noche, que vaya a fiestas de pijamas y se dé atracones de helado, pero su infancia ya consiste en llegar a casa con los ojos cansados tras una sesión de fotos a media noche, en ir de *go-see* en *go-see*, esas entrevistas en las agencias de modelos donde le pellizcan la cintura y la llaman gorda.

Este es el precio a pagar por mi riqueza.

Estoy convencida de ello.

Por mucho que quiera salvar a mis hermanas y mantenerlas a mi lado, siento que estoy destinada a verlas fracasar.

Capítulo 13

Connor Cobalt

Miro el reloj: son las cuatro de la mañana. Las cámaras que hay instaladas en la cocina me siguen, pero dudo mucho que nadie quiera verme ahora mismo, solo. Me complace pensar que Scott tendrá que tragarse horas de metraje en el que yo llevo a cabo tareas monótonas, como estudiar. Encuentro tiempo de hacerle una peineta a las cámaras, aunque sea infantil por mi parte.

Ryke lo haría, no me cabe duda.

Y, si puedo mandar a Scott al cuerno a las cuatro de la madrugada, no pienso desaprovechar la oportunidad. Los beneficios están de puta madre.

Vierto café solo en una taza más grande y dejo la cafetera en su sitio. Me doy la vuelta y estoy a punto de derramármelo encima de la camisa y los pantalones del traje.

—Joder, Rose. Qué susto.

Lleva su bata de seda negra, pero yo centro mi atención en sus manos, que descansan firmemente sobre sus caderas.

—No has venido a la cama.

Doy un sorbo a mi café y, pasando por su lado, me dirijo a la mesa de la cocina, donde tengo el portátil y un montón de papeles desperdigados.

—Tengo algunos informes que entregar mañana. No tengo tiempo de dormir.

Ella me sigue y, justo cuando me acerco a la silla, le da un golpe en las patas y la vuelca. La silla se cae al suelo.

Enarco las cejas, sobresaltado, y miro la silla tirada y luego a Rose, que me mira con los brazos cruzados.

—¿Tienes ganas de pelea? —Sonreiría si no me pesaran los párpados como si fueran de plomo. Me palpitan las sienes de forma dolorosa, como si alguien me hubiera golpeado con un bate en la cara repetidas veces, y ella tiene más poder sobre mí cuando estoy tan exhausto.

—Deja que te ayude con el informe.

—No. —Pongo la taza sobre la mesa para no quemarme ni quemarla a ella. Su expresión irritada y sus penetrantes ojos entre verdes y amarillos me indican lo que va a hacer a continuación. Y no va a ser delicado.

—Richard, no puedes vivir con dos horas de sueño al día, así que o te ayudo yo o acabarás entregando el informe tarde e intentando conseguir una prórroga.

Lo segundo no es una opción, pero, aunque creo que Rose es perfectamente capaz de ayudarme, sé que necesita dormir tanto como yo. No tiene sentido que los dos suframos mientras yo intento sacarme un MBA.

—Vuelve a la cama —le digo de manera inexpresiva.

—Eres un cabezón.

—Soy decidido —le rebato. Me pinto una sonrisa de satisfacción que hace que se le hinche el pecho de irritación.

Me da un empujón y yo me mezo con el impulso; me lo veía venir, así que estaba preparado. Sin embargo, me coge desprevenido al correr hacia la mesa y coger mis papeles. Los lee rápidamente.

—Rose —le advierto—, así no me ayudas. —Intento quitarle los papeles, pero ella los sostiene por encima de su cabeza, como si eso fuera a funcionar. Me las arreglo para hacerme con un par gracias a la ventaja que me da la altura.

—Estos cálculos puedo hacerlos yo —se ofrece mirando la pantalla del ordenador.

—No tengo ninguna duda, pero no lo vas a hacer.

Trata de coger mi portátil, pero de ningún modo se lo voy a permitir. Cansado o no, le impido el paso y la empujo con tanta fuerza que se da contra la pared.

Me mira boquiabierta, pero enseguida aprieta los labios en una fina línea.

—Tú siempre me dices que de vez en cuando tengo que aceptar que me echen una mano. Te estás convirtiendo en un…

—Piénsalo dos veces antes de acabar la frase, cariño.

Se le encienden los ojos ante el desafío.

—En un hipócrita.

He tenido suficiente. La cojo por la cintura y empieza a darme puñetazos en el pecho.

—¡Suéltame ahora mismo, Richard!

La llevo hacia el fregadero de la cocina cogida del culo mientras ella se revuelve contra mí. De repente, me muerde el brazo y me echo a reír.

—¿Quieres jugar duro?

La dejo en el suelo, pero, antes de que pueda orientarse, la empujo contra la isla de la cocina. Enredo la mano en su pelo y tiro con fuerza. Ella ahoga un grito, pero enseguida parpadea.

—Déjame ayudarte.

—No.

Arruga la nariz y me planta las palmas de las manos en el pecho para apartarme.

—¡Voy a hacer la mitad de ese informe!

Está a punto de volver a la mesa, pero la agarro de nuevo. Me acerco su culo a la polla mientras mis labios encuentran su oído.

—No, lo único que vas a hacer es dormir. —Mi aliento cálido le golpea la piel. Huele a rosas blancas y a hiedra, un perfume que me intoxica, que me marea. Adoro cada vez que lo inhalo. Le acaricio el cuello con los labios y succiono.

Ella suelta un gemido de placer, pero se da la vuelta de nuevo y mira el ordenador.

—No —le digo.

—Sí.

Normalmente, cuando no nos ponemos de acuerdo, dejamos de hablarnos durante un par de días, hasta que uno de los dos da su brazo a torcer. Pero no quiero que eso pase hoy, no con Scott en la planta de arriba intentando invadir mi territorio. Observo cómo se remueve, irritada, mientras la seda negra le acaricia el muslo. Me mira con ojos ardientes y noto cómo la adrenalina corre por mis venas.

Me froto los labios sensibles y tomo una decisión muy calculada. La vuelvo a empujar contra la isla y ella casi grita. Al principio intenta resistirse, pero la inmovilizo con mi pelvis. Su espalda se curva contra la encimera. La cojo de la barbilla y la fulmino con la mirada, como si hubiera sido una chica muy mala, una mirada que no suele recibir de mí. Se estremece de pies a cabeza; noto cada uno de sus temblores, en el pecho, las piernas, los brazos y la entrepierna. Un gemido agudo lucha por salir y la obliga a entreabrir los labios. Ese sonido se me agarra a la polla con tanta fuerza que yo mismo he de reprimir un gemido. Quiero estar muy dentro de ella. Quiero bombear entre sus muslos hasta que le tiemblen los párpados, hasta que se le aflojen los brazos y las piernas de agotamiento, hasta que esté derrotada.

Ella, igual que yo, respira con fuerza. Recorro con la mirada sus labios, sus mejillas sonrosadas, sus ojos entornados.

—Te voy a ayudar —insiste con voz ronca.

—No —contesto antes de morderle el labio. Gime mientras le deslizo la lengua en el interior de la boca, besándola a la fuerza. Ella me devuelve el gesto con tanto o más poder que yo, aferrándose a mi pelo con una desesperación que hacía tiempo que no veía en ella.

La subo a la encimera y me enrollo sus piernas a la cintura, sin darle tiempo a que deje aflorar su incertidumbre. Mis manos se pierden bajo su bata y se relajan en la desnudez de sus muslos. La sigo besando mientras guío sus hombros sobre la encimera fría y luego separo sus labios de los míos y la lamo desde el cuello hacia los pechos. Le desato la bata despacio con una mano, pero, de repente, mira a las cámaras que hay sobre nosotros.

Se incorpora de golpe y me pone las manos en el pecho.

—Espera… —Mira al techo de nuevo. Yo tampoco quiero que Scott la vea desnuda, pero sabía que esta sería la forma más sencilla de hacerla renunciar a su empeño.

Aunque, en este escenario, no soy precisamente el ganador. Mi polla me odia; se muere por deslizarse entre sus piernas y penetrarla tanto tiempo como aguantemos ambos.

—Deja que te ayude.

—Ahora mismo tienes dos opciones: o te follo o te vas a la cama.

Se da cuenta de que no tiene alternativa. Lo cierto es que no la desfloraría aquí, en mitad de la cocina, ante los objetivos de las cámaras. Puede que esté excitado, pero sé muy bien cómo quiero quitarle su virginidad. Y no es así.

—Está bien —cede—. Me iré a la cama por esta vez, pero, si te vuelvo a pillar así, te ayudo. ¡Y punto! Si no quieres despertarte lleno de moratones.

—Qué amenazante. —La beso en la mejilla, pero luego no despego los labios.

Me coge de los brazos y traga saliva. Pongo un poco de distancia entre los dos, pero dejo una mano sobre su rodilla y ella se queda sentada en la encimera. De repente, en mi mente resurge un pensamiento que hace tiempo quería preguntarle.

—¿Qué importancia tengo en tu vida? ¿Dónde estoy?

Frunce el ceño y niega con la cabeza, confundida.

—¿Quieres que te ponga un número?

Asiento. Quiero saber cuánto he de subir para ser lo que más le importa. Estoy dispuesto a trabajar duro para llegar ahí, pero antes he de saber quién está por delante de mí en su corazón y si alguna vez podré superarles.

—Tengo hermanas —me recuerda.

Sus hermanas están por encima. Las tres. Tal como pensaba.

—Yo casi tuve hermanos —confieso.

Se le ensombrece el rostro.

—¿Qué?

—Gemelos. Hoy tendrían catorce años. —Le acaricio la rodilla con el dedo.

—¿Cómo puedes decirlo así? —replica.

—Así, ¿cómo?

—Tan frío.

—No fui yo quien los llevó nueve meses en el vientre.

Me da un cachete en el brazo.

—No seas capullo. Esto es serio.

—Ya lo sé, por eso te lo cuento. No sé si tener hermanos me habría convertido en una persona diferente. —He reflexionado a menudo sobre ese acontecimiento y sobre cómo habría transformado mi vida, pero todo está demasiado borroso y no consigo imaginarlo. Habrían sido diez años menores que yo. Habrían ido al internado, así que habrían estado lejos de mi vida en Penn. ¿Habría sentido la necesidad de protegerlos con tanta fiereza como Rose a sus hermanas? No lo sé. Nunca tuve la oportunidad de comprobarlo—. Mi madre tuvo complicaciones durante el parto. Fallecieron los dos y no tengo ni idea de cómo pudo superarlo. Parecía estar… bien. No sé si se lo tomó con tanta frialdad como parecía o si escondió su pena. No tengo forma de saberlo.

—¿No se separaron tus padres dos años después?

Asiento.

—Pero creo que su matrimonio ya no iba bien cuando estaba embarazada. Casi nunca los veía juntos.

—¿Crees que…? —Se interrumpe; no es capaz de terminar la pregunta.

—¿Que le puso los cuernos? ¿Que no eran hijos de mi padre? —Me encojo de hombros—. Tal vez. Pero ya no importa. De todo eso no queda nada.

Ella exhala con fuerza.

—No es fácil de asimilar, Richard.

—El único que lo sabe es Frederick. No me parecía importante.

—Pues lo es —repone ella.

No acabo de entender por qué, pero en algún lugar, en los confines de mi mente, yo también debía de creer que lo era; de lo contrario, no se lo habría contado.

—Entonces ¿tus hermanas son lo que más quieres?

Se peina el pelo castaño y brillante con los dedos.

—No me imagino capaz de querer a nadie más que a ellas.

—¿Te das cuenta de que Lily ama a Loren más que a nadie en el mundo? Estoy seguro de que, si les dieran a elegir entre el otro y el aire que respiran, los dos elegirían asfixiarse. —Se queda pensando unos instantes y frunce el ceño—. No te estoy pidiendo que me quieras —le aclaro—. Me parece que los dos somos lo bastante inteligentes como para elegir el oxígeno. —«No encuentro beneficios en el amor».

Baja la vista y frunce los labios. Tras un minuto de silencio, admite:

—Preferiría morir si eso significara que mis hermanas siguieran con vida. Te parecerá una tontería, pero a veces el amor merece cualquier decisión estúpida que tomemos. —Baja de la encimera—. Ah, y eres el número tres.

—¿Ya he ganado a Poppy? —Reprimo una sonrisa.

—La veo menos que a ti.

La abrazo por la cintura.

—No lo estropees —murmuro y la beso en el cuello. Bajo la mano hasta la parte baja de su espalda y le doy un último beso en la frente, uno que parece más auténtico que todos los demás.

—Ha embrujado usted mi cuerpo y mi alma.

Me fulmina con la mirada.

—Has sido tú el que lo acabas de estropear con esa frase de *Orgullo y prejuicio*.

Sonrío.

—¿Qué? Pensaba que habíamos decidido ser un cliché.

—Al menos, la próxima vez, cita el libro, no la película.

Enarco una ceja y recito con teatralidad:

—Me atraviesas el alma. Soy mitad agonía, mitad esperanza. —Niego con la cabeza—. No suena igual de bien, cariño.

Se le escapa una carcajada.

—Vuelve al trabajo. Nos vemos por la mañana. Ah, espera. —Finge sorpresa—. Ya es por la mañana. Pues nos vemos cuando nuestros caminos vuelvan a cruzarse.

Mientras se dirige a las escaleras, observo cómo su encantador trasero se mueve bajo la bata de seda.

—¿Por qué estás tan segura de que eso pasará? —pregunto antes de volver junto al ordenador. Me tiene hipnotizado, clavado al suelo que piso.

Me mira sin girarse del todo, con su hermoso rostro enmarcado por su pelo sedoso.

—Porque nuestros caminos siempre se cruzan.

Capítulo 14

Rose Calloway

No he vuelto a la cama. He decidido ducharme antes de que se despierte el resto. El cuarto de baño es mi infierno particular, creo que el segundo o el tercer círculo. Scott Van Wright, el diablo disfrazado, está en el primero.

Cada ducha está apenas separada por un tabique embaldosado que me llega a la altura del pecho. Como si necesitáramos chocar los cinco mientras nos enjabonamos el pelo.

Me ducho rápido, pero tengo una rutina bastante particular: me froto debajo de las uñas al menos dos veces, me aclaro, me pongo el champú, me lavo el pelo, me pongo el acondicionador y repito. Ya he terminado con esos pasos, pero me quedan otros.

Apoyo el pie cerca del grifo y me afeito una pierna despacio para no cortarme en el tobillo o la rodilla.

Y, justo en ese momento, la puerta se abre.

Bajo la pierna; me cae agua desde la alcachofa de la ducha. «Por favor, que sea Connor».

De repente, me doy cuenta de que deseo que sea él, de entre todos los presentes, de que tengo esa esperanza. Aunque eso lo distrajera de su trabajo.

Odio sentirme tan atraída por un hombre que cree que el amor no es más que una debilidad, pero a la vez adoro que no haya nadie en el mundo que se parezca lo más remotamente a Connor Cobalt.

Y me pertenece a mí.

Cuando levanto la vista, veo que quien está entrando es Scott, y que se dirige a una de las pilas del centro. Apenas repara en mi presencia, se limita a abrir el grifo y empezar a lavarse los dientes. Me quedo de piedra. Me muevo solo para taparme el pecho con los brazos y me quedo bajo la ducha, como si la cascada de agua pudiera ocultarme.

Debería pasar de él y seguir depilándome, pero soy incapaz de despertar mis músculos paralizados.

Tampoco debería quedarme mirándolo, pero me descubro observando sus rasgos. El pelo rubio oscuro despeinado, la barba de tres días y los ojos enrojecidos de recién despertado.

Escupe en la pila y me mira a los ojos mientras se seca la boca con una toalla.

—¿Sí?

—No he dicho nada. —No hay ni rastro de amabilidad en mi voz. No sabría cómo descongelar el hielo que se adhiere a cada sílaba, ni aunque quisiera.

—Me estás mirando. —Ese hecho le da permiso a bajar la mirada hacia el cristal translúcido de la mampara.

No aparto la vista. No pienso comportarme como un conejito asustado.

—Me preguntaba si eras una de esas chicas con un buen matojo… Ahora ya lo sé. —Pone la guinda con una media sonrisa.

Aprieto los labios. No puede ver tantos detalles a través del cristal.

—Eres un cerdo.

Mete el cepillo de dientes en el armario de debajo del lavabo y se apoya en el borde de porcelana.

—Lo me llama señor Hollywood. ¿Es que a todos os gustan los motes?

—Loren también te dijo que comieras mierda en la misma frase, así que yo de ti no presumiría tanto.

Su sonrisa no vacila ni un instante; de hecho, se ensancha todavía más.

—Te olvidas de que con cada palabrota, cada «cerdo» y cada insulto las audiencias suben un escalón más, así que sigue disparando, cariño.

Como lo que busca es el drama, prefiere provocar a Loren, aunque también le gustaría que yo le insultara. Quizá debería cerrar el pico y dejar que se las arreglase con el silencio. También podemos tener buena audiencia sin ser desagradables, pero a mí me cuesta más ser amable que malvada, por mal que suene.

Scott se acerca a las duchas y yo lo fulmino con la mirada con tanta fuerza que noto la tensión en los ojos. Sigo tapándome los pechos con el brazo, pero todo lo demás está expuesto. Podría coger la toalla, pero no pienso tomar el camino de la rendición. Parecería estúpida y asustada, y eso me revolvería el estómago.

Se quita los pantalones despacio, muy despacio.

—¿Qué haces? —pregunto.

Me mira ladeando la cabeza y responde:

—Voy a ducharme, Rose. —Señala la ducha libre que hay junto a la mía, la que está tan cerca que casi podríamos chocar los cinco—. ¿O es que necesito tu permiso?

—Pues sí. —Pongo la espalda recta—. Y no te lo doy.

Se echa a reír.

—Solo estaba siendo un capullo al preguntártelo. En realidad, me importa un pimiento que me des permiso o no.

«Me importa un pimiento que me des permiso o no». Es como si esas palabras se me clavaran en el cerebro. Si antes lo odiaba, creo que ahora lo desprecio con todas mis fuerzas.

Se quita la camiseta blanca y mis ojos se detienen sobre sus abdominales durante una fracción de segundo. No están mal. Están bien definidos, pero parecen el resultado de levantar demasiadas pesas y de tomar toneladas de proteínas más que algo natural, en plan «este es mi cuerpo y estoy buenísimo de nacimiento», al estilo que sin duda comparten los otros tres chicos que viven en esta casa (aunque además vayan a entrenar, y lo hacen los tres juntos, de hecho).

Mi lealtad se encuentra muy muy lejos de Scott Van Wright. Pensar en hacerle un solo cumplido por su aspecto me hace sentir como si estuviera besando a un cerdo que se ha cagado en mi jardín.

Atisbo sus calzoncillos rojos.

Esto no está bien.

¡Joder! ¿Dónde está mi toalla?

Me dispongo a cogerla del gancho que hay junto a la pared de cristal, pero Scott se me adelanta y me la quita para dejarla fuera de mi alcance.

Tiene que estar...

—Esa toalla es mía. —Esto no está bien.

—Pues ahora es mía.

De repente, Scott se muestra recatado. Se enrolla la toalla en la cintura para que no pueda verlo en ropa interior.

Yo estoy que echo humo, y de forma visible. Como si me estuviera saliendo vapor de las orejas.

—¿Qué, esta mañana no hay *peep show*?

—Lo dejaremos para el dormitorio —responde y me guiña un

ojo. ¡Me guiña un ojo! Se me revuelven las entrañas de pura repulsión. Creo que me acaba de envenenar el útero.

Se quita los calzoncillos sin desprenderse de la toalla, anudada alrededor de su cintura, y luego los aparta a un lado de una patada. Me clava la mirada mientras una sonrisa juega en sus labios. Sí, está desnudo debajo de esa toalla.

Y sí, yo también estoy muy desnuda en la ducha.

No veo cómo las cosas podrían ir peor.

—Siento que esa llamada me haya llevado tanto tiempo, cariño. —La voz de Connor me llega desde el umbral de la puerta—. Mis socios no paraban de hablar sobre pinturas de dedo.

Siento una oleada de alivio. Mi compañero ha llegado para ayudarme a salir de este entuerto. Debe de haber visto u oído a Scott en el baño y ha venido a salvarme. O quizá por fin se ha dado cuenta de que puedo acabar su proyecto por él.

«Gracias. Qué ganas de salir de aquí».

Y entonces dice:

—¿Está ahí mi champú?

El alivio que sentía se ve aplastado por una ola de ansiedad. Ahora lo comprendo: quiere entrar en la ducha. No solo piensa ganarle este *round* a Scott, sino que quiere intentar empujar nuestra relación hacia un lugar donde ya debería estar. Trato de infundirme seguridad en mí misma, pero él sigue queriendo meterse aquí conmigo y, para que Connor gane esta batalla, su llegada no puede sorprenderme. No puedo apartarlo como si no fuese mi novio; he de mostrarme tan cómoda con él como debería sentirme. No puedo pedirle que espere, como he hecho abajo; tengo que dejar que siga adelante, a la velocidad que juzgue necesaria. Sin pisar los putos frenos. «Con un par, Rose Calloway», me digo.

Sí, creo que soy capaz de hacerlo.

Echo un vistazo al estante, donde hay todo un surtido de productos para el pelo de hombre y de mujer. Veo la botellita negra que cuesta más que mi acondicionador y mi gel de baño juntos.

—Sí, tu adorado champú está aquí —contesto con mi mordacidad habitual.

—No deberías insultar a mi champú. Me han dicho que el pelo es mi segundo mejor rasgo. —No presta atención a Scott, que está en la puerta de la segunda ducha, nos observa paralizado, con una mano en la puerta de vidrio.

Yo solo lo veo con el rabillo del ojo. Está esperando a que uno de los dos dé muestras de reparar en su presencia, y yo me niego a hacer caso a sus comentarios maliciosos.

Aunque, en realidad, es más que maleducado ducharse juntos en unas duchas comunales. Sé que Lily ya lo ha hecho... Aunque se ha puesto el bañador. Y no me sorprendería que Daisy lo hubiese hecho también junto a su nuevo novio, ese al que nadie conoce todavía.

Me gustaría que me diera igual, ser capaz de dejarme llevar y ya está... Pero nunca he sido así.

Connor se desabotona rápidamente la camisa y la tira al suelo; ahora solo lleva los pantalones negros del traje. Se acerca a la ducha y veo que es claramente más alto que Scott.

Se pasa la mano por el pelo.

—Es grueso, fuerte... Algo a lo que te puedes agarrar.

¿Sigue hablando de su pelo? Lo miro con un gesto interrogante y me deslumbra con una sonrisa de oreja a oreja. Me quedo mirando su entrepierna con descaro.

—¿Y cuál es tu mejor rasgo? —lo desafío. Su polla, estoy segura.

—Mi culo. —Sonríe aún más y se quita los pantalones y los calzoncillos de golpe. Está totalmente desnudo.

La puerta de vidrio todavía separa nuestros cuerpos, pero Connor acaba de desnudarse en las narices de Scott… Y le da exactamente igual. Se comporta como si el productor no se mereciera ni pizca de atención, como si tuviese el mismo valor que las malas hierbas que crecen entre las grietas del suelo.

Nunca me había parecido tan sexy.

Abre la puerta de la ducha, confiado, y yo intento no acobardarme. Ningún hombre me ha visto nunca tan desnuda, y eso está a punto de cambiar. Si quiero joder a Scott, no puedo mostrarme alarmada cuando el cuerpo desnudo de Connor entre en contacto con el mío.

Pero es que hay mucha desnudez en este escenario.

Y no hay lugar para el miedo.

Una desnudez sin miedo. Me gusta cómo suena eso.

Echo los hombros hacia atrás y bajo el brazo mientras Connor entra, con cuidado de ocultar mi cuerpo expuesto de Scott. Luego cierra la puerta tras él.

Su táctica, que consiste en ignorar al intruso, funciona en su mayor parte. Scott se queda fuera de su ducha, observándonos con curiosidad, como si estuviera pensando en coger una videocámara. Si lo hace, le cortaré la…

Mis pensamientos se interrumpen en cuanto Connor se acerca a mí. Baja la vista y recorre mi cuerpo con la mirada, parte de mis piernas desnudas y sube cada vez más. Se detiene fugazmente en el vértice de mis muslos, y juraría que esboza la más ligera de las sonrisas. Partes de mí que ningún hombre ha tocado ansían una presión contundente, y todo por culpa de esa estúpida sonrisa. Y de esos ojos, supongo.

Me calientan más que el vapor de la ducha. Sus iris azules ascienden de nuevo desde mis pies hasta mis pechos, donde se detienen. Compruebo el estado de mis pezones: están erectos, por supuesto. El pulso se me acelera como loco; cada gota de agua me abrasa la piel.

Y, pese a todo, no quiero moverme. Quiero quedarme aquí plantada y arder bajo este fuego.

Connor se acerca; su dureza me roza la barriga. Me siento pequeña sin los tacones. Levanto la vista y veo cómo el agua se desliza por su piel; contemplo el lugar donde sus músculos se curvan con fuerza, en líneas definidas que llevan hasta su polla. Solo con verla, algo se remueve en mi interior; el calor y su cuerpo me nublan las ideas.

Siento un anhelo creciente, un anhelo que precisa una polla de verdad y no una de goma, un anhelo que he desdeñado durante mucho tiempo. Podría haber fantaseado con esto en mi habitación, cuando tenía dieciséis años: Connor Cobalt colándose en mi ducha como un dios dominante, con su inteligencia que vence a la mía durante largos y estimulantes instantes.

Alarga una mano por encima de mí para coger su carísimo champú y me roza el hombro. Y así, sin más, mi pecho colapsa.

Dejo de respirar.

No puedo moverme.

Me sorprende que mi cerebro no se haya apagado por completo, aunque, de haber sido así, me habría cabreado bastante. Mi cerebro no me ha fallado nunca, y me niego a que la primera vez sea por culpa de un pene.

«Desnudez sin miedo». Eso es. Inhalo aire y me obligo a recuperar la confianza en mí misma.

—¿Y tu proyecto? —susurro. Necesita tiempo para trabajar, no para protegerme a mí del ruin productor. Normalmente, protestaría por que hubiera venido a ayudarme, pero ahora mismo lo que más deseo es que se quede aquí.

—Ya he terminado —responde con el rostro tan impertérrito como siempre. Podría ser una mentira, pero prefiero no volver a encender la mecha de esa discusión.

Alguien abre la otra ducha; oigo cómo el agua golpea los azulejos. Scott ha decidido que esta situación sea más incómoda todavía. Cuando estoy a punto de echar un vistazo para lanzarle una de mis características miradas asesinas, Connor apoya una mano sobre mi cadera desnuda para mantenerme donde estoy, frente a él. Se interpone entre Scott y yo y, además, el tabique que me llega hasta el pecho supone una barrera entre el productor y nosotros. Me quito un mechón de pelo mojado del labio. Pese a que me protege un hombre musculoso de más de un metro noventa, no puedo evitar que mi furia salga disparada.

—Qué bien que hayas esperado diez minutos, Scott, muy amable. Si me empieza a salir el agua fría, te voy a...

—¿Qué? ¿Qué me vas a hacer? —me interrumpe con tono divertido; lo más probable es que tenga una sonrisa en la cara—. ¿Me atacarás con tus uñas? ¿Con tus garras? Adelante. Y asegúrate de olvidarte la toalla cuando entres en mi ducha.

Mierda... De repente, caigo en la cuenta de que prestar atención a Scott es como pisotear a Connor. Mi novio es capaz de ser la persona más razonable, aunque yo tiendo a ser más rastrera.

Noto que está molesto; lo veo en sus rasgos. Tiene la mandíbula tensa y me mira con ojos ardientes. Justo cuando me estoy preguntando si me va a castigar, como me dijo una vez que haría, coge un poco de champú y empieza a enjabonarse el pelo.

Me inunda una oleada de decepción. ¿Es malo que haya deseado que me castigue? Supongo que debería volver a mi rutina entonces... Me muerdo la mejilla y cojo la cuchilla mientras intento no distraerme con... Pero es mucho más grande que nada que me haya metido nunca, y eso que no está del todo erecto.

—¿Cuál es el nombre de tu puesto en Cobalt Inc.? —le pregunta Scott.

—Presidente interino —contesta con educación.

Creo que Scott solo está intentando provocarlo.

—Entonces ¿es temporal?

—«Provisional», «momentáneo», «transitorio» —responde Connor en tono despreocupado—. Son más sinónimos de «interino», por si los necesitabas.

Scott resopla, pero no sabe qué contestar. Yo me concentro en ducharme. Todavía tengo que depilarme las piernas, y eso significa que he de inclinarme delante de Connor. Aún me oculta de Scott con su cuerpo, así que no puedo verle, por suerte. No quiero que Scott me vea el culo. Puede mirar el de Connor todo el día si quiere. Como es lo más destacable de su cuerpo...

Tal vez sea mejor que me depile otro día.

Me estremezco.

¡A la mierda! He llegado hasta aquí. Estoy desnuda en una ducha junto a un hombre desnudo. Puedo agacharme un poquito. Me enjabono la pierna y me inclino para terminar de depilarme. Le rozo la polla con el trasero y me dispongo a incorporarme y apartarme un poco de él, pero Connor me pone una mano en la espalda y me obliga a continuar agachada. Con la otra mano me acaricia la piel suave del culo y luego me lo aprieta con fuerza. Oigo la advertencia que yace en su gesto: «No le des a Scott nada que te pertenezca».

Hago una mueca, pero no puedo evitar sonreír. Me encanta que le importe. Alterna agarrarme con suavidad y luego con fuerza, acariciando y pellizcando, acercándose cada vez más a ese punto entre mis piernas... Sin entrar. Me tiemblan las manos mientras intento depilarme, sobre todo cuando masajea mis nalgas y luego les da una cachetada. Oh... Joder...

¿Por qué me gusta tanto?

Me quita la mano de la espalda para permitirme incorporarme, pero sus dedos se me cuelan peligrosamente entre las nalgas.

Bajan. Y yo pego un grito, un sonido que no se parece a nada que haya salido nunca de mi boca. Me acaba de sobresaltar como nunca en la vida. Por Dios… Me corto en la rodilla y me empieza a salir sangre. Me pongo recta y Connor me quita las manos de encima.

Scott se echa a reír. Se está carcajeando, lo que me llena de más culpa y más asombro. Acabo de rechazar a Connor delante del puto Scott. ¿Es eso lo que ha parecido? Me doy la vuelta poco a poco para enfrentarme a la expresión serena, autosuficiente y sobre todo ilegible de Connor. Intento transmitirle un millón de disculpas a través de la mía, recurriendo a músculos faciales que se han pasado los últimos veintitrés años inmóviles.

Los resoplidos de Scott me siguen abrasando los oídos. El apuro me lleva a tratar de volverme hacia el productor y maldecirle para explicarle de forma poco elocuente que no se trata de Connor, que cualquier hombre que hubiera intentado hacer eso conmigo se habría encontrado con la misma reacción de alarma.

Pero Connor me coge de la barbilla y me obliga a mirarle a los ojos. Nuestras miradas conectan a otro nivel; el mundo se reduce.

Ya no existe Scott.

No existe la ducha.

No existe el agua ni la desnudez.

Solo existe él. Y yo. Nosotros.

De nuevo juntos.

El deseo me cubre como una manta, me envuelve en su red. El anhelo y la necesidad burbujean en mi interior; son sentimientos que he mantenido enjaulados desde que nos mudamos a esta casa. Todos ellos cobran vida de repente; contemplo cómo mi deseo se zambulle en sus profundos ojos azules.

Hace tiempo que no nos corremos. Yo todavía no me he masturbado en nuestra cama por miedo a que los micrófonos que hay tras las paredes capturen los sonidos. Connor solía masturbarse en la ducha, lo que se ha complicado con el nuevo estilo comunitario que tenemos aquí.

Estamos los dos muy cachondos, sobre todo después de habernos excitado el uno al otro en la planta baja.

Me acaricia la cara y el labio inferior con el pulgar… Y luego lo desliza en el interior de mi boca.

Se me escapa un sonido audible de consentimiento, anhelo y placer.

Un gemido que esta vez no consigo retener.

Capítulo 15

Connor Cobalt

Cierra los labios alrededor de mi pulgar. El placer le sonroja las mejillas y hace que se acerque ligeramente hacia mí. Mi polla ansía su parte más estrecha, ese lugar en el que no ha dejado entrar a ningún hombre.

Quiero recordarle a Rose que el que hace que le tiemble el cuerpo soy yo, no el imbécil que hay en la ducha de al lado. La ira que siente contra Scott solo sirve para darle alas, le hace creer que tiene algún poder sobre ella. Los comentarios mordaces, los insultos y la relación amor-odio es cosa nuestra.

Él no tiene nada que ver en todo ello.

Pero él cierra el grifo en cuanto Rose hace un ruido. Lo observo rodearse la cintura con una toalla. Antes de salir del baño, me dirige una mirada fría y enfadada. A mí, la situación no me incomoda, pero supongo que él ha llegado a su límite tras oír a mi novia gemir con mis caricias.

Deslizo la mano que tengo libre por la nuca de Rose y la acerco a mí. Inclino la cabeza y susurro:

—Te voy a meter otra cosa en la boca, Rose.

Me mira con los ojos llenos de preguntas y, con los míos, le doy una única respuesta: «Conmigo estás a salvo».

Puede irse si así lo desea. Puede golpearme en el pecho, si quiere, y reprenderme por ordenarle que se arrodille. Rose no es tímida, no es débil ni insegura. Si no quiere algo, me lo hará saber.

«Es virgen», me recuerdo. Darle lo que ansía, lo que amaría, pero se niega a sí misma, me llevará tiempo, por mucho que mi cuerpo proteste ante la larga espera. Sin embargo, si acepta esto, si acepta empezar a someterse a mí en la cama, por fin podremos avanzar.

Mientras asimila mis palabras, su cuerpo responde arqueándose hacia el mío. Por una vez, quiere dejarse llevar. Lo sé tan bien como ella. Simplemente, debe decidir si se va a permitir ese placer o lo va a rechazar por algún ridículo imperativo moral.

Me acaricia la muñeca con los dedos y le saco el pulgar de la boca. Despacio y sin que parezca costarle ningún esfuerzo, se pone de rodillas, quedando a la altura de mi polla. Quiero metérsela de golpe en la boca, follármela igual que quiero follarle el coño. «Es virgen».

«Paciencia, Connor».

La agarro del pelo mojado; el agua de la ducha bombardea su hermoso cuerpo oleada a oleada. Mira mi polla semierecta y luego me mira a mí; se le acelera la respiración. Apoyo una mano en la pared de azulejos.

Coge mi miembro con manos tiernas e inseguras; no sabe bien cómo hacerlo.

—Métetela en la boca —la apremio con voz profunda y posesiva.

Me mira con dureza, con mil veces más dureza de la que usa para cogérmela. Todo mi cuerpo responde a esa mirada; el deseo me domina por completo. Me gusta que sea tan difícil. La miro y contemplo cómo abre la boca lo suficiente para acomodarme entre sus labios.

Cuando no tengo ni la mitad dentro, se detiene. Deja caer las manos a los lados del cuerpo, de nuevo insegura. Intenta apartarse, pero la detengo de inmediato agarrándola por el pelo. Su mirada es puro fuego, caliente y tumultuosa, pero no es una mirada que me pida que pare. Está llena de palabras e insultos, tan desagradables como apasionados. Me grita «Fóllame», pero también «Cabrón», «Mamón» y «Sí, joder».

Es complicada. Tal como a mí me gusta.

—Te voy a follar la boca, cariño —le digo con brusquedad. La cojo del pelo con más fuerza y ella me pone las manos en la muñeca de repente.

Un gemido se encalla en su garganta, pese a que apenas se ha metido mi polla en la boca. Su intención es amenazarme; pero la sorpresa le invade los ojos tras una revelación repentina: está más excitada que cualquier otra cosa.

Salgo de ella, deslizando el miembro por entre sus labios. Dejo una mano sobre la pared, pero la otra desciende de su pelo a su cuello.

—Lo estoy haciendo mal —se lamenta—. Sabía que se me daría fatal.

—Todavía no has hecho nada —le contesto con una sonrisa—. No se te puede dar fatal nada.

—No me trates como a una niña —salta—. Si tienes que enseñarme, quiero que lo hagas bien. Quiero ser la mejor. —Me hace un gesto para que continúe y, desafiante, a la vez que excitada, clava la mirada bajo mi cintura.

¿Cómo no me la va a poner dura...? Joder. Crezco y ella abre mucho los ojos, probablemente se pregunte cómo le va a caber todo eso en la boca.

—Serás la mejor, cariño —le aseguro—. Cógela.

Quiero que empiece así... Y luego quiero hacerlo a mi manera.

La coge de la base con la misma delicadeza que antes.

—Qué raro —comento.

—¿El qué? —pregunta con el ceño fruncido.

—Amenazas con castrar a hombres diez veces al día, pero luego coges mi polla como si quisieras arroparla por la noche.

Aprieta más de inmediato; separo los labios sin querer, abandonándome a la repentina sensación.

—De momento eres una alumna excelente —le digo con una carcajada.

—Me gradué con honores —contesta.

Ya lo sabía. Asistí a su graduación. La vi cruzar el escenario y aceptar su diploma. Pude ser testigo de la mirada de satisfacción y libertad tras cuatro años de duro trabajo y de ser esclava de su educación. Son recuerdos muy gratos para mí.

—Eres una graduada con honores pequeña y engreída.

—¿Pequeña? —Me mira.

—Eres más bajita que yo —le recuerdo—. Y ahora toca cerrar el pico y volver a meterte mi polla en la boca.

Su mirada arde tras mis palabras, pero el resto de su cuerpo reacciona de forma distinta. Aprieta los muslos, dispuesta, deseosa.

De hacer que me corra.

Vuelve a tomarme con la boca, despacio, y no ha llegado ni a la mitad cuando casi se atraganta. Le pongo una mano en la cabeza, se la recoloco y muevo las caderas para que la postura sea más cómoda para ella. En este ángulo va mejor; cierra los ojos y se la mete un poco más. No es terrible, pero tampoco fantástica.

Me mira vacilante.

Se está perdiendo en esa cabecita suya. No quiero que piense en si está haciéndolo bien o mal, solo quiero que sienta.

—Quita las manos.

Me fulmina con la mirada e intenta apartarse para gritarme. Sé que quiere intentarlo, que quiere demostrarme que es capaz de hacerlo, pero no es eso lo que tiene que pasar. La cojo de la nuca con fuerza para que no se mueva.

—¿Quieres complacerme? Pues haz lo que te digo.

Me mira con los ojos entornados, pero me obedece y me suelta. Me ayudo de una mano y de las caderas para entrar todavía más en su boca. ¡Joder! Me gusta.

Le da una arcada y me pone las manos en el culo a toda velocidad, agarrándose con fuerza.

—Rose... —gimo. Mis embestidas son superficiales, pero poco a poco se hacen más y más profundas, hasta que veo que se le escapan lágrimas por las comisuras de los ojos, que tiembla.

Lentamente, pierde la fuerza en las piernas y apoya la espalda contra los azulejos cálidos. El agua sigue bañando nuestros cuerpos. Me introduzco en ella meciendo la pelvis, tengo el control completo sobre cuánto de mí acepta entre sus labios.

Mueve las piernas y encoge los dedos de los pies; su pecho se levanta a medida que acelero.

—Así, cariño —le digo sin aliento—. Estás a salvo conmigo.

Tras unos minutos, me corro y salgo de ella a toda prisa.

—Escupe —le ordeno mientras me siento de rodillas.

Ella se vuelve y obedece. Se seca los labios sin dejar de jadear. La estrecho entre mis brazos, la abrazo mientras asimila lo que acaba de ocurrir. Ella misma me rodea con los suyos y apoya la frente en mi cuello.

Le acaricio la espalda; poco a poco, el agua se va tornando tibia. Al tenerla así, apoyada en mi regazo, algo se me aferra con fuerza al corazón. Nunca me había sentido tan poseído por otra persona. Ella consume mi cuerpo y mi mente de una forma que no soy capaz de articular.

Le aparto el pelo mojado de la cara.

Ahora mismo, deseo tanto besar ese lugar entre sus piernas, tanto, que ella no lograría comprenderlo. Quiero saborearla, quiero ver cómo arquea la espalda. Quiero verla alcanzar el clímax, igual que acabo de hacer yo. Al cabo de unos minutos, la recoloco y la pongo a horcajadas sobre mí.

Me pone una mano en el pecho en cuanto roza los azulejos con el trasero.

—No —dice, se desenreda de mí y se pone de pie.

Frunzo el ceño ante su cambio de opinión. Estoy confundido, y eso no sucede a menudo.

—Tu cuerpo respondía, Rose, no puedes negarlo. Te ha gustado y eso está bien.

—Lo sé. —Asiente con más confianza—. Pero no necesito que hagas nada para darme placer tú ahora. Lo he hecho por ti.

—Quiero hacer que te corras. —«Y lo conseguiré, joder». La cojo del tobillo y le doy un beso en la rodilla—. Te encantará. Confía en mí.

—Me da igual. —Se quita mi mano de la pierna.

Me pongo de pie y la miro con dureza.

—Pues a mí no, joder.

—Esto no ha sido un *quid pro quo*, ¿vale? No te he hecho una mamada para que me devuelvas el favor.

Ha pasado otra página de nuestro libro y aún debo descubrir cuál es.

—Estás excitada —insisto—. Miénteme y dime que no piensas tocarte cuando vuelvas a nuestra habitación.

Alza la barbilla; no piensa retractarse. Podría empujarla contra la pared y ver cómo el aliento abandona sus labios, ver cómo su cuerpo responde, hambriento, vicioso. Me dejaría complacerla. Sin embargo, no quiero forzarla a esa situación sin comprender antes el porqué de sus reservas repentinas.

Da un paso hacia mí y asevera:

—No te necesito para correrme. —El miedo asoma a la superficie de sus ojos penetrantes.

Y así, sin más, todo encaja. Veo el océano que hay bajo sus palabras, el significado más profundo de todo. La estrecho entre mis brazos; no me importa que esté rígida. Intenta apartarme, pero yo la aprieto contra mi pecho. Le acerco los labios al oído y le digo:

—*Tu as tort.* —«Te equivocas».

Veo que su cuerpo entero se ruboriza, así que la suelto, cierro el grifo y busco una toalla para ella. La envuelvo en el suave algodón y se me queda mirando con gesto interrogante, preguntándose si voy a explicarme.

Al final, afirma:

—No me equivoco.

—Te crees que tu virginidad es un premio que quiero ganar y que luego te dejaré. ¿O no?

—No me manipules. —Niega con la cabeza—. No necesito que me digas lo que quiero oír solo para que ganar te resulte más fácil.

Está loca si cree algo tan horrible. Quiero abrazarla más tiempo, con más fuerza, y calmarla con mis palabras.

—No te estoy manipulando, Rose. Eres lo bastante inteligente para entenderme. Y, si de verdad crees que manipularía a una mujer solo para follármela, no me conoces muy bien.

—No me mientas. —Me señala el pecho con los ojos desorbitados—. Para ti no soy más que una parada. Soy la mitad del camino, hasta que encuentres a otra que se arrodille ante ti dentro y fuera del dormitorio.

—Si quisiera a una mujer complaciente fuera del puto dormitorio, jamás te habría dirigido la palabra, Rose. —Lo que me pone cachondo es que una mujer fuerte pueda entregarse a mí en cuanto cruza el umbral de la puerta, poder vencer su voluntad durante un momento de pasión. Y que luego volvamos a ser iguales. ¿Por qué iba a querer a alguien que no esté a la altura? ¿Dónde está el placer ahí?

Ella niega con la cabeza; no me cree. ¿Por qué no me cree? ¡Es la puta verdad!

—Tú necesitas a alguien que esté a tu lado las veinticuatro horas del día, siete días a la semana —insiste ella—. Que no tenga otras obligaciones que hagan que divida su atención. Lo que yo he supuesto para ti ha sido una cacería de diez años, Richard. Nada más.

Intento no mostrarle lo mucho que me ha herido, pero el dolor casi me desgarra el rostro, estoy demasiado lívido para esconderlo. Es como si me hubiera clavado algo duro y frío.

—No —logro decir—. No, Rose. Te equivocas, joder.

Respira con dificultad, aferrada a la toalla.

Me acerco a ella y la cojo de los lados del rostro con las dos manos. La miro a los ojos de un verde amarillento.

—No eres una parada. Eres mi línea de meta. No hay nadie después de ti. —La beso de forma imperiosa, abriéndole la boca con la lengua, y ella responde, pero no tanto como esperaba. Me separo y añado—: Te quiero para toda la eternidad, no durante un momento fugaz.

No entiendo por qué cada vez que hablo suena a palabrería vacía y barata.

No puedo perderla.

No por esto.

Intento imaginarme una vida sin Rose y solo veo algo gris, algo quieto, un mundo sin tiempo y un lugar sin color. Veo algo mundano, apagado y deprimente.

No puedo perderla.

No puedo perderla por nada del mundo.

Me da un beso en la mejilla.

—Quiero creerte, y voy a confiar en ti, pero te aviso: en el futuro puede que te cueste algo más que palabras.

Abre la puerta de la ducha y me deja ahí, con un nuevo desafío. Pero estaría con ella también sin todas las pruebas, sin todos los aros por los que me hace saltar. Me gusta superar todas esas pruebas.

Pero ella me gusta aún más.

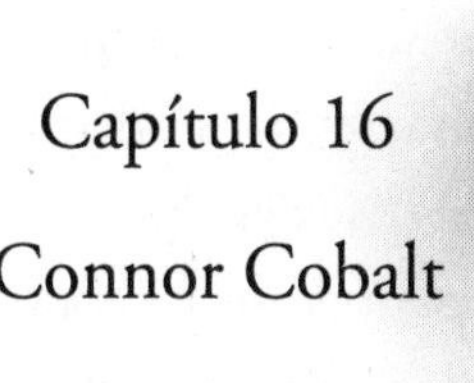

Capítulo 16

Connor Cobalt

Llego tarde.

Y odio llegar tarde. Sí, tengo una excusa legítima —cinco horas de clases en Wharton y una reunión de negocios de dos horas en un restaurante de Nueva York—, pero estoy cabreado de todos modos. El tiempo es obstinado, constante e innegablemente ofensivo. Por mucho que lo intente, no se doblega a mi voluntad.

El tráfico del trayecto entre Nueva York y Filadelfia da nuevas alas a mi frustración. A mi izquierda, el conductor de un camión verde toca la bocina una y otra vez, como si pudiese valerse del ruido para abrirse camino en la abarrotada autopista por arte de magia. Contengo el impulso de bajar la ventanilla para recordarle que no es Moisés y que la magia no existe.

Arrugo la nariz al releer el último mensaje de Rose.

Rose: Empieza dentro de nada. Lo grabo, por si acaso.

Esta noche se emite el primer anuncio del reality show y Rose ya se está preparando para que me lo pierda. Para la mayoría de la gente, llegar tarde para ver un estúpido anuncio de treinta segundos en televisión no sería gran cosa. No les importaría mucho.

Pero no está bien.

Solo tiene que pasar una vez. Un único momento en el que yo llegue con diez minutos de retraso podría bastar para que la situación diera un vuelco. Los «y si» de la vida no son imposibles. Los «y si» son caminos paralelos que podrían ocurrir, que podrían ser. En un instante, un «y si» puede convertirse en un hecho.

Scott Van Wright es un «y si».

Si no hubiera oído el ruido del grifo al abrirse, el sonido de las tuberías a través de las paredes y el techo no habría subido a la planta de arriba. Si no hubiera querido decirle a Rose que volviera a la cama y se duchase más tarde, no habría oído la voz de Scott al otro lado de la puerta, entremezclada con la de ella.

¿Y si no hubiera entrado en el baño para interrumpir lo que podría haber sido?

La imagen de Scott forzando a Rose me resulta insoportable. Es lo que hace que estar en este coche y no con ella sea tan doloroso.

Otro bocinazo fractura mis pensamientos. Acelero y recorro la corta distancia para calmar al imbécil que va detrás de mí. Miro las señales de salida y las palabras se mezclan; son casi ilegibles. Parpadeo e intento concentrarme, pero no me es de gran ayuda.

«No te preocupes. No te preocupes, Connor, joder».

Empiezo a notar los efectos de las treinta y seis horas sin dormir. La noche es parte de la jornada. Propuestas para clase, correos de trabajo para Cobalt Inc., etc. He de ocuparme de cualquier cosa que reclame mi atención. No es la primera vez que voy de empalme, claro, pero mi norma es no sobrepasar nunca el límite de las treinta y seis horas. No dormir provoca ineficiencia mental.

Esto es lo que me pasa por haberme deshecho de la limusina. Me podría haber echado una siesta en el asiento de atrás mientras Gilligan me llevaba a Filadelfia, pero decidí conducir yo mismo un sedán plateado en cuanto empezó el rodaje. Tal vez los lujos me hayan venido solos, pero trabajo muy duro, y, si me graban yendo a todas partes en limusina con un chófer, lo único que la gente verá es a un hijo de puta perezoso.

Me pican los ojos; el agotamiento me pesa en los músculos. Decido de forma consciente tomar la siguiente salida y aparcar delante de una farmacia.

Cojo mi teléfono móvil y entro.

—Necesito que me recetes anfetaminas —le digo a mi interlocutor. Mis zapatos resuenan contra el suelo embaldosado; el dependiente me mira con desconfianza. Con el pantalón negro de traje y la camisa blanca, encajaría más en Wall Street que en la farmacia de una estación de servicio de la autopista.

—No. —Frederick no vacila—. Y la próxima vez que me llames puedes empezar con un «hola».

Aprieto los dientes y me detengo delante de las cajas de descongestionantes. Frederick es mi terapeuta desde que mis padres se divorciaron. Las palabras de mi madre fueron: «Si necesitas hablar, puedo contratar a alguien». Pasé semanas yendo de un psiquiatra a otro para darle una oportunidad a eso de hablar.

Conocí a Frederick cuando se acababa de graduar en Medicina con solo veinticuatro años, tras haber concentrado sus estudios en el menor tiempo posible. Tenía un aura particular: era una persona ávida de conocimiento, una pasión que no había encontrado en los otros loqueros de treinta y cuarenta años que había entrevistado, así que lo elegí a él.

Es mi psiquiatra desde hace doce años. Lo llamaría mi mejor amigo, pero él me recuerda constantemente que los amigos no se compran. Cada año le pago una suma de dinero pasmosa. Pago de más por momentos como este, en los que lo llamo a cualquier hora del día y él me presta toda su atención.

En nuestra última sesión hablamos de Scott Van Wright e intenté con poco éxito no dedicarle al productor apelativos propios de un niño de siete años que se está chivando de un abusón. Creo que es posible que usara palabras como «bacteria humana falible y engreída» cuando Frederick me preguntó qué pensaba de él.

Por suerte, los psiquiatras tienen la obligación ética de guardarte los secretos.

—Hola, Frederick —me corrijo intentando mantener un tono de voz neutral. Es la única persona que me ha visto en mis peores momentos: roto, inutilizable. Sin embargo, me gusta reducir al máximo la frecuencia en la que se producen—. Puedes llamar a la farmacia más cercana de Filadelfia y lo recogeré ahí.

—Puedo, pero no lo haré.

Exhalo un largo suspiro mientras echo un vistazo a los estantes.

—No es el mejor momento para que te pongas terco. Ya voy con bastante retraso.

—En primer lugar, cálmate —me dice, y oigo unos ruidos al otro lado de la línea, papeles, tal vez, que está hojeando. Le gusta tomar notas.

—Estoy tranquilo —replico, confiando en la arrogancia de mi voz.

—Acabas de usar la palabra «terco» —repone Frederick—. Normalmente, lo que me sueles llamar es cerdo cabezón. ¿Ves la diferencia?

—No seas condescendiente conmigo.

—Entonces no lo seas tú conmigo —replica. Un terapeuta normal no sería tan discutidor, pero yo tampoco soy un paciente normal—. ¿Recuerdas la conversación que tuvimos justo antes de tu primer año en Penn?

—Hemos tenido muchas conversaciones, Rick —respondo. Echo un vistazo a dos marcas diferentes de descongestionantes nasales y leo los ingredientes en las etiquetas.

—Me refiero a la conversación sobre las drogas para aumentar la concentración, Connor.

Aprieto todavía más los dientes, tanto que me hago daño en las muelas. Antes de empezar la universidad, le dije a Frederick que, si alguna vez le pedía que me recetara ese tipo de anfetaminas, se negara, pasara lo que pasase. Quería que me fuese bien en la universidad por méritos propios, sin ningún tipo de estimulante o potenciador. Quería demostrarme que era mejor que los demás, que yo no necesitaba ninguna pastilla para conseguirlo.

—Las cosas han cambiado.

—Sí, es verdad —concede—. Estás en el primer año de la escuela de posgrado, tienes una relación estable con una chica y tu madre está preparando el traspaso de poder de Cobalt Inc. Y ahora tienes que gestionar lo del reality show. Lo admito, Connor, consigues lidiar con el trabajo y el estrés mejor que el 99 por ciento de la gente de este planeta, pero es posible que esto sea humanamente imposible, incluso para ti.

No es la primera vez que me ha dicho que estoy intentando hacer demasiadas cosas a la vez, pero no tengo elección. Lo quiero todo y, si trabajo lo suficiente, podré conseguirlo. Mi vida siempre ha funcionado así y me niego a creer que pueda ser de otra manera.

Cojo el descongestionante con una dosis más alta de pseudoefedrina y avanzo por el pasillo hasta donde están los suplementos de cafeína.

—Estoy de acuerdo, no es humanamente posible. Al menos no sin perder algunas horas de sueño. Y pasarme el día como si fuese un cuerpo sin cerebro, coherente a medias y con los ojos a punto de cerrarse, no es una opción para mí. Necesito estimulantes.

—¿Y qué ha pasado con eso de no sucumbir a los trucos que usan los tíos de las fraternidades?

—¿Quieres que me sienta culpable? ¿En serio, Rick? ¿No es eso caer muy bajo?

—Eres tú el que me dijo que recurriera a cualquier método para disuadirte —responde—. Hubo un momento en tu vida en el que habrías preferido tirarte por un puente antes que tomar anfetaminas. Sé que las cosas han cambiado, pero hazme caso y reflexiona un poco.

Me quedo mirando los suplementos de cafeína e intento dar con un camino alternativo. Pero no veo ninguno. Para tenerlo todo, debo sacrificar algo… Y ese algo es el sueño.

—Si no me las recetas, tendré que comprar efedrina pura por internet —amenazo. Comprar pastillas por internet es peligroso. A saber qué otros ingredientes desconocidos y no testados llevan mezclados en la fórmula.

Soy más inteligente que Frederick, y él es consciente de ello. Hace mucho tiempo, me hizo prometer que sería siempre completamente sincero. Que jamás lo manipularía.

Y no lo pienso hacer. No voy de farol.

—¿Qué estás comprando? —Su tono de voz ha cambiado de forma considerable. Rezuma templanza, como si estuviera colocando cada sílaba en su lugar con sumo cuidado. Está preocupado, y no sé cómo, pero sabe que en estos momentos estoy cogiendo medicamentos de una estantería.

Lleva doce años dentro de mi cabeza.

—Descongestionantes y una bebida energética. —Llevo las cajas al mostrador y la farmacéutica las escanea a paso de tortuga. Cuando le enseño el carnet de identidad para comprar los descongestionantes, me dedica una mirada larga y penetrante. Sí, comprar estas dos cosas juntas levanta sospechas, pero tengo veinticuatro putos años. No soy ningún niño.

—¿Eres consciente de que eso es lo que usan los adolescentes para colocarse? —dice Frederick, que sigue intentando convencerme.

Cojo la bolsa que me tiende la farmacéutica y salgo a la calle, dejando las campanitas de la puerta repicando tras de mí.

—Estoy conduciendo —argumento—. O tomo estimulantes o causo un accidente. ¿Quieres un choque en cadena en tu conciencia?

—¿Cuántas horas llevas despierto? —inquiere.

—¿No tendrías que haber empezado con esa pregunta? —Abro el bote de pastillas, me meto un par en la boca y me las trago con ayuda de la bebida.

—Empieza a contestar a mis preguntas o te cuelgo —amenaza con severidad. Pongo los ojos en blanco. Frederick tiene sus límites, incluso conmigo. Me apoyo en el respaldo del asiento y espero a que las pastillas me hagan efecto y dejen de pesarme los párpados como si fueran de plomo.

—Treinta y siete.

—Pues esta noche has roto dos de tus reglas.

—Todavía no he tomado anfetaminas.

—No, pero sí que has tomado algo. —No le contesto. Espero su inevitable consejo, que está a punto de llegar—. Tienes que dejar algo, y no debería afectar a tu salud. Así que empieza a pensar en qué cosas de tu vida no son necesarias.

¿Cuáles serían? Cobalt Inc. es mi derecho de nacimiento y la única aspiración que he tenido en esta vida es sacarme un MBA en Wharton. ¿Es que mi sueño no es necesario? Eso me deja a Rose y el reality show, y el uno depende del otro. Para conservar uno, debo conservar también el otro. Que Rose sea necesaria podría ser cuestionable: uno no necesita una pareja para vivir. Para tener éxito. Pero no estoy dispuesto a renunciar a Rose, sea necesaria o no. Es mía.

—Mi vida está plagada de cosas esenciales —le digo a Frederick.

Se produce un largo y tenso silencio al otro lado del teléfono. Espero a que termine.

Cuando habla por fin, suena un poco derrotado, aunque tan calmado como yo.

—Pediré las anfetaminas, pero la receta no estará lista hasta mañana. ¿Puedes llamarme o mandarme un mensaje cuando llegues a Filadelfia? —Debe de estar imaginándose ese choque en cadena.

—Por supuesto.

—Estupendo. —No suena muy entusiasmado.

Intercambiamos un par de palabras más y colgamos. Evalúo mi nivel de conciencia: no me tiemblan las manos, veo con nitidez y soy capaz de concentrarme.

Por fin estoy despierto.

Cuando subo los escalones de ladrillo de casa, el anuncio ya se ha emitido, así que me preparo para lo que me puedo encontrar. En el peor de los casos, Scott se las habrá arreglado para seducir a Rose, que estará en un estado vulnerable, y la estará rodeando con un brazo.

El cóctel de descongestionantes ha hecho que me suba la adrenalina. Eso, junto a este miedo antinatural, provoca que me tiemble la mano antes incluso de girar el pomo.

Sin embargo, el miedo se desintegra y se transforma en seguridad en mí mismo en cuanto abro la puerta. Scott y Rose no están enredados en el sofá. Ella no está llorando en sus brazos.

El salón está revolucionado. Hay una silla tirada y cojines desperdigados por el suelo de parquet. Rose tiene los tacones en la mano y los blande contra Scott como si fueran un arma, pero Daisy y Lily la retienen, la han cogido por la cintura y la están echando hacia atrás.

No me gusta nada cuestionar mi capacidad de volver a mi favor todo lo que parece estar en mi contra, así que me alegro de haber recuperado lo que es solo mío.

Cierro la puerta al entrar, pero nadie me oye. Lo está demasiado ocupado insultando con tanto fervor que casi me sangran los oídos. Rose maldice con violencia, recurriendo a apelativos como «gilipollas», «hijo de puta», «chapero», «cabrón», «bastardo» y «pedazo de mierda». Oigo la palabra «castrar» cinco o seis veces.

Scott tiene las manos levantadas en un gesto defensivo y está contra la pared más alejada del televisor. Sin embargo, luce una ancha sonrisa de satisfacción.

Este drama lo ha creado él.

Las cámaras danzan por toda la sala. Revolotean alrededor de Ryke, que abre y cierra un puño y tiene la otra mano en el hombro de su hermano en un gesto protector, y luego alrededor de mi novia, que ha perdido totalmente los papeles.

Todo el mundo chilla.

Me acerco al caos con calma. Rose se libera del abrazo de sus hermanas y aprovecha la oportunidad para abalanzarse contra Scott, tacones en mano. Me interpongo entre los dos y la punta afilada del tacón se me clava en pecho. Lo único que revela que me ha hecho daño es un ligero espasmo en mi mandíbula.

Ella abre unos ojos como platos, horrorizada, y deja caer al suelo los zapatos con tacón de diez centímetros. Pero, inmediatamente después, recupera esa mirada iracunda y rabiosa. Señala a Scott con un dedo acusador.

—Es un…

—¿Un cabrón? ¿Un cerdo? ¿Un capullo?

Pone los brazos en jarras; está que echa humo. Le froto el brazo y empieza a calmarse, pero el odio sigue muy vivo en su mirada.

Contemplo a mis amigos uno a uno. Cada vez que miro a uno de ellos, sus cuerpos empiezan a relajarse, sus músculos empiezan poco a poco a liberar la tensión. Loren cierra la boca y Ryke relaja el puño sin darse cuenta.

La gente cree que tengo un efecto mágico sobre los demás, que puedo hacer que una multitud se parta en dos sin pedirlo siquiera. Lo único que necesito es ponerme frente a una multitud, y todos, poco a poco y de forma natural, se apartarán para abrirme camino. Puedo calmar al alma más inquieta si así lo deseo, y no es porque haya recibido un don insustancial y sobrenatural.

Mi poder reside en la seguridad que tengo en mí mismo.

Es así de simple.

La creencia en que es algo más, algo más trascendente, es lo que hace que el efecto sea tan poderoso. Necesitan que yo sea su fortaleza robusta e invencible.

Así que aquí estoy.

—Dejadme ver el anuncio —pido. «Y entonces podremos decidir si Scott merece que le claven el tacón en la cara».

Recojo los zapatos de Rose mientras Lily coge el mando a distancia. La primera me tiende la mano para recuperar sus tacones, pero no levanta la vista del suelo de parquet, que mira con la nariz arrugada. Probablemente está limpio, pero no lo bastante para ella.

Sus rasgos están llenos de rencor. La imagino atravesándole el ojo al productor. Por mucho que lo odie, no quiero que lo deje ciego, así que retiro el brazo sin soltar los tacones.

—He cambiado de opinión.

Ella me mira boquiabierta.

—¡Devuélvemelos, Richard!

¿No quiere ir descalza por casa? Está bien. La cojo en brazos sin esfuerzo, acunando su cuerpo, y ella inhala con brusquedad. Sin embargo, no discute conmigo como esperaba, sino que se aferra a mis bíceps. Mi mirada desciende hacia sus pechos, que suben y bajan con cada respiración profunda. Sonrío para mí.

Tengo a la chica.

En mis brazos. Atolondrada por mis caricias. Podría haberme encontrado algo mucho peor.

La llevo al sofá y la dejo medio estirada. Ella flexiona las piernas hacia un lado y el vestido se le sube hasta los muslos, pese a que intenta que el dobladillo no pase de las rodillas. Debería concentrarme en la pantalla del televisor, pero deseo tanto verla de nuevo desnuda que casi me duele. La curva de su cintura, sus pezones rosas y erectos, su culo y esa boca abierta, llena de mi polla.

Me mira a los ojos un instante; no nos hace falta ni una palabra. Sabe lo que estoy pensando. Puede ver el anhelo en mis ojos, aunque nadie más pueda. Echa un vistazo a mi cinturón y sonrío mientras me siento a su lado.

Me pongo tan cerca de ella que casi puedo oír su corazón martilleando contra su pecho. Me inclino para quitarle a Lily el mando a distancia y, cuando lo hago, acerco la boca al oído de Rose y susurro:

—Te voy a atar otra vez. —Luego miro a Lily, sonrío y le digo—: Gracias.

Su hermana vuelve junto a Lo, que está sentado en una silla, y se apoya en él.

Rose está tensa, pero no es por miedo. Presiona los muslos con fuerza, así que pongo un brazo en su regazo y apoyo la mano en su pierna desnuda. Cuando enciendo la televisión, se acerca más a mí y apoya la cabeza en mi hombro. Está intentando relajarse, pero sé que no se quita de la cabeza mi cinturón, sus muñecas y nuestra cama.

Quiero que esté tan mojada que me ruegue que la tome, que mi nombre sea el único que pueble sus pensamientos, lo único que sea capaz de pronunciar. Quiero oírla gritar perdida en un éxtasis salvaje y descontrolado. Quiero ver lo perfectos que somos el uno para el otro, en mente, cuerpo y alma.

Esta vez, sin palabras.

Solo actos.

—Tienes que rebobinar —me indica Rose.

Intenta quitarme el mando, pero lo aparto. Me fulmina con la mirada.

—*Tu dois toujours avoir le control.* —dice. «Siempre necesitas tener el control».

Intento reprimir una sonrisa.

—*Tu aimes quand j'ai le control.* —«Te encanta que tenga el control».

Aprieta los labios, pero me observa con atención, igual que yo a ella.

—*C'est encore à prouver.* —«Tendrás que demostrarlo».

Acaricio su piel suave y sedosa.

—*Ne t'inquiètes pas. Bientôt ça será un fait.* —«No te preocupes. Pronto eso será un hecho».

—Eh —nos interrumpe Ryke—. Ya vale con el puto francés.

—Sí —añade Lo—. Lily quiere que las guarradas os las digáis en nuestro idioma. —Mira a su novia y sonríe.

Lily se pone roja como un tomate.

—¡Se suponía que no se lo ibas a decir! —susurra, pero habla lo bastante alto para que la oigamos. Sin embargo, no parece darse cuenta—. Era un secreto.

—Ay, mi amor, era demasiado gracioso, no me lo podía guardar.

La besa en los labios, mira a cámara un instante y luego le desliza una mano por dentro de la camiseta, que lleva sin sujetador. Aunque tampoco es que sea muy voluptuosa. De las tres hermanas, Rose es quien tiene los pechos y el culo más grandes, y también las caderas, que son más anchas. Me podría pasar el día mirándola y se me pondría dura sin problemas.

Rebobino hasta el principio del anuncio y le doy al botón de reproducir. Todos se quedan en silencio. El anuncio empieza con una imagen de todos nosotros con un fondo blanco. Lo rodamos en un estudio en Filadelfia no hace mucho.

Nos dijeron que fuésemos nosotros mismos mientras las cámaras grababan y, treinta minutos después de que los maquilladores y los iluminadores empezaran a ignorarnos, lo conseguimos. No nos hizo falta actuar: fue auténtico, incluso por mi parte.

El anuncio se inicia con un paneo por la hilera de siete personas, con Scott al final. Luego comienzan los primeros planos, empezando con la persona que está más a la derecha.

Daisy hace el pino en pantalla y la camiseta blanca se le baja, revelando su barriga desnuda y un sujetador de encaje verde. Saca la lengua y esboza una sonrisa juguetona a cámara. Justo encima de sus pechos, aparece un rótulo: «La temeraria».

Ryke le empuja las piernas desde atrás y ella se cae entre risas. En el pecho de él se lee lo siguiente: «El capullo».

Así que han decidido etiquetarnos.

No obstante, el anuncio continúa, silenciando mis reflexiones.

Los siguientes son Lo y Lily. Él la tiene enredada entre sus brazos y su boca se estampa contra la de ella. Se besan con avidez, con pasión, con un deseo tan intenso que es casi difícil ser testigo de él. Parece demasiado íntimo, demasiado personal.

Al mismo tiempo, las palabras «La adicta al sexo» y «El alcohólico» aparecen flotando sobre sus cuerpos.

Y entonces llegamos Rose, Scott y yo. Ella parece un poco molesta; tiene los ojos encendidos, lo que en su caso suele ser normal. Sin embargo, está de cara a mí y algo magnético y poderoso atrae nuestros cuerpos. Me inclino para susurrarle alguna cosa al oído y a ella se le ilumina el rostro.

Ni siquiera recuerdo qué le conté. Podría haberme mostrado en desacuerdo con una de sus feministas preferidas o haberle dicho lo guapa que estaba, quién sabe.

En el vídeo, me da un cachete en el brazo. Y otro. Espera a que me enfade, igual que ella. Quiere provocarme.

Yo me limito a sonreír.

Las palabras «El listillo» no tardan en aparecer sobre mi cuerpo.

Contengo una carcajada que nadie apreciaría, pero es que me parece jodidamente gracioso. ¿Y qué etiqueta le pondrán a Scott? ¿Don Juan? No, eso sería demasiado amable. Quizá algo como «Puta basura de productor» (aunque también podrían llamarlo «Mentiroso»).

`En el anuncio, junto a ella, Scott le mira los pechos.`

Ese día no me di cuenta, así que lo que me parecía divertido ya no me lo parece. ¿Cómo es posible que se me pasara por alto? Y tampoco reparé en que Rose…

`Mira a Scott, si bien fugazmente, aunque esa breve atención es suficiente para que él levante la cabeza y suspire.`

Por favor, esto es un montón de…

`Y entonces aparece el rótulo que le corresponde a él.`

`«El galán».`

Contengo una carcajada. No podría ser más ridículo. Así que él es el caballero andante que viene a rescatarla de la torre, el héroe, y yo soy el que la tiene ahí encerrada. Está mal, aunque no necesariamente al revés. Yo no soy ningún héroe.

Si Rose es la reina, yo soy el rey.

Y entonces la cámara empieza a hacer zum en Rose poco a poco mientras Scott y yo la miramos, perfilando el triángulo amoroso que él buscaba tan desesperadamente.

Luego aparece el rótulo en letras grandes sobre su cuerpo:

«La virgen».

Frunzo el ceño. ¿Esto es lo que le ha molestado? Nunca se ha sentido avergonzada de ser virgen, ni cuando tenía catorce años ni ahora. Nunca ha querido que las demás mujeres sientan que tienen que perder la virginidad durante la década de los veinte, que si conservan la virginidad después de la universidad dejan de ser deseables. Está orgullosa de haber esperado. No tiene sentido que ahora se avergüence, a no ser que esté enfadada por el hecho de que la hayan encasillado.

Eso sí podría ser.

El anuncio termina con el logotipo con el título del programa, *Princesas de Filadelfia*, y debajo aparece el eslogan: «Este febrero, entra dentro de las hermanas Calloway».

Es corto, dura solo treinta segundos, pero han bastado para que resurjan todo tipo de emociones hostiles. Mantengo la calma antes de que empiecen los gritos.

Lily se remueve entre los brazos de Loren y dice:

—No soy la única que cree que el eslogan suena guarro, ¿verdad?

Lo pregunta totalmente en serio. Casi relaja la tensión que reina en el ambiente.

Lo señala a Rose con la cabeza.

—Menos mal que te importa una mierda ser virgen a los veintitrés.

—Ese no es el problema —contesta. La conozco bien. Me mira a los ojos. Yo estoy delante del televisor, que está encima de la chimenea—. Nos ha etiquetado a todos con una sola palabra, como si fuésemos caricaturas. —Tiene miedo de que la hagan parecer una estúpida, pero lo cierto es que hace meses que están etiquetando a las Calloway en los blogs de crónica rosa. Esto no es distinto.

—¿Y qué? —pregunto.

Se queda boquiabierta. Estaba convencida de que me pondría de su lado, pero no tengo miedo de mostrarme en desacuerdo con ella cuando no tiene razón.

—La gente te etiqueta en cuanto te conoce —le explico—. Eres fría y una zorra. Una puritana que odia a los hombres, una niñata rica y estirada. Con eso, solo cuentan una pequeña fracción de la verdad, y, si permites que algo así te haga daño, les dejas ganar.

Todo el mundo se apacigua. Nadie quiere alimentar el estereotipo que les han adjudicado, y creo que están empezando a entender que si montan una escenita parecerán tan planos como Scott quiere pintarlos. Se adaptarán bien al papel de niños ricos y esnobs, una imagen que les haría daño a casi todos.

Rose aprieta los labios cuando digo que odia a los hombres. Eso le ha dolido. Casi me arrepiento de haberlo incluido en mi explicación.

—Eres un cabrón arrogante —me espeta.

—Y me amas.

Niega con la cabeza, pero se le escapa una sonrisa.

—Para.

—¿Que pare de qué?

—De tener razón. —Gime, resopla y se apoya en el respaldo del sofá—. Qué rabia me da cuando estamos todos subiéndonos por las paredes y llegas tú, dices cuatro palabras y todo vuelve a tener sentido.

Lo se pone de pie sin soltar a Lily.

—Tiene un don.

—Un don que me he dado yo mismo —puntualizo. Me olvido de las cámaras hasta que oigo el zum de la Canon de Savannah, que me está enfocando. Brett, por su parte, tiene enfocado a Scott. El rubio productor sigue junto a la pared y parece que me esté intentando asesinar con la mirada.

He llegado y he hecho que sucediera justo lo que él no quería.

He calmado a cada persona de este puto salón.

Me he comido su torre y su alfil y he protegido a mi reina.

«No juegues conmigo», le digo moviendo los labios. Estas cinco personas son para mí más importantes de lo que las palabras pueden expresar. Nunca había sentido que tenía una familia.

Pero con ellos sé que la tengo.

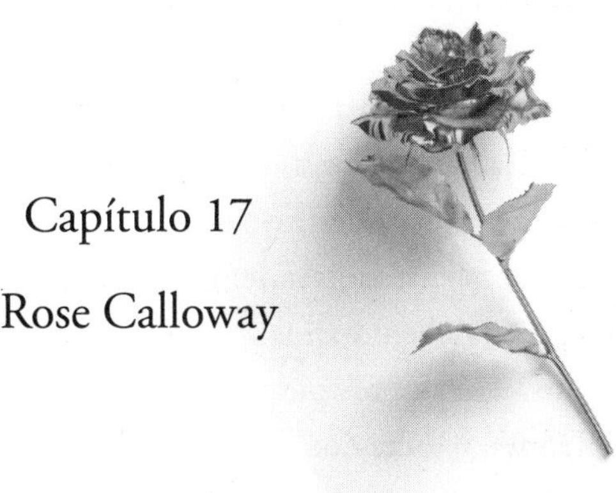

Capítulo 17

Rose Calloway

Mis padres han alquilado el *loft* de un hotel de lujo de Nueva York y lo han llenado con treinta pantallas planas enormes, aperitivos y doscientos de sus amigos más cercanos. Para ellos es una fiesta para el visionado del primer episodio.

Para mí, es una pesadilla.

Seamos claros: se trata de un reality show. No se nos va a ver como señoritas correctas y respetables de Filadelfia. Cuando se lo intenté explicar a mi madre, no me hizo caso. «Ya sé lo que es un reality show, Rose —me dijo—. Pero así la gente se reirá contigo y no de ti».

No sé si eso es mucho mejor.

Mamá: 4 meses y 25 días para la boda

Meto el teléfono en el bolso y cojo una copa de champán de la bandeja de la camarera más cercana, que lleva un vestido negro de falda plisada de Calloway Couture. Otra de las razones por las que más de un centenar de personas han venido a ver nuestras excentricidades: tienen los bolsillos muy llenos. Es posible que quieran invertir o comprar algunas de las prendas que Lily, Daisy y yo llevamos en el programa.

Echo un vistazo al teléfono y compruebo por enésima vez que la web de Calloway Couture esté en funcionamiento. A Dios le pido que no se colapse durante el programa. Con la suerte que tengo...

La pantalla más grande, que está en la pared central de la sala, muestra una cuenta atrás hasta el inicio el programa. Quedan diez minutos. ¡Diez putos minutos!

¿Dónde narices está Connor?

Estoy de los nervios; he de contenerme para no volver a comprobar que la web funcione. Miro a la multitud y descubro a Loren y a Lily en un lado, junto a una maceta con una planta enorme. Es el primer evento que los Calloway organizamos desde que la adicción al sexo de Lily se hizo pública. La mitad de los presentes los observa con curiosidad y gesto amonestador, mientras que la otra mitad murmura y chismorrea. Lily y Loren no podrían estar más incómodos; se mueven de un lado a otro y evitan el contacto visual con los demás. Lo rodea a Lily con un brazo; la toca para reconfortarla y la protege cada vez que una cámara se acerca demasiado a ella.

Hay doce cámaras, para que los objetivos no se pierdan ni un solo momento.

Justo cuando me dispongo a ir con Lily para darle apoyo moral, Ryke se acerca a ellos. Le tiende a Loren una lata de Fizzle y a Lily un plato de albóndigas suecas. No sé qué les dice, pero consigue que Lo sonría por primera vez en toda la noche.

Hace dos años, Lo y Lily habrían estado en una esquina, abatidos, sintiéndose cómplices en sus respectivas adicciones. Hace unos meses, nadie habría podido persuadir a mi hermana para que saliera de casa, donde se escondía de los chismes y el ridículo.

Pero ahora están aquí. Sonrientes.

No suelo ser muy sentimental, pero ver que Lily ha dejado de mentir y sentirse destrozada y que ahora esté más o menos bien me conmueve de una forma inconmensurable. Es más fácil nacer fuerte que encontrar una fortaleza que no sabías que existía. Por eso creo que tiene más coraje y más mérito del que yo podría tener nunca.

Mis ojos se detienen sobre ellos un instante antes de empezar a buscar a Connor de nuevo. Encuentro primero a Daisy, que está con mi madre, asintiendo de vez en cuando a modo de respuesta. Mientras Loren le roba a Lily una de las albóndigas del plato, Ryke observa a mi hermana pequeña desde el otro lado de la sala. Su sonrisa se desvanece y se le endurecen las facciones en un gesto de preocupación.

A ninguno de los chicos les gusta que pasemos mucho tiempo con nuestra madre. En realidad, yo tampoco quiero que Daisy esté con ella más de una o dos horas. Mamá nos chupa la energía; así es su personalidad. Áspera y agotadora. Hay que lidiar con ella, aunque nunca te acostumbres.

Cuando por fin veo a Connor, todos esos sentimientos cálidos y confusos (que en general me son ajenos) se ven sustituidos por el enfado. Observo a mi novio saludar a un chico más joven con un abrazo y una palmadita en la espalda, el típico saludo de tío. Es impropio de Connor Cobalt; no tiene nada que ver con su verdadera naturaleza, la que yo conozco y amo. Me dirijo hacia él haciendo repiquetear con fuerza los tacones sobre el suelo de mármol. Me bebo el resto del champán y dejo la copa vacía en una bandeja antes de llegar hasta él.

—Richard —le digo con los ojos encendidos. No me importa parecer una zorra. Es lo que hay. Soy como soy. ¿Por qué no deja que la gente vea a su verdadero yo? ¿Qué importa si no les cae bien?

—Ah, aquí estás, nena —responde mientras me rodea la cintura con un brazo. Señala a su amigo con la cabeza—. Patrick, conoces a Rose, ¿verdad?

—Nunca nos han presentado —contesta el chico tendiéndome la mano—. Patrick Nubell.

No se la estrecho.

—¿Como en Galletas Nubell?

Tiene sentido. Connor no pierde el tiempo charlando con la gente. No le regala sus minutos a nadie si no tiene una buena razón, y el dinero y el prestigio son factores importantes. En el mercado, Nubell está justo debajo de Kraft (Oreo) y de Keebler, aunque sus galletas son más naturales y menos apetecibles.

Patrick se echa a reír y baja la mano al darse cuenta de que no se la voy a estrechar. No parece ofendido. Quizá sepa cuál es mi reputación. En estos círculos sociales, a menudo se me conoce como la reina del hielo.

—Sí, es la empresa de mi tatarabuelo —explica—. Supongo que ya sabes de qué va. Seguro que la gente siempre te pregunta qué sabor de Fizz te gusta más. Bueno, a mí me preguntan si prefiero las galletas de pepitas o las de canela.

Me quedo en silencio y Connor aprovecha la oportunidad para decir:

—Ya ves, tío. —Asiente, como si le fascinara el dilema entre las pepitas y la canela.

Podría sentirme identificada con Patrick, claro, pero no es momento de estrechar vínculos. Tengo —me miro el reloj— cuatro minutos antes de que empiece el programa y necesito una charla reconfortante. A poder ser, por parte de Connor Cobalt, y no del imbécil por el que se está haciendo pasar.

—¿Nos darías un minuto, Patrick? —pregunto.

—Sí, por supuesto. —Se marcha, supongo que a buscar a alguien entre la multitud que sea tan joven como él.

Cuando me vuelvo hacia Connor, me mira a los ojos de inmediato.

—A mí me duele tanto como a ti, te lo aseguro —se justifica enseguida—. He tenido que usar las palabras «tío» y «de puta madre» en una misma frase.

—No tenías por qué hacerlo —replico—. Y… «¿nena?» ¿En serio? —Le doy un cachete en el brazo—. Y le has dado un abrazo de esos de orangután, Connor. ¿Quién eres tú y qué has hecho con mi novio? —No le doy tiempo de contestar porque sé que la respuesta sería profundamente ofensiva—. ¿Y qué hacías con el de Galletas Nubell? ¿Estás intentando colaborar con ellos? Suena fantástico. Pon imanes en las cajas de galletas y haz que enferme todo el mundo.

Termino mi perorata y él me responde con una sonrisa de oreja a oreja, pero esta vez es diferente.

Esta vez, me sonríe como si cada palabra que he dicho fuese especial. Como si nos pertenecieran a los dos.

—¿Qué pasa? —pregunto, pero mi voz se suaviza al ver esa mirada que me dice que lo soy todo para él.

Entrelaza los dedos con los míos y me atrae hacia su pecho.

—Nada, cariño. —Se inclina hacia mí y su aliento me calienta el oído—. Estás preciosa con ese vestido. ¿Es tuyo?

Me está preguntando si lo he diseñado yo. Asiento.

Me aparta el pelo de los hombros e inhalo con fuerza. Me acaricia sobre la tela negra con tachones en el cuello y luego, con dedos aún más delicados, me roza la piel.

—Por bonito que sea —continúa—, voy a disfrutar esta noche cuando te lo quite. —Me besa en la mejilla y me obligo a mirar a mi alrededor para recordarme que estamos en público.

Junto a cientos de personas.

De repente, noto que estoy más tranquila. Cuando Connor me estrecha la mano, comprendo por qué.

Lo tiene razón. Tiene un don.

La cuenta atrás de la pantalla llega a diez.

Diez segundos.

Es lo que falta para saber si este programa fracasará o no.

Diez estúpidos segundos.

Ha pasado media hora y la cosa no pinta muy bien.

Lily, que se ha puesto a mi lado para el visionado, se tapa los ojos con la mano y va mirando entre los dedos el absoluto desastre que es nuestra vida. Nos hemos congregado los seis alrededor de la planta en un gesto de solidaridad mientras se emite el episodio. Scott ha decidido verlo junto a nuestros padres. Va susurrándole cosas a mi madre, que se ríe con sinceridad.

De vez en cuando, la mirada de Connor abandona la pantalla para detenerse en Scott y mis padres. Es evidente que le gustaría intervenir y poner fin a las tretas de Scott, que está intentando ganarse a mi madre y a mi padre, pero se queda donde está. Conmigo. Y lo valoro más de lo que piensa.

Ya hemos visto la catástrofe de la vidente y luego he tenido que soportar una escena de cinco minutos en la que Daisy hacía el caballito con la Ducati. En un momento dado, la levanta con demasiada fuerza, se resbala y se pega un buen trompazo, pero, en lugar de echarse a llorar, coge la moto, que seguía adelante sin ella, y lo vuelve a intentar.

Después de eso, nuestra madre ha estado a punto de venir a por nosotras y regañarla delante de todo el mundo. Creo que lo único que la ha parado han sido los doscientos testigos.

Me termino la segunda copa de champán y me hago con otra antes de que se vaya el camarero. Lo más interesante de *Princesas de Filadelfia* son las entrevistas. Ninguno hemos visto las grabaciones de los demás. Scott se ponía tras la cámara de Savannah y nos entrevistaba en nuestro estudio, que tiene las paredes recubiertas de libros. Él le dictaba a ella las preguntas que tenía que hacernos para que su voz no quedase grabada y que nadie se entere de que es él quien mueve los hilos.

—Lily y Lo f****n un montón —dice Ryke. Cada palabrota está tapada con un pitido, como debe ser. Está sentado en un sillón de cuero marrón—. Si tuviera que hacer un ranking de quién moja más, empezaría por mi hermano y su novia y luego, tal vez, Connor Cobalt y su mano.

Connor, que está a mi lado, sonríe y bebe un sorbo de vino. El comentario de Ryke le ha hecho más gracia que a mí.

Los ojos de Ryke se dirigen a la puerta, que se está abriendo. Daisy asoma la cabeza y entra sin pensarlo dos veces.

—Necesito que vengas un momento a la calle —dice—. ¿Cuál era la pregunta? Si es importante, puedo volver luego.

Ryke se pone de pie.

—No, no pasa nada.

No me gusta el camino que está tomando esto. ¿Por qué lo han incluido en el montaje final?

Oímos la voz de Savannah, aunque no podamos verla.

—Está haciendo un ranking de quién tiene más sexo en la casa. ¿Tú qué dirías? —pregunta.

El rostro de Daisy se ilumina con una sonrisa.

—No le contestes —dice Ryke.

—Lily y Lo. —Daisy lo ignora y esboza una sonrisa juguetona. Da unos saltitos, como si hubiera bebido demasiada cafeína—. F****n un montón.

Ryke pone los ojos en blanco.

Daisy le pide disculpas a Lily.

—Lo siento mucho. —Luego mira a Ryke y a Lo—. Por favor, no os enfadéis —continúa dirigiéndose sobre todo a Lo.

Este se vuelve hacia su hermano y lo fulmina con la mirada.

—¿Cuántas sombras de lo inapropiado vamos a ver?

—Cincuenta —contesta Ryke. Empieza a esbozar una sonrisa y todos nos echamos a reír, aunque la emisión no ha terminado. La gente nos mira como si se hubieran perdido algo. No es así. Sin embargo, tomarnos nuestras vidas con humor es mucho mejor que revivir las peores partes.

—¿Y luego quién? —pregunta Savannah.

Ryke dirige a Daisy una mirada penetrante.

—No le contestes.

—Tú le has contestado.

—No he pasado de ahí.

Daisy sonríe, como si le emocionara ser la primera en divulgar esa información. Se da la vuelta y se queda mirando a los espectadores (a la cámara), pero Ryke la coge por la cintura para intentar evitar que hable. Sin embargo, no lo consigue.

—Yo f***o más que Ryke Meadows, eso seguro.

Se ríe mientras se revuelve para soltarse.

—No f***a más que yo —protesta él. Intenta agarrarla para alejarla de la cámara, pero ella se da la vuelta corriendo y le pone las manos en el pecho.

—Ah, ¿no? Yo tengo novio. ¿Qué tienes tú?

—Una tableta de chocolate y una p***a como una olla.

La multitud estalla en murmullos y Loren mira a su hermano como si lo quisiera asesinar. Ryke se limita a negar con la cabeza.

Connor no puede parar de reír.

Mientras Daisy se revuelve para soltarse, se le levanta la camiseta, revelando un moratón púrpura a la altura de la cadera. Ryke se queda inmóvil y ella también. Se le ha ensombrecido el rostro.

—No es nada —se apresura a decir—. Vamos, necesito que salgas conmigo.

Todos nos volvemos hacia Daisy, que se ha sentado en el suelo y está mandando un mensaje. Nos está ignorando a propósito. Y yo me pregunto…

El día que le di a mi hermana el espray de pimienta, parecía que Ryke y ella tenían un secreto. Me había olvidado por completo de eso, así que nunca intenté sonsacarles la información. Me parece que por fin voy a obtener las respuestas, y que las voy a conseguir sin tener que hacer ningún esfuerzo. Resulta que el reality show tiene una ventaja inesperada. ¿Quién lo iba a decir?

—Oye. —Loren le da un golpecito a Daisy con el pie—. ¿Qué coño está pasando?

—Ya está arreglado —contesta con aire esquivo, sin levantar la vista del móvil.

Loren mira a su hermano.

—¿Por qué no nos dijiste nada?

—Mira la pantalla y ya está, hostia —contesta Ryke—. Ahora ya no importa. Lo están emitiendo, ¿no?

Connor da un sorbo de vino.

—Es evidente que esperabas que no lo hicieran.

—Pues, en realidad, en parte sí que quería. Pero estaba protegiendo a esa… —Se apoya detrás de su hermano y señala a Lily, que tiene la cabeza apoyada en el hombro de Loren—. Así que no me machaques, joder.

—¿Qué? ¿A mí? —Lily se señala avergonzada—. Pero yo estoy bien —añade con un hilo de voz. Se ha tenido que ver enrollándose con Lo y hemos tenido un acalorado debate durante tres minutos sobre si la escena podía ser considerada porno blando, algo que ella no tiene permitido.

Luego Daisy ha admitido que ve porno, así, sin más, aunque lo ha hecho para que Lily dejara de empequeñecerse con el peso de su vergüenza. Y Lo ha puesto una cara como si alguien le hubiera clavado algo en los oídos.

Una frase de mi hermana devuelve mi atención al reality show:

—Me ha tirado una cosa.

Ryke casi jadea.

—Lo que parece es que te ha agarrado.

Ella hace una pausa.

—¿Puedes venir, por favor? Cuando estemos fuera, te lo explico.

Ryke sigue a Daisy con los hombros rígidos. Bajan a la planta inferior, cruzan el salón y salen a la calle. Una vez que están fuera, ella lo lleva hacia la Ducati, que está aparcada en la curva. Las luces delanteras y traseras están rotas, y el manillar, deformado.

—¿Qué c**o es esto? P**o c****n hijo de p**a, ¿te estás quedando conmigo? —blasfema Ryke con una mirada asesina—. ¿Quién c**o ha sido?

—Un imbécil del pueblo. He salido del Lucky's y estaba pateándola. Me ha dicho, y cito literalmente: «Lárgate de aquí, p**a malcriada de Filadelfia».

Ryke se estremece; ni él sería capaz de utilizar esa palabra contra una chica.

—¿No ha sido tu novio?

—No —contesta ella—. Él no me haría daño. Solo... Solo estaba intentando recuperar la moto, y ha habido un enfrentamiento y... De ahí el moratón. En realidad, no es nada. Menos mal que los paparazzi no estaban.

Lily está boquiabierta.

—¿Están enfadados porque estamos grabando? —Hay miedo en sus ojos. Si los lugareños le han hecho eso a Daisy, ¿qué le harán a ella, cuya adicción al sexo ha salido en las noticias de todo el país?

No se me había ocurrido que era posible que nos acosaran.

—No fue para tanto —nos asegura Daisy.

Pero el gesto de Ryke me dice otra cosa, tanto en pantalla como aquí, en persona.

Ryke inspecciona los daños de la moto y niega con la cabeza cada vez con más vehemencia.

—Tenemos que denunciar.

—No sé cómo se llama.

—Pero puedes describírselo a la policía. —Ella se queda en silencio—. ¡Te ha asaltado, Daisy, j***r! ¡No puede salirse con la suya!

—No quiero causar más problemas, en serio. Olvidémoslo y punto.

—¿Que me olvide? ¿Qué c**o dices? —Baja la vista a su cintura, al punto donde ha visto el moratón. Y entonces se pone de pie e intenta levantarle la camiseta.

Connor se atraganta con el vino y yo le froto la espalda de forma mecánica. Tengo ganas de darle un porrazo a Ryke en la cabeza, pero me estoy conteniendo… Algo que Ryke parece incapaz de hacer.

—Confiaba demasiado en ti —le reprocha Connor—. Pensaba que tenías la inteligencia suficiente para no hacer eso delante de las cámaras.

—¿Delante de las cámaras? —interviene Lo—. ¿Qué tal en ningún sitio?

Daisy hace un gesto de impaciencia con la mano sin dejar de escribir.

—Estoy aquí, ¿eh?

—¿Qué queréis de mí? —protesta Ryke abriendo los brazos—. Me acababa de decir que la había atacado un gilipollas rabioso en la calle y no quería decirme si era grave.

—Que conste que no había sido para tanto.

—¡Sí había sido para tanto, joder! —Ryke la fulmina con la mirada—. Tenías todo el costado jodido.

—¿Qué quiere decir «jodido»? —pregunto preocupada—. ¿Deberías ir al médico, Daisy?

—Ya fui. Estoy bien. No hay hemorragia interna y…

—Te voy a estrangular —amenazo a Ryke. Doy un paso hacia él, pero Connor me coge del brazo y me retiene a su lado. ¡¿Mi hermana tenía una herida grave y a nadie se le ocurrió informarme?!

—¿Por qué coño me gritas? —chilla Ryke—. ¡No fui yo el que la tiró al suelo!

—¡Deberías habérmelo dicho!

—Daisy no quería que lo supieras —replica—. ¿Tanto te cuesta entenderlo? Te pones como loca, Rose. ¡Ahora mismo estás a punto de hiperventilar!

No es verdad.

Pero entonces me doy cuenta de que mi pecho sube y baja a un ritmo extraño. Vale, puede que se me vaya un poco la olla, pero no soporto que Daisy se hiciera daño y que me lo hayan ocultado a propósito. Debería haber recordado que me estaban escondiendo algo. Debería haber estado a su lado cuando fue al médico. Esto es culpa mía. Si no estuviéramos grabando este reality show, no se habría encontrado con un peatón hostil sin un guardaespaldas.

—¿Fuiste sola al médico? —le pregunto.

—Me acompañó Ryke.

Al menos no fue sola. Sin embargo, Lo fulmina a su hermano con la mirada; es evidente que no le parece un sustituto adecuado. Aunque es mejor que nadie.

Vuelvo a mirar la pantalla grande.

Ryke y Daisy han dejado de discutir. Él la coge por los brazos y ella lo mira a los ojos marrones.

—Estoy bien —repite.

—Cuantas más veces lo digas, Calloway, menos te creo. ¿Qué ha hecho, tirar a una chica de cincuenta kilos al suelo de un empujón? ¡J***r!

—No, nos hemos peleado los dos. En el barro. Había animadoras y todo.

—Cierra el pico.

Ella sonríe.

—Es gracioso.

—Que te hagan daño es lo menos gracioso que hay en el p**o mundo.

—Y eso es lo más exagerado que he oído en todo el día.

Se miran el uno al otro durante tres largos segundos. Ryke intenta deshacer la tensión apartando la vista primero y dice:

—Ya llevo yo la moto al mecánico. Puedes coger la mía si tienes alguna sesión de fotos.

La gente murmura de nuevo. Noto cómo las clavículas de mi madre se tensan al inhalar con fuerza; está demasiado delgada. Desde que saltó el escándalo cada día come menos. Su mirada cargada de odio no tarda en encontrar su objetivo: Ryke.

—Mamá Calloway te va a dar lo tuyo —le avisa Lo. Le da una palmadita en la espalda y le aprieta el hombro—. Buena suerte, hermanito. —Sonríe.

—Estás disfrutando mucho de mi puta desgracia.

—La verdad es que me ha arreglado el día.

Empiezan los anuncios. Me sorprende que mi madre tenga huevos de quedarse. No me extrañaría que pudiera con ella la vergüenza por la falta de decoro y la brusquedad de sus hijas y por la mala costumbre de sus novios de llamar a las cosas por su nombre. Sin embargo, se limita a sonreír y saludar a sus estereotipados amigos blancos y ricos sin mostrar ni una pizca de vergüenza. O es una actriz magnífica o ha aprendido a sobreponerse a nuestra indecorosa naturaleza.

Me gustaría pensar mejor de mi madre, pero la gente no cambia tan rápido, sobre todo las mujeres de mediana edad obstinadas que llevan demasiado tiempo aferradas a sus creencias.

Aunque es posible que este reality show la ayude a olvidar y a aceptar en lugar de odiar.

Cuando el programa empieza de nuevo, ya se me ha subido el alcohol a la cabeza, pero cojo otra copa de champán. Connor está detrás de mí con las manos en mi cintura. Me coloca el pelo sobre un hombro y el frío me asalta en el cuello desnudo.

A los dos nos distrae el montaje que se está emitiendo: son momentos en los que Lily estaba sola en casa.

Lily se estremece sobre el sofá de cuero. Recoloca los pies; tiene la frente arrugada, una expresión de angustia. Empieza a bajar la mano hacia sus vaqueros, pero se retracta casi al instante, sonrojándose de inmediato. Mira a su alrededor para ver si alguien la ha visto y, cuando su mirada se detiene sobre el objetivo y nos mira directamente a nosotros, los espectadores, se tapa la cara con un cojín, humillada.

No termina ahí. Ha recuperado el permiso para usar internet porque está asistiendo a clases online. Confiamos en que no entre en páginas guarras.

Está tumbada en el sofá con el portátil en las piernas. Mira atrás y cierra el ordenador de inmediato, luchando contra una peligrosa compulsión. Su mano desciende de nuevo hacia sus vaqueros, pero se limita a tocar ese punto entre sus piernas por encima de la tela.

—¿Cómo es posible que emitan esto?

—El Consejo Parental de Televisión se quejará mañana —repone Connor sin alterarse—. Espérate, se solucionará.

Seguro que el Consejo Parental de Televisión demandará a la cadena y a los productores, y se mostrará dispuesto a condenarlos a muerte, pero las imágenes ya habrán poblado los blogs y páginas de noticias y entretenimiento. Y lo único que el Consejo Parental de Televisión conseguirá será avivar el fuego y que estas imágenes lleguen todavía a más gente.

Lily se tapa la cara con las manos y Lo se apresura a hablarle al oído. Mi hermana empieza a llorar en silencio.

La secuencia todavía no ha terminado.

Lily se frota de forma inconsciente contra la silla de la cocina. Cuando se da cuenta de lo que está haciendo, se sonroja.

Lily se frota contra la esquina de la encimera de la cocina.

La mano de Lily desciende hacia su entrepierna

tres veces seguidas, pero siempre para antes de llegar demasiado lejos.

No hay muchas cosas que me avergüencen, pero percibo las miradas de extrañeza y reprobación que se clavan en mi hermana. Casi puedo sentir cómo se desmorona antes incluso de mirarla.

Lily se refugia en el pecho de Lo y se agarra al cuello redondo de su camiseta negra. Mete la cabeza debajo, literalmente se esconde bajo ella.

—No quiero salir —murmura—. No me hagas salir, Lo.

Él le acaricia la cabeza.

—Quédate ahí todo el tiempo que quieras, mi amor. —Levanta la vista y se dedica a lanzar miradas fulminantes a cualquiera que se atreva a mirar. Sus miradas asesinas no son como las mías o las de Ryke, son de ese tipo de expresiones que te hacen sentir que está a punto de coger una sierra eléctrica y asesinar a toda tu familia. Es una mirada sádica, en plan «no tengo nada que perder», que su padre se encargó de enseñarle.

Y basta para que todo el mundo vuelva a concentrarse en la pantalla.

La escena ha cambiado: ahora hay una serie de entrevistas a Daisy, Lily y a mí. Recuerdo que las preguntas eran sobre sexo. No fue una sorpresa. Lo que hace que la audiencia se interese por *Princesas de Filadelfia* es la adicción al sexo de Lily.

Lo grabamos todo por separado, así que han puesto distintos cortes con nuestras respuestas.

—¿Qué famoso te gusta más? —pregunta Savannah.

Daisy sonríe.

—James Dean.

Mis ojos se clavan en el objetivo.

—Audrey Hepburn.

Lily se queda pensativa.

—Hum... —Se sonroja—. Loren Hale.

Lo se echa a reír y mira a Lily, que sigue escondida bajo su camiseta.

—Buena respuesta, mi amor.

Ella resuella y lo abraza por la cintura, todavía debajo de la ropa.

—¿Has leído *Cincuenta sombras de Grey*?

—Sí —contesta Daisy—. Con una sola mano. —Arquea las cejas con una expresión pícara.

—Cualquier gilip****s patriarcal que avergüence a una mujer por haberlo leído se merece que le abofeteen con su propia... —afirmo yo.

Lily se sonroja.

—Esto...

—¿Arriba o abajo?

—Mi madre me va a matar —dice Daisy—. Arriba y abajo. ¡Lo siento, mamá!

Los asistentes se echan a reír; incluso mi madre sonríe. Creo que todos nos olvidamos de lo joven que es Daisy porque parece mayor que Lily... Y es increíblemente tierna.

Pero, cada vez que salgo yo en pantalla, parezco una zorra imperiosa comparada con ella, maldiciendo ante toda la audiencia.

—Soy virgen. ¿Para qué me haces esa pregunta inútil?

—Esto... —Lily abre los ojos como platos.

—¿Por delante o por detrás?

—No hay p***a que se haya acercado a mi ano, lo siento. —Daisy se encoge de hombros después de responder con tanta crudeza.

Lo la mira.

—Pasas demasiado tiempo con mi hermano.

Ella se limita a reír.

Ladeo la cabeza.

—¿En serio?

—Esto... —Lily abre más los ojos con cada pregunta que le plantean.

—¿Qué te pones para ir a dormir?

—Duermo desnuda —contesta Daisy.

—Un camisón —replico sin dar más detalles sobre si es de seda o de algodón y hasta los pies.

—Eh... —Lily mira hacia la puerta—. ¡Lo!

—¿Látigo o esposas?

—¡Oooh! —Daisy sonríe—. Me gusta la idea del látigo, pero, ya sabes, para esquivarlo. Lo convertiría en un juego. —Se echa a reír.

Juraría que todos los hombres presentes están gruñendo de deseo. Yo debo de tener el asco escrito en la cara, porque Connor me estrecha la cadera y murmura:

—No todos somos unos cerdos, Rose.

Tiene razón. No debería generalizar y pensar que todo el género masculino es una especie vil y asquerosa que se masturbaría mirando a mi hermana de dieciséis años.

Y, justo cuando empiezo a sentir remordimientos, descubro que un tipo tiene una tienda de campaña en sus pantalones.

—¿Y cómo llamas a eso? —susurro con odio.

—Erección.

Niego con la cabeza.

—Eres un… —Me interrumpo y sonrío—. Un listillo.

Se lleva la mano al pecho fingiendo estar ofendido.

—*Ça fait mal.* —«Eso duele».

—*Je suis contente.* —«Me alegro».

Sonríe todavía más.

—Podrían haber elegido cualquier otra palabra para etiquetarme, ¿sabes? «Genio» habría sido la primera de mi lista.

—O pretencioso —le rebato.

—O popular…

—Engreído —continúo.

Me sonríe de nuevo.

—Guapo.

Mi mirada lo recorre desde la camisa blanca, que le queda como un guante, hasta sus profundos ojos azules.

—Puede.

Bebe un sorbo de vino y me hace un gesto para que continúe.

—Casi me has hecho un cumplido. ¿Por qué paras ahora?

Estas pequeñas discusiones encienden una llama en mi corazón. Tengo ganas de besarlo. Sin embargo, me conformo con volver la mirada hacia la pantalla grande. Me he perdido mi respuesta a la pregunta sobre el látigo o las esposas, pero de todos modos era evasiva. Y seguramente Lily haya contestado con su clásico «Eh…».

Ahora los entrevistados son los chicos. Van poniendo cortes de sus respuestas, como han hecho con nosotras.

Loren fulmina a la cámara con la mirada mientras espera con impaciencia a que Savannah le pregunte algo.

—¿Rubias o morenas?

Él la mira con dureza.

—Morenas.

—El color de pelo me importa una m****a —contesta Ryke, que está sentado en el sillón de cuero con los antebrazos apoyados en los muslos.

Connor está sentado con un tobillo sobre la rodilla, inclinado hacia atrás, como el presidente de una empresa multimillonaria. Se acaricia la barbilla con un gesto burlón y contemplativo.

—¿Y qué pasa con las pelirrojas?

Savannah carraspea. Ella es pelirroja.

—O pelirrojas.

—¿Y con las que tienen el pelo gris? —Levanta la vista. Está mirando a Scott, que está fuera de cuadro—. También te olvidas de las que tienen el pelo castaño. Y lila, azul, naranja...

Vuelve a salir Lo, fulmina a la cámara con la mirada.

—Vaya —dice mientras acaricia la cabeza de Lily, que sigue escondida bajo su camiseta—. Han cortado tu discursito, Connor. ¿Cómo te sientes?

—Molesto —contesta.

—Ven aquí, que te dé un besito...

Connor sonríe y bebe otro sorbo de vino, pero debe de resultarle ciertamente molesto que Scott tenga el poder de cortarlo con el montaje. Noto su irritación en los tensos músculos de su mandíbula.

—¿Quién es el más desordenado?

—Ryke.

—Yo.

—Ryke.

—¿Alguna vez has estado con un hombre?

Lo inclina la cabeza a un lado y esboza una sonrisa seca e irónica. No piensa darles lo que quieren.

—No —dice Ryke.

Connor luce una expresión ilegible.

—Muchos quieren estar conmigo. Quizá les preste toda mi atención, pero solo estaré con algunos y, entre ellos, solo me gustarán unos pocos.

—¿Quién tiene las mejores piernas?

—Lily —contesta Loren—. Pero no me creerá.

Ryke se frota los labios, pensativo.

Loren lo fulmina con la mirada como diciendo «Espero que no se te haya ocurrido decir su nombre», pero creo que todos oímos «Daisy» en su mente de todos modos.

—Rose. —Ryke hace una mueca.

Me echo a reír a medio trago de champán.

—Rose —responde Connor—. Y luego yo, por supuesto.

—¿Arriba o abajo?

Lo lanza otra mirada asesina.

—Arriba.

Ryke niega con la cabeza, molesto.

—Me da igual.

—Arriba. —Connor sonríe—. Siempre.

—¿Crees que Daisy es tan sexualmente activa como Lily?

Lo luce una mirada fría. Se levanta y dice:

—A la m****a con esto.

—¿Qué p**a clase de pregunta es esa? —exclama Ryke. Se pone de pie y lanza un cojín.

—No, no lo es —contesta Connor tajante. Se levanta, se abotona la chaqueta y añade—: Ya es suficiente por hoy.

Vuelven a poner anuncios. Daisy se levanta del suelo con el móvil en la mano e intenta evitar la mirada de los chicos. Es evidente que los medios están tratando de decidir si mi hermana pequeña saldrá como Lily, y eso solo hace que esta última siga enterrada bajo la camiseta de Loren, cargando no solo con el peso de la vergüenza, sino también con el de la culpa.

Me duele el corazón ver por lo que están pasando mis dos hermanas, pero no hay nada que pueda hacer que cambie lo sucedido. Quizá mi marca de ropa no merezca esta clase de atención.

Echo un vistazo a mi teléfono. De momento, las ventas han subido un 10 por ciento. Los anuncios que intercalan antes de los cortes publicitarios deben de ser de ayuda. «¡Compra ahora la ropa que llevan las hermanas Calloway!», dicen, y muestran los enlaces a la página web de Calloway Couture.

Desearía no estar tan emocionada por este pequeño éxito. Una parte de mí quiere que este reality show fracase para que me resulte fácil elegir el bienestar de mis hermanas antes que mi sueño. Es lo que debería hacer. Creo que, hace dos años, es lo que habría hecho. Sin embargo, me pregunto si Lily se habría perdonado alguna vez ser la responsable del fracaso de mi empresa. Creo que necesita saber que he conseguido salvarla, que no lo ha destruido todo con su adicción.

A Daisy se le cae el móvil al suelo. Se agacha para recogerlo sin recordar que lleva un vestido negro con escote en la espalda que he diseñado yo. Como es muy corto, se le sube de inmediato y le deja medio culo al aire, porque siempre lleva bragas tipo short.

Mi hermana pequeña le acaba de hacer un calvo a la sala entera.

Ryke es quien está más cerca.

—Mierda —exclama mientras se pone detrás de ella. Le coge el dobladillo del vestido y se lo baja.

Los tres chicos miran a la cámara más cercana, que está detrás.

—¿Le han visto el...? —Lo se interrumpe; no es capaz de mencionar el culo de Daisy sin hacer una mueca.

—Ese de ahí, sí. —Connor señala a un fotógrafo con gafas de montura gruesa y le hace un gesto para que se nos acerque. El fotógrafo asiente y se acerca mientras Connor saca su teléfono para hacer una llamada.

Mi hermana pequeña sigue intentando recoger el suyo.

—Daisy, cógelo de una puta vez —la apremia Ryke, que se ve obligado a bajarle el vestido tres veces más.

Por fin consigue hacerlo y se da la vuelta para mirarlo con una ancha sonrisa.

—¡Lo tengo!

Ryke le mira el vestido para asegurarse de que no se le vuelva a subir. Es lo que debería estar haciendo yo, pero estoy un poco achispada y me da miedo caerme de los tacones. Ya no piso con mucha firmeza. De no ser por la mano de Connor, que me coge de forma protectora de la cintura, ya me habría dado de bruces contra el suelo.

—¿Me estabas mirando el culo? —le pregunta Daisy a Ryke con las cejas enarcadas.

—Sí, yo y todo el que está en esta puta fiesta.

—Bueno, ¿y qué te parece? Del uno al diez —sonríe juguetona.

—No voy a ponerle nota a tu culo.

—Pero ¿lo montarías?

—¡Daisy! —intervengo. Le pido que pare solo moviendo los labios. Lleva a Ryke demasiado al límite, y no es un tipo que se arredre en esta clase de conversaciones.

Ella deja de sonreír.

—Lo siento… Solo estaba haciendo el tonto. —Juguetea con el teléfono—. Me voy a… A dar una vuelta.

Ahora me siento mal.

—No —le pido con aspereza—. Quédate aquí.

—No, no pasa nada. De todos modos, tengo que hablar con mamá. —Evita la mirada de Ryke, que la contempla con dureza, con los ojos colmados de pura preocupación. Me resulta extraño que un chico tan seco tenga tanta empatía con los demás, pero no es la primera vez que lo percibo.

Connor está hablando por teléfono.

—Greg, ¿ves a este fotógrafo que se está acercando a mí? —Así que ha llamado a mi padre—. Tiene una foto del culo de tu hija. Si no mandas a alguien para que le quite la cámara, lo haré yo.

—Ahora mando a alguien, gracias —oigo decir a mi padre—. ¿Qué hija?

—Daisy.

Puedo escuchar el largo suspiro que exhala mi padre.

—Esa chica va a acabar conmigo.

Connor esboza una media sonrisa; le brillan los ojos con un anhelo desenfrenado, poderoso, si bien apenas visible. Fugaz. Como un eclipse solar.

Quiere tener hijos, lo desea de verdad.

Desea los desafíos que cada uno de ellos le planteará.

Sonríe como si no pudiera esperar a que llegue el día en el que tenga que lidiar con las difíciles decisiones de la paternidad, con los dilemas, con las situaciones difíciles que deberá apaciguar.

Lo quiere todo.

Y me da miedo no ser capaz de dárselo.

Capítulo 18

Connor Cobalt

La fiesta del visionado iba relativamente bien hasta que vi cómo Samantha Calloway se deshacía con cada frase de mierda que salía de la boca de Scott. Alabó su pelo castaño tres putas veces y la madre de Rose estuvo a punto de derretirse a sus pies. Al menos su padre está de mi lado. Me ha mandado un mensaje:

Greg: No me cae bien

Un hombre que va al grano, de buen corazón y buenas intenciones. Con poca paciencia para las tonterías. Ese es Greg Calloway. Su mujer no es tan benevolente ni tan inteligente, y es mucho más dada a juzgar a los demás. Tiene la mentalidad elitista de la típica blanca rica y de buena familia. Mi madre pondría los ojos en blanco si la conociera.

Si tengo un nudo en el estómago, es sobre todo por culpa de los padres de Rose. Aunque he salido solo un par de veces en el episodio, que han montado de forma que parezca que no tengo ningún interés en mi propia novia, lo que me importa es lo que opinen ellos, no la audiencia, no un puñado de desconocidos. Solo me importa lo que piense la gente a la que quiero impresionar. Porque tengo pensado casarme con Rose y quiero que sepan que soy el mejor hombre para ella, y que no hay ningún otro que me llegue ni a la suela de los zapatos.

Rose ha aplacado su ansiedad con cinco copas de champán. Se relaja sobre mi pecho mientras yo la sujeto por la cintura. Como lo que han emitido los últimos quince minutos han sido sobre todo imágenes del «triángulo amoroso», Lily consigue por fin contener sus emociones y sacar la cabeza de debajo de la camiseta de Lo. Tiene las mejillas sonrosadas y llenas de lágrimas, así que me da en la nariz que Loren no tardará en llevársela de aquí. Probablemente en brazos.

Nos estamos acercando a los últimos cinco minutos. Creo que terminará con una escena de Lily y Lo, pero, en cuanto el rostro de Scott Van Wright aparece en todas las pantallas con el texto «El galán. Exnovio de Rose», comprendo que van a seguir sacándole el jugo al triángulo amoroso.

Allá vamos, Scott. ¿Qué me tienes preparado?

—Pienso en ella todo el tiempo —dice con una sonrisa insincera y anhelante—. Ella es... Es como una llamarada que ni siquiera yo apagaría. Y yo soy el que la aviva, el que la sulfura hasta extremos nuevos y confusos. Es perfecta para mí.

Se me ensombrece el rostro y permito, sin querer, que todo el mundo vea lo impactado que estoy. Esta vez no consigo ocultarlo a tiempo.

Porque las últimas frases son mías. Fui yo quien las dijo en la entrevista.

Y me las ha robado.

—Lo odio —masculla Rose entre dientes. Tiene los ojos entornados. Como está delante de mí y la tengo abrazada desde atrás, no ha podido ver mi reacción.

—¿Qué pasa? —pregunto.

—Te ha plagiado.

Exhalo.

—*Comment peux-tu le dire*? —«¿Cómo lo sabes?».

—¿El que la sulfura hasta extremos nuevos y confusos? —repite—. Solo tú serías capaz de decir algo así… Y tal vez yo también.

La beso en la mejilla y la abrazo con más fuerza. Ella se apoya en mí. Ese tipo no podrá interponerse entre nosotros.

—Sigo enamorado de ella —dice Scott—. Y no puedo evitarlo, los sentimientos están ahí. Amo a Rose como ella se merece que la amen. Es solo que… —niega con la cabeza, como si lo torturara la preocupación— no creo que Connor sea lo mejor para ella. Es demasiado egocéntrico para cuidar de esa chica como lo haría yo. Y tengo la esperanza de que, ahora que volvemos a vivir bajo el mismo techo, se dé cuenta de que nuestro destino es estar juntos.

—El asesinato sigue siendo ilegal en Pensilvania, ¿no? —pregunta Rose.

—Y en el resto de Estados Unidos, y en el mundo —contesto.

—Mierda.

Y entonces soy yo quien aparece en pantalla.

Vuelve a salir el despacho. Estoy sentado en la silla del escritorio.

—¿Qué piensas de Scott? —pregunta Savannah.

Todavía me muestro arrogante.

—Me parece comparable a un adolescente que intenta forzar el cerrojo de mi casa. —Miro a Scott, que está fuera de cuadro, detrás de Savannah, y añado—: No es más que un ladrón de poca monta que está intentando quitarme lo que es mío. ¿Te parece mi respuesta lo bastante sincera?

—¿Y qué hay de Rose?

—¿Qué hay de Rose?

Aquí es donde dije lo que Scott acaba de repetir. Dije que era perfecta para mí, pero no lo han incluido en el montaje final.

—¿La amas? —pregunta Savannah.

Un corte abrupto me hace parecer aún más desalmado de lo que soy. Y más inhumano e insensible de lo que jamás querría ser.

Dejo la mirada perdida largo rato mientras pienso mi respuesta, mientras elijo mis palabras con cuidado. Para decir la verdad. O para mentir.

—Para algunas personas, el amor es irrelevante.

La mayoría de la gente me permite que lo deje ahí. No me piden que me explique mejor.

Sin embargo, Savannah añade:

—¿Y lo es para ti?

Me llevo dos dedos a la barbilla y sonrío, un gesto que en pantalla parece vacío y desalmado.

—Sí —contesto—. El amor no tiene ningún lugar en mi vida.

El vídeo se funde a negro con esa última frase. En la entrevista completa, añadí que Rose era el epicentro de mi mundo, independientemente de si me permitía o no amarla.

Lo han cortado todo. Mientras la multitud aplaude y comenta el episodio, Lo y Ryke me miran con el ceño fruncido. Rose coge otra copa de champán de una bandeja y se vuelve a apoyar en mi pecho. Mis palabras no le han afectado tanto como a ellos.

—¿Ese era el verdadero Connor Cobalt? —pregunta Lo, todavía con el brazo alrededor de Lily, que me mira con la misma expresión contrariada. Mira a su hermana con un gesto de preocupación. Están del lado de Rose, como debe ser.

—Fui sincero —replico—. Y no es la primera vez que lo soy.

—Entonces ¿nunca has querido a nadie? —repone Loren—. ¿Ni a otra novia ni a tu madre, tu padre o un amigo?

Quiere saber si para mí él es algo más que un simple conocido, un contacto útil, como Patrick Nubell. ¿Estoy utilizando a Loren Hale por la empresa de su padre, una franquicia multimillonaria de productos para bebés? Al principio sí. Ahora no.

Es mi amigo de verdad. Tal vez el primero que he tenido.

Pero ¿lo quiero de la forma que un amigo quiere a otro? No creo estar hecho para eso.

—No —respondo—. No he querido nunca a nadie, Loren. Lo siento.

Rose señala a Lo con la copa de champán, que sostiene con dos dedos.

—Déjalo estar, Loren. Es lo que he hecho yo.

—¿Por qué? —insiste este—. ¿Porque ambos sois dos androides fríos?

Rose le dedica una mirada que sería más dura si no hubiera bebido tanto. Tengo que llevarla a la cama antes de que pierda la conciencia.

—Él es así y ya está. Si fueras capaz de entender la mitad de las creencias de Connor Cobalt, te daría vueltas la cabeza.

—Rose —digo; empieza a preocuparme que rompa mi relación con Loren. Aunque él no me conoce tanto como ella, no le he mentido nunca. Simplemente, no le he enseñado todo lo que soy, y eso no es necesariamente malo. Hay gente que es más reservada. Yo lo soy.

Pero ella intenta defenderme. Da un paso hacia Lo, logrando con maestría mantenerse en pie. La sostengo de la cintura para que no se tropiece.

—No, Connor no ha hecho nada malo.

—¡No te quiere! —exclama Loren con desdén—. Lleva contigo más de un año, Rose.

—Lo… —le advierte Lily.

—No —insiste Loren—. ¡Tiene que escucharme! —Me señala con un dedo acusador—. ¿Qué clase de tío se queda con una chica tanto tiempo sin darle nada a cambio? Si no te quiere, lo hace porque solo está esperando para follarte.

Ha metido el dedo en la llaga, en la parte más vulnerable de mi relación con Rose.

—No necesita que la protejas —le espeto intentando no sonar alterado. Sin embargo, noto que Rose, que sigue entre mis brazos, vacila—. Ella ya sabe quién soy.

—Entonces ¿estás conforme con eso? —le pregunta—. Te follará y luego se largará. ¿Te hace sentir bien eso, Rose? Has esperado veintitrés putos años para perder la virginidad ¿y se la vas a regalar a un tipo que no es capaz ni siquiera de admitir que te quiere?

—No voy a admitir algo que no siento —replico.

Abre la boca para contestar, pero lo interrumpo:

—¿Quieres que me siente contigo y te llene la cabeza de números, hechos y relativismos? Eres incapaz de aceptar lo que tengo que decir porque no lo entenderías, y sé que te duele. Pero no hay nada que pueda hacer para cambiar cómo son las cosas. Soy el producto de una madre tan implacable como yo, y créeme cuando te digo que no verás más de lo que te doy. Para ser mi amigo, eso tendría que ser suficiente, Lo.

Piensa en lo que he dicho y luego pregunta:

—¿Y tú, Rose? ¿Tienes suficiente con eso?

Lily alarga una mano y le acaricia la suya.

Rose asiente, rígida, y aprieta la mano de su hermana con fuerza.

—Voy al baño. Nos vemos en el coche.

Lily la rodea con la cintura para sostenerla y las dos se van, perdiéndose entre la multitud, que ya empieza a dispersarse. La observo para comprobar que consigue irse sin problemas y luego vuelvo a mirar a Lo. La mirada que me dirige me asfixia durante unos segundos.

Me observa como si me hubiera quitado la capa de superhéroe y me hubiera bajado al mundo de los mortales.

—Solo quiero que sepas —añade— que esta noche te he perdido parte del respeto que te tenía. Y que te va a costar de cojones recuperarlo.

Ryke no dice nada; luce una expresión oscura y torturada.

—Claro —respondo—. Lo entiendo.

Se frota los labios, aprieta la mandíbula y luego le hace un gesto a su hermanastro con la cabeza. Después se van hacia el coche sin mí.

Me quedo allí quieto mientras intento ordenar mis sentimientos, que se han enredado en una masa informe.

¿Qué clase de persona necesita que un terapeuta le diga cómo se siente?

¿Será que no soy tan listo me pienso? ¿O que, simplemente, soy humano?

Capítulo 19

Rose Calloway

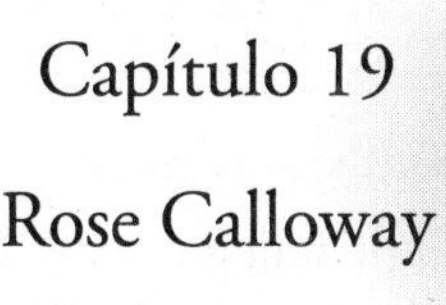

Lily: No puedo ir. ¡Lo siento mucho mucho! Que no sean lirios, ¿vale? Y no te olvides de que prefiero tus gustos a los de mamá. ¡GRACIAS!

Recibo el mensaje en cuanto llego a la florista para elegir los arreglos florales para la boda.

Mamá: 4 meses y 2 días

Es como la cuenta atrás para el apocalipsis. Le contesto a mi hermana que no pasa nada. Al menos, esta vez no se ha inventado una excusa estúpida. Sus «dolores de barriga» del último mes tenían más que ver con el miedo a enfrentarse a la criticona de nuestra madre.

Mamá pasó de ignorar a Lily a ordenarle que cerrara las piernas. A que se limitara a ponerse brillo de labios rosa (en las escasas ocasiones en que se maquillaba). A que se cepillara el pelo, para que no pareciera alborotado tras una sesión de sexo.

Nos ridiculiza, y las dos sabemos que no lo hace por amor, sino por su obligación de proteger la reputación de la familia.

Echo un vistazo a la floristería. Brett, que es el cámara que me sigue hoy, va esquivando a los otros clientes mientras me graba con su *steadicam*. He llegado veinte minutos antes para elegir lo que me gusta y que así a mi madre le cueste más pisotear mis opiniones.

Primero elijo unas rosas de color rosa y crema para los centros de mesa. Espero con impaciencia a que la florista haga un arreglo de muestra. Ha puesto espumillón entre las flores.

—Más sencillo —la apremio—. Solo las flores. Las colocaremos en una hilera en el centro de la mesa. No queremos jarrones separados, sino que parezca un único centro de mesa largo. —Miro a mi alrededor hasta encontrar la mesa de las rosas blancas—. Y estas para el ramo. Podemos envolver los tallos con perlas. —No estoy segura de si a Lily le gustará, pero, llegados a este punto, está claro que no le importa.

Lo único que ha pedido estos dos meses es que no haya lirios. Por lo demás, voy totalmente a ciegas.

Mientras espero a mi madre, entro en Twitter y busco el hashtag #PrincesasdeFiladelfia. Aparece un listado de tuits.

@RaderBull595: Las Calloway están buenas, pero la más alta es una zorra. A Lily me la follaría.

@TVDFan70008: ¿Habéis visto cómo mira Loren a Lily? ¡Guau!

@thefieryheart: ¡Voy a construir un santuario para Ryke y Daisy!

@RealityXbites4: ¡¡Me encaaaaanta este programa!! #TeamScott

@SlightlySpoiled: Qué ganas de que Rose le dé puerta a Connor. ¡Que le den! #porfavor

Encantador.

El programa ha recibido mejores críticas de lo que nos esperábamos. Aunque nos llaman «ricas, malhabladas y encantadas de conocerse», la mayoría de los artículos nos felicitan por ser auténticas, por no intentar fingir delante de las cámaras. Daisy eructa, Lily hace comentarios sexuales sin querer y yo amenazo con castrar a hombres varios. Hay gente a quien le caemos bien por nuestros defectos. A otras personas les parecemos caricaturas. Sin embargo, intento que esos comentarios no me molesten.

No se puede contentar a todo el mundo.

@Fashion4Godesses: ¡Acabo de recibir mi vestido de Calloway Couture! ¡Es precioso!

Siento que me va a estallar el corazón. Poco después de la emisión del primer episodio, mis ventas subieron como la espuma, y han seguido creciendo de forma exponencial con cada episodio. Las acciones de Fizzle también han subido. Espero que el éxito dure.

Oigo las campanillas de la puerta y me meto rápidamente el teléfono en el bolsillo. Mi madre irrumpe en la tienda como si acabara de comprarla entera.

Arruga la nariz al ver un jarrón de margaritas que empiezan a marchitarse.

—Llegas pronto —le digo. Con diez minutos de antelación, para ser exactos.

—Tú también —replica—. ¿Dónde está tu hermana?

—No va a venir. —No recurro a la excusa del dolor de barriga porque ya la he usado demasiadas veces. En su lugar, intento decirle la verdad—: No le gusta cómo le hablas.

—Lily tiene boca para hablar —salta ella—. Si no le gusta cómo le hablo, debería decírmelo ella misma.

No le contesto. No le digo que no es precisamente una persona con la que sea fácil hablar, que para ello es necesaria la práctica y una habilidad especial, que incluso yo termino sintiéndome más neurótica y desequilibrada que de costumbre.

—Ya he elegido las flores —la informo.

No parece sorprendida.

—Entonces tendremos que escoger entre las tuyas y las mías, porque yo ya he pedido los arreglos esta mañana. —Por supuesto. Se dirige con aire altivo a un armario donde hay unos lirios blancos y naranjas preparados con lazos verde azulado.

—Nos dijo específicamente que nada de lirios —protesto enfadada—. Te lo he dicho mil veces. —Y encima ¿naranja y verde azulado? ¿En serio? Quizá le gustarían a Daisy, pero Lily es más… sutil.

Mi madre resopla y acaricia el collar de perlas que lleva puesto. Es su gesto más revelador. Cuando está estresada o molesta, lo toquetea como si fuera un rosario, como si le estuviera rezando al santo padre para que la discutidora de su hija se muestre dócil y conforme.

—¿Qué tienen de malo los lirios? —pregunta—. Es lo que había en la boda de la hija de Olivia Barnes y eran preciosos.

—Se llama Lily —contesto—. El juego de palabras de «lirio» y «Lily» no le parece tan divertido como a ti. Si ve lirios por todas partes, se disgustará. —Por no mencionar que recibimos ramos de lirios junto con el correo de los fanes casi cada semana. Los mandan hombres que fantasean con mi hermana adicta al sexo. En su mente, esas flores están manchadas.

—Ya los he pedido, ¿qué quieres que haga? —protesta—. No puedo cancelarlos, ¿no?

—Sí, sí puedes.

—No entiendo por qué te sulfuras tanto por unas flores.

Sigo en mis trece.

—Conozco a Lily mejor que tú —le recuerdo—. Y vamos a respetar lo único que nos ha pedido.

Mi madre masculla algo parecido a «Ni siquiera ha venido para decirlo ella misma». Mira a su alrededor y resopla.

—¿Qué alternativas tienes en mente? —Le enseño las rosas blancas y rosas que he elegido y me echa una miradita—. Tú no eres la protagonista, Rose.

Aprieto los labios en una fina línea; estoy segura de que mi irritación es visible.

—Mi nombre y la flor no son sinónimos, madre.

Poppy, mi hermana mayor, nunca ha tenido problemas para hablar con ella. Casi siempre están de acuerdo, así que las discusiones no tienen cabida en su relación. Ocurre lo mismo con Daisy.

Pero yo no puedo estar de acuerdo con alguien que sé que se equivoca, sea o no mi madre. No estoy segura de cuándo reuní el coraje para empezar a decirle que no, pero sigue sin entender que mi opinión no es menos válida solo porque yo sea su hija. Tengo veintitrés años. Quizá ella me siga viendo como la niña que se escondía tras ella en los festivales de danza o que le tiraba del brazo para pedirle consejo sobre las otras niñas del colegio, pero ya soy adulta.

Valoro sus consejos, de verdad, pero tengo derecho a no estar de acuerdo con ellos. Y hacérselo ver no provoca más que peleas y discusiones. Cuando estamos ella y yo, ninguna de las dos gana.

Mi madre mira las rosas con los ojos entornados. Recuerdo el consejo que me dio Daisy cuando no conseguía que dejara de discutir conmigo: «Dile que la quieres. Cuando quiero algo, siempre me funciona». Decido intentarlo.

—Te quiero, madre, pero…

—Por favor, Rose, no empieces. No te he oído decir eso en cinco años.

Supongo que tiene razón. Como casi nunca le demuestro mi afecto, tiene sentido que los «te quieros» de Daisy sean como un arcoíris cegador en comparación con los míos.

Da media vuelta sobre sus talones y me mira a los ojos. Su mirada no se ha suavizado.

—Puedes cancelar el pedido —accede—. Pero la discusión sobre las flores y los centros de mesa no ha terminado. Dios sabe que podemos encontrar algo mejor que un cisne de hielo.

Intento sonreír.

—Suena bien.

—¿Cómo está Daisy? —pregunta.

—Bien. —No entro en detalles; ya habla con ella lo suficiente. Cada vez que veo a mi hermana hablando por teléfono, quien está al otro lado de la línea es nuestra madre. Y, cuando acabe el reality show, ya no tendré ningún motivo para que Daisy siga viviendo conmigo. No puedo hacer nada más que esperar a que sea mayor, para ver si entonces quiere vivir con nosotros y distanciarse un poco más de nuestra madre. Para por fin respirar como sé que desea. La espera se hará larga, pero estoy dispuesta a sufrirla.

—Me alegro. —Asiente.

Hago una pausa, preparándome para la siguiente pregunta, pero no llega.

—Te olvidas de tu otra hija.

—Lily tiene veintiún años —replica—. Está recogiendo los frutos de lo que ha sembrado.

No debería haber dicho nada.

—¿Cómo puedes estar organizando su boda si sigues enfadada por el escándalo? —le pregunto aborrecida.

—Porque esta boda es lo único que limpiará su reputación, lo único que limpiará la mancha sobre el nombre de los Calloway. Es más importante que mi rencor. Tiene que ser perfecta.

Me mira de arriba abajo, como si quisiera recordarme que el factor «perfecto» de la boda es mi trabajo.

—Este fin de semana tenemos que decidir el sitio. Te mandaré mis opciones. Estate pendiente del teléfono. —Me da un abrazo frío y rígido y abandona la tienda. Me siento aún más abrumada que antes.

¡Qué montón de cosas por hacer! También tengo que organizar la despedida de soltera. Habría contratado estríperes, pero no es lo más adecuado para alguien que está intentando superar su adicción al sexo. De todos modos, creo que Lily y Lo quieren una despedida de solteros conjunta.

Cuando salgo y llego a mi Cadillac Escalade, que está aparcado en la curva, mi mente retrocede hasta todo lo que está pasando con Connor. Su pulgar en mi boca. La ducha. El amor.

Tal vez Loren crea que Connor no terminará a mi lado, pero esa noche, en la fiesta del visionado, me di cuenta de lo mucho que confío en él. De lo bien que lo conozco. Loren se equivoca en muchas cosas; lo sé porque Connor me ha permitido ver muchas facetas de su vida.

Lo admita o no, me ama lo suficiente para dejarme entrar del todo. Y sé que ha llegado el momento de que yo haga lo mismo, si bien a otro nivel.

Saco mi móvil y le mando un mensaje:

Rose: Esta noche trae vino

Como Lo no bebe, intentamos que no haya alcohol a la vista, así que en nuestro dormitorio tengo un baúl para guardar este tipo de cosas. Pienso unos instantes en qué debería beber. ¿Vino? Me parece que necesitaré algo más fuerte.

Rose: Y tequila

Respiro hondo y espero la respuesta.

Connor: ¿Vamos a beber por alguna razón en especial?

Rose: Sorpresa

Connor: Qué ganas 😉

Capítulo 20

Connor Cobalt

Frederick lleva los últimos veinte minutos negándome la palabra. Está sentado detrás de su escritorio, fingiendo leer el *New York Times* en su ordenador. Está cabreado porque sigo tomando anfetaminas, pero no soy capaz de funcionar sin ellas.

Termino de escribirle a Rose y me apoyo en la silla de cuero. Frederick sigue sin levantar la vista.

—No te pago para que me ignores —le digo.

Él no despega los ojos de la pantalla de su ordenador.

—Tienes razón. Me pagas por mi asesoramiento, que claramente no te interesa. —Empieza a teclear; el sonido me molesta más de lo que le demuestro. Tiene la mandíbula cuadrada, el pelo castaño alborotado y la espalda ancha. Está en la treintena y es bastante guapo, aunque sigue soltero. Está casado con su trabajo.

Me llevo los dedos a los labios, pensativo.

—¿Y tú no tienes ni un mínimo de interés por lo que pone en el mensaje que me acaba de enviar Rose? —lo tiento.

Vacila un poco, pero enseguida sigue escribiendo al mismo ritmo.

A Frederick le gusta hablar conmigo, lo admita o no. Soy su paciente más interesante.

—Me ha pedido que esta noche lleve a casa vino y tequila —continúo, pero luego no digo nada más.

Observo la curiosidad que asoma a sus ojos. Al final, suspira y echa la silla hacia atrás para mirarme.

—Mira que eres fácil —afirmo.

—Eso dices. —Hace una pausa—. ¿Hasta dónde has llegado con ella?

Dudo si revelar esta información, lo que me sorprende hasta a mí. Normalmente, con Frederick no tengo reservas, pero estar con Rose hace que quiera atesorar cada momento en mi pecho para que nadie participe de lo que nos sucede; nadie, excepto nosotros dos. Tardo más o menos un minuto hasta confesar:

—Me chupó la polla.

Frederick enarca las cejas, sorprendido.

—¿Conseguiste que te hiciera una mamada?

—Rose quiso hacerlo. —En lo relativo al sexo, no quiero que ninguno de los dos pierda. Ambos debemos tener éxito y terminar satisfechos.

—¿Fue muy picante? —pregunta Frederick.

Suspiro con gesto burlón y miro al techo.

—Todavía no hemos llegado a ese punto. —Ladeo la cabeza—. Dale tiempo, Rick. Es virgen.

—Me sorprende que no la estés presionando más. Llevas años hablando de lo mucho que te gustaría...

—La presionaré todo lo que crea que puede aguantar sin salir corriendo. No sería la primera vez que hace las maletas, ¿recuerdas? Se pasó una semana en un hotel en los Hamptons solo para quedar por encima de mí. Y entonces ni siquiera vivíamos juntos.

Frederick se echa a reír.

—Sí, me acuerdo. Estabais discutiendo sobre la teoría de la relatividad.

—Le encanta llevarme la contraria. —Discutimos mucho sobre teorías porque es fácil debatir sobre ellas, pero, de algún modo, siempre terminamos con un beso. Cuando por fin volvió a Princeton, me pasé el día en la cama con ella, lamiéndole el cuello, persuadiéndola suavemente para ir más lejos. Estaba demasiado asustada para llegar a más, pero creo que ahora, por fin, lo hará.

—Y, cuando te la hizo, ¿la dejaste usar las manos? —pregunta de repente.

—No. —Estas preguntas me están molestando más de lo normal.

—¿Le gustó?

—Inmensamente.

—Eres muy posesivo con ella —afirma mientras saca su cuaderno de notas.

—¿En qué lo notas?

—Pareces molesto.

«Mierda».

—¿Se lo hiciste tú a ella después?

—No. —Muevo un poco la mandíbula para ver si consigo que mis palabras cooperen y no suenen tan bruscas.

—¿Porque no te dio tiempo?

—No —casi le grito. Carraspeo mientras él escribe algo en el cuaderno.

—Porque no te lo permitió.

Me quedo en silencio, ya que lo ha planteado como una afirmación y no como una pregunta.

—Tiene miedo de que la toques —continúa—. Si quiere que

compres alcohol, es porque eso la desinhibirá y aplacará sus reservas. Si tiene miedo, tal vez no sea una sumisa, Connor.

Entorno los ojos; siento que un sentimiento de territorialidad hierve en mi interior.

—Responde como lo haría una sumisa. Se estremece de placer cada vez que me hago completamente con el control. Pero se le da fatal, he de admitirlo. Estoy intentando que llegue al punto de poder aceptar lo que la excita. —Hago una pausa—. Pero, fuera del dormitorio, tienes razón. No es ninguna sumisa. Y nunca lo será.

—¿Y eso te gusta? —pregunta Frederick, con el bolígrafo suspendido sobre el cuaderno.

—Sí.

—¿Por qué te resulta tan atractivo?

—Ya sabes por qué.

—Pero quiero oírtelo decir otra vez.

Suspiro exasperado y carraspeo por segunda vez.

—Fuera del dormitorio, me gusta que sea mi igual. Es como un juego constante, y es divertido. Me mantiene con los ojos bien abiertos. —Las palabras salen como si las hubiera ensayado, pero es solo porque las he pronunciado muchas veces—. Pero me encanta esa parte en la que puedo darle todo lo que necesita en lo relativo al sexo y yo recibo lo mismo a cambio. Al cruzar la puerta de ese dormitorio, vuelvo a tener el control y, además, puedo empoderarla. No me canso nunca de esa dinámica.

Cuando estaba en Faust y en Penn, pensaba a menudo en ella; recordaba las conversaciones que habíamos mantenido en las competiciones y conferencias académicas. Nunca se me ocurrió que le pudiera gustar entregar el control en la cama. Pero, cuanto más se protegía del afecto y rehuía a los demás hombres, más me convencía yo de que estaba asustada. Y ¿cómo era posible que una mujer tan poderosa y descarada como ella tuviera miedo del sexo? Y entonces lo comprendí. No deseaba mandar sobre ningún hombre en la cama. Quería que mandaran sobre ella, pero no sabía cómo pedirlo sin sentirse débil, así que llegó a la conclusión de que la mejor opción para ella era estar sola, sexualmente insatisfecha. Yo estoy aquí para hacer que se dé cuenta de que eso nunca tendría que haber sido la solución.

Frederick asiente.

—Hay más. —Necesito ser sincero sobre lo que está pasando—. Cree que, si se entrega a mí, la abandonaré. Que nuestra relación no es más que un juego porque yo no me permito amar a nadie.

—¿Y por qué no la amas, Connor? —Se inclina hacia atrás en la silla y una sombra de sonrisa asoma a sus labios.

Se comporta como si comprendiera lo que yo no soy capaz de comprender, enfrentándome a mí mismo. Lleva años escuchándome hablar sobre lo que creo del amor, pero eso no lo disuade. Sigue preguntándome al respecto con regularidad.

—La gente relaciona el amor con insectos que revolotean en su sistema digestivo. Es una aflicción de la que jamás me he aquejado.

Sonríe.

—Es una metáfora.

—Sé lo que es una metáfora, Rick.

—Pues deja de comportarte como un listillo y yo también lo haré.

Pongo la espalda recta y me pongo serio.

—He visto cómo es esa clase de amor que te deja inutilizado. Mira a Loren Hale y a Lily Calloway: cuando uno de ellos siente una emoción, el otro también. Si a uno le arrebataras al otro, ya no serían ellos mismos. Si eso es el amor, no quiero saber nada de él. —Quiero estar completo. Quiero ser la mejor versión posible de mí mismo, que estar herido o destrozado no sea una posibilidad.

—¿Eres capaz de empatizar con Rose? —me pregunta.

—Sí, pero el amor es una debilidad a la que no pienso rendirme.

—A veces no se puede controlar todo, Connor —repone—. A pesar de lo inteligente que eres, hay cosas que se te escapan. El amor, la muerte... No puedes predecirlos. Simplemente, ocurren.

—¿Y crees que ya ha ocurrido? —Rechazo esa conclusión. No es computable.

—¿Por qué estás con ella?

—Atracción.

—¿Qué más?

—Afecto.

—¿Qué más?

—Diversión... Son solo palabras, Frederick.

—Amor es solo una palabra.

—No puedo amarla —sentencio. Me pongo de pie y me guardo el teléfono en el bolsillo.

Él sigue sentado, pero aun así soy consciente de que tiene la sartén por el mango. Ve lo que yo no puedo ver.

—¿Por qué?

—La gente inteligente comete estupideces cuando está enamorada. Todavía no ha llegado el día en el que yo haga algo inane.

Frederick sonríe.

—Date tiempo.

Reprimo el impulso de poner los ojos en blanco. Le saludo con la mano y me dirijo a la puerta.

—Nos vemos la semana que viene.

—Lo estoy deseando.

—Por supuesto —contesto—. Te contaré cómo le doy azotes a mi novia.

—Lárgate de mi despacho, Connor. —Vuelve a concentrarse en sus papeles, pero, mientras me marcho, veo cómo su sonrisa se ensancha cada vez más.

Tras mi sesión con Frederick, paro en la tienda de licores, así que llego a casa tarde. Las luces del salón ya están apagadas y no oigo los clímax de Lily o Lo a través de las paredes.

Cuando llego a la segunda planta, me detengo junto a mi puerta, pero no para llamar. Dejé de ser tan cortés cuando nos fuimos a vivir juntos. Hay algunas barreras que he decidido derrumbar por ella.

En cuanto abro la puerta, veo a Rose sentada en la cama, hojeando el último número de *Vogue*. Alza la vista y deja caer la revista en su regazo.

—¿Lo has traído?

Levanto la bolsa de papel marrón.

—Vino y tequila, como has pedido, pero te recomendaría que eligieras uno de los dos. A no ser que quieras encontrarte mal.

—El vino es para ti —contesta secamente.

Enarco las cejas. Así que el tequila es para ella... Sí que está nerviosa.

Da unos golpecitos en el colchón.

—Siéntate, Richard. Pareces un gatito asustado. Sadie te daría un zarpazo si viera tanta cobardía.

—Mi gata me ama incondicionalmente —replico. Me subo a la cama y dejo la bolsa entre los dos—. Y yo estoy bien, así que debes de estar proyectando tu miedo. —Sonrío solo para ver ese destello de desdén en sus ojos.

—No tengo miedo. —Se pone recta y echa los hombros atrás—. Sé exactamente qué vamos a hacer esta noche. No se puede decir lo mismo de ti.

—¿Y qué vamos a hacer, cariño? Además de emborracharnos.

Mete la mano en la bolsa y saca la botella de Patrón. La observo descorchar el tapón y empezar a frotar la boca de la botella con su camisón negro. Es de seda y parece la combinación que se usa debajo de un vestido.

Me imagino de inmediato levantando poco a poco la delgada tela y dejando su cuerpo descubierto, desnudo, bajo mi tacto. La quiero desnuda ya.

Paciencia.

Poso una mano sobre la suavidad de su pierna; la piel es casi tan sedosa como el camisón y mucho más cálida. En cuanto la acerco a mí, con una mano, veo que se le hincha el pecho. Sin embargo, se concentra en dejar reluciente la boca de la botella.

Piensa beber directamente de ahí. Está intentando con todas sus fuerzas avanzar en nuestra relación si está dispuesta a prescindir del vaso. Eso es importante en el mundo de Rose Calloway. Sus esfuerzos no me pasan desapercibidos.

Cuando está lo bastante limpia para sus labios, da un buen trago. Señala la bolsa con la cabeza.

—Coge tu vino y entonces jugaremos.

—¿A qué juego?

—Verdad o reto.

Lo dice con el semblante serio, casi como si me estuviera desafiando a reír. Yo mantengo una expresión autosuficiente, pero no puedo evitar responder:

—¿Y luego jugaremos a la botella?

Me mira indignada.

—Vamos a jugar y punto. No me obligues a atarte.

Me echo a reír y me froto los labios, incapaz de esconder lo mucho que me divierte la situación.

—Cariño, si uno de los dos va a terminar atado… —digo bajando una mano hasta su culo—. *C'est toi.*

«Eres tú».

Capítulo 21

Rose Calloway

—No seas cobarde —le digo a Connor—. Si yo puedo hacerlo, tú también deberías ser capaz. —Aunque después de que haya declarado con tanta seguridad que me va a atar, mi actitud desvergonzada parece más fachada que otra cosa.

—Insultar no te lleva a ningún sitio en la vida —me rebate—. Y, para que lo sepas, solo iba a beber de una copa por si lo derramaba en tu edredón. Pero tú te lo pierdes.

Hace como si la botella de vino se le fuese a caer sin querer en mi cubrecama de encaje blanco. Lo miro aterrada; siento que se me va a salir el corazón por la boca.

Él sonríe, se lleva la botella a los labios y da un largo trago. El vino y el tequila son una estrategia. Necesito más coraje en forma líquida que él, así que prefiero estar un poco achispada. Nunca he visto a Connor borracho, lo que significa que es muy posible que ebrio sea un imbécil, alguien con quien no quiera jugar a verdad o reto. No obstante, estoy dispuesta a correr el riesgo.

—¿Verdad o reto? —le pregunto tras beber otro trago de tequila.

El licor se desliza ásperamente por mi garganta, pero estoy tan nerviosa que me da igual. Las parejas normales que comparten cama no tendrían ningún problema en jugar a verdad o reto: una prueba más de que yo no soy normal. Ninguno de los dos lo somos.

Él me mira sin parpadear.

—Verdad.

No quiero empezar poco a poco.

—¿Cuál es tu postura preferida?

—No te haré daño —responde, consciente de lo que se esconde tras mi pregunta—. Sé que el sexo te pone nerviosa, pero te prometo que tendré... —Sonríe sin terminar de dar voz a su pensamiento—. No, no es eso lo que quiero decir.

—Ibas a decir que tendrás cuidado, ¿verdad?

Sonríe todavía más, respondiendo así a mi pregunta.

Tengo el sabor del tequila pegado a la lengua; me da vueltas la cabeza cuando pienso en Connor teniendo cualquier cosa menos cuidado. No soy una chica delicada, así que imaginarme a un chico blando y cuidadoso mangoneándome me da repelús.

—Te prometo que seré yo mismo —asegura, sonríe y bebe otro sorbo de vino.

—Pues menos mal que me gustas. —Mi voz sigue siendo fría como un témpano. El alcohol aún no me ha hecho efecto.

—¿Que te gusto? *Qu'en est-il de l'amour*? —«¿Qué ha pasado con el amor?».

—Tú no crees en el amor —replico—, así que has perdido el derecho a que yo te quiera. —Asiento, segura ante mi nueva postura ante el asunto—. Pero todavía me gustas, no te preocupes.

—Yo nunca me preocupo. Pero sí que creo en el amor. Cuando era pequeño, pensaba que no existía, pero me he dado cuenta de que para algunas personas sí existe. Lo único que ocurre es que para mí no.

Claro. Él no quiere a nadie. Es demasiado analítico, supongo. He logrado aceptarlo, pero una parte de mí desea desesperadamente ser su primer amor, igual que él es el mío. Su mano desciende por mi cuerpo hasta agarrarme el culo por encima del camisón de seda. Me llevo la botella de Patrón a los labios y doy otro trago.

—No has contestado mi pregunta —protesto.

—¿Cuál es mi postura preferida?

—Sí.

—Tengo muchas preferidas.

—Elige una, Richard —lo apremio.

Sonríe.

—El misionero… Con algunas variaciones.

—¿Qué variaciones?

Sus labios se curvan hacia arriba todavía más, como si estuviera riéndose de un chiste que solo conoce él. La sonrisilla hace que me den ganas de darle un puñetazo, pero también quiero que me bese con brusquedad. Es una mezcla extraña que hace que me dé vueltas la cabeza.

Al menos no quiere que lo monte como una dominatrix sexy. No creo tener la seguridad suficiente en mí misma para que me salga bien ni es algo que haya visualizado nunca. Sé que es lo primero que piensa la gente cuando me conoce, la primera imagen disparatada que se les viene a la mente: yo con unos *stilettos*, clavándole el tacón a un hombre en la garganta. Durante todos estos años, fui la primera en creer en ese estereotipo; que, si fuera del dormitorio soy una mujer fuerte y segura de mí misma, he de ser igual de dominante dentro de él. Es una de las razones por las que casi nunca me llevaba chicos a casa cuando iba a la universidad, porque los habría decepcionado. Así que prefería echarlos con cajas destempladas y soportar que me llamaran zorra fría a enfrentarme a que se rieran de mí por no estar a la altura de sus fantasías.

Todos somos más de lo que aparentamos ser.

—¿Verdad o reto? —Su pregunta interrumpe mis pensamientos.

—Verdad.

—¿Cuál es tu fantasía más extraña?

—He cambiado de opinión. Elijo reto —rectifico a toda prisa.

Él se echa a reír.

—Las normas son las normas, cariño.

—Reto —repito. No pienso echarme atrás.

—Está bien. Por esta vez, te dejo hacer trampa.

¡«Trampa»! Es una palabra espantosa, pero sigo en mis trece.

—Te desafío a... —Mira a su alrededor hasta volver a mirarme—. A responder a mi pregunta. —Luce una sonrisa de oreja a oreja.

—Eres horrible.

—Me amas. Aunque ya no me lo digas.

—Es posible. —Uf. Me quedo mirando la traicionera botella de tequila, que me ha soltado la lengua y ha deteriorado mi cerebro.

Me coge del culo con más fuerza y me acerca tanto a él que me quedo sentada en sus piernas, con las mías estiradas hacia un lado. Me aparta el pelo del cuello y me da un beso en la nuca. Contempla cómo me estremezco bajo su tacto; nota cómo el alcohol me calienta la piel y su cercanía me marea.

—Has sido tú quien ha querido jugar —me recuerda—. En el fondo, querías que todas las cartas quedaran al descubierto.

Así es. Y por eso quería el alcohol, para que me ayudara a reunir el coraje necesario. Doy otro sorbito, mojándome los labios con el licor. Él me los acaricia con el pulgar, muy despacio, me deja sin aliento, y luego se mete el pulgar en la boca para saborear el tequila.

—¿Mi fantasía más extraña? —repito estudiándolo como si fuese el espécimen más interesante del universo. Para mí lo es, sin duda. De repente me doy cuenta de cuál sería mi respuesta y empalidezco. No estoy ni por asomo tan borracha como para atreverme a confesárselo, pero tampoco puedo mentirle. Odio a los tramposos—. Pregúntame otra cosa.

—No —responde. No piensa ponérmelo fácil. Me posa una mano en la nuca; estamos tan cerca que su pecho roza el mío. Inhala con fuerza y mi cuerpo se ve atraído hacia él. La tensión hace que me ponga rígida; el punto que hay entre mis piernas empieza a palpitar, deseoso de que lo toquen. Me besa en la comisura de los labios—. Respóndeme —murmura con voz grave y aterciopelada.

—Define «extraña» —susurro.

Ha dejado su botella de vino en alguna parte, y ni siquiera me preocupo de ver dónde.

—Lo que no es normal según los estándares de la sociedad.

Sí, mi fantasía es definitivamente anormal. He pensado en ella algunas veces y no tengo ni idea de por qué me excita.

—No debería ponerme.

—Eso lo juzgaré yo. —Me vuelve a apartar el pelo de la cara y su mirada recorre poco a poco cada centímetro de mí. Me calienta más que el alcohol.

—Creo que mi fantasía es rara incluso para tus estándares.

Deja de acariciarme y enarca una ceja. Su mirada está llena de curiosidad.

—Ahora tienes que confesar.

—Estás tú. —Siento que se me han congelado las cuerdas vocales.

—Bien. Sigue.

Le doy un golpecito en el brazo.

—En las mías también estás tú. Desde que tenía diecisiete años.

—¿De verdad?

—No era justo para las otras personas con las que he estado, pero tú eras la persona más fascinante a mis ojos. En mi mente, nadie se podía comparar contigo.

Reformulo sus palabras y oigo un «te quiero», aunque él no me lo vaya a decir nunca. Lo que acaba de contar me colma el corazón. Me pongo un poco más recta sin moverme de su regazo, me lamo los labios y continúo:

—Estás tú y también yo.

—Sospecho que nos estamos acercando.

Le lanzo una mirada asesina.

—Podemos hablar de otra cosa si no quieres que te lo cuente.

—Rose —dice con afecto—, me quedaría escuchándote hablar ochenta años más. Amo el sonido de tu voz y todos los significados que hay detrás de tus palabras.

—¿Amas mi voz, pero no me amas a mí?

Me aprieta el culo con fuerza y ahogo un grito.

—Tal vez, cuando hayamos follado, seas tú la que se merezca la etiqueta de listilla.

Me echo a reír y él sonríe conmigo.

—Dímelo —susurra; su lengua me hace cosquillas en la oreja—. *N'aie pas peur.* —«No tengas miedo».

Trago saliva.

—Puede que luego no me guste, aunque haya fantaseado con ello.

Gime, medio de excitación, medio de frustración. Respira más fuerte que antes.

—Me estás matando.

Se le pone dura. Me encanta tener ese poder.

—Quizá debería alargar el suspense y luego no decírtelo nunca.

—No. —Me coge la cara con fuerza con una mano—. Si pudieras entrar en mi mente ahora mismo, verías lo loco que me estás volviendo.

—Eso es lo que quiero, entrar en tu mente —respondo con sinceridad; el alcohol está haciendo su trabajo. Le recorro el pecho con las manos y le desabrocho los botones de la camisa blanca.

—Ya casi lo has conseguido.

Con eso me basta. Respiro hondo y confieso.

—Siempre estoy dormida cuando pasa. —No rompo el contacto visual; me mantengo fuerte. Puedo contarle mi fantasía, soy capaz de hacerlo sin encogerme como una cobarde—. Y me despierto contigo dentro de mí... penetrándome... —Me interrumpo e intento analizar su expresión, tan imperturbable como siempre.

No sé si cree que soy rara o no.

Sube la mano desde mi cuello hasta mi nuca y me da un beso en los labios inmóviles y asustados antes de susurrar:

—He hecho cosas mucho más extrañas que esa, Rose. —Oigo una sonrisa en sus palabras, lo que me relaja de inmediato—. Te toca —dice, y así, sin más, le quita importancia a lo que he dicho para que no me preocupe más.

Me hace sentir bien haberlo compartido con él, ser más abierta sexualmente. Me veo capaz de serlo más veces. Con él no es tan difícil.

—¿Verdad o reto? —pregunto. Cojo la botella de tequila con tanta fuerza que se me emblanquecen los nudillos; cuanto más me toca, más tengo que contenerme.

—Verdad.

—¿Qué te excita más, mi cuerpo o mi cerebro?

Su mirada se dirige a mis pechos. Desliza una mano bajo mi camisón hasta llegar al culo, por encima de las bragas.

—Los dos por igual.

Si no me sintiera tan embriagada por su presencia y por el alcohol, lo obligaría a darme una respuesta más concreta, pero lo dejo pasar.

—¿Verdad o reto?

La única verdad ha sido difícil, y sé que no me lo va a poner más fácil, así que respondo:

—Reto.

Exhala con fuerza; está muy excitado. Hay partes de mi cuerpo que se estremecen que nunca antes se habían estremecido.

—Te desafío a que me dejes quitarte el camisón.

Antes de que me dé tiempo a asentir siquiera, desliza las manos por debajo de la seda y levanta la prenda poco a poco por encima de mi cabeza. Mis pechos quedan descubiertos ante su mirada intensa y embriagadora, y los pezones se ponen firmes.

Me encanta cómo me mira. Me hace sentir más que hermosa, me hace sentir suya, como si nadie más pudiera compararse conmigo. Ni siquiera necesito que lo verbalice, lo veo en sus ojos. Casi puedo leerlo en su mente.

Me siento en sus piernas. Solo llevo puestas unas bragas negras, mientras que él está completamente vestido. Quiero desnudarlo, pero, cuando intento quitarle la camisa desabrochada, me coge las muñecas con fuerza para mostrarme que no está conforme. Claro, todavía no hemos terminado de jugar.

—¿Verdad o reto? —le pregunto.

—Verdad.

Entorno los ojos.

—Tendrías que haber elegido reto. —Me encantaría verle la polla otra vez, pero sigue escondida en los pantalones. Me mojo solo con ver el prominente bulto.

—Pero he elegido verdad.

—Vale. Si pudieras cortar una parte de mi cuerpo y guardarla en un tarro, ¿cuál sería?

—Tus ojos —contesta sin dudar. Lo fulmino con la mirada—. Y me estarían mirando exactamente así. —Me acaricia la cadera con los dedos, pero no se acerca a mis pechos. Lo hace a propósito. Nunca había deseado tanto que se apretujara contra mí—. ¿Verdad o reto?

—Reto. —Estoy dispuesta a hacer cualquier cosa.

—Deja que juegue contigo durante… —se mira el Rolex de color carbón— diez minutos. —Es una propuesta ambigua, tal como pretende. Antes de que pueda cuestionarlo o aceptar (que es lo que habría hecho), me tumba boca arriba en la cama.

Sus labios tocan los míos de repente y mi cuerpo se arquea para reunirse con el suyo.

Y entonces sus manos descienden por mi barriga y su boca se desplaza desde mi mandíbula hasta mis pechos. Me chupa un pezón y lo muerde; la presión se me acumula en la garganta.

Quiero notar su fuerza en mi cuello, pero no soy capaz de hablar para pedírselo.

Estoy perdida en estas sensaciones.

Se incorpora un segundo y se pone de rodillas para luego abrirme las piernas de par en par. Con un único movimiento me acerca a él con brusquedad; mi calor se clava en la dureza que intenta asomar por sus pantalones.

Madre mía…

No quiero cerrar los ojos, pero me aletean los párpados con cada nervio que se fractura. Desliza la mano bajo mis bragas y me mete dos dedos, bombeando con velocidad y maestría.

—Estás mojadísima, cariño —exclama con la respiración entrecortada—. Has sido una chica mala… por no darle a tu cuerpo lo que ansiaba.

Me levanta un poco más y se balancea contra mí, todavía vestido. La presión me hace sentir tan bien... Me da una cachetada en un lado del muslo.

¡Joder!

Me tiene los brazos y las piernas agarrados y necesito hacer un gran esfuerzo para no gritar. Todos los sonidos se me quedan atorados en el pecho; creo que he pasado tanto tiempo conteniéndolos cada vez que me toco que ahora me cuesta dejarlos salir.

—Quiero oírte.

Se frota con más fuerza. Ojalá se quitara los pantalones. Ojalá pudiera verle el culo, endureciéndose mientras me penetra, en sincronía con sus dedos.

Me azota otra vez, ahora más cerca del culo. Se me escapa un grito entrecortado que me sorprende incluso a mí.

—Te gusta, ¿eh?

—Dios... Sí...

—Dios no está en esta habitación, Rose.

Me tapo los ojos con el brazo. Apenas lo oigo hablar.

—Joder... —Entreabro los labios para dejar salir un grito silencioso. Me agarro al edredón; noto algo húmedo que se me desliza bajo las nalgas. Abro los ojos y veo que el tequila se ha derramado encima de la cama.

Y me da exactamente igual.

—Connor —digo sin aliento—. Connor... Más fuerte...

Veo que sus labios se curvan en una sonrisa antes de cerrar los ojos. Obedece; acelera el movimiento al clavarme los dedos y luego, con la otra mano, me acaricia el cuello. Abro los ojos y él me lo rodea con los dedos y aprieta con fuerza.

No puedo respirar.

Se me sube toda la sangre a la cabeza. Me estrangula, no con la fuerza suficiente para hacerme daño, pero sí para que me sienta mareada. Es lo que deseaba hace apenas unos minutos; el hecho de que lo haya comprendido sin que se lo pida me hace flotar hasta una nueva dimensión, un nuevo clímax que nunca jamás había experimentado antes.

Me corro en una oleada dichosa y turbulenta. Siento cómo me contraigo alrededor de sus dedos, que mantiene dentro de mí. Tengo el cuerpo cubierto de una fina capa de sudor. Saca los dedos y me coge de la barbilla para obligarme a que lo mire. Me hace mirar cómo se mete los dedos en la boca y lame la humedad de entre mis piernas. La imagen hace que mi respiración indolente se acelere al máximo.

Cuando se saca los dedos de la boca, dice:

—Tal como pensaba.

—¿Qué?

—Me encanta tu sabor. —Se inclina sobre mí y me mete los dos dedos en la boca. Ha lamido casi todo, así que me saben sobre todo a él, a su aliento mentolado. Sospecho que ya sabía que notaría su sabor más que el mío. Se mira el reloj—. Me quedan tres minutos… —Me acaricia la piel del cuello con los labios y susurra—: ¿Qué puedo hacer contigo en tres minutos?

Justo cuando me mete la lengua en la boca, se oye un estruendo contra la pared. Doy un brinco, asustada, y lo muerdo sin querer. Mierda.

Connor me pone una mano sobre la clavícula para que no me levante, y él se incorpora.

—Estoy bien —me asegura.

Pero noto el sabor metálico de la sangre, y sé que es suya. Sin embargo, se oye otro golpe antes de que pueda inspeccionarle la lengua.

Me estremezco, pero lo miro y le pido:

—Enséñame la lengua.

—No. —Con una sola palabra, me recuerda que no puedo controlarle—. Además, está bien. Es un corte de nada.

Bien.

El siguiente golpe viene acompañado de unos gritos sofocados.

Connor se levanta; ya no la tiene dura. Se cambia rápidamente los pantalones y los calzoncillos, y entonces me doy cuenta de que él también se ha corrido. Ni siquiera me había percatado; estaba demasiado perdida en mi propio clímax.

—Seguramente, son solo Lily y Loren. Estarán follando —sugiero.

Me mira con los ojos entrecerrados.

—Te debo de haber derretido el cerebro a golpe de dedo. —Frunzo el ceño—. Esa es la habitación de Daisy.

Me incorporo y me levanto de la cama al instante. Cojo una bata de seda negra, me la pongo y me ato el cinturón. Se oye otro fuerte golpe contra la pared. Se me va a salir el corazón por la boca.

—Deberías quedarte aquí —sugiere Connor mientras se sube la cremallera de los pantalones. Yo le dirijo una mirada asesina—. Tenía que intentarlo. —Me pone una mano en la parte baja de la espalda—. Después de ti.

En cuanto Connor y yo cruzamos el umbral, nos encontramos a Scott ahí plantado, contemplando la escena de brazos cruzados sin hacer absolutamente nada por parar lo que sea que sucede.

Cuando levanto la vista, me quedo boquiabierta.

Hay una lámpara de porcelana en el suelo, hecha añicos. Se ha caído también una librería, que ha destruido un sinfín de figuritas frágiles contra el suelo de parquet.

Y Ryke se está peleando con un tipo de complexión media en el centro de la habitación. Calculo rápidamente su edad: tendrá unos cuarenta años. Es pelirrojo, y tiene todo el pelo de punta después de los golpes que se ha llevado. Tiene un labio hinchado, pero se las arregla para mantener el tipo contra Ryke, que lleva unos pantalones de chándal y va sin camiseta. El hombre lo empuja y le lanza un par de puñetazos. Uno da en el blanco: justo en la mandíbula de Ryke.

—¡Apártate! —grita el pelirrojo.

Y entonces Ryke le da un mamporro en el estómago. El tipo empieza a toser y se dobla hacia delante.

Daisy está en una esquina pisoteando algo que está en el suelo, escondido detrás de su cama. Le dirijo a Scott una mirada asesina, por ser una persona horrible y haberse quedado ahí plantado sin hacer nada. Luego voy a auxiliar a mi hermana mientras Connor intenta separar a los otros dos.

—¡Puto pervertido! —exclama Ryke con desdén mientras coge al hombre del cuello. Está a punto de estrellarle la cabeza contra el suelo, pero Connor lo sujeta con fuerza de la muñeca y lo detiene.

Lo único que se me ocurre es que Ryke ha descubierto al novio de Daisy... Que es un hombre mayor, qué asco. Es lo primero que pienso.

—No despertéis a Lily y a Lo —les pide Connor en voz baja—. Calmaos.

Ryke luce una expresión de lo más sombría; casi cuesta mirarlo.

Entonces el hombre intenta escapar: sale corriendo hacia la puerta, pero Connor lo coge de la camiseta y se pone delante de él, impidiéndole la huida. El desconocido se resiste, pero no logra zafarse de Connor.

Al llegar junto a Daisy, veo lo que estaba rompiendo.

Una cámara.

Ahora está de rodillas y la golpea contra el suelo una y otra vez. Hay pedacitos de plástico que salen volando en todas direcciones. Ella grita con furia cada vez que el magullado objetivo choca contra el suelo.

—Daisy... —susurro.

La cojo de los brazos antes de que se haga daño con los pedazos afilados.

Suelta lo que queda de la cámara rota y se sienta despacio, temblando entre mis brazos. Ahora comprendo que no era su novio quien estaba en su habitación. Tiene que ser un paparazzi. Uno bastante estúpido, además; un pringado que no tiene ni idea de cómo funcionan las leyes. Miro a Connor y a Ryke.

El primero tiene el teléfono en la oreja, pero no ha soltado al hombre. Cada vez que se mueve, lo estrangula con una sola mano, alto, fuerte e imperturbable. Está hablando en voz baja con alguien. Consigo oír lo que dice.

—Tenemos que evitar que llegue a los medios sensacionalistas... Lily y Loren no tienen por qué enterarse. Ya se sienten bastante culpables...

—¿Qué ha pasado? —le pregunto a Ryke, que se está acercando a la cama. Scott sigue plantado en la puerta, observándonos. No es que esto esté siendo grabado: estamos en un dormitorio, lo que significa que aquí no hay cámaras.

—He venido cuando Daisy me ha llamado por teléfono —contesta.

Ella tiene la cabeza gacha. Está pálida como un muerto.

La zarandeo, en un gesto ni suave ni maternal, y casi la tiro al suelo.

—¿Daisy? Dime algo.

—Ha entrado de repente en mi habitación —explica con un hilo de voz.

Le aparto la larga melena de la cara mientras intento no perder los nervios.

—¿Y? —pregunto con los dientes apretados.

Si le ha puesto un solo dedo encima...

Veo cómo su hermoso rostro se deforma, mostrando un abanico de violentas emociones.

—Ha empezado a hacerme fotos... No sabía qué hacer, así que he llamado a Ryke. —Niega con la cabeza; sus lágrimas caen al suelo—. Estoy tan cansada... —La abrazo con fuerza y rompe a llorar.

Levanto la vista hacia Ryke, que la mira con la misma expresión que durante el visionado del primer episodio: una expresión de preocupación y de oscura empatía.

—Tranquila —susurro mientras le peino el pelo con los dedos. Apoyo mi barbilla en su cabeza y la estrecho con más fuerza.

—Estoy muy cansada... —repite. Le tiempla la voz.

Cuando mi madre no está ocupándose de la boda de Lily, bombardea a Daisy con todo tipo de obligaciones. Se asegura de que la contraten para distintas sesiones de fotos; las últimas tres semanas, mi hermana pequeña ha trabajado sin descanso. Si no tiene clase, mi madre se la lleva a Nueva York para ir a la nueva agencia de modelos. Casi no la he visto en todo el mes.

Tuve que convencer a mi madre hasta de que me dejara organizarle una fiesta de cumpleaños porque, para celebrarlo, tenía que cancelar una de las sesiones de fotos. Me hicieron falta cuatro intercambios telefónicos a gritos para lograrlo, pero al menos le conseguí un día libre.

—¿Qué está pasando en el colegio, Dais? —inquiere Ryke.

Miro atrás para asegurarme de que Lily y Lo no hayan venido. Al menos ellos siguen durmiendo.

Daisy respira de forma entrecortada, casi ahogándose.

—Estoy bien… En serio.

Intercambio con Ryke una mirada de preocupación.

«Algo pasa», me dice moviendo los labios. «Ya lo sé», le contesto.

Pero ¿qué podemos hacer? Tiene que terminar la secundaria, pero no me puedo ni imaginar cómo la deben de ridiculizar los otros estudiantes. Ahora es famosa. Su hermana es adicta al sexo y a ella la están pintando como a una adicta al sexo en potencia. Hay fotografías suyas por todas partes, a veces consentidas, debido a su trabajo como modelo, pero otras son robadas por los paparazzi. Es un cambio radical respecto a su antigua vida, y ninguno de nosotros es capaz de comprender cuál es su situación actual. Estamos todos en la veintena y la secundaria ya ha quedado atrás. No tenemos que preocuparnos por el acoso escolar.

—Nos vamos a encargar de esto, ¿vale? —le aseguro. Pienso rodear la puta casa de medidas de seguridad. En Princeton teníamos portones de hierro y guardaespaldas en la puerta. Tendríamos que haberlo hecho mejor aquí—. ¿Cómo ha conseguido entrar? —le pregunto a Ryke.

—No he tenido puto tiempo de preguntárselo.

Aprieto los labios.

—¿La ha tocado?

Ryke mira a mi hermana.

—¿Te ha tocado, Daisy?

Ella niega con la cabeza con vehemencia.

—No… Lo siento. —Se seca los ojos e intenta contener sus emociones.

—Que ni se te ocurra disculparte por lo que ha hecho ese tío —gruñe Ryke. Suelta unas cuantas blasfemias más y levanta la vista hacia el techo.

Vaya. Ryke acaba de subir varios puestos en mi lista. No por las palabrotas, que quede claro.

—¿Desde cuándo eres tan feminista?

—Desde que me enteré de que el alcohólico de mi padre le puso los cuernos a mi madre. Luego el muy cabrón la abandonó para irse a criar a su hijo bastardo. —Sus palabras rezuman amargura y resentimiento.

—Perdón por preguntar. —«Vaya desastre de árbol genealógico», pienso mientras le acaricio el pelo a mi hermana.

Connor se acerca a nosotros al tiempo que se guarda el teléfono en el bolsillo. Ya no tiene al hombre agarrado de la camiseta; de hecho, ya no hay ni rastro de él.

—Ha venido uno de los agentes de seguridad que contrató tu padre y se lo ha llevado —me explica—. Ha entrado con una llave maestra.

—Tenemos que...

—Tu padre ya ha contratado a más vigilantes. Se ha ocupado de todo enseguida. Nadie se enterará de esto, a no ser que Scott decida emitirlo. Tiene grabaciones del tío por el pasillo y las escaleras.

Busco a Scott con la mirada, pero tampoco está.

—Lily y Lo... —murmura Daisy frotándose los ojos.

—No se enterarán —le asegura Ryke—. Esto queda entre nosotros.

Y Scott... Pero nadie lo nombra, ni a él ni a mi padre.

Y no necesitamos preguntar por qué Lily y Loren no deben enterarse: es por lo que Connor le ha dicho a mi padre. La culpa les haría demasiado daño. Toda esta locura mediática empezó cuando salió a la luz que Lily era adicta al sexo. Sin embargo, yo también tengo parte de culpa: he hecho que mis hermanas participen en un reality show con una seguridad deficiente y he despedido a sus guardaespaldas. Sin embargo, yo puedo soportar esa culpa y salir fortalecida.

Lily y Lo no. Son adictos. Esto los destrozaría y podrían recurrir a sus respectivas adicciones para adormecer esos sentimientos. Nadie quiere que eso suceda. Seremos los muros que los protejan de estos acontecimientos tan terribles. Soportaremos este dolor durante todo el tiempo que ellos necesiten para curarse.

Es lo que acordamos los cuatro cuando Lily empezó a tener miedo de salir de casa y enfrentarse al mundo. Cuando Loren parecía sentirse enfermo cada vez que intentaba convencerla de salir y enfrentarse a los medios sin corazón.

Llegaron a un punto muy oscuro y todos creímos que morirían juntos. Que se rendirían. Hubo momentos en los que me pregunté cómo una chica podía soportar lo que estaba soportando ella, y creo que la única razón por la que ninguno de los dos dejó este mundo fue porque se negaron a dejarlo juntos.

Y dejarlo por separado, causarle al otro tan horrible sufrimiento… Dudo que fuese nunca una opción para ellos.

Capítulo 22

Connor Cobalt

—¿Qué pasa? —le pregunto a Rose mientras pago la cuenta de este restaurante abarrotado. Los siete —incluyendo a Scott, que cuanto más intimamos Rose y yo, más presente parece estar— hemos salido a cenar a Valentino's.

Cuanto más se populariza *Princesas de Filadelfia*, más periodistas nos persiguen. Y, además de los drones de los fotógrafos, hay familias que nos hacen fotos mientras estamos cenando.

Pero si Rose parece contrariada no es por eso. Tiene el teléfono en la mano y está concentrada en la pantalla encendida de azul.

Engancho un tobillo en una de las patas de su silla y la atraigo hacia mí.

—Es incansable —comenta con frialdad.

Leo el mensaje.

Mamá: 3 meses y 24 días

—¿Debería preguntarte por el vestido de novia? —La última vez que le pregunté por el pastel, Rose se puso como loca y empezó a soltar una perorata desordenada y caótica sobre las cosas que su madre le había dicho. No entendí ni una palabra, tampoco cuando hablaba en francés. Se paseaba arriba y abajo por el dormitorio y no respiraba con naturalidad. Tardé una hora entera en calmarla.

—Lily ha dicho que no quiere ir a mirarlo —contesta—. Para ir con Daisy y Poppy a las pruebas de los vestidos de dama de honor, no la necesito, pero no puedo elegir su vestido de novia yo sola. —Parece relativamente tranquila, así que debe de haber encontrado una solución.

—¿Entonces?

—Se lo voy a hacer yo —responde—. Me he pasado la última semana diseñándolo. Creo que puedo terminarlo en el tiempo que me queda.

No quiero repetir lo que Frederick lleva tantos años diciéndome, aunque sé que es verdad: tiene demasiadas cosas entre manos. No solo está organizando la boda y la despedida de soltera de Lily, sino que está trabajando sin descanso para sacar a flote Calloway Couture. Se niega a contratar empleados hasta que su margen de beneficios aumente, así que se está ocupando ella sola de gestionar las redes sociales y las existencias, por no hablar de las llamadas de inversores y de tiendas esperanzados.

Es mucho para una sola persona. No veo cómo diseñar un vestido de novia reducirá sus niveles de ansiedad, pero no quiero ser hipócrita. Al fin y al cabo, yo recurro a las anfetaminas para que me proporcionen la energía que necesito. No es la solución más noble, y no quiero que Rose recurra a ellas.

—Seguro que encontrarás tiempo —la animo esforzándome para que las palabras no me parezcan tan falsas.

—Entonces ¿tienes novio de verdad o te estás quedando con nosotros? —le pregunta Ryke a Daisy. Tira su servilleta sobre la mesa mientras los camareros se llevan los platos sucios.

—Sí, ¿cómo es que no ha salido en ningún episodio? —pregunta Lo.

Daisy se echa hacia atrás, apoyando la silla solo en dos patas, y se encoge de hombros.

—No sé. Pregúntale a Scott.

—Prefiero no hablar de asuntos de producción —responde este en tono despreocupado. Tiene problemas para no comportarse como un cabrón repugnante. No le quita los ojos de encima a Daisy; observa fijamente su rostro sin maquillar, disfrutando con descaro de su belleza natural. Incluso baja la mirada hasta sus pechos, cuyo canalillo queda a la vista porque lleva un top escotado dorado brillante de Calloway Couture.

—Los ojos aquí arriba —le espeta Ryke señalándose la cara con un cuchillo en un gesto amenazante.

Pero Scott no aparta la vista de Daisy, lo que está empezando a tocarme las narices. La audiencia ha sido muy clara sobre lo que piensa de este triángulo amoroso falso: están del lado de Scott con una unanimidad abrumadora. Creo que el último comentario que leí en un blog decía algo así:

> ¡Connor me saca de quicio! ¿Se puede saber qué narices le ve Rose? Scott la quiere taaanto. —**LadyBug345**

También me he enterado de que hay mucha gente que tiene ganas de pegarme. He leído muchas veces cosas como «¡Qué hostia tiene Connor Cobalt!». Esta mañana casi me atraganto con el café porque mientras leía los comentarios me reía a carcajadas.

Pórtate bien, Connor. Si fueras mi hijo, te lavaría la boca con jabón. —**DeeDeeJohnes**.

DeeDee, admiro tu fervor, aunque no estés de mi lado. Eso es lo que me hace sentir cada comentario desdeñoso. Al menos a esa gente le importa tanto algo como para gritar sobre ello en la red.

Un espíritu apasionado es capaz de pintar de colores este mundo tan gris.

Lo que la audiencia no ha percibido es que Scott cada vez se aleja más de Rose. Ha redirigido su atención hacia otra parte. Hace dos días, le enseñó a Lily una fotografía de su cabeza pegada con Photoshop en un conejo. Alguien la había colgado por ahí y se había hecho viral en Tumblr. Hasta repostearon la imagen en *Celebrity Crush*.

Y eso que Lily está evitando todo lo posible cualquier crítica suya o del programa. Sin embargo, Scott se ha propuesto sabotear su decisión.

Loren se puso como loco cuando llegó a casa y se encontró a su novia llorando en brazos de Rose. Tuve que taparle la boca con la mano, literalmente, para que dejara de amenazar con descuartizar a Scott en pedacitos diminutos e indistinguibles.

Aunque este asunto me ha traído un beneficio: nuestro odio compartido a Scott ha borrado cualquier desacuerdo que hayamos podido tener desde el visionado del primer episodio. De hecho, desde entonces, solo he percibido un pequeño cambio en mi relación con él. A veces, cuando estamos de broma, sus rasgos se afilan de repente, como si se acabara de acordar de que no lo quiero del modo que él pensaba. De que ni siquiera quiero a Rose. Ahora se cuestiona qué es real y qué es falso entre nosotros.

Me gustaría que no fuera así, pero no puedo cambiar lo sucedido. Tengo que pasar página.

—¿Te gustan los desafíos, Daisy? —pregunta Scott mientras su mirada pasa de sus pechos a su cara.

—Claro.

Consideran a Daisy el eslabón más débil del grupo, pero la más frágil es Lily, sin duda. Por eso Scott les está prestando más atención que antes. Rose y yo nos preguntamos hasta dónde estará dispuesto a llegar para hacer daño a sus hermanas y fracturar nuestro grupo de seis.

—Pues te reto a enseñarle las tetas a los paparazzi cuando salgamos —añade con una sonrisa ladina.

Ryke lanza el cuchillo encima de la mesa, cerca de Scott. Rebota y le cae en las piernas.

—Pues yo te reto a irte a la mierda —le espeta.

Scott no aparta la vista de la hermana pequeña de Rose. Quiere provocar.

Daisy se levanta de la mesa y todo el mundo se pone rígido.

—Os reto a que os calméis un poco. Mi top se va a quedar donde está, muchas gracias.

Rodeo a Rose por la cintura mientras nos levantamos para irnos. Savannah, Brett y Ben ya se han puesto de pie para filmarnos.

En ese momento, Rose señala a Scott con el dedo.

—Eres asqueroso.

—En la fiesta de su diecisiete cumpleaños había estríperes. Al lado de eso, que se quite el top delante de cuatro cámaras no es nada.

—Eran bailarines y se dejaron toda la ropa puesta —replica Rose con una mirada furibunda.

—Vámonos —le pide Lily en voz baja—. Por favor…

Los demás comensales están empezando a mirarnos. Loren le frota los hombros.

Le lanzo a Ryke las llaves del Escalade de Rose, ya que yo he estado bebiendo y ella se ha tomado una copa de vino conmigo. Las coge y sale en primer lugar, junto a Daisy. Cuando Scott intenta ponerse a su lado, Ryke le pone una mano en el pecho y lo empuja.

—Ni lo sueñes. No tienes permiso para hablar con ella en lo que queda de programa.

Daisy, que está delante, lo mira y esboza una media sonrisa, agradecida. Scott debe de estar molestándola tanto como a los demás.

—Puedo hacer lo que me dé la gana —responde Scott bajando la voz para que nadie lo oiga—. Me pertenece tanto como tú. Y tanto como estos tres que vienen detrás. Que no se te olvide.

No contengo a Ryke, y Loren tampoco, pero, para mi sorpresa, Ryke se contiene él mismo y se mete los puños en los bolsillos de los vaqueros. Pasa junto a Scott, no sin darle un empujón con el hombro, alcanza a Daisy y sale con ella.

Scott se tambalea un poco, pero me preocupa más lo que sucede en cuanto se abren las puertas tintadas del restaurante. Los asaltan los flashes cegadores de las cámaras, tan violentos como las luces estroboscópicas de una discoteca, y los gritos de los paparazzi, que nos hacen preguntas, penetran en el ambiente sereno e iluminado por las velas de Valentino's.

Lily se encoge contra el pecho de Lo.

—Este sería un buen momento para que aflorara el poder de la invisibilidad —murmura.

—No desees eso —responde él, y la besa en la mejilla—. Así no podría verte.

—Pues el del teletransporte.

—Ya, rezo todos los putos días por conseguirlo. —Le estrecha el hombro.

Rose y yo los observamos con atención, esperando a que salgan sanos y salvos del restaurante y encuentren las fuerzas para seguir adelante. Scott ya ha salido detrás de Ryke y Daisy.

Estudio a Rose unos instantes. Tiene el cuello rígido y los hombros tensos, y parece dispuesta a cruzar el círculo de fuego del infierno. Pero no respira.

—*Tout va bien se passer* —susurro. «Todo irá bien».

—*Comment sais-tu?* —«¿Cómo lo sabes?».

—Porque estoy aquí —contesto con toda mi confianza, infundiéndosela a mi voz, mi postura y mi ser.

Sonríe, pero no hace ningún comentario sobre mi arrogancia. Me coge de la mano con fuerza y observamos cómo, finalmente, Lo anima a Lily a salir.

Capítulo 23

Connor Cobalt

Una hora. Eso es lo que he dormido. Mi madre me llamó para que fuese a archivar documentos a medianoche. No es el trabajo que le correspondería al presidente de una gran empresa, pero a ella le gusta poner a prueba mi tenacidad, comprobar lo mucho que deseo el puesto.

Pues bien, lo deseo lo suficiente como para necesitar otra receta de anfetaminas. ¿Qué le parecería eso?

Me he echado una siesta en el sofá, pero he tenido que levantarme para terminar un proyecto de investigación, así que aquí estoy, bebiéndome la sexta taza de café y mandando un trabajo de la universidad por correo. Mientras estoy llenando la cafetera para Rose, me vibra el teléfono, que está en la encimera de la cocina.

Echo un vistazo a la pantalla y leo el nombre de quien me llama: Frederick. Lo cojo y me dirijo al patio trasero antes de contestar.

—En quince minutos salgo hacia tu despacho —le informo apoyando un codo en el borde del largo jacuzzi. Mi aliento forma pequeñas nubes al contacto con el aire frío.

Oigo los clics de una cámara y atisbo a los paparazzi en la calle sacando los brazos y los objetivos por las ventanillas de los coches. No me doy la vuelta; me da igual si me fotografían o no.

—Por eso te llamaba —responde Frederick—. No nos vamos a ver más.

Sé que esto es por las anfetaminas. Anoche le mandé un mensaje para que me hiciera otra receta y no me contestó.

Doy un largo trago de café, ignorando su comentario y la firmeza de su voz.

—¿Me has oído?

—Te he oído intentando predecir el futuro. Te equivocas, por cierto.

—Esa receta tenía que durarte seis meses, Connor. Se suponía que no ibas a tomar esas pastillas todos los días. No quiero que vengas a más sesiones, no cuando puedes emplear ese tiempo en dormir.

—Duermo bien.

—Entonces estarás igual de bien si no te hago la receta. —No va de farol, y mi silencio lo alienta a seguir—: Duerme un poco. No quiero verte ni hablar contigo hasta que no hayas vuelto a una rutina saludable.

—¿Abandonarías a un paciente así, sin más? —le reprocho sin alterarme. Me veo obligado a sentarme en los escalones del jacuzzi. El rechazo es como una bofetada, aunque no se lo muestre en mi voz, aunque la decisión de Frederick esté motivada por la empatía. Me hiere que me abandone sin pensarlo dos veces, cuando ha sido mi terapeuta durante doce años.

—Si creo que es lo que más le conviene, sí, lo haría.

—Lo que me conviene —contesto— es hablar con mi terapeuta, no pasarme el día durmiendo.

—Podemos hablar dentro de tres semanas, cuando vuelvas a tener los pies en la tierra.

—Yo siempre tengo los pies en la tierra. —Echo un vistazo a mi postura en este momento. Estoy sentado con los pies en el aire. Maravilloso.

—Connor… —insiste, alargando mi nombre para llamar mi atención—. No eres inhumano. No me necesitas a mí para saber lo que estás sintiendo. Está ahí, en tu cabeza.

Me froto los ojos secos e irritados mientras proceso sus palabras. Tras un par de segundos, le digo:

—Para mí no eres prescindible, Frederick. En mi vida, eres una necesidad.

—Lo sé. Esto es solo temporal.

—Está bien —cedo. He perdido la discusión. Frederick es el único con el que cedo con esta facilidad. A veces, confío en su consejo más que en el mío propio, y esa es la mayor alabanza que nadie puede recibir de mí—. Dormiré y te veré dentro de tres semanas. —Se acabaron las anfetaminas, y ya sé que Wharton será lo primero en sufrir las consecuencias. Sin embargo, no me importa tanto como hace unos meses. Mis prioridades no hacen más que cambiar—. Tengo mucho de lo que hablar —añado.

—¿Por ejemplo?

—De Rose. De sexo. —Lo digo con la esperanza de que muerda el anzuelo. En realidad, no tengo ningún deseo de darle detalles de mi vida sexual a nadie que no sea Rose, pero quizá así lo embauque y consiga que cambie de opinión.

—¿Habéis…?

—Todavía no. Pero ya se siente lo bastante cómoda para hacerlo. Simplemente, no hemos encontrado el momento. —Casi puedo sentir la sonrisa de Frederick al otro lado del teléfono. Mi vida sexual es el tema que más le intriga de todos los que tocamos, sobre todo porque mis creencias se considerarían alejadas de las normas de la sociedad.

Para mí, la sexualidad es atracción.

Sean hombres, mujeres... En realidad, no me importa. La raza humana está llena de lujuria y de pasión, y acuñar términos como «heterosexualidad», «homosexualidad» o incluso «bisexualidad» para mí carece totalmente de sentido. Eres humano. Amas a quien quieras amar, follas con quien quieras follar. Eso debería bastar. Sin etiquetas, sin estigmas. Nada. Ser lo que eres, y punto. No obstante, la vida no es tan amable. La gente siempre encuentra cosas que odiar.

—Estoy deseando tener esa conversación... —responde—. Dentro de tres semanas.

—Está bien. —Nos despedimos y colgamos. Vuelvo a entrar en la casa y meto mi taza vacía en el lavaplatos. Estoy intentando no sentirme raro por la decisión de Frederick. Opto por seguir su consejo y dormir, pero no quiero despertar a Rose cuando me meta en la cama, así que me dirijo a la planta de abajo para dormir en la habitación que Daisy compartía con unas cuantas ratas. Ahora está limpia, pero la estamos usando como almacén.

Al bajar las escaleras y recorrer el pasillo corto y estrecho, oigo unos golpes contra la pared. Me detengo frente a la puerta y escucho con atención antes de entrar, concentrándome en los sonidos. ¿Oigo bien? Son gruñidos... y gemidos.

Son cada vez más altos, hasta que distingo una voz masculina desconocida entre los jadeos.

—Ah... Sí, nena, justo ahí. Buena chica.

Me parece justificable abrir la puerta, porque quienquiera que esté teniendo relaciones sexuales aquí no debería estar teniendo relaciones sexuales aquí, así que giro el pomo. Sin embargo, no logro moverlo: han puesto el pestillo.

Oigo que el tipo maldice entre dientes.

—Están intentando entrar —dice.

No quiero sacar conclusiones irracionales, como que quien está al otro lado de la puerta es Rose. No hay ninguna razón que me lleve a pensar que es ella y la lógica dice lo contrario. Con todo, estúpido de mí, empiezo a imaginarme a Rose de rodillas delante de algún tipo.

Aporreo la puerta con el puño.

—¡Abrid! —Se me ha hecho un nudo en la garganta, producto de este miedo antinatural y absurdo. «Quien está ahí no es ella, Connor».

Unos segundos después de que lo ordene, la puerta se abre. Quien está detrás es Daisy. Intento dejar a un lado mi repentina preocupación y observo la situación de un modo más analítico.

Solo ha abierto la puerta un poco y tapa con su cuerpo el interior de la habitación, escondiendo de mí a quien espero que sea su novio. La observo con atención. Está vestida con un chándal y un top; no está colorada ni sudorosa, y tampoco radiante ni feliz. Sin embargo, tampoco parece enfadada, solo decepcionada. Insatisfecha y, quizá..., incluso un poco aliviada por mi interrupción.

—¿Necesitas algo? —Me dedica una sonrisa amable bastante convincente. Si no se me diera de maravilla calar a los demás, pensaría que está teniendo el mejor día de su vida.

—¿Quién es tu amiguito? —pregunto. Lo mejor es ser directo.

—Ah, lo has oído... —Tamborilea con los dedos contra el marco de la puerta y mira hacia atrás—. Te he dicho que estabas haciendo mucho ruido.

—Es lo que pasa cuando una tía te hace una buena...

—Friega en la espalda —lo interrumpe Daisy con una sonrisa radiante—. Creo que voy a ir a hacer el desayuno para todos, ¿qué te parece?

—Sí, haz eso —le digo—. Yo me quedo aquí charlando con tu amigo.

Hace un gesto despreocupado con la mano.

—No hace falta, lo verás en los Alpes. —Carraspea—. Producción ha pedido que venga al viaje. —Se balancea sobre los talones, la única pista hasta el momento de que está nerviosa.

Así que es su nuevo novio.

—¿Y tú no quieres que venga?

Se encoge de hombros.

—Me alegro de librarme de los paparazzi durante una semana, pero no me entusiasma la idea de que Lo y Ryke lo sometan a un tercer grado.

—En ese caso, mejor que empiece conmigo, para que se vaya acostumbrando —propongo manipulándola un poco, aunque sea por una buena causa—. Solo pretendo tener una conversación civilizada.

—Vale, no me parece mal —responde, pero veo la preocupación que se oculta tras la fachada que se ha construido. Daisy tiene talento para esconder sus verdaderos sentimientos, algo en lo que yo soy un experto.

Antes de que se vaya, se da media vuelta y, caminando hacia atrás, me pide:

—Esto… ¿Me harías un favor? No le digas a Rose que Julian estaba haciendo esos ruidos.

Qué raro. Rose sabe que Daisy ya es sexualmente activa. También es muy partidaria de que las mujeres exploren su sexualidad, aunque sea demasiado tímida para explorar la suya propia. Además, a juzgar por la falta de rubor y de sudor, doy por hecho que Daisy no estaba practicando sexo.

—A Rose no le importará —contesto. Pero eso Daisy ya lo sabe, así que ¿dónde está el verdadero problema?

—Ya. Claro. —Señala las escaleras con el pulgar—. Pues voy a hacer el desayuno.

Desaparece. Se me ha hecho un nudo en el estómago.

Algo pasa con Julian.

Abro la puerta y descubro a un chico de piel morena con el pelo castaño y alborotado. Va sin afeitar. Probablemente sea de familia italiana.

Lo primero que pienso es que está claro que es modelo. Sus hermosas facciones no dejan lugar a dudas y, además, estoy seguro de que se han conocido en el trabajo. Pero, cuando se pone delante un espejo y se pasa los dedos por el pelo para peinarse un poco, me doy cuenta de cuál es el verdadero problema.

Este tipo no es ningún adolescente. Ni por asomo.

—Oye, tío. —Me hace un gesto con la cabeza—. No serás su hermano, ¿verdad? —Hace una mueca, como si estuviera esperando una bronca. Ni siquiera sabe que solo tiene hermanas.

—¿Así que tú eres el nuevo novio de Daisy? —replico sin contestar su pregunta a propósito.

Se mueve, incómodo, cambiando el peso de un pie a otro.

—Más o menos…

—La palabra «novio» tiene un significado bastante claro. —Me apoyo de lado en el marco de la puerta—. O salís juntos o no, no hay más.

Entorna los ojos, como si estuviera confundido.

—No estamos follando, ¿eh? Ella es menor. —Coge su abrigo, que estaba en una silla—. ¿Cómo llamas a eso?

Lo llamo mentira.

—Por una mamada también puedes acabar en la cárcel —argumento—. Así que lo llamo follar.

Se queda blanco como el papel.

—Mira, soy modelo. Hace casi un año que conozco a Daisy. Solo somos buenos amigos.

—¿Cuántos años tienes? ¿Veintidós? —estimo.

—Veintitrés.

Mierda. Ryke también tiene veintitrés años. Lo va a matar.

Niego con la cabeza.

Daisy está confundida. Lo veo casi siempre en sus ojos. Tiene una carrera profesional, y en la industria de la moda todo el mundo, tanto los agentes y los fotógrafos como los modelos como Julian, la trata como a una adulta desde que tenía catorce años. Pero hay gente, como Lily y Loren, que la ven como a su hermana pequeña, que la tratan como a una adolescente que va a cumplir diecisiete años, sin tener en cuenta su nivel de madurez.

La edad es un número que no refleja las circunstancias, el ambiente ni la psicología. A mi modo de ver, importa muy poco si consideramos que hay treintañeros que se comportan como niños y adolescentes que se echan a la espalda la responsabilidad de sacar un hogar adelante. No juzgo a las personas basándome en dos números. Las juzgo por su interior.

He contemplado la posibilidad de hablar con Daisy sobre su situación, de hacerle saber que, por muy confundida que esté, lo que hace que se sienta perdida no es más que el constructo de la sociedad. He pensado en decirle que da igual que la gente quiera encasillarte, porque, siempre que tú sepas quién eres, al final estarás bien. Y que es posible que tengas que aceptar esas reglas, soportar que te pongan etiquetas y usar sus términos —es lo que yo he tenido que hacer toda la vida—, pero lo que más importa es lo que pienses tú.

Pero nunca tendré esa conversación con ella. Frederick me recuerda a menudo que no soy el psiquiatra del mundo. Calo enseguida a la gente, pero he de elegir a quién quiero ayudar y qué quiero arreglar. Daisy es lo bastante inteligente para llegar a esa conclusión sin ayuda. Solo necesita tiempo.

Prohibirle amistades y relaciones no resolverá sus problemas, solo será otro confuso recordatorio de que esos dos números de su edad importan más que su nivel de madurez. Así que no me queda más remedio que ser amable con su novio.

—Te voy a dar un consejo —le digo con aire despreocupado—. Si vas a quedarte a dormir en esta casa con tu buena amiga, limita el número de orgasmos. Es posible que la próxima vez quien os pille no sea yo, y supongo que tendrás a tus pelotas en alta estima.

—Entonces... ¿a quién me conviene evitar? —Se ríe.

—A todo el mundo, excepto a mí.

Se ríe de nuevo, como si fuera un chiste. Lo sigo mirando con el rostro inexpresivo y, al final, su sonrisa se desvanece.

—Ya... —murmura—. Joder, ¿tan mal está la cosa?

—Sí, tío, así de mal. —Me estremezco interiormente por expresarme de ese modo, pero este tipo parece responder mejor de esa manera. Ha relajado los hombros y me ha vuelto a mostrar una sonrisa. Es casi como si fuésemos amigos.

Otro para mi colección.

Qué fuerte me parece esto. «Frederick...». Ah, no, un momento. No puedo llamarlo. Me siento cada vez más irritado. Al parecer, lo único que necesito es una puta siesta.

—Julian, ¿me das tu número de teléfono? Vienes con nosotros a los Alpes, ¿no?

—Sí. —Me da su número y me lo guardo en la agenda. No tengo ninguna intención de llamarlo jamás, pero es importante tenerlo por si le pasa algo a Daisy y está con él—. Oye, ahora, cuando subas, ¿puedes decirle a Daisy que baje? Nos hemos dejado algo a medias, ¿sabes?

—Me echa una de esas miraditas que vendrían acompañadas de un codazo juguetón.

Es un idiota, no hay más.

—No —contesto—. Si quieres terminar, usa la mano. Daisy está preparando el desayuno. —«Y algo me dice que no tiene ningunas ganas de tocarte», pienso. No soy capaz de mirarlo sin sentir el deseo de estamparle la cara contra la puerta.

Así que me voy y me limito a subir a mi habitación, para meterme en la cama con cuidado de no despertar a Rose.

Gracias a Frederick, ahora me puedo pasar el día durmiendo.

Capítulo 24

Rose Calloway

—¿Has visto lo que ha pasado en el aeropuerto? —me pregunta Lily con una sonrisa tonta—. No me ha mirado nadie. Ni una sola persona. ¡Y solo con unas gafas de sol! —Suspira complacida y se deja caer en la cama—. Creo que Francia me encanta.

No puedo evitar sonreír. Ver a mi hermana feliz es todo un acontecimiento.

Este viaje a los Alpes ya llevaba tiempo planificado, ya que producción quería grabarnos durante unas vacaciones, pero lo cierto es que ha llegado en el mejor momento. Todos necesitábamos un descanso de los infatigables paparazzi. Han alquilado una cabaña bien provista de leña, ya que, aunque estemos a finales de marzo, el tiempo sigue siendo frío y todavía nieva.

Mamá: 3 meses

Dentro de tres meses, Lily estará casada. Solo faltan tres meses, y aún tengo que terminar de coser el vestido. Después de cinco bocetos distintos, creo que por fin he conseguido el diseño perfecto. Me he traído algunas telas para empezar. Connor opina que debería encargárselo a una modista, pero quiero que quede perfecto. Solo con que consiga hacer esto bien, la boda de mi hermana será un éxito para mí. Tal vez no para mi madre, pero para mí sí lo será.

Mientras Lily y yo echamos un vistazo a las camas para asignar las habitaciones, los demás van entrando las provisiones. Detesto estropear su inesperada alegría hablando de la boda, pero ella misma me ha brindado la oportunidad perfecta.

—Bueno, pues si tanto te gusta Francia, no te importará que la boda sea en París.

—¿Significa eso que no habrá periodistas? —Se supone que la boda saldrá en las noticias y se emitirá por un montón de canales de la televisión nacional financiados por la Asociación Global de Televisión (AGT), como si Lily y Loren pertenecieran a la realeza. La AGT ha comprado los derechos de imagen tras competir con otros nombres de peso, como la ABC, la NBC y la CBS.

—Creo que se desplazarán a propósito.

—Oh…

El silencio se alarga más de lo que debería y la tensión aumenta.

—Todavía se puede cambiar el sitio si lo prefieres. Lo que pasa es que no me has dado ideas ni ninguna pista de lo que quieres…

—Lo que quiero es seguir comprometida dentro de tres meses.

—Lily…

Levanta las manos.

—¡Ya lo sé! —exclama con un suspiro—. Ya sé que eso no es una opción. —Se queda pensativa un instante—. Supongo que París será divertido. —Sonríe—. ¿Puede haber crepes en la boda?

—Ya están encargadas.

Baja de la cama de un salto y me rodea por la cintura con los brazos delgados.

—Gracias, Rose... Sé que no te lo estoy poniendo fácil con el tema de la organización. Lo siento.

—No pasa nada. Me gustan los retos —miento. Eso es cosa de Connor. Los retos, los juegos... Yo prefiero que haya pocos obstáculos en mi camino.

Ryke resopla exhausto al entrar por la puerta principal: está cargando mi maleta de veinticinco kilos.

—¿Qué coño has traído, Rose?

—Los jerséis y las chaquetas ocupan más que los bañadores —me defiendo desde la cocina.

Lily, Daisy y yo estamos guardando las cosas en los armarios y hemos empezado a cocinar sopa para cenar. Ben, Brett y Savannah siguen aquí, pero van a la suya e intentan montar sus equipos lo más rápido posible, en silencio.

Savannah es la más rápida. Me contengo para no animarla, aunque es lo que se merece. Todos esos aparatos de la *steadicam* son muy pesados y ella ya está de pie, viniendo hacia nosotras.

Loren, que llega después de Ryke con la mochila de Lily al hombro, observa cómo su hermano lucha con mi maleta, que todavía lleva en las manos. No parece sorprendido por mi exceso de equipaje, y no me extraña, no es el primer viaje familiar al que viene.

—Tiene ruedas, ¿sabes? —le recuerda Loren, como si fuera imbécil.

—¿Es que no ves la puta nieve? —gruñe Ryke.

Loren se vuelve hacia mí.

—Pensaba que ya tenías esclav... Quiero decir, novio. —Me dedica una sonrisa sardónica.

Justo en ese momento, aparece Connor cargando sin esfuerzo mis otras dos mochilas. Sí, tengo un problema con el exceso de equipaje. Necesito tener donde elegir. No habría tenido ningún problema en cargar mis maletas yo misma, pero nos hemos dividido las tareas.

—Justo estábamos hablando de ti —le dice Loren a Connor.

—Ya lo he oído —contesta—. En términos de posesión, los dos gozamos de igualdad... A no ser que estemos en la cama.

—Sí, no me extrañaría que a ella le gustara tener la sartén por el mango.

Connor sonríe y pasa junto a los dos hermanos para dejar mis mochilas. Loren frunce el ceño, confundido, mientras yo noto que me arde el cuello.

Lily me tira del brazo.

—Habéis hecho cosas, ¿verdad? —pregunta en susurros—. ¿Y no me lo has contado?

Savannah se nos acerca con la cámara. Sus trenzas pelirrojas contrastan con el color negro con calaveritas rosas del jersey grueso que lleva puesto. En realidad, su estilo gótico es bastante adorable, y sonríe más que Brett el Rechoncho, al que solo se le ve feliz cuando pilla a Lily haciendo algo de índole sexual. De las tres personas del equipo, es el que peor me cae.

—Es posible —le contesto esquiva.

Daisy está junto a los fogones, removiendo la sopa con un enorme cucharón. Luce una sonrisa luminosa, hasta que levanta la vista y su mirada se detiene sobre alguien.

Miro en esa dirección y veo que su «novio» está entrando en la cabaña mientras manda mensajes. Es alto y con el pelo oscuro, de origen italiano. En el avión mantuve una conversación de cinco minutos con él y me quedó claro que si Daisy nos lo escondía no era porque fuera tonto.

Era porque tiene seis años más que ella.

Si dijera que no nos alegramos al enterarnos, me quedaría corta. Aunque, por ahora, a ninguno le ha dado por gritar, sobre todo porque hemos tenido las cámaras en la cara durante todo el viaje. Estaban esperando que estallásemos por lo de Julian.

Por eso Scott todavía no había emitido imágenes en las que saliera él. No querían perderse nuestra reacción. Pero, de momento, no les hemos dado lo que buscaban, lo que lo pone de un humor de perros, y a mí..., anormalmente alegre y pizpireta. Podría brincar y brincar con un vestido puesto y tender la mano para que vinieran los pajaritos a comer de ella. Imaginad a la bruja malvada haciendo un numerito como ese. Ahora mismo, esa podría ser yo.

Me vuelvo hacia Lily.

—Me parece que aquí todos guardamos secretitos.

—Oye —interviene Daisy, que sabe que me refiero a ella—. Sabía que no te parecería bien. Si los de producción no me hubieran obligado a traerlo, se habría quedado en Filadelfia.

—Si me parece mal, es solo porque es ilegal que os enrolléis —le recuerdo—. Un año. ¡Solo tienes que esperar un año!

—No cambiemos de tema —insiste Lily—. Connor ha dicho «a no ser que estemos en la cama». Eso significa que habéis hecho cosas.

Hace meses, Lily habría sido capaz de arrastrarse debajo de una mesa si eso hubiese significado no hablar sobre sexo y ahora, en cambio, me presiona para que le dé detalles. Eso me basta para romper mi silencio.

—Hemos hecho algunas cosas —confieso en voz baja, pero sé que Savannah lo ha grabado todo.

—¿Cosas? ¿Qué cosas? —Sonríe de oreja a oreja; está emocionada por mí. Me pregunto si recuerda su primera vez o si será una vivencia borrosa en su memoria, como el resto de sus experiencias sexuales.

—Un momento, me quiero enterar —pide Daisy alejándose de los fogones para unirse a nuestro pequeño círculo.

—Todavía no hemos tenido relaciones sexuales, así que no os emocionéis.

—A veces, las «cosas» pueden ser mejor que el sexo —comenta Lily pinchándome un brazo con un dedo huesudo.

Daisy se queda en silencio con la mirada perdida.

—Daisy no piensa lo mismo, Lily —afirmo.

—¿Qué? No, yo... Bueno, la verdad es que no. —Hace una mueca discreta, como si estuviese pensando en algunos recuerdos. Mueve las manos con teatralidad con cada palabra que dice—. Aunque para mí es todo más o menos lo mismo. Que me hagan un dedo, el sexo oral, la penetración... Por lo que a mí respecta, ni fu ni fa. Me parece que no estoy hecha para que me guste el sexo, y ya está. Soy como la antidiosa del sexo. Lo contrario de Lily, ¿lo pilláis?

Lily se pone como un tomate.

—Uf... —Se tapa la cara con las manos—. ¡Mi cuerpo me traiciona todo el tiempo! No sé por qué paso tanta vergüenza.

—Porque eres adicta al sexo —le recuerdo— y el mundo está lleno de idiotas que te hacen sentir como una zorra si lo dices. —Me vuelvo hacia Daisy—. Y eso es ridículo.

Mi hermana pequeña es todo sonrisas, pero percibo su miedo. Teme no ser nunca capaz de tener un verdadero orgasmo.

—Eres capaz de tener un orgasmo —le aseguro—. Solo necesitas encontrar a la persona adecuada. —Pensaba que mi hermana pequeña ya había alcanzado el clímax con un chico con el que salió, pero nos explicó lo que sucedió y no creo que lo haya logrado. Tenía más pinta de que se había conformado con lo que le habían dado, que no era gran cosa.

—¿Y si no hay una persona adecuada para mí? —pregunta con el semblante serio, pero luego hace como si nada y se encoge de hombros—. Aunque no tengo ningún problema con no tener nunca nada serio, con ser soltera de por vida. Es lo que pensabas hacer tú antes de conocer a Connor, ¿no?

—Sí, pero yo nunca he tenido problemas para complacerme a mí misma.

Daisy ha confesado en numerosas ocasiones que no es capaz de llegar al orgasmo mediante la masturbación, por mucho que lo intente. Lo único que se me ocurre es que lo debe de estar haciendo mal. Incluso le compré un libro que le enseñaba literalmente cómo tocarse, y aun así siguió diciendo que no lo había conseguido.

Lily me mira con los ojos muy abiertos, como avisándome de que la estoy haciendo sentir peor.

¡Uf! Qué falta de tacto.

—Encontrarás a alguien —le aseguro mientras le aprieto el hombro para infundirle ánimos. Pero creo que me paso un poco, porque hace una mueca, así que la suelto—. Sigue conociendo a chicos. Y, cuando des con un perdedor, dale puerta rápido. Por favor.

Daisy asiente.

—Bueno, ¿hasta dónde has llegado con Connor?

—Pensaba que os ibais a olvidar de preguntar…

—¡Ni de coña! —exclaman las dos al unísono.

—Hicimos cosas… —Lo recuerdo estrangulándome por primera vez justo cuando alcanzaba un clímax casi insoportable, y las muchas veces que han venido después, cuando me llevó al orgasmo con los dedos. Jugamos casi todas las noches, pero todavía no hemos tenido relaciones con penetración. Y tampoco hemos hecho nada más picante que atarme las muñecas a los postes de la cama.

—Queremos detalles —insiste Lily con los ojos muy abiertos—. ¿Qué cosas?

Noto la mirada atenta de la cámara. Quiero que algunas partes de mi vida sigan siendo privadas y, sobre todo, quiero evitar que la mayoría de ellas lleguen a oídos del país entero.

—Cosas buenas —contesto de forma evasiva. Señalo la cámara con la cabeza y las dos comprenden lo que quiero decir, así que empiezan a abandonar la conversación—. Es mejor de lo que nunca imaginé. —«Jódete, Scott», pienso.

Daisy me dedica una sonrisa luminosa. En su mirada hay cierto anhelo, como si ansiara algo parecido a lo que tenemos Lily y yo. Espero con todo mi corazón que algún día encuentre el amor y un sexo que para ella sea algo más que «ni fu ni fa».

Aparta la vista.

—Mira quién viene por ahí.

Scott está junto a la puerta escribiendo en su teléfono. Paró en Los Ángeles para asistir a una reunión de producción con la AGT antes de volar a Francia. Se guarda el móvil en el bolsillo y me mira a los ojos. Su sonrisilla aduladora cada vez tiene menos efecto en mí. Se le ve menos irritado que en el aeropuerto. Pienso muy seriamente en tirarle la sopa hirviendo por la cabeza.

Pero no lo hago.

Porque iría a la cárcel por agresión, y porque todavía me acusarían más de odiar a los hombres, aunque no creo que me lo merezca. Y si es así... Es algo que debo trabajarme.

En realidad, lo único que me para es la cárcel y el orgullo. Puedo soportar que vaya a por mí, pero si se mete con mis hermanas y les hace comentarios malévolos y ofensivos, como ha estado haciendo este último mes, empiezo a pensar que merece la pena asesinarlo.

Esta semana tenía que ser un respiro, una excusa para alejarnos un poco del caos, pero tengo la sensación de que esto acaba de empezar.

Capítulo 25

Connor Cobalt

—Así que estáis podridos de dinero, ¿eh? —comenta Julian, que tiene una botella de cerveza en la mano. Lo, Ryke y yo lo hemos sacado al patio a tomar algo después de cenar. Daisy no tiene hermanos, así que nos toca a nosotros interrogar a su nuevo novio.

En realidad, yo solo estoy aquí para evitar que Ryke le acabe pegando y que Loren lo haga llorar. Ben ha perdido una partida de piedra, papel o tijera contra Brett y Savannah, así que le ha tocado a él enfrentarse al frío para grabarnos.

—No, nuestros padres están podridos de dinero —le corrige Loren—. Nosotros vivimos de sus generosas donaciones.

—De sus fondos fiduciarios —añade Ryke.

—Yo gano mi propio dinero —intervengo y doy un trago de vino. Lo y Ryke beben latas de Fizz; como de costumbre, no toman alcohol.

—Sí, claro. En la empresa de tu madre —dice Loren.

Niego con la cabeza.

—Para mi duodécimo cumpleaños, me regaló cinco mil dólares.

Los invertí y gané un buen dinero. No tengo ningún fondo fiduciario. —Ella me ofreció uno, pero lo rechacé.

—Deberíamos jugar a algo —propone Lo—. Cada vez que Connor Cobalt me haga sentir estúpido, chupito.

—Llevas sobrio quince meses —le recuerda Ryke.

—Joder, hermanito, siempre con esa nube negra a cuestas —protesta Lo, aunque con más ánimo de bromear que de mostrarse hostil.

—¿Qué te parece? —le pregunta Ryke a Julian.

Este se encoge de hombros; la mirada furibunda de Ryke le resbala.

—¿Qué me parece el qué?

Nadie se molesta en explicárselo porque no hay nada que explicar.

—No vas a dormir en su habitación —le advierte Lo.

Julian hace un gesto pensativo sin soltar la botella de cerveza, aunque, claramente, no piensa lo suficiente, porque el muy estúpido contesta:

—No sería la primera vez que dormimos en la misma cama. No sé dónde está el problema.

Loren suelta una risita, como si no se pudiera creer lo que acaba de oír.

—¿No sabes dónde está el problema? —Da un paso hacia él—. A ver, pues te lo voy a explicar, Julius…

—Julian —lo corrige.

—Tienes veintitrés putos años —continúa Lo sin apenas dejarlo hablar—. ¿Cuántos años tienes, Connor?

—Veinticuatro.

Se vuelve hacia Ryke y ladea la cabeza con aire burlón.

—¿Y tú, Ryke?

—Veintitrés.

—Y yo tengo veintidós —concluye llevándose una mano al pecho.

—Qué bien —repone Julian, que no entiende muy bien lo que está pasando. «Ten paciencia, Julian —pienso—. Todo llegará».

—Me considero bastante inteligente —continúa Lo—. Tú, en cambio, debes de ser idiota de cojones si crees que nos va a parecer bien que alguien de nuestra edad duerma con la hermana de diecisiete años de nuestras novias.

Julian no tiene ni siquiera la inteligencia suficiente para encontrar el error evidente en la afirmación de Lo, que es que Ryke, en realidad, no tiene ninguna novia. Se encoge de hombros, porque sigue sin ver dónde está el problema.

—Es modelo, tío. Hemos pasado un montón de noches juntos en los pisos que nuestros amigos tienen en Nueva York. La he visto esnifando cocaína. Creo que el numerito de los hermanos sobreprotectores ya no le pega mucho. Igual no os habéis dado cuenta, pero es bastante madura.

Lo aprieta los dientes y se vuelve hacia mí.

—¿Este tío va en serio?

Me parece un imbécil, sí, pero sus argumentos tienen sentido. Eso no quiere decir que me parezca adecuado que pase la noche en la cama de Daisy. Ni siquiera creo que sea lo que ella quiere.

—Dormirás en el sofá —le digo con calma.

Él niega con la cabeza y hace morritos. Ni siquiera lo piensa.

—Ni hablar.

—Lo voy a destrozar, os lo juro —amenaza Ryke.

—Estoy aquí mismo, colega —replica Julian—. ¿Cuál es tu problema?

—¡Tienes veintitrés años! —salta Ryke—. ¡Te estás follando a una chica de diecisiete!

—No follamos. Además, ¿tú no eres el que no se despega de Daisy en *Princesas de Filadelfia*? —Levanta las cejas con aire acusador—. Igual el que se la está follando eres tú. O igual estás celoso, ¿no? Sí, eso debe de ser.

Antes de que Ryke se abalance sobre él, Lo se le pone delante para contenerlo.

—Julius —dice Lo, utilizando el nombre incorrecto a propósito ahora que sabe que le molesta—, puede que sientas asco de ti mismo por estar con una chica de diecisiete años, pero guárdate tus sentimientos para ti, ¿vale? No los proyectes hacia mi hermano.

—No estoy proyectando nada. ¿No has visto cómo la mira? Le gustaría estar en mi lugar.

En circunstancias normales, a Lo ya se le habría ocurrido un comentario sarcástico que contestarle, pero está demasiado ocupado conteniendo a Ryke, que intenta abalanzarse sobre Julian, supongo que para darle un puñetazo. Lo pone un brazo sobre el pecho de su hermano, forzándolo a retroceder.

Ryke mira al novio de Daisy con cara de asco mientras este bebe su cerveza como si no pasara nada. Sin embargo, percibo las ganas de Julian de enfrentarse a él, en su postura rígida y en la forma en que observa a Ryke, con ojos astutos. Es la clase de tipo al que le encantaría pelearse con él solo para demostrar que le puede ganar. Ryke, en cambio, solo quiere proteger a Daisy. Es una dinámica interesante. Casi me gustaría presenciarla, pero remover la mierda solo sirve para darle a Scott lo que quiere. Y prefiero reventarle la cara que darle alas a esa sonrisa zalamera.

—A veces se pierde y otras se gana —le comenta Julian a Ryke—. Ya encontrarás otra chica que te pegue más. Aunque no estará tan buena como Daisy, y seguro que tampoco la chupará igual de bien.

Lo se queda boquiabierto y Ryke está a punto de volverse loco.

Suelta una retahíla de maldiciones a voz en grito. Oigo «hijo de puta», «cabrón» e incluso una nueva: «follaniñas». Me reiría, pero la verdad es que tengo tantas ganas como ellos de tumbar a Julian de un puñetazo. Simplemente, yo no necesito expresar mi agresividad de forma tan vehemente.

Ryke tiene las venas del cuello a punto de reventar y está rojo como un tomate. Grita señalando a Julian, que empieza a gritar también.

—¡No sabes una mierda sobre esa chica! —chilla Ryke.

—Y tú sí, ¿no?

—¡Que te follen!

Esto se ha convertido en una batalla de idiotas. Llegados a este punto, sería más adecuado que se enfrentaran a puñetazo limpio. De hecho, lo único que separa a Ryke de Julian es Loren, que está entre los dos, como una barrera humana.

Yo ni siquiera intento tranquilizarlo. En lo más profundo de mí, lo que quiero es que Ryke le pegue.

—Lo siento, tío —lo provoca Julian bajando la voz—. Tendrías que haber empezado a salir con ella hace un año, cuando estaba soltera. Pero no te preocupes. Podrás quedártela cuando me canse de ella.

Noto el sabor de la bilis en la boca.

Loren fulmina a Julian con la mirada, con una expresión como si el mundo hubiera cambiado sin su permiso.

—¿Qué cojones acabas de decir?

En la mirada de Ryke reina la más pura oscuridad; no hay nada más. Cuanto más tiene que soportar a ese tío, más se le tensan los músculos.

—He dicho que podrás quedártela cuando me canse —repite Julian—. De hecho, puedo decirte el día exacto que terminaré con ella.

Necesitaré unas tres horas del veinte de febrero del año que viene. Después te la puedes quedar. Marca el día en el calendario.

El veinte de febrero. El día de su decimoctavo cumpleaños.

Y justo cuando Lo está a punto de apartarse y dejar vía libre a su furibundo hermano, se abre la puerta de atrás y sale Lily, cuya diminuta figura está casi desaparecida bajo el abrigo negro de pieles de Rose. Todos estamos tensos, pero nadie hace ademán de golpear a Julian delante de ella.

—Hola, chicos. —Se acerca al grupo y los cuatro nos quedamos en silencio. Se debe de dar cuenta de que algo pasa, porque se coloca de inmediato entre Lo y Julian para reducir las posibilidades de que la situación acabe en una pelea. Las chicas son listas—. Rose y Daisy quieren jugar a un juego. —Se pone el pelo detrás de las orejas—. Pero es un juego de beber.

Ryke aparta la vista de Julian para dirigirla a ella.

—Nosotros tres no bebemos alcohol, ¿cómo coño vamos a jugar a eso? —pregunta.

Lily se encoge de hombros.

—Creo que deberíamos participar de algún modo. Será divertido.

—Podéis pagar prenda en lugar de beber —propongo.

Lo suelta una carcajada.

—Intentando que me desnude, como siempre.

Sonrío.

—Ah, y Rose quiere hablar contigo. —Lily señala a Julian con la cabeza.

—Fantástico —responde él con sarcasmo. Incluso pone los ojos en blanco; probablemente estará arrepintiéndose de no haberse quedado en casa. Deja el grupo y, así, Ryke pierde la oportunidad de atizarle un puñetazo.

Loren mira a Julian mientras entra en la cabaña.

—Es la primera vez que no aviso a un tipo de que se proteja las pelotas antes de hablar con Rose.

—Eso es porque todos estamos deseando que se las arranque —repone Ryke.

Recuerdo la delicadeza con la que me cogió la polla por primera vez e intento esconder mi sonrisa con otro trago de vino.

La conozco mejor que nadie.

Capítulo 26

Rose Calloway

Hemos cambiado de juego tres veces para echarle un cable a Lily, pero no hace más que perder. Por suerte, antes de empezar se ha puesto capas y capas de ropa. Cuando ha salido del dormitorio parecía un muñequito de nieve. Incluso se ha puesto varias horquillas mías en el pelo y las ha estado entregando como «prendas».

Ahora ya solo le quedan los pantalones del pijama y el jersey; ya ha perdido todos los accesorios. Y Scott se niega a volver a cambiar de juego.

Estoy un poco achispada, pero lo mío no es nada si me comparo con Daisy, que va dando tumbos por la cocina mientras busca un paquete de nubes para tostar en la chimenea.

—Se va a hacer daño —aviso.

Me levanto para echarle una mano, pero de repente todo empieza a dar vueltas a mi alrededor. De acuerdo, quizá con «achispada» me quede corta. Me vuelvo a sentar en el sofá e intento recuperarme. Tal vez nadie se haya dado cuenta.

—¿Estás bien, Rose? —pregunta Loren con una mirada cómplice.

Connor me acaricia el pelo con el dedo y me da tanto gusto que me olvido de contestarle al novio de Lily como se merece.

—¡Eh! ¡No toques los cuchillos, hostia! —grita Ryke, enfadado, mientras Daisy sigue dando golpes y tirando cosas. Está a punto de levantarse del sofá en el que está sentado, que se encuentra justo enfrente de nosotros, pero Julian, su verdadero novio, se le adelanta y llega a la cocina antes que él.

Después de haberle explicado lo que significa el estupro en nuestro país, se ha comportado más o menos igual que antes: abúlico y desdeñoso. Me saca de mis casillas. Durante la charla, lo he amenazado con cortarle las pelotas y se ha limitado a encogerse de hombros. Juraría que ha estado a punto de acariciarme la cabeza como si fuera una niña pequeña.

Connor lo ha salvado de sufrir la ira de mi bolso. Estaba a punto de atizarle en la cabeza con él cuando me ha apartado y me ha distraído prometiéndome que esta noche haríamos algo nuevo en la cama, aunque no ha concretado el significado de «nuevo». No me queda más remedio que conformarme con mis conjeturas.

Connor me pone una mano en el cuello y frota mi piel desnuda con el índice y el pulgar. Me inclino hacia él, alejándome del cojín del sofá, que ya estaba caliente bajo mi peso. Él me resulta mucho más reconfortante; me provoca un hormigueo en la piel.

Scott rellena los vasos de chupitos de todos, que descansan sobre la mesa de café, que está hecha con un tronco de árbol. El parquet está cubierto por una alfombra de piel de oso y hay varias mantas de franela de cuadros por encima de los muebles de cuero marrón, que son bastante fríos. Ryke alimenta el fuego de vez en cuando para que no tengamos frío. Es bonito que estemos todos aquí. Incluso Savannah y Ben han decidido relajarse y están tomando algo en la cocina mientras Brett nos graba.

Tengo hipo. Me llevo una mano a la boca.

Creo que el último juego estaba diseñado para que acabáramos como cubas. El único problema es que Daisy y yo pesamos menos que los chicos, así que nos estamos emborrachando más rápido. El juego que hemos elegido ahora, el de «Yo nunca...», perjudica a la persona con más experiencia, lo que significa que Lily está en seria desventaja. Yo debería estar ganando, pero Lily y Loren proponen cosas como «Nunca he sacado un sobresaliente en un examen de matemáticas».

Me vuelvo hacia mi novio, que parece totalmente sobrio. Pese a la gran cantidad de vino que bebe, no se emborracha nunca.

—¿Cuántos chupitos te has tomado?

—Menos que tú. —Traducción: «Está ganando el juego».

—¿A quién le toca? —pregunta Scott.

Lleva toda la noche haciendo de maestro de ceremonias. Creo que su objetivo es Lily: está intentando que acabe desnuda o casi desnuda delante de todo el mundo. Ella está sentada en las piernas de Loren y parece petrificada ante la perspectiva de seguir jugando ahora que no le quedan horquillas que entregar como prenda.

—A mí —dice Ryke mientras observa con una expresión contrariada cómo Julian trae a Daisy al salón.

La tiene cogida de las caderas, le susurra al oído y la obliga a no despegarse de su pecho. Mi hermana, aunque esté borracha, parece bastante incómoda por estar entre sus brazos en nuestra presencia. Lo demuestra intentando zafarse de él. Para compensar, le sonríe y le da un beso casto en la mejilla. Sin embargo, él no se resigna. Le coge la cara con las dos manos y le mete, literalmente, la lengua en la boca.

—Oye, Julius, siéntate de una puta vez —salta Loren.

Le doy las gracias mentalmente.

No le pregunto por qué no lo ha llamado por su verdadero nombre. Todo el mundo sabe que su personaje de cómic preferido es Julian Keller de los X-Men y Lo ya ha declarado ante la casa entera que el novio de Daisy no se merece ser su tocayo.

Mi hermana pequeña pone las manos en el pecho de Julian para apartarlo de ella y luego se sienta al lado de Ryke. El primero se sienta a su otro lado, pero ella se acomoda en el borde del asiento para que no pueda rodearla con el brazo.

Noto el aliento de Connor al oído.

—Está bien. Lo y Ryke lo están vigilando.

Asiento. Comprendo que no puedo pasarme la noche controlando a mi hermana pequeña, por mucho que me dé cuenta de que hasta ella tiene ganas de sacar a Julian de la casa a patadas y dejarlo fuera, congelándose en la nieve. Pero no es tan maleducada como para atreverse a hacerlo.

Yo sí sería capaz.

—Vamos, Ryke —lo apremia Scott.

Ryke se rasca la barbilla.

—Yo nunca... he fingido un orgasmo.

—Qué mala leche —protesta Daisy mientras coge un vaso lleno.

—Si tanto te molesta, igual no tendrías que haberlo hecho —replica él.

—¿Y herir los sentimientos del chico?

Scott me mira y señala los chupitos, pero yo niego con la cabeza. Nunca he tenido razones para fingir un orgasmo con Connor y él es el único chico con el que he estado.

Connor me acerca más a él, se inclina hacia delante, coge un chupito y se lo acerca a los labios. Lo fulmino con la mirada.

—No fue contigo —me asegura.

No sé muy bien cómo puede un hombre fingir un orgasmo, pero él es tan creativo que no dudo de que sea capaz de hacerlo, siempre que tenga algo que ganar.

—Eso dicen todos —comenta Scott, como si tuviera cinco años.

Puaj. Su intervención hace que me ponga de inmediato del lado de Connor. Tengo aún más fe en él que antes.

—Odio este juego —se queja Lily, otra de las personas que ha perdido en esta ronda. Baja la vista para ver qué prendas le quedan por entregar.

—¿En serio? —pregunta Ryke—. Eres adicta al sexo. La verdad es que no pensaba que te hiciera falta fingir orgasmos. —Debía estar intentando ayudarla.

—No todos los chicos son como Loren Hale.

—¡Qué envidia! —exclama Daisy.

Julian la mira con una expresión de incredulidad.

—¿Qué pasa? Contigo nunca lo he fingido —miente mi hermana, y le da un rápido beso en la mejilla. Luego le susurra algo al oído y los hombros de él se relajan. Siempre se le ha dado bien complacer a los demás, así que no me sorprende que sepa aplicar el mismo talento con sus «novios».

—Toma —dice Loren mientras coge una manta de franela con estampado de cuadros del sillón reclinable que comparte con Lily. Se la envuelve alrededor de los hombros y luego la tapa con su propio cuerpo—. Quítate el jersey.

—Eso va contra las normas —le informa Scott, que está sentado en una mecedora al lado de la mesa de café.

Loren le dirige una mirada asesina.

—Quizá si no tuviéramos una cámara en la puta cara respetaríamos las normas. —No quiere que el mundo entero vea a Lily en ropa interior. Ninguno de nosotros quiere. Ya recibe suficiente correo guarro por parte de sus «fanes». Resulta fácil imaginar qué harían esos hombres si tuvieran una imagen de ella casi desnuda.

Lily se quita el jersey debajo de la manta con maestría y lo tira al suelo. Ahora parece más cómoda.

—Rose, te toca —dice Scott.

—Yo nunca… he meado en un lavamanos. —Fácil.

Todos los chicos beben, menos Ryke y Lo, que se quitan una prenda. El primero se quita la camiseta y el segundo un collar con un colgante en forma de punta de flecha.

Y entonces Daisy alarga una mano para coger un vaso.

Ryke y Julian se quedan lívidos y la miran con las cejas enarcadas. Connor y Lo, en cambio, intentan contener una carcajada. A mí, el alcohol me está haciendo sonreír más de lo habitual.

—¿Qué? —Se encoge de hombros, se bebe el chupito de un trago y deja el vaso sobre la mesa, tosiendo un poco.

—Explícate —le pide Ryke, pasándole un vaso de zumo de naranja para ayudarla a paliar el efecto del alcohol. Ella le da las gracias solo moviendo los labios y se lo bebe.

—Estaba en Nueva York, en una fiesta —contesta dejando el vaso vacío sobre la mesa—, y no me podía aguantar, pero mi amiga estaba en el baño. Así que usé el lavamanos. —Tiene hipo, y se lleva una mano al pecho—. No es tan raro. —Da otro respingo—. Vosotros también lo habéis hecho.

—Nosotros tenemos polla —responde Ryke con brusquedad.

—Cierto. —Daisy sonríe.

Apoyo la cabeza en el hombro de Connor. El alcohol me está desinhibiendo, está liberando todo aquello que suele quedarse escondido en lo más profundo de mí. Huele tan bien… Huele a su colonia cara, con aroma cítrico.

—Me encanta la fruta —le susurro. Me imagino besándolo en el cuello, pero moverme para hacerlo me parece demasiado esfuerzo.

Él me mira con una sonrisa que se ensancha poco a poco.

—Lo tendré en cuenta, cariño.

—Yo nunca… he estado comprometido —dice Julian. Es un golpe bajo para Lily y Loren.

Él lo fulmina con la mirada mientras se quita la camisa negra de manga larga. Ella hace lo propio con los pantalones, aunque sigue cubierta con la manta.

Connor declara:

—Yo nunca… he sido engañado por mi pareja.

Nadie se mueve. Scott lo mira y parpadea, como si Connor fuese el diablo en persona y tuviese la misión de poner trabas a su propósito de crear dramas.

Pero mi novio se limita a sonreír.

—Perfecto.

Scott le pide a Ben que diga una desde la cocina. Con la boca llena de patatas fritas, sugiere:

—Yo nunca… he esnifado coca.

Lily suspira.

—Odio este juego. —Antes de quitarse las bragas, se toca el pelo y sonríe al encontrar una horquilla.

Lo se queda en calzoncillos. Los ojos de mi hermana brillan de excitación ante la imagen de su novio casi desnudo. Él no puede dejar de sonreír.

Todo el mundo bebe: Scott, primero, luego Julian y después Daisy. Ryke se quita el reloj. Connor y yo nos quedamos inmóviles. No me sorprende que casi todos hayan experimentado con drogas, pero yo nunca he tenido interés en probar la cocaína, y si alguien me presionara para hacerlo contestaría que no, que no y que no. No tengo ningún problema en ser la puritana que rechaza hacerse una raya con sus amigos. Que me odien todo lo que quieran. No seré yo la que vaya corriendo por ahí desnuda con las pupilas dilatadas.

Loren mira a Connor con el ceño fruncido.

—¿No has probado la coca? ¿Nunca?

—Tengo una norma respecto a las drogas.

—¿Cuál?

—No tomarlas. —Sonríe—. Mi cuerpo es un templo.

—Un templo en el que solo Rose puede entrar —bromea Lo.

—Quizá algún día te dé permiso a ti también, cariño, no te preocupes.

Loren se ríe. Yo pongo los ojos en blanco, pero lo cierto es que su amistad me hace sonreír. En los blogs también goza de mucha popularidad. A la gente solo le cae bien Connor cuando está con Loren. Es raro, pero, como no necesito más razones para tenerle manía a Loren Hale, he decidido no darle importancia. No pienso en ello, como si no fuera algo que ocurriese.

Bueno, creo que me estoy emborrachando.

Lo deja de reírse enseguida y se queda pensativo, con la mirada perdida. Le pasa a menudo desde la fiesta del visionado: termina sus bromas con una mirada silenciosa y distante, como si se acordara de repente de que se supone que está enfadado con Connor.

Diez minutos más tarde, vuelve a ser el turno de Scott y yo ya llevo una buena curda encima. Estoy rozando mi límite, así que espero que su frase sea benévola con las chicas.

—Yo nunca... —mira a mis hermanas y luego a mí— me he tragado la corrida de un tío.

—¡Que te den! —exclama Lo para defendernos de Scott, que lleva toda la noche intentando perjudicarnos.

Daisy alarga la mano para coger un vaso; apenas puede mantener los ojos abiertos. Tira dos antes de tomar el suyo. Ryke se inclina hacia delante para limpiar el desastre.

—No hace falta que bebas, Dais.

—Puede aguantarlo —repone Julian acercándole un vaso—. Toma, nena.

Ella coge el vaso y se lo bebe (tirándoselo por encima) antes de que a Ryke le dé tiempo de quitárselo.

Lily está totalmente desnuda debajo de la manta, así que el juego se ha terminado.

Me tomo uno de los chupitos a toda velocidad. El licor se desliza fácilmente por mi garganta porque me siento bien… Por ahora. Si sigo bebiendo, será otra historia.

Daisy, en cambio, se ha pasado. Está casi inconsciente; sin embargo, Connor y yo la vemos hacer algo interesante. Justo cuando Julian se acerca a ella, se pone de pie tambaleándose y se sienta al otro lado de Ryke, lejos de su «novio». Le susurra algo a la oreja que para nuestros oídos es un balbuceo sinsentido, pero él asiente. Debe de haberla entendido.

En ese momento, me doy cuenta de lo mucho que confía en que Ryke la proteja, incluso de su propio novio.

Julian se pone rojo; se ha ofendido. Me gustaría regañarlo, pero no me queda ni rastro de hostilidad verbal. El alcohol me ha ablandado, me ha dejado en un estado empalagoso. De vez en cuando, me gusta sentirme así.

Intentamos ignorar la rabia silenciosa de Julian y unos minutos más tarde estamos todos concentrados en nuestras tabletas, leyendo los blogs de cotilleo que hablan de *Princesas de Filadelfia* en busca de los comentarios más graciosos.

Lily se retuerce en el regazo de Loren. Así, desnuda, aunque esté debajo de la manta, tiene problemas para controlar sus impulsos. Loren la rodea con fuerza por la cintura y ella deja de moverse.

Connor desliza las manos por mi muslo, cubierto con un vestido largo de algodón. La tela es muy fina y noto cómo sus dedos se acercan a ese punto que lo ansía con devoción. Le acaricio el hombro con los labios y levanto la vista para mirarlo a los ojos. Los míos están colmados de un intenso deseo.

Su expresión es un reflejo de la mía. Noto mi propia humedad empapándome las bragas.

—Te voy a follar muy duro, Rose —me advierte en voz baja. Me acaricia la cabeza y me apoya en su pecho—. Tan duro que mañana no podrás ni andar. —¿Por qué suena tan bien?

Toco un segundo la petaca de su micrófono al caer en la cuenta de que las cámaras deben de haber captado lo que acaba de decir. De todos modos, no creo que lo emitan. Es demasiado guarro para la televisión.

Miro al resto del grupo y veo que Daisy se ha dormido con la cabeza apoyada en el regazo de Ryke. Julian la observa, pero todavía no hace ningún intento de acercarse a ella. Yo prefiero que se quede con el hermano de Lo. Confío en el sentido común de mi hermana, aunque esté borracha, y ella lo ha escogido a él.

Connor abre su tableta y echa un vistazo a las largas listas de comentarios. Levanta la pantalla para que yo también pueda leer, pero cuanto más me sube el alcohol, más borrosas veo las letras.

—Mirad este —dice Loren—. «No hay tío más idiota que Ryke Meadows».

—¿Qué tiene eso de gracioso? —pregunta el aludido con los ojos entornados.

—Ah, pensaba que teníamos que leer comentarios al azar. —Loren sonríe y su hermano pone los ojos en blanco.

—¡He encontrado uno! —Lily aplaude—. «Connor es un capullo, pero me lo follaría». —Mi hermana mira a cámara con los ojos muy abiertos—. ¡Solo estaba leyendo un comentario, que conste!

Connor sonríe. No sé quién será esa chica, pero no puede tenerlo. Es todo mío. O quizá yo sea suya.

Me parece que nos pertenecemos el uno al otro.

Miro la pantalla de Connor, aunque no entiendo nada de lo que pone. Eso no suele pasar.

—¿Qué significa eso? —le digo a Connor poniendo los ojos en blanco al pronunciar la frase. Casi puedo oír su ego; se ha hinchado como un pavo—. «Lo y Lily son mi OTP para siempre».

Lily chilla ilusionada y se tapa la boca con las manos. Da unos alegres saltitos en el regazo de Loren sin soltar la manta, para que no se le caiga.

—¿En serio? —replica emocionada—. ¿Nos han llamado OTP? Lo, ¿has oído eso?

—Sí, mi amor —responde él con una sonrisa—. Pero yo ya estaba convencido de ello, no me hacía falta que me lo dijera nadie.

A ella se le ilumina el rostro.

Yo sigo encallada en eso de «OTP». Me vuelvo hacia Connor, que niega con la cabeza como diciendo que esto no es lo suyo.

—¿Qué significa OTP? —le pregunto a mi hermana.

—Son las siglas de *One True Pairing*, o sea, una pareja que está destinada a seguir junta. Los fanes llaman así a las parejas que creen que seguirán juntas contra viento y marea —contesta ella—. Se usa en los *fandoms*... Supongo que como salimos en un reality show ahora entramos en ese mundillo. —Qué palabras más raras. Pero, como ellos están tan metidos en el mundo de los cómics y en la cultura pop en general, es normal que sepan estas cosas.

—¿En serio no sabíais lo que significaba? —pregunta Loren con una sonrisa.

—Es argot —replica Connor, como si con esa explicación bastara.

Pero a ellos no les importa que se trate de argot. Mi hermana y su novio irradian puro regocijo por el hecho de habernos dejado mudos precisamente a nosotros, los listos de este salón.

—¿Y esto? «Madre mía, Ryke y Daisy... No los puedo *shippear* más». ¿Qué narices significa eso? —Termino la frase arrastrando las palabras. «Dios mío. Contrólate, Rose. Ha dicho que te va a follar muy duro. Pero ¡no podrá follarte si pierdes el conocimiento!». Trago saliva, y noto que tengo la garganta hecha de nubes y algodón... Lo que es una de las estupideces más grandes que se me han ocurrido nunca. Estoy realmente borracha. Dios santo.

Connor me acaricia el brazo con tanta delicadeza que me estremezco. Me acerca más a él. «No pierdas el conocimiento, Rose», me ruego a mí misma.

Lo gruñe cuando Connor, que ahora mismo vocaliza mejor que yo, lee de nuevo el comentario en voz alta.

—¿Qué quiere decir *shippear*? —Ryke frunce el ceño.

Lily está emocionada y ansiosa por explicarlo.

—*Ship* viene de *relationship*, o sea, «relación». Cuando *shippeas* a dos personas, es porque quieres que se enrollen. Por ejemplo, yo *shippeo* a Magneto y a Mística de *X-Men: primera generación.*

—Pero todavía no son canon —interviene Lo añadiendo así otro término que para mí no tiene mucho sentido.

—Quiere decir que todavía no están juntos —aclara Lily—. *Shippeamos* cuando queremos que dos personas estén juntas, y, una vez que eso sucede, son canon. Yo todavía tengo esperanzas.

Connor mira a Lily y a Lo.

—Vamos a ver si me ha quedado claro. La gente quiere que Ryke y Daisy estén juntos, pero no son canon porque no lo están.

Lily aplaude y esboza una sonrisa luminosa.

—Soy una profesora excelente.

Connor se echa a reír.

—Y no lo estarán nunca —añade Lo. Le hace un gesto a su hermano con la cabeza para asegurarse de que lo ha entendido.

Me parece que Lo tiene, una vez más, miedo al abandono. Miedo de que, si Ryke empieza a salir con Daisy en un futuro lejano, perderá tanto a su hermano como la sensación de tener una familia. No es cierto, pero la gente cree lo que cree. Eso no se puede cambiar tan fácilmente.

Julian está en silencio, escuchando la información, aunque hablamos como si ya no fuera el novio de mi hermana pequeña o como si ni siquiera estuviera presente. Por lo que a mí respecta, ha roto con él esta misma noche. Empiezo a pensar que Daisy sale con este tipo de pringados porque le sabe mal rechazarlos.

—Mira por dónde —dice Ryke mirando a Julian a los ojos a propósito—, tengo putos fanes. —Levanta el vaso de agua y cuesta no fijarse en mi hermana, que tiene la cabeza sobre sus piernas.

Julian se pone de pie y se acerca a él.

—Voy a llevarla a la cama.

Abro la boca para negarme, contrariada, pese a lo mucho que el alcohol me ha ablandado. Pero Ryke, que está sobrio, es mucho más rápido.

—No va a dormir contigo, tío. Ni lo sueñes.

—Venga, dámela, tío. Esto ya no hace gracia.

—No te entra en la puta cabeza, ¿no? —pregunta Ryke con una de las miradas más furibundas que le he visto jamás—. No te la vas a llevar a ninguna parte. No vas a dormir con ella. Se queda aquí.

—Contigo, ¿no? Ni de coña. No me fío ni un pelo de ti.

Lily se incorpora un poco, todavía sentada en las piernas de Lo.

—Puede dormir en mi habitación, y que Lo duerma en la de Ryke. ¿Verdad, Lo?

Él asiente.

—Sí, claro. —No obstante, parece preocupado ante la perspectiva de dejar sola a Lily, no solo por protegerla de Scott, sino también porque será ella quien tenga que proteger a Daisy de su novio. ¿Y si Julian se cuela en su cama? Casi no lo conocemos.

—Yo también iré a dormir con ellas —anuncio, consciente de que, de todos modos, he bebido demasiado para hacer nada con Connor. Sin embargo, me arrepiento en cuanto lo digo.

Si Connor está decepcionado, lo disimula a la perfección. Su rostro está tan impasible como siempre.

—Perfecto —accede Julian—. Entonces voy a meter a Daisy en la cama de su hermana.

Ryke se pone de pie con mi hermana pequeña en brazos. Las piernas le cuelgan por encima de los brazos de él. La recoloca para que quede apoyada en su pecho y así parezca más dormida que muerta.

Julian se queda esperando a que se la pase.

—Por encima de mi cadáver —gruñe Ryke.

Antes de que acaben a hostia limpia con mi hermana en brazos, Loren interviene y coge a Daisy.

—Ya la llevo yo.

Lily se enrolla bien la manta alrededor del cuerpo desnudo y sigue a su novio cuando sale de la sala.

Julian hincha el pecho como si estuviera a punto de empujar y golpear a Ryke, pero este tiene una mirada que dice «Te voy a arrancar la cabeza y a lanzarla a la nieve». A juzgar por las expresiones de los dos, diría que es Ryke quien tiene las de ganar. Eso si tuviera que apostar en esta estúpida pelea.

En realidad, lo único que quiero es quedarme a solas con Connor, aunque ya me haya comprometido a dormir con mis hermanas. Me puedo colar en su habitación más tarde, ¿no? Mi yo borracha dice que por supuesto que sí. La Rose sobria, en cambio, diría: «¿Dónde te has dejado la lealtad, zorra?».

Ahora mismo, la Rose borracha es muy poderosa.

Connor se pone de pie y me quedo sin reposabrazos. Casi me caigo sobre el asiento del sofá, pero me sostengo con una mano temblorosa.

—Deberíamos irnos todos a la cama. Es tarde —sugiere. Se vuelve hacia mí, me coge de la mano y tira de mí para ayudarme a levantarme. Luego me sujeta rodeándome la cintura.

Scott le está diciendo a Brett algo que no consigo oír. Después van junto a Savannah y Ben, que siguen en la cocina, para revisar metraje antiguo.

—Lo que tú digas —dice Julian. Le dirige a Ryke una última mirada amenazante antes de retroceder y subir a las habitaciones.

Cuando oímos que la puerta se cierra, Ryke relaja los hombros. Niega con la cabeza repetidas veces y se pasa una mano por el pelo.

—¿Qué te ha dicho antes Daisy? —pregunta Connor.

No se me había ocurrido que quizá eso era relevante. De acuerdo, no pienso beber ni una gota más en lo que queda de viaje.

Ryke mira al suelo. Su expresión se ha ensombrecido.

—Me ha pedido: «No dejes que me toque».

La preocupación me nubla las facciones. ¿De verdad tenía miedo de que se aprovechara de ella si estaba inconsciente?

—Ese tío no me gusta —afirmo negando con la cabeza.

—Bienvenida al puto club.

Connor pone una mano sobre la parte baja de mi espalda.

—Comportémonos de forma civilizada con Julian lo que queda de viaje. Daisy tiene que trabajar con él, así que tiene que ir con pies de plomo.

—El plomo es él, no veo la necesidad de tratarlo con ningún cuidado —replica Ryke—. Si a ella no le gusta, que lo mande al cuerno.

—No todo es blanco y negro, Ryke —dice Connor—. Tú deberías entenderlo mejor que nadie, teniendo en cuenta tu situación con Daisy.

Ryke frunce el ceño.

—No hay ninguna situación.

Connor ladea la cabeza.

—Puedes hacerte el tonto delante de tu hermano, pero esa táctica no te va a funcionar conmigo.

—Te gusta —añado, pronunciando cada palabra muy despacio para conseguir vocalizar—. No pasa nada si te gusta. —Joder, me caerá bien cualquier chico que haga feliz a mi hermana y la trate bien. Julian no hace ni una cosa ni la otra.

Ryke nos fulmina con la mirada a los dos.

—Sí que pasa, joder. No me puede gustar de ese modo. ¡Tiene diecisiete años!

—¿Y cuando tenga dieciocho? —pregunta Connor con las cejas enarcadas.

Ryke niega con la cabeza con vehemencia.

—¿Crees que voy a sacrificar mi relación con mi hermano por una chica? Si es así, no tienes ni puta idea de quién soy, Cobalt.

—Loren lo superará.

—Ya, pues yo no lo veo tan claro. Y puede que tengas razón, esta mierda me tiene confundido. —Exhala arrugando la nariz—. Intentaré no darle una paliza a su novio, ¿vale? Pero solo porque trabajan juntos.

Ryke no nos da la oportunidad de responder. Sube las escaleras y cierra la puerta de su habitación.

Me vuelvo hacia Connor y le pongo las manos sobre el pecho firme.

—Quizá... —Me interrumpo—. Quizá puedo ir a la habitación de Lily más tarde.

Me recorre el cuerpo entero con los ojos y me aparta el pelo de los hombros. En lugar de contestar, se dirige con paso seguro a la nevera. Scott, que está en la mesa de la cocina, levanta la vista del equipo y nos mira, pero yo estoy totalmente fascinada con Connor, con la forma en la que domina la sala entera y su más de metro noventa de altura, con esa seguridad en sí mismo tan incuantificable y tan tan atractiva.

Me balanceo de forma inconsciente mientras espero a que vuelva a mí. Saca un paquete de fresas y cierra la nevera de una patada. Muerde una fresa, dejando que sus labios se manchen de rojo un segundo antes de lamer el jugo.

Se acerca a mí, gira mi cuerpo hacia nuestra habitación, que está en la planta principal, y luego presiona su pecho contra mi espalda y me guía en esa dirección con una mano firmemente colocada en mi cadera. Todo tipo de salvajes pensamientos se me enredan en la mente y dan vueltas y más vueltas, ayudados por los chupitos de vodka. ¿Qué tendrá pensado hacerme?

Una vez que llegamos a nuestra habitación, que tiene la típica decoración de las cabañas de montaña, cierra la puerta tras él y me coloca en el borde de la cama, que está cubierta con un edredón rojo y marrón.

—¿Lo vamos a hacer? —le pregunto, estirando el cuello alarmada mientras asimilo lo que le acabo de preguntar. «¿Estoy a punto de perder mi virginidad?».

—No, Rose. Estás borracha —me dice—. Recordarás nuestra primera vez durante el resto de tu vida. No pienso permitir que el alcohol me arrebate eso, ni que te lo arrebate a ti.

Lo fulmino con la mirada y echo los hombros atrás, desafiante.

—Entonces ¿qué vas a hacer? ¿Arroparme y darme las buenas noches? —Es evidente que estoy cachonda.

Saca otra fresa del paquete y se la come. No me contesta, no dice nada. Su postura dominante me impulsa a echarme hacia atrás, apoyándome en los codos sobre el colchón. Me recorre de pies a cabeza con una mirada penetrante, deteniéndose en los lugares en los que ansío que me toque con esas manos tan poderosas.

En mi cerebro se suceden un sinfín de imágenes de él sobre mí, de él dentro de mí; se enredan en un caos tóxico y maravilloso. Trago saliva con fuerza al comprender qué es lo que deseo.

—¿Puedes ser brusco conmigo? —No sé si me habría atrevido a preguntárselo de no ser por el alcohol, aunque los pasados meses haya ganado algo de coraje en la cama.

Deja las fresas sobre el edredón y se mueve de forma despreocupada, ágil, satisfecha. El no saber lo que va a hacer me acelera el corazón, y entonces sus ojos se encuentran con los míos y me lo dice todo con una mirada imperiosa: «Te voy a dar eso y mucho más».

Me levanta y me lanza sobre la cama. Los pulmones se me vacían por completo. Se sube encima de mí antes de que me dé tiempo a orientarme y me pone boca abajo, contra el colchón.

—Vamos a jugar a un juego… —Me clava la pelvis en el culo y luego me desnuda con brusquedad y tira mi vestido al suelo. El frío me muerde la piel desnuda. Luego me quita el sujetador, pero me deja puestas las bragas de algodón azul.

—¿Qué juego? —pregunto sin aliento.

Me vuelvo un poco y veo cómo se desabotona la camisa y se la quita. Se desabrocha el cinturón; el vértice que une mis muslos lo ansía dolorosamente. Ahogo un gemido e intento sentarme, pero me pone una mano en la espalda y empuja, presionando mis pechos contra el edredón.

Si quiero observarlo, lo único que puedo hacer es poner la cabeza de lado, algo que, al menos, me permite. Se quita los pantalones y se queda solo con el bóxer azul marino. La tiene increíblemente dura. Cuando se lo baja, la polla salta como un resorte, preparada para penetrarme.

Sin embargo, ya me ha dejado claro que no es eso lo que tiene pensado para esta noche.

No puedo dejar de maravillarme con su tamaño.

—Sé que me cabrá —digo—. No soy idiota. Pero, cuando pase, me parece que me dolerá… mucho.

—Es lo más probable. —No se molesta en negarlo. Se arrodilla en la cama y me pone de lado, con el culo hacia él. Me coge de las muñecas y me las ata a la espalda con el cinturón.

Entreabro los labios en cuanto el cuero se me clava en la piel y noto el frío de la hebilla en la muñeca. Cierro los ojos y dejo que esas sensaciones me atraviesen, que se instalen en lugares torturados.

Me roza la oreja con los labios.

—¿Te da miedo el dolor?

Niego con la cabeza una sola vez. Ahora mismo, rogaría con tal de sentir esa presión, pero las palabras se han extraviado en la maraña de mis pensamientos.

Me sube las bragas y la tela se me clava en el punto más caliente.

—Connor —exclamo, e intento mover los brazos, pero los tengo atados.

Él gime y exhala una bocanada de aire caliente y profunda.

—No veo la hora de meterme dentro de ti. —Me da un beso en

la parte baja de la espalda y deja mi culo expuesto sin quitarme las bragas. Me lame las nalgas—. De ser duro. Brusco. De disfrutar contigo de un sexo húmedo, volátil, sin aflojar en ningún momento.

—¿Quién se rendirá antes, tú o yo? —le pregunto.

Me muerde el culo y presiono la frente contra el colchón. ¡Oh! Se me queda el aire atorado en la garganta y se me escapa un gemido agudo.

—Nos correremos a la vez —me asegura—. Siempre. —Abre el paquete de fresas. Vuelvo a tener una mejilla apoyada en el edredón. Estoy a su merced; puede controlar qué veo y qué no. De repente, noto la carne de una de las frutas contra los labios—. Abre bien la boca. No te la comas. Trátala como tratarías a mi polla —me ordena—. Si la muerdes demasiado fuerte, te daré unos azotes que no olvidarás. ¿Lo has entendido?

—No soy idiota —le recuerdo.

—Estás borracha, cariño. Solo quiero asegurarme de que comprendes bien lo que te digo. De lo contrario, esto se acaba.

—No, te he entendido perfectamente —contesto con contundencia—. Así que ni se te ocurra dejarme.

Se inclina hacia delante y me besa en los labios con fuerza, con avidez; su lengua casi me ahoga con tanta presión. Aprieto las piernas, ansío más, de esto, de él. Sin embargo, se aparta de mí abruptamente y dice:

—Las órdenes las doy yo.

Y entonces me azota.

Fuerte.

Aprieto los dientes. Me arde la cara, pero ese punto entre mis piernas reacciona de forma muy distinta. Ansío que me pegue justo ahí. Dios, sí… Mis inseguridades sobre que me abandone, sobre que no me ame, quedan almacenadas en el fondo de mi mente y me concentro solo en las sensaciones de este instante. Dejo mi mente atrás, algo que solo soy capaz de hacer ayudada por el alcohol.

Me mete la fresa en la boca dejando que la parte verde asome por entre mis labios. Apoyo la fruta en la lengua, con cuidado de no clavarle los dientes en la carne.

Connor masajea mi trasero con una de sus manazas. Oigo su respiración pesada tras de mí mientras, al mismo tiempo, se acaricia la polla. Me gustaría mirar, pero no tengo voz ni voto, así que solo me queda imaginarme qué aspecto tiene mientras su polla se hincha, mientras los labios se le abren de placer y echa la cabeza hacia atrás. Ya he visto esa mirada impulsada por la adrenalina, esa expresión que dice que está a punto de desmayarse. Lo he visto apretar el culo musculoso mientras empuja hacia delante. Y no hay nada que desee más que ver eso mismo mientras está metido muy dentro de mí.

Introduce los dedos en ese lugar húmedo y ansioso tras apartar la tela de las bragas, y noto un espasmo ante la repentina caricia. Noto el sabor dulce de la fresa antes de darme cuenta de que la he partido en dos. La mastico y me la trago; puede que no se dé cuenta. «Sí, claro, Rose. Su cociente intelectual es más alto que el tuyo por un solo punto».

Su mano se estrella contra mis nalgas y ahogo un grito, me estremezco y lo fulmino con la mirada.

—¡Me has hecho daño, joder! —protesto despacio, pero, en cuanto lo digo, sus dedos regresan a ese punto tan necesitado y me frota el clítoris. Oh... Me derrito al instante y, con la cara pegada al colchón, gimoteo. No sé de qué otra manera llamar a ese sonido que me es tan ajeno.

—Estás demasiado borracha para meterte mi polla en la boca —decide.

Yo resoplo a modo de respuesta, pero el sabor de la fresa, que permanece en mi lengua, me dice que tiene razón y que la equivocada soy yo. Pero no soy capaz de rendirme tan fácilmente, ni siquiera en mi estado.

—No es verdad.

De repente, me sienta tirando de mis muñecas atadas, aunque le sigo dando la espalda. Noto cómo se mueve; la cama se balancea con su peso y la polla dura se me clava en la espalda.

—Connor… —gimo. Estoy a punto de suplicar.

—¿Cómo te sientes? —pregunta—. Además de mareada por lo que has bebido. —Me coge del pelo y estira para que alce la barbilla y le mire a los ojos.

—Me siento… —Parpadeo un par de veces mientras intento formar las palabras. Me lamo los labios y digo—: Siento que quiero que me hagas cualquier cosa. —Solo pronunciar esas palabras me deja sin aliento.

Se me queda mirando con ojos duros y posesivos; me rodea los hombros con un brazo y vuelve a meterme los dedos. Sin embargo, no se mueve.

—Explícate.

—Necesito… que… te muevas…

Saca la mano de golpe y me obliga a ponerme de rodillas. Se me sube la sangre a la cabeza; él vuelve a azotarme, aunque esta vez el dolor es menos punzante por el efecto del alcohol. Debe de darse cuenta, porque no gimoteo ni gimo ni me impulso hacia delante.

Suspira frustrado y empieza a desatarme.

—Espera, ¡no! —le pido—. ¡Para!

—Hace solo unos meses me decías que no te tocara. Ahora quieres que siga, pero no pienso obedecer esa orden, Rose. —Arroja el cinturón al suelo, me da la vuelta y me tumba, apoyándome la cabeza sobre un cojín—. ¿Sabes por qué? —pregunta poniendo las manos a los lados de mi cuerpo y colocándose encima de mí.

—Porque eres un cabrón —le espeto.

Me pellizca una mejilla.

—Porque te equivocas. No pienso follarte la boca, el coño ni el culo si estás borracha. Te follaré cuando estés sobria. —Me besa en los labios con violencia y repite—. Explícate.

Quiere que le explique lo que siento.

Lo miro a esos profundos ojos azules, me pierdo en el poder que hay en ellos. Entonces cojo su mano y me la pongo entre las piernas, sin romper el contacto visual en ningún momento.

—Esto es tuyo —confieso—. Eso es lo que siento.

Nunca había deseado que un hombre hiciera conmigo lo que quisiera, lo que deseara; nunca había querido que me usara para satisfacer sus deseos. Sin embargo, me he dado cuenta de que, en este momento, lo que crea fuera del dormitorio no importa. Tal vez sea poderosa en la vida, pero aquí puedo confiar en que él me llene con su poder, con su fuerza. Tiene que ser lo correcto, porque más allá de toda reflexión, más allá de toda lógica, es lo que me hace sentir increíblemente bien.

Sonríe.

—*Ça t'a pris pas mal de temps.* —«Mira que has tardado».

—¿Cuánto tiempo nos queda? —le pregunto en voz baja; su cuerpo empieza a desdibujarse.

Él me acaricia el pelo.

—*Pour toujours.* —«Toda la vida».

Mientras todo se vuelve negro, yo sonrío.

Capítulo 27

Connor Cobalt

Me seco el pelo mojado con una toalla y me abrocho los pantalones mientras observo a Rose, que duerme plácidamente bajo el edredón rojo y marrón. Cuando me dispongo a ponerme la camisa, gime, se mueve y empieza a mover los párpados. La única luz proviene de una rendija en las cortinas con estampado de oso.

—Buenos días, cariño. —Me siento en el borde de la cama y cojo el agua de la mesilla de noche—. *Comment te sens-tu?* —«¿Cómo te encuentras?».

Se incorpora poco a poco y se apoya en el cabezal de la cama mientras se lleva una mano a la sien. Tiene el pelo despeinado y de punta. Intento reprimir una sonrisa, pero ver a Rose tan desaliñada es algo que no sucede casi nunca. Y yo adoro este lado de ella tanto como los demás.

—No tengo ni idea de qué acabas de decir. —Bosteza tapándose la boca con la mano—. Mi resaca se ha cargado tu francés.

—Imposible —repongo—. Tu resaca no puede derrotarme.

Está demasiado cansada y resacosa para discutir. Bosteza.

—En serio… ¿Qué has dicho?

Le paso el agua y da un traguito.

—¿Cómo te encuentras? —repito.

—Como si me hubiera pasado cinco semanas preparándome para el Campeonato Académico.

—O sea, bastante bien. —Sonrío.

Ella me mira con los ojos entornados.

—No a todos nos bastaban dos horas de estudio para memorizar hasta el último detalle del temario.

—Estudiaba más de dos horas para los campeonatos de la universidad. —Alargo la mano y cojo el ibuprofeno de la mesilla de noche—. Pero no estabas en Penn para verme, lo que fue una lástima. Podríamos haber estudiado juntos. —Hago una pausa y añado—: Soy un profesor excelente. Si no, pregúntaselo a tu hermana.

Pone los ojos en blanco, pero una sonrisa se esconde tras ellos. Ella cree que si no le hubiera dado clases particulares de economía a Lily no estaría hoy aquí con ella, pero yo fabrico mi propio destino. Terminamos juntos porque los dos queríamos que fuera así. Los dos pudimos elegir y los dos dijimos que sí a esto, a nosotros.

Eso no tiene nada que ver con el destino.

Es solo deseo.

Y determinación. Ambición. Decisión.

Nosotros lo tenemos todo.

—¿Cuánto recuerdas de anoche? —pregunto convencido de que no me gustará nada la respuesta. Estoy seguro de que tanto lo de las fresas como todo lo demás se le ha borrado de la mente por culpa del vodka. Ya me he hecho a la idea, pero anoche, antes de quedarme dormido, lo único que quería era que esos momentos quedasen grabados, incrustados en su mente de por vida. ¿Y si nunca vuelven a ocurrir?

Es el «y si» lo que hace que se me encoja el corazón de varias formas diferentes.

—¿Cuánto recuerdas tú? —me espeta y bebe más agua. Su naturaleza hostil ya casi está de vuelta.

—Todo.

—Y ¿cómo es posible? Bebiste más que yo.

—¿Te acuerdas de eso? —Frunzo el ceño.

—Sí, Richard.

Tras una larga pausa, explico:

—Tengo una alta tolerancia al alcohol. —Eso no es del todo cierto. Ahora hace ya un tiempo que tomo anfetaminas. Cuando volví a ver a Frederick, lo castigué con una semana de silencio hasta que me las volvió a recetar. Se rindió el día número siete, cuando le pudieron las ganas de hablar de mi vida y analizar todos los detalles.

Mezclar anfetaminas con alcohol no es una buena combinación, ni tampoco muy inteligente. Las pastillas diluyen los efectos del alcohol, así que me pude mantener sobrio más tiempo.

Se queda mirando el horizonte unos instantes.

—También recuerdo… —Se sonroja—. No me extraña que me duela el culo.

Se me hincha el corazón.

—¿Qué?

—¡Me azotaste! —Me da un cachete—. Y… me gustó —añade—. La próxima vez estaré sobria, te lo prometo.

Se me ilumina la cara con una sonrisa que no tarda en convertirse en una carcajada. ¡Se acuerda! Exhalo con fuerza; mi mundo se acaba de iluminar. No soy capaz de contener la alegría, me desborda; la beso en la mejilla, en los labios. ¡Se acuerda! Esas palabras me han hecho ascender a un nuevo plano de la existencia. Me siento más colocado que tomando anfetaminas.

—¿Qué pasó después de que dijeras «Toda la vida»? —pregunta mientras yo le beso la nariz.

—Te quedaste frita —respondo—, así que te metí en esta cama y me aseguré de que no te vomitaras encima.

Ella me fulmina con la mirada.

—Qué romántico.

—Qué real —replico—. No te olvides de que nuestro romance no es de los falsos.

—A no ser que estés viendo *Princesas de Filadelfia* —apunta alzando la barbilla.

Antes de que me dé tiempo a contestar, veo que abre mucho los ojos.

—¿Qué pasa?

—Un momento… —Me coge de la muñeca y se queda boquiabierta. Se acaba de acordar de algo.

—¿Rose? —Me da un vuelco el corazón. Se pone de pie a toda prisa y la sigo, cogiéndola de la cintura.

—¡Mis hermanas! —exclama—. Les prometí que dormiría en su habitación, pero estoy aquí. ¡Me he despertado aquí! Y eso significa… —Sale corriendo, aún con el mismo vestido de algodón negro de anoche.

La sigo, aunque diez veces menos alarmado. En cuanto pasamos junto a la cocina para subir a la planta superior, Ben se levanta a toda prisa de la mesa donde está desayunando, dejando sus cereales abandonados. Coge su cámara y viene tras nosotros veloz. Debemos de ser los primeros que nos hemos despertado.

El cámara flacucho toquetea su Canon e intenta pasar por delante de mí para filmar a Rose, pero estiro un brazo para que tenga que quedarse detrás. En una situación como esta, quien debe estar más cerca de ella soy yo. Él puede observar desde un segundo plano.

Rose abre la puerta de golpe e irrumpe en la habitación de Lily. Yo me quedo apoyado en el umbral, y Ben, en el pasillo. Como no puede filmar lo que sucede en el interior, me enfoca a mí, pero es lo bastante amable como para mantener la distancia.

Rose se detiene al ver a sus hermanas. Daisy está espatarrada en la cama; se ha quitado el edredón de encima. Lily está al otro lado, bajo un montón de mantas. Las dos están intactas. A salvo.

En el suelo duermen dos chicos.

Ryke se despierta con la entrada estruendosa de Rose. Levanta la cabeza del cojín y se quita el edredón de encima de una patada. Lo se sienta con las rodillas flexionadas y se frota los ojos mientras trata de orientarse con la luz que entra desde el pasillo.

—¿Qué coño pasa? —susurra Ryke, intentando no despertar a las chicas. Me fulmina con la mirada—. ¿Por qué no se lo has dicho?

Lo miro a los ojos.

—¿Y crees que se lo habría creído? —Por mucho que le hubiera dicho que Lo y Ryke habían decidido «acampar» en la habitación de Lily para que sus hermanas estuvieran a salvo, hay un cien por cien de probabilidades de que hubiera irrumpido en el cuarto de todos modos. Además, me estaba regodeando con la noticia de que recordaba los acontecimientos de la noche anterior.

Ryke mira atrás para echar un vistazo a su hermano, que observa cómo Lily bosteza y estira los brazos. Justo cuando Ryke se pone de pie y se dirige a la puerta, Lily sale de la cama envuelta en una manta. Cuando descubre a Lo en el suelo, se le ilumina la cara. Se muerde el labio y, de forma impulsiva, se sube encima de él a horcajadas. Le da un beso en la mejilla y empiezan a hablar en voz baja, pero ella no tarda en frotarse contra él y en inclinarse hacia delante. No creo ni que se dé cuenta de lo que hace, pero veo que Lo se tensa y contiene un gemido.

Y Rose los observa con los labios apretados.

Tiene intención de fastidiarle el chollo a Loren durante unos diez minutos; es una de sus aficiones preferidas. La pararía, pero su actitud fría y hostil me divierte mucho más de lo que nadie se imagina.

Le hago un gesto a Ryke con la cabeza.

—Me sorprende que hayas dormido en el suelo, normalmente eres como un anuncio andante de ropa y accesorios de montaña. ¿No te has metido ninguna hamaca en la maleta?

Sonrío y espero el «que te den» de rigor, pero no llega. La expresión de ira y preocupación que me dirige al llegar a la puerta, palpable en las líneas duras de sus facciones, me coge desprevenido.

—Tengo que hablar contigo —me dice en voz baja.

Daisy se gira en la cama; se ha despertado con tanta cháchara. Ryke me pasa su teléfono a toda prisa y veo unos mensajes en la pantalla. Los leo rápidamente.

212-555-9877: Me voy a correr en su chochito mojado antes de pasártela. Igual hasta invito a algunos amigos.

Intento no sacar conclusiones precipitadas, pero el corazón empieza a latirme a toda prisa. Las anfetaminas no ayudan precisamente a ralentizarlo.

Ryke: ¿Quién coño eres?

212-555-9877: Julian

La conversación termina ahí. Lo miro a los ojos.

—¿Le pegaste un puñetazo anoche? —susurro para que solo él pueda oírme.

—No.

—No entiendo cómo pudiste leer esto… —miro la hora del mensaje— a las cuatro de la mañana y no hacer nada después.

Me imagino a Ryke dando portazos y corriendo a la habitación de Julian para molerlo a palos. Pero enseguida me recuerdo que no es un idiota dominado por la testosterona; es más inteligente que la mayoría de las personas.

—Tengo la esperanza de que no sea su número. Quería esperar a ver si tú tenías su teléfono en tus contactos para comprobar si es el mismo.

Me saco el móvil del bolsillo y echo un vistazo rápido a mis contactos. Ryke mira atrás y cruza una mirada con Daisy mientras yo busco.

—No la mires o se dará cuenta de que algo no va bien —le aconsejo.

—Qué va… —contesta metiéndose las manos en los bolsillos.

—Llevas las emociones a flor de piel. —Ryke intenta ocultarlas. Lo miro con las cejas enarcadas—. Ahora parece que estés estreñido.

—Que te den. —Ahí está. Sonrío mientras él recupera su expresión taciturna, sin disfrazar su preocupación.

Cuando comparo los dos números, se me cae el alma a los pies.

—¿Y ahora quién tiene las emociones a flor de piel? —me espeta Ryke—. Es el mismo puto número. —Niega con la cabeza—. Lo tendría que haber hecho picadillo anoche mismo.

—Baja la voz —susurro—. Ben está aquí.

Ryke echa un vistazo al pasillo, donde Ben está esperando. Entra de nuevo en el cuarto y plantea:

—¿Qué cojones vamos a hacer?

—¿Qué pasa? —pregunta Daisy poniéndose entre los dos. Quiere salir, pero tanto Ryke como yo le impedimos el paso con los brazos.

Rose, Lily y Lo están discutiendo en el fondo del dormitorio. Ignoro sus voces lo mejor que puedo, pero oigo a Lo decir:

—Vete a vomitar dentro de tu bolso de Gucci, te sentirás mejor. Igual vomitas de paso algo de eso que tienes dentro que te hace tan zorra.

—Dice el tipo que tiene más de perezoso que de ser humano. Vete a abrazar un árbol y a comer hormigas.

Desconecto para no oír nada más. Ryke y yo intercambiamos una mirada antes de observar de nuevo a Daisy.

Se está frotando las sienes; la melena enredada le llega a la cintura.

—Me siento muy bajita cuando los dos estáis delante de mí. —Traga saliva—. Creo que necesito beber un poco de agua. —Intenta salir de nuevo y de nuevo se lo impedimos—. Bueno, a ver, ¿qué pasa?

Le tiendo el teléfono de Ryke. Los dos sabemos que es capaz de enfrentarse a esta información. Es a Lo y a Lily a quienes conviene ocultársela, por eso Ryke se comportaba con tanto secretismo.

—Un momento... —Daisy frunce el ceño—. Seguro que no es su número...

—Es su número —contesto—. Acabamos de comprobarlo.

Ella niega con la cabeza.

—Pero él no me diría algo así. No es tan grosero.

—Es que no te lo ha dicho a ti —repone Ryke—. El mensaje me lo ha mandado a mí. Es un tío, Daisy, joder. No va a ser grosero con su novia, pero conmigo sí.

Se queda con la cabeza gacha, pensativa.

—¿Qué... qué pasó anoche? ¿Hice algo...?

—¡Joder! —maldice Ryke y me fulmina con la mirada—. No se acuerda de nada.

Si tengo que elegir entre Rose y Daisy, egoístamente, me alegro de que la que tenga lagunas sea la segunda.

—No pasó nada. No hiciste nada impropio de ti, Daisy.

Su preocupación no desaparece, que es la razón por la que he dicho exactamente eso. Quiero que rompa con Julian. Lo queremos todos. Y, aunque quizá no sea del todo consciente, ella también quiere hacerlo, pero le da miedo.

—Vale… —Me devuelve el teléfono de Ryke. Intenta peinarse el pelo con los dedos, pero se le enganchan en un nudo gigantesco. Se aclara la garganta y añade—: Vale, voy a reflexionar un poco y…

—¿Sobre qué cojones tienes que reflexionar? —gruñe Ryke.

Ella lo mira fijamente con los ojos más abiertos de lo habitual. Está asustada.

—Dentro de poco tengo una sesión de fotos con él, una campaña de vaqueros. No puedo… No me puedo permitir que haya una tensión extraña entre los dos. Podría… —Niega con la cabeza—. Podría quejarse de mí al diseñador. Y me despedirían a mí. Él les gusta mucho, y mamá se pondrá… —Le cuesta respirar con normalidad.

Y entonces, al otro lado del pasillo, la puerta de la habitación de Julian se abre poco a poco.

Daisy, con los ojos aún más abiertos, masculla:

—Tengo… tengo prisa. —Sale a toda velocidad y baja corriendo las escaleras.

—Mierda —maldice Ryke antes de salir tras ella.

En cuanto desaparecen, cierro la puerta para que Rose, Lily y Lo no vean lo que está a punto de suceder.

Julian sale de su cuarto con los ojos cansados y me saluda con la cabeza.

—¿Queda agua caliente?

—Sí —contesto—. Oye, tío. —Le pongo una mano en el hombro para detenerlo—. Tengo que hacerte una pregunta. —Cree que somos colegas, lo que hace que sacarle la verdad sea mucho más fácil, pero cuanto más tengo que aguantarlo, más se me tensan los músculos. Recuerdo el mensaje y la amenaza de follarse a la hermana de Rose en grupo. La imagen está fija en mi cerebro, como si fuera una advertencia de quién es realmente.

Gruñe.

—Si esto es sobre tu amigo Ryke, te lo puedes ahorrar. Me han tocado mucho los cojones por estar con Daisy, pero lo de ayer fue ridículo. Es mi novia y ayer tuve que soportar que le pusiera las manos encima.

Ahora mismo no puedo defender a Ryke, por mucho que me muera de ganas de hacerlo. Le puso las manos encima a Daisy una vez, pero fue para mantenerla a salvo de él, tal como ella misma le pidió.

Parpadeo.

—Y yo que pensaba que no era tu novia…

Se pasa una mano por el pelo alborotado.

—Amigos con derecho a roce, como quieras llamarlo. Salimos juntos.

—¿En exclusiva? ¿Sin ver a otras personas?

Me fulmina con la mirada.

—Sí, eso mismo he dicho. —«No, no es lo que has dicho, idiota», pienso.

Levanto las manos en un gesto apaciguador.

—Solo estoy intentando entender bien de qué va la cosa.

—Pues te lo voy a explicar —contesta—. Tu amigo no tiene nada que hacer con ella, así que lo que debería hacer es buscarse a otra chica y dejar de mirar a la mía.

—Vale, vale. ¿Le mandaste un mensaje anoche? Es lo que me ha dicho él…

Julian frunce el ceño.

—¿De qué hablas?

—A las cuatro de la madrugada…

—Estaba durmiendo.

Le enseño el móvil de Ryke para que lo compruebe.

—¿Qué cojones es esto? —Niega con la cabeza y me devuelve el teléfono, presionándolo contra mi pecho—. Esto no lo mandé yo.

Quiero creerle porque parece confundido, pero, si todos los modelos son como Daisy, significa que también son muy buenos actores.

—Ya, claro —repongo mientras me guardo el teléfono en el bolsillo—. Luego se lo digo. Debe de haber sido una broma.

Julian vuelve a negar con la cabeza.

—Aquí todo el mundo está pirado. —Me da un codazo—. Al menos nosotros dos somos normales.

—Ya, tío. —Asiento y sonrío y dejo que se vaya a la ducha sin decir otra palabra. Me froto la mandíbula, que me duele después de haber contenido mi expresión más colérica. No sé a quién creer, pero lo que sí sé es que todos queremos que Daisy se mantenga tan alejada de él como sea posible hasta la sesión de fotos, cuando por fin podrá romper con Julian sin temor a que la despidan y a sufrir la decepción de su madre.

Bajo a la cocina a preparar el desayuno. Ben me sigue. Antes de entrar, echo un vistazo por la ventana del salón.

Daisy está corriendo por la nieve. Descalza y sin chaqueta.

Ryke la atrapa enseguida y la envuelve con su grueso abrigo. Luego, antes de que ella pueda protestar, la coge, poniendo un brazo bajo sus piernas y el otro bajo su espalda. Tiene los pies enrojecidos y congelados. Entierra la cabeza en el pecho desnudo de Ryke mientras él le habla, intentando tranquilizarla.

Me aparto.

Sé que no se lo pongo fácil, pero la verdad es que no me imagino a nadie con un alma más amable que Ryke.

Capítulo 28
Connor Cobalt

Rose y yo pasamos tres días enseñando a Lily y a Loren a esquiar. Han admitido que, en realidad, durante los viajes que hicieron en familia nunca llegaron a aprender: siempre se saltaban las clases para ir a hacer el tonto por ahí y, al llegar a cierta edad, reemplazaron los comportamientos normales de adolescentes por actividades más peligrosas. Lo se pasaba el día en el bar, bebiendo hasta perder el sentido, y Lily se dedicaba a acostarse con cualquiera que se mostrase dispuesto.

Daisy ha preferido hacer *snowboard* y Ryke y Julian han querido ir con ella, incluso cuando ha elegido las pistas negras y diamante. Savannah es la única que esquía lo bastante bien para grabarlos. Imagino que Ryke y Julian se habrán pasado el día gruñéndose. Ese episodio tendrá una audiencia de millones.

Scott es el único que se ha quedado en la cabaña, toda una rareza. Normalmente, le encanta venir con nosotros, así que esto significa que está cambiando de táctica. Todavía no sé qué tiene pensado hacer, pero estoy en guardia constantemente.

Al llegar a casa, nos quitamos la ropa de esquí mojada en la puerta principal. Como soy el primero en terminar, voy directo al salón para encender la chimenea. Lily es la siguiente. Miro atrás y veo que Rose se está quitando el tercer jersey y se está apartando el pelo de las mejillas sonrosadas. Lo está a su lado y la chincha mientras se quita las botas, tambaleándose sobre un solo pie.

Lily carraspea. Es evidente que quiere hablar.

—Dime —la invito.

Acerca las manos a la chimenea de piedra para calentárselas.

—¿De verdad no la quieres? —pregunta sin preámbulos.

Exhalo. Por esto no hablo con nadie sobre mis creencias. Luego me toca pasarme semanas y meses explicándome solo para que me entiendan.

—Es complicado, Lily —intento.

Abre la boca para discutírmelo, pero le suena el teléfono. Me agacho y giro un tronco entre las llamas ayudándome de un atizador.

Ella responde al teléfono después de ver quién la llama.

—Soy Lily. —Frunce el ceño y luego me da unos golpecitos en el hombro—. ¿Puede hablar con mi abogado?

Me pongo de pie y ella me tiende el teléfono. Se la ve más angustiada que hace un momento.

Oigo el ruido de las botas de Brett contra el suelo. Se ha quitado el atuendo invernal y nos está grabando desde una esquina.

Me llevo el móvil de Lily al oído.

—¿Sí?

—Hola, soy Mark Cole, de Red Hot Films. Queremos ofrecerle a Lily Calloway el papel protagonista en una de nuestras producciones.

Porno.

No es la primera vez que le ofrecen un papel de este tipo, pero nunca la habían llamado a su número personal. Normalmente, contactan con los abogados y los gerentes de su padre.

—¿De dónde has sacado este número, Mark?

—Me lo ha dado un contacto —responde—. Estamos dispuestos a ofrecerle dos millones de dólares por el papel protagonista. Y un millón si quiere dirigir, y así podría encargarse del trabajo de detrás de las cámaras. Ni siquiera tendría que aparecer en pantalla. —Pero su nombre sí aparecería.

—No está interesada —respondo con serenidad. Lily me mira con una sonrisa alentadora y el pulgar levantado—. Es la hija de un magnate multimillonario. No existe cantidad de dinero suficiente para hacerla cambiar de opinión. No vuelvas a llamar. —Cuelgo.

—Gracias —dice ella mientras le devuelvo el teléfono—. Siempre que intento responder que no, me interrumpen.

—En cualquier caso, nadie debería llamarte para esto.

Asiente, como diciendo que es consciente de ello.

—Supongo que mi número de teléfono se ha filtrado. Creo que voy a comprarme uno nuevo y se lo daré solo a... A seis personas.

—¿Lo, tus hermanas y tus padres? —pregunto.

Niega con la cabeza.

—A mis padres no, a Ryke y a ti. Si os parece bien. Es que no confío en que mis padres no le den el número a alguien.

Me resulta extraño ser incluido en los contactos más íntimos de una persona. Estoy acostumbrado a vivir apartado de todo grupo social, a ser un contacto que la gente utiliza solo si lo necesita. Ser tan cercano a Lily y a las Calloway hace que comprenda de verdad todo lo que he ganado gracias a mi relación con Rose.

Tengo una familia, una familia de verdad. Eso no es algo que pueda conseguirse así como así. No he manipulado ni a un alma para llegar hasta aquí, si lo he logrado es porque me quieren como soy.

Cada día que pasa me siento más agradecido de contar con ellas, y soy más consciente de todo lo que podría perder.

—Perfecto —contesto—. Así puedo llamarte y recordarte que estudies para los exámenes.

Abre unos ojos como platos.

—¿Cuándo tengo el próximo? —Los estudios y la universidad (aunque sea a distancia) parecen ocupar el último puesto en las prioridades de Lily Calloway, mientras que, para mí, el mundo académico siempre ha estado entre las primeras posiciones de mi lista de cosas importantes.

—Dentro de dos semanas —respondo.

Memoricé su horario en cuanto me lo enseñó. Debo admitir que no lo hago por puro altruismo, aunque lo cierto es que Lily me importa. Pero sé que para ganarme el corazón de Rose he de pasar por sus hermanas.

Relaja los hombros; supongo que está aliviada por que no sea en un par de días.

—¡Lily! —grita Scott al entrar en el salón—. Tengo una cosa para ti.

Brett gira la cámara para enfocarlo. Tiene en las manos un sobre de papel lo bastante grande para contener un libro de bolsillo.

Lily frunce el ceño. Está tan desconcertada como yo.

—Quería hacerte un regalito a modo de agradecimiento —explica Scott—. Las audiencias del programa de los últimos meses han batido todos los récords y sabemos perfectamente que ese éxito es gracias a ti.

Le tiende el paquete y ella lo desenvuelve a toda prisa. Dentro hay un DVD de *Magic Mike*. Noto cómo la rabia borbotea descontroladamente en mi interior. Loren ha dicho hasta la saciedad delante de la cámara que no quiere que Lily vea esa película, por miedo a que eso desate su deseo de recurrir al porno, que es una de sus mayores compulsiones.

Que Scott haya ido contra sus deseos es ruin.

Rose y Loren siguen discutiendo al lado de la puerta principal mientras se quitan poco a poco la ropa mojada. No se han dado cuenta de lo que ha pasado. Para empeorar aún más la situación, el productor se inclina hacia Lily y le susurra algo al oído mientras le coloca una mano sobre el brazo. Ella se pone roja como un tomate; es evidente que le incomoda estar cerca de ese hombre, y tal vez también le han incomodado sus palabras.

—Scott, déjala en paz —intervengo y añado—: Y llévate contigo tu regalo inapropiado.

La ira me ha hecho un nudo en el estómago. Solo puedo pensar en Lo. Está aquí mismo, junto a la puerta, separado de nosotros solo por un sofá y una silla. Y sé que esto le va a hacer mucho daño.

Nuestra amistad es importante para mí, a pesar de lo que me dijo en la fiesta del visionado del primer capítulo. He de sacar la cara por él y por Lily.

Scott se aleja de ella, quien sigue inmóvil y ruborizada, como una estatua solidificada en mitad del salón. El productor se vuelve hacia mí y dice:

—Es el regalo perfecto para Lily. Lleva tiempo diciendo que tiene muchas ganas de ver esta peli.

Lily tiene el DVD agarrado con fuerza y no deja de mirarlo. Tras unos segundos de contemplación, lo abre e inspecciona el disco que hay en su interior.

Scott se ha pasado de la raya. Es posible que para él esto sea solo una estratagema para crear una situación dramática, pero va mucho más allá. Es más que simplemente regalarle a Lily una película. Es como si le estuviera pasando un porro a un drogadicto. Yo he sido testigo de la cantidad de porno que tuvo que tirar a la basura. La he visto llorar a los pies de su cama mientras Rose la consolaba. Estuve presente los tres meses que Lo pasó en un centro de rehabilitación mientras ella también intentaba recuperarse de su adicción, cuando no podía contar con nadie más que conmigo y con su hermana. Intentamos con todas nuestras fuerzas que no perdiera la cordura, que mejorara.

Y este tipo de mierdas son las que marcan el inicio de algo malo. Un instante insignificante puede cambiarlo todo.

—Tenemos que hablar —le digo a Scott—. A solas.

Él me obedece y me sigue hasta su habitación, que está en la planta principal. Brett nos sigue, pero cierro la puerta del dormitorio en cuanto Scott entra. Casi golpeo la cámara al hacerlo. Ignoro la mirada contrariada de Brett y pongo el pestillo.

Hay dos ordenadores sobre la cama. Echo un rápido vistazo a todo: los papeles desperdigados sobre las almohadas, la cámara encendida y en pausa. Casi no distingo la imagen que aparece en la pantalla diminuta, pero parecen grabaciones del juego de anoche.

—¿Qué quieres? —pregunta de malos modos—. No tengo todo el día. —Me fulmina con la mirada, como si me estuviera metiendo con su programa.

Bien, él se ha metido con mis amigos.

Pero no es un empate. Él y yo siempre tendremos que desempatar.

—Puedes decir lo que quieras —replico mientras, por desgracia, mi autosuficiencia me abandona poco a poco—. Llámame capullo, llama a Rose frígida que odia a los hombres... Llama zorra a Lily y bastardo a Loren. Pero no juegues con sus adicciones.

—Le he regalado una película, Connor —repone, como si yo estuviese siendo ridículo. Si Rose estuviera aquí, le escupiría en la cara—. No un consolador.

—No entiendes cómo funciona la adicción al sexo, y no pasa nada. Hay mucha gente que no lo comprende. Pero sabes exactamente lo que estás haciendo. Te estoy pidiendo amablemente que pares. La próxima vez no seré tan amable.

Scott suelta una carcajada amarga que me irrita todavía más.

—Es gracioso —comenta—. Es la primera vez que vienes a tocarme las narices en mucho tiempo y ni siquiera es por Rose... —Me mira de arriba abajo—. ¿Sabe que te sientes atraído por su hermana?

Me acerco a él con los dientes apretados.

—Lo que quieres es montar un drama, lo estás buscando desesperadamente. Explotas cualquier cosa, por ridícula que sea, a la que te puedas aferrar. ¿Quieres que te lo explique mejor? —Abre la boca para contestar, pero no le doy la oportunidad—. Estoy lo bastante seguro de mi relación con Rose como para no arrancarle las pelotas a los tíos que la ofenden o la llaman zorra, porque ella es más que capaz de arrancárselas sin ayuda de nadie. Si estoy aquí, ahora, tocándote las narices, es porque Lily sí que necesita ayuda.

Brett llama a la puerta y oigo un grito enfadado tras la madera, pero no aparto la vista de Scott.

—Son adictos, Scott. Si vas contra Rose, o contra mí, nos sentiremos como una mierda, pero nos volveremos a levantar. Puede que Lily y Loren no lo consigan. Esto es algo más que un drama para la televisión. Es real y doloroso y, si los vuelves a poner en situaciones como la de hoy, de quien tienes que estar asustado es de mí, porque te mataré con mis propias manos.

Y lo digo en serio.

No porque Lily sea la hermana de Rose ni porque Loren sea mi amigo.

Porque, simplemente, en este mundo hay cosas que no se pueden permitir.

Scott asiente, aunque no sé si es sincero o no.

—Lo tendré en cuenta. —No, no lo es.

No puedo quedarme aquí. Es posible que le acabe partiendo la cara, y pegar a la gente es algo que considero una estupidez. No resuelve nada.

Me vuelvo para irme. Al hacerlo, paso junto a un cámara cabreado y regordete.

Cuando vuelvo al salón, veo que Lily está hablando con Lo.

—Por favor. Solo una vez. No es porno, Lo. Incluso podemos pasar rápido todas las escenas de baile. Solo quiero ver una película otra vez, como una persona normal.

—Podemos ver películas, simplemente no las que quizá desencadenen tu compul...

—¡Quizá! Esa es la palabra clave. ¡Y no pasará nada, te lo prometo!

El rostro de Loren se retuerce de dolor. Me ha contado lo mucho que odia decirle que no, pero poco a poco se ha visto obligado a ser duro con ella, precisamente porque la quiere.

—Lil, si te pidiera una cerveza, ¿qué me dirías?

—¡No es lo mismo! —grita ella.

—¡Sí lo es! ¡Y el hecho de que no lo entiendas me preocupa!

Entre ellos se hace el silencio un largo momento, hasta que ella cede.

—Está bien... —Le da el DVD—. Lo, yo... Solo quiero ser normal.

Él la atrae hacia su pecho y la besa en la cabeza.

—Ya lo sé, mi amor.

Me adentro en el salón y sigo caminando hasta que Loren me ve. Me mira a los ojos.

—¿Dónde está? —gruñe. Se refiere a Scott. Se separa de Lily y viene hacia mí, pero le pongo una mano en el pecho para pararlo.

—Ya he hablado con él.

Tiene los ojos enrojecidos de odio y de dolor. Sabe lo que Scott intenta hacer.

—¡No puede hacer esto, Connor!

—Ya lo sé.

Lo busca algo en mi expresión, no sé si fuerza o consuelo. Intento transmitírselo lo mejor que puedo.

—No permitiré que pase nada malo, te lo prometo. No dejaré que se meta con vuestra relación o vuestras adicciones. —Es una gran promesa. Normalmente, solo prometo cosas que estoy seguro al cien por cien de poder cumplir. Esta vez, en realidad, es como jugar a cara o cruz.

—Gracias —contesta, con los ojos color ámbar llenos de gratitud. Y veo algo más en ellos: disculpas. Por haber dudado de nuestra amistad después de la fiesta del visionado. Por haber dudado de mí.

Es bonito volver a caerle bien a Loren. Creo que esto es lo que pasa con los amigos que no se abren fácilmente con los demás.

Cuando por fin te ofrecen su amistad, esta tiene un significado más profundo.

Capítulo 29

Connor Cobalt

Llegamos a un lago congelado. Hemos salido a correr, aunque, como hay mucha nieve, ha acabado siendo más bien un paseo. A Ben, que ha resultado ser bastante torpe, esas piernas desgarbadas le han traicionado tres veces. Incluso se ha caído al tropezar con unas raíces enterradas bajo la gruesa capa blanca. Ryke lo ha ayudado a levantarse tras la segunda y la tercera caída para asegurarse de que no se haya hecho un esguince. Le ha tocado seguirnos a Lo, Ryke y a mí solo porque Brett no puede correr, y Rose se ha adjudicado a Savannah, que es su preferida. No me sorprende que haya elegido a la chica.

Es difícil no prestar atención al tío que nos sigue con una cámara, sobre todo porque se ha caído de boca dos veces, pero, de algún modo, con el paso de los meses, nos hemos acostumbrado.

Loren se vuelve hacia Ryke y hacia mí con el semblante serio.

—Tengo que daros una noticia.

—Por favor, no me digas que Lily está preñada —salta Ryke, que ha sacado conclusiones equivocadas de inmediato.

Lo le dedica una de las miradas asesinas típicas de los Hale.

—Es sobre la boda, gilipollas.

—No te cabrees, ¿vale? Ni que me hubieras dado pistas.

—No es que no disfrute de estas riñas entre hermanos, pero hace frío. ¿Podemos ir al grano? —pido.

—Se acerca mi despedida de soltero y tengo que elegir a mi padrino... —Nos mira primero a uno y luego al otro—. Comprenderéis que me enfrento a un dilema.

—¿Qué dilema? —pregunta Ryke con el ceño fruncido en un gesto de confusión—. Soy tu puto hermano.

—Sí, pero a Connor lo conozco desde hace más tiempo.

—¿Cuánto tiempo? ¡Dos putos meses! —Me señala con un dedo acusador—. ¡Ni siquiera te quiere! —La voz de Ryke reverbera por el paisaje, perturbando la tranquilidad de los pájaros, que abandonan sus ramas y echan a volar.

—No es nada personal —me defiendo con una voz más calmada y serena que la de Ryke—. No quiero a nadie.

—¿Lo ves? —repone Lo, como si lo que digo tuviera sentido. Supongo que después de lo de ayer me ha perdonado del todo—. Es una decisión difícil. Mi mejor amigo chico... —Me señala. Especifica que soy un «chico» porque en realidad su mejor amiga es Lily—. Y mi hermanastro. Uno de vosotros se cabreará un montón conmigo cuando tome la decisión.

—Connor nunca se enfada —apunta Ryke.

—Sí me enfado, simplemente no lo demuestro.

Ryke me mira irritado.

—Tú ni siquiera quieres ser su padrino.

—Eso no es verdad. Es algo que quiero con todo mi corazón. —Espero a que las palabras que he elegido lo irriten todavía más.

—Tú no quieres nada —repone, molesto.

—¡Eh! —interviene Lo. Empuja a Ryke hacia atrás y se acerca más a mí, pero no me da miedo que me pegue un puñetazo—. Para ser justos, lo podemos decidir a suertes.

—No —replico—. No pienso dejárselo al azar.

Loren se encoge de hombros.

—Entonces tendréis que compartirlo. —Nos pone una mano en el hombro a cada uno—. Los dos seréis los padrinos. —Mira primero a Ryke y luego a mí.

Ryke me fulmina con la mirada, así que le digo:

—El primer discurso lo voy a hacer yo, para que lo sepas. Me da miedo que asustes a los niños.

—Que te den.

—A eso me refería.

Se contiene para no abalanzarse sobre mí.

—Pero seré yo quien esté al lado de Lo cuando Lily camine hacia el altar.

Con eso no estoy muy conforme.

—Puedes ponerte detrás de mí —repongo.

Ryke me mira aún peor.

—O a mi lado. A la derecha.

—Que te den.

—Siempre podemos atarte al arco que coloquen sobre el altar. —La verdad es que eso me divertiría bastante—. Te puedo poner un cuenco con agua por si te entra sed.

Lo se ríe y Ryke niega con la cabeza.

—En esta boda no habrá ningún arco —me recuerda Ryke—. Va a ser interior, en una puta iglesia.

Claro, lo había olvidado. Será una boda formal, tradicional, aunque sería más propio de Lily y Lo casarse en una convención de cómics o algo igual de alejado de la norma. Sin embargo, cuando Rose le sugirió a su madre que organizaran una boda al aire libre, lo rechazó de inmediato. Tres veces: por mensaje, por teléfono y por correo electrónico. No fue un buen día para nadie.

—Bueno, entonces te ataré a un banco. —Ryke da otro paso al frente, pero Loren lo para poniéndole una mano en el pecho. Yo continúo—: Deberías sentirte honrado. Solo ato a la gente a la que aprecio de verdad.

Ryke pone los ojos en blanco y niega con la cabeza.

—No pienso ceder.

Es su hermano. Debería ser el padrino. Perder me jode, pero podré superarlo. Justo cuando me dispongo a renunciar al título, reparo en la mirada interrogante de Lo, en sus ojos entornados. Se está preguntando cuánto estoy dispuesto a luchar por esto, si de verdad me importa. No ha tenido muchas amistades en su vida, así que es natural que se sienta inseguro.

Miro a Ryke y propongo:

—Juguémonoslo a cara o cruz.

—¿De verdad?

—Sí, por qué no. —Porque ahora tengo un 50 por ciento de posibilidades.

Lo se saca una moneda del bolsillo.

—¿Quién elige primero?

Ryke me señala con la cabeza.

—Adelante, princesa.

—Para, me estoy poniendo rojo por tu culpa —le pido de forma inexpresiva.

Se echa a reír y Lo y yo compartimos una sonrisa. Su hermano no ha podido relajarse en todo el viaje, no con Julian por medio y con Scott intentando destruir la vida de su hermano. Oírlo reír nos pone a todos de mejor humor.

—Cara —digo.

Lanza la moneda al aire y cae en la palma de su mano. La tapa con la otra mano y oigo el ruido metálico de la cámara de Ben, que hace zum por encima de mi hombro.

Lo saca la mano para que podamos ver la moneda.

Cruz.

Por eso odio apostar.

Suelo perder.

Capítulo 30

Rose Calloway

—Se me ha pasado la semana volando —comento mientras contemplo cómo cae la nieve. El cielo oscuro está iluminado por las luces de las pistas de esquí, que resplandecen en la distancia.

Pronto volveremos a casa, a reencontrarnos con los incansables paparazzi, con la televisión nacional… y con mi madre. Aunque Ben, Brett y Savannah nos siguen a todas partes, ha sido agradable disfrutar de una casa sin cámaras en funcionamiento las veinticuatro horas del día.

Connor se me acerca desde atrás y me desliza las manos alrededor de la cintura. Yo me apoyo en su pecho, algo que hoy me resulta mucho más natural. Me cuesta creer que hace apenas unos meses hasta este tipo de intimidad me asustaba. Ahora lo único en lo que pienso es en hallar formas de estar más cerca de él.

Me aparta el pelo del hombro y me da un beso en la sensible piel del cuello, para luego ascender hasta la oreja, trazando un rastro de besos. Cada caricia delicada como una pluma me eriza la piel.

—La semana se habrá pasado muy rápido, pero esta noche te

parecerá… —su aliento cálido me hace cosquillas— insoportablemente… —roza los tirantes de mi camisón y se me deslizan hombros abajo— lenta.

El aire me muerde la piel. Me recorre un muslo con la mano, siguiendo la curva de la cadera, y luego coloca la palma sobre uno de mis pechos y tira de la tela de seda para exponerlo. Me quedo sin respiración cuando empieza a tocarlo desde detrás de mí mientras yo contemplo la nieve caer. Su cuerpo musculoso casi engulle el mío; está pegado a mi espalda y no hay ningún espacio entre los dos. Espero con impaciencia que su piel se encuentre con la mía, que su camisa desaparezca, que sus pantalones se volatilicen. «Sí, por favor…».

Masajea mi seno con fuerza y deseo, desencadenando una nueva sensación por todo mi ser. Me duele el cuerpo por él. Por todo él. Pellizca rápidamente mi pezón con el pulgar y me estremezco de pies a cabeza.

Y entonces me da la vuelta y detiene la mirada en mis pechos y en el camisón, que está arrugado alrededor de mi cintura.

—Quítatelo —me ordena.

Me muevo para que caiga hasta los tobillos, pero, poco a poco, mi mente recupera la conciencia, empieza a comprender lo que va a suceder.

—¿Vamos a…? —me interrumpo perdiéndome en la forma en que sus ojos se detienen en cada curva y cada hendidura de mi cuerpo. Estoy totalmente desnuda, salvo por las bragas negras de algodón.

Cuando por fin sus ojos se encuentran con los míos, declara:

—Te voy a follar.

No me dice que vamos a hacer el amor ni que vamos a «hacerlo» y punto. Se limita a anunciarme: «Te voy a follar».

Y esa exigencia me deja boquiabierta, hace que moje las bragas.

Aquí mismo. Ya está, estoy acabada. Puede hacerme lo que quiera.

Destierro cualquier miedo que pueda estar relacionado con mi virginidad. A pesar de llevar con él más de un año y de haber ganado confianza, esto sigue siendo nuevo para mí. Imagino que la mayoría de las chicas se ponen nerviosas en su primera vez.

Connor me coge de la cintura antes de que siga perdiéndome en las profundidades de mi mente. Me coge en brazos y se me echa al hombro, y ahogo un grito. Estando así, cabeza abajo, me acaricia el culo. Se me sube toda la sangre a la cabeza.

—Deja de pensar —me ordena lanzando mi cuerpo al suave colchón.

Tanto la respiración como los pensamientos me abandonan a la vez.

«Diosss...». Lo observo quitarse poco a poco el cinturón. Se inclina hacia mí, me coge una muñeca y me la ata con el cinturón de cuero al cabezal de madera de la cama. Se me pone el corazón a mil. Una vez que ha atado el cinturón, se agacha, abre la maleta y saca otro.

Para mi otra muñeca.

—¿Voy a estar atada durante mi primera vez? —le pregunto notando un estallido repentino de terror en el estómago. «Se acabó eso de no pensar».

—Sí —contesta después de atarme la muñeca izquierda muy separada de la otra. Me acaricia el pelo y me mira a los ojos—. Te la voy a meter hasta el fondo... —me mira a los labios y siento que me quedo sin respiración— muy fuerte... —¡Joder! Ese punto entre mis piernas se tensa y empieza a palpitar; ansía algo grande y poderoso—. Y muy duro. —Me muerde el labio y gimo.

«Córrete dentro de mí ya, por favor».

Sonríe con mi labio inferior entre los dientes. Me suelta y añade:

—Paciencia.

Él tiene mucha más que yo.

Tengo todo el cuerpo ruborizado, caliente, agónico ante tanto deseo.

Se sube a horcajadas sobre mi cintura y me baja las bragas con cuidado por las caderas, por mi curvo trasero, los muslos y las piernas esbeltas, hasta quitármelas por los pies. Ya estoy totalmente desnuda. Estoy a su merced. Puede jugar conmigo, cuidarme, consumirme.

Pero entonces se baja de la cama.

—¿Qué haces?

—Se acabaron las preguntas, Rose.

Lo fulmino con la mirada.

—Estoy a punto de perder la virginidad. Puedo preguntar lo que me salga de las narices.

Da un paso al frente con la camisa desabrochada todavía puesta y me tapa la boca con una manaza. Se agacha de forma que me roza los pechos con los labios y su aliento me calienta la piel.

—Puedes hablar para hacerle cumplidos a mi polla, para suplicar y para pedir más, siempre que lo hagas con educación. No quiero oír nada que no sea eso y si no obedeces, te meteré tus propias bragas en la boca para que te calles. —Me clava los dedos en las mejillas—. Pero no es eso lo que quiero, créeme. Quiero oír todos tus ruidos. Quiero oír cómo te corres.

Traducción: «Cierra el pico». Y, joder, me pone como una moto. Mi cuerpo es como una goma tensa a punto de estirarse.

Antes de retirar la palma de la mano me recuerda por qué no necesito hacer preguntas:

—*Tu es en sécurité avec moi.* —«Estás a salvo conmigo».

Me da un beso en la frente y se retira. Se dirige al armario y me deja desnuda y atada a la cama. He de confiar en que haya cerrado la puerta, en que nadie irrumpirá de repente en la habitación mientras tenemos relaciones sexuales. Con la suerte que tengo, ¡es muy posible!

Cuando vuelve, lleva una toalla en la mano. Permanezco en silencio, aunque me da un vuelco el corazón ante los nervios y la anticipación. Se acerca de nuevo a mí, me levanta por la cintura y extiende la toalla bajo mi trasero. Luego se quita la camisa, dejando al descubierto los músculos rígidos y definidos de sus abdominales.

Sin embargo, me da la espalda antes de que pueda regodearme con las vistas y desaparece bajo la cama, buscando de nuevo algo en la maleta. Lo único que veo es su pelo castaño y ondulado.

—Tengo una cosa para ti —anuncia. Tiene una caja negra y alargada en la mano. No soy precisamente inexperta con las cajas de joyería, así que sé que dentro hay un collar.

Espero que sea de diamantes.

Es lo que más me gusta.

Contemplo con los ojos brillantes cómo se sube al colchón y se sienta cerca de mi cintura. Mi ansiedad se disipa. Tiro de una muñeca; no solo quiero tocar la caja, también su cuerpo, de los hombros a la cintura, sin olvidar las caderas. Las ataduras no me dejan moverme, pero cruzo los tobillos y lo espero.

Él se toma su tiempo; acaricia el terciopelo negro de la caja con la palma de la mano, provocándome. Qué no daría yo por que esa mano me acariciara a mí.

—¿Es ahora cuando tengo que suplicar? —pregunto, incapaz de suavizar mi mirada, que sigue siendo fulminante y agresiva.

Él curva los labios hacia arriba; tiene los ojos llenos de deseo.

—Es una idea maravillosa —concede—. Suplica. Suplica por esta caja.

Lo miro aún peor.

—Lo decía de broma.

—Yo no.

¡Y una mierda! No pienso suplicar por una caja. La miro con atención e imagino la pieza que descansa en su interior. Es una provocación. Apuesto a que es un collar precioso, a que me encantará. Empiezo a flaquear. Tampoco es que esté suplicando por su polla... Aunque, ahora que lo pienso, estoy a punto de hacer eso también. El objeto de mi deseo es una joya... Diamantes. Sería capaz de suplicar por diamantes.

Pero suplicar se me antoja humillante. Puedo rogar en silencio para que me dé su polla, pero ¿en voz alta? ¿Cómo me voy a doblegar así?

—Por favor, ¿me das la caja? —pido suavizando mi tono áspero habitual. Espero no haberlo hecho muy mal.

Pero él no se mueve.

—¿No habías dicho que te graduaste con honores? —pregunta divertido. Sí, a menudo se lo recuerdo cuando discutimos, aunque no me da mucha legitimidad, porque él se graduó con los mismos méritos.

—Con matrícula de honor —apunto de todos modos, mirándolo desafiante. Me gusta demasiado discutir con él. Tengo la sensación de que eso, esta noche, me va a meter en un lío.

—Matrícula de honor, ¿eh? —Aprieta los labios—. Bueno, si tan lista eres, deberías saber cómo suplicar como es debido.

—He dicho «por favor».

—Dilo de verdad. —Pone la caja negra sobre mi pecho desnudo y noto la suavidad del terciopelo en la piel. Sin embargo, como tengo las manos atadas al cabezal, no puedo abrirla yo misma.

—¿Quieres que te llame señor? ¿Es eso? —No tengo ni idea de lo lejos que pretende llegar.

Se le oscurece la mirada.

—Tengo mi propia manera de hacer las cosas. Mis propias reglas. —Me acaricia la pierna con los dedos, lo que tensa todavía más ese punto doloroso e impaciente que lo anhela con tanta desesperación—. «Señor» me parece impersonal. Puedes llamarme Connor y, si te portas muy bien, quizá incluso te permita llamarme Richard.

Esas palabras me relajan. Mi mirada se dirige de nuevo a la cajita que descansa sobre mis pechos y noto una fuerte impaciencia.

—¡Ábrela de una vez, Connor! —exijo enfadada.

Él me aprieta una rodilla con fuerza y luego desliza la mano hacia lo alto de mi muslo, clavándome los dedos en la carne.

—No.

¿Cómo es posible que una sola palabra tenga tanta fuerza? Aprieto los muslos con más vigor, me clavo los tobillos huesudos y me hago daño. Estoy tan desnuda, tan excitada... Y, si quiero que me dé lo que deseo, he de suplicar. Noto lo mucho que me estoy mojando, y él me mira con las cejas enarcadas, sabedor de lo que me sucede.

El punto entre mis piernas se tensa.

Por Dios.

Cuanto mayor es la expectación, mayor es la tortura, así que me trago mi orgullo y respiro hondo.

—Por favor, por favor, abre la caja, ¡por favor! —ruego en susurros—. Quiero saber lo que hay dentro.

Para mi sorpresa, por fin la abre. Se me hincha el corazón al ver todos esos diamantes, unidos en largas hileras. Todo el collar está hecho de diamantes que resplandecen bajo la tenue luz del cuarto. La joya me excita casi tanto como sus palabras.

Y es entonces cuando por fin las gemas dejan de deslumbrarme y reparo en el tipo de collar que es. No es simplemente una gargantilla ajustada, no. Estos diamantes están incrustados en un cinturón de cuero con una hebilla plateada en la parte posterior.

Es un collar de perro.

Siento que burbujeo de ira con más intensidad que nunca.

—No soy tu mascota.

—Sí lo eres. —Se sube a la cama—. Y también eres mi chica. Mi amante. Igual que yo soy tu hombre. La única diferencia entre nosotros… —hace una pausa para alargar la tensión que impera entre los dos— es que yo siempre estaré arriba. —Me coge de las piernas y, con un único movimiento, me las abre de par en par.

Intento resistirme y volver a poner los muslos en esa postura cerrada que le dice que no puede tenerme, pero me lanza una mirada furibunda. Y, en el caso de Connor Cobalt, esas miradas son caras de ver. Esa nueva expresión oscura hace que mi cuerpo se quede totalmente inmóvil.

Y, entonces, las comisuras de sus labios se curvan hacia arriba. El muy capullo.

—Alardea todo lo que quieras, no pienso ponérmelo —le espeto.

Ensancha aún más la sonrisa, hasta que se le refleja en los ojos.

—A ver si puedes evitarlo —me desafía, pero me tiene inmovilizada con su cuerpo. Su pelvis está en línea con la mía y su erección se clava contra ese punto que lo ama y lo odia a la vez.

No puedo detenerlo.

Ni aunque de verdad quisiera hacerlo.

Me pone el collar de cuero en el cuello con delicadeza y lo abrocha, rozándome la piel con los dedos. Apenas puedo respirar. Y, en ese instante, mi ira se ve reemplazada por una necesidad salvaje de él. Todo mi cuerpo aúlla por ser tocado, por saber cómo me sentiría si lo tuviera dentro. Y, por primera vez, estoy a punto de descubrirlo.

Se echa hacia atrás para contemplar mi cuerpo, mi postura, lo dispuesta que estoy. Observo su mirada, que va desde mi nuevo collar de diamantes a mis pechos, enrojecidos por la acción de sus manos. Contempla mi carne desnuda, que lo llama a gritos. «Penétrame ya».

Apoya una mano en el colchón, junto a mi cabeza, y me da un beso en la sien. Baja hasta el cuello, me recorre la piel con los labios, lamiéndola, y luego se deleita con mis pechos llenos, a una velocidad tan lenta como seductora.

—Connor —gimo; necesito que se dé prisa.

—Cállate —me ordena con voz ronca. Cierra los labios alrededor de mi pezón y succiona con energía. La fuerza hace que mis caderas se disparen hacia arriba, buscando más contacto con él. Me clava su dureza para contener mis movimientos y provocar aún más mi deseo.

—Con…

Me pone una mano sobre los labios para acallarme y continúa explorando mi cuerpo con la lengua. Estoy a merced de su boca, que va descendiendo a un ritmo lento y tortuoso.

No queda en mí forma alguna de inteligencia. Mis pensamientos han desertado, se han convertido en un cántico estúpido, ridículo. «Más abajo, más abajo, ¡más abajo!».

—Bajooo —mascullo contra su mano.

Connor me muerde entonces la carne blanda de la cadera, me clava los dientes con fuerza. El dolor se me extiende por el cuerpo, prendiendo algo nuevo en mi interior, algo más fuerte, más embriagador. Me gusta que me azote y que me estrangule, así que no debería sorprenderme que un mordisco en mi cadera me haya encendido el cuello y las mejillas… Pero lo hace de todos modos.

Me gusta que me muerdan.

Como un condenado vampiro.

Por Dios.

—Chis —susurra Connor con tono imperioso.

Me besa en la marca roja que me ha dejado en la cadera y continúa con su descenso. Por fin me roza el clítoris con los labios y empieza a golpear repetidamente con la lengua la sensible protuberancia. Mi cuerpo entero responde con un brinco, aunque es mi corazón el que más salta. Un sonido agudo se me queda atorado en la garganta y gimoteo.

Él entreabre los labios al oírme; empieza a respirar de forma más profunda. Me quita la mano de la boca y levanta la cabeza de entre mis piernas. Mi mirada se dirige de inmediato a sus pantalones, donde se erige su erección, que intenta sin éxito permanecer escondida.

Es enorme, incluso bajo la tela.

Cualquier palabra que esperara pronunciar se ha perdido entre los sentidos más crudos, entre el modo en el que se quita despacio los pantalones, sin despegar los ojos de los míos. El deseo, la pasión y la lujuria giran en mi interior como un remolino sin fondo, sin fin; no existe una resolución para estas sensaciones.

Se quita los calzoncillos azul marino y deja su polla al descubierto; la tengo más cerca que nunca. Me abre las piernas con las rodillas y las coloca en la postura que mejor le va a él. Me agarra el culo, aprieta la carne y me levanta, estirando así mis brazos, que siguen atados al cabezal.

Estoy cachonda y muy muy confundida.

Porque él no se detiene nunca, no duda nunca. No se pone un preservativo. Los nervios que había echado a un lado se estrellan de nuevo contra mí, como una ola de treinta metros que rompiera repentinamente.

Connor se queda paralizado, quieto, y la preocupación nubla su poderosa mirada.

Se me deben de notar las dudas en la cara, algo muy raro en mí.

—Habla —me ordena.

Se me ha quedado la garganta seca. Creo que lo estoy haciendo todo mal otra vez. Él no me suelta el culo, mis piernas siguen enrolladas a su cintura, pero me deja sobre la cama. Ya no está preparado para penetrarme.

Mierda.

—Maldita sea, Rose. —Me dirige una mirada fulminante—. ¿Qué pasa?

—Te vas a poner un condón, ¿verdad? —Se lo planteo a modo de pregunta y me estremezco por ello. Normalmente, me limitaría a ordenarle que se envolviera la polla como es debido.

Relaja los hombros, exhala un suspiro de alivio. Comprendo entonces que lo había asustado, una emoción que casi nunca experimenta. Supongo que los dos estamos haciendo aflorar sensaciones desconocidas en el otro.

Le doy un golpecito en el muslo con el tobillo.

—Tengo uno en el bolso.

Se le ilumina el rostro con una sonrisa.

—¿Ah, sí? ¿Tenías pensado echar un polvo en este viaje?

—Siempre estoy preparada para cualquier cosa —le recuerdo intentando esconder mi propia sonrisa.

Me coge del pie y me da un beso en el talón.

—Nada de condones —resuelve.

—¿Qué?

—No quiero que haya nada entre nosotros dos —contesta. Se inclina hacia delante; su erección queda muy cerca de mí y sus manos se deslizan desde mis rodillas hasta mis muslos—. Quiero llenarte, Rose, incluso antes de salir de ti y estrecharte entre mis brazos.

—«Quiere correrse dentro de ti, Rose». Podría quedarme mirando al techo y darle las gracias al Señor, pero Connor se cabrearía. Eso casi me impulsa a hacerlo, pero mi sentido común acaba por imponerse.

Porque si no usa un condón, eso significa que...

—No podemos... —Niego con la cabeza—. No podemos ser hipócritas. Lily y Loren...

—Son irresponsables. —Connor termina la frase por mí—. Lily se olvida hasta de comer y de bañarse, y sabemos que a menudo no se acuerda de tomarse la pastilla anticonceptiva. Por eso le recordamos a Loren que use preservativo. Pero tú, Rose, eres la mujer más responsable que conozco.

Sus palabras siempre logran aplacar toda preocupación, incluso las mías.

Asiento. Ha llegado el momento.

No puedo evitar perderme en sus ojos azules, en los que nadan una ambición y una pasión que me son familiares. «Se trata de Connor», me recuerdo. Hace diez años que lo conozco. Y no hay mucha gente que lo conozca de verdad.

Aún aferrado a mi mirada, respira hondo. Me aparta un mechón de pelo mojado y sudoroso de la mejilla.

—En esta vida he deseado muchas cosas —confiesa en voz baja—. Pero tú eres la más valiosa.

Traducción: «Te amo».

Me acaricia el labio inferior con el pulgar. Ay, ese pulgar...

Y entonces se hunde en mí, rápido, duro, tanto que chillo. El dolor me sobreviene de golpe, pero pronto me lo usurpan sensaciones más placenteras. Me penetra, cada embestida sucedida por otra más profunda, a un ritmo que me nubla la vista. Echo la cabeza hacia atrás, noto el aleteo de mis propias pestañas, intento no perder la cordura. La plenitud me lleva a un lugar desconocido, pero es la forma en que me embisten sus caderas, su fuerza, mientras sigo aquí, atada al cabezal, lo que casi me hace perder el sentido.

Se coge de mis muslos para apoyarse mientras me penetra más profundamente. Me levanta una pierna para poder metérmela más; yo ahogo un grito y me revuelvo contra mis ataduras de cuero. «Connor...».

Todo mi mundo da vueltas.

Estoy cubierta de sudor, y una capa caliente empieza a formarse también sobre su piel. También estoy empapada entre las piernas, y si me concentro en la profundidad que alcanza, en lo lejos que llega, siento que su polla se me clava en las entrañas y que mi espalda empieza a arquearse. Todo parece iluminarse y girar alrededor de mí.

Él gime y se pone mi pierna bajo el brazo, levantándola, embistiéndome como si mi cuerpo le perteneciera.

«Oh, Dios, sí...».

¿Por qué narices esperé tanto tiempo?

El cabezal golpea una y otra vez contra la pared y Connor exhala por la nariz de forma entrecortada; la determinación de su mirada me folla con tanta fuerza como su miembro. Quiero que me estrangule, que me robe el oxígeno un segundo.

Y de inmediato, como si se lo hubiera dicho, me agarra del collar de diamantes sin dejar de embestirme. Se vale del collar para levantarme el cuello hacia su cara y hacer que sus labios se encuentren con los míos. Me besa con pasión, con avidez y con ganas, y así me deja también sin aire. Mis labios se hinchan contra los suyos, adormecidos ante tanta presión, y me extiende con la lengua su sabor mentolado en el interior de mi boca.

Al volver a embestirme, golpea en un punto que hace que mis labios se separen de los suyos y que me deja casi sin voz. Emito un sonido nacido de un lugar a kilómetros de aquí, un lugar celestial, en las nubes.

Connor contempla mi excitación, y la suya no hace más que crecer. Se le tensan los músculos; no afloja. Aumenta la velocidad y bombea cada vez más rápido.

«Diosss santo…».

No hay pausas, ni siquiera cuando nuestra piel cada vez está más recubierta de sudor. Creamos calor, como si fuésemos dioses.

No sé cómo logra llegar más profundo, pero lo hace. Mis sonidos aumentan hasta que ya no soy capaz de contener nada, y él tira de nuevo del collar y besa mis labios entreabiertos una vez y otra antes de dejarme de nuevo sobre la almohada. Luego sube una mano al cabezal y entrelaza los dedos con los míos mientras me lleva al clímax.

Mi sexo se tensa a su alrededor tres o cuatro veces; todo mi cuerpo se retuerce. Enrosco los dedos de los pies, mis gemidos se convierten en respiraciones profundas producto de un placer de los que quitan el sentido.

—Déjate ir —me susurra al oído sin interrumpir su ritmo abrumador.

Noto lágrimas en los ojos al caer desde lo más alto, pero no ha terminado. Todavía no se ha corrido, así que sigue meciéndose contra mí, haciéndome escalar de nuevo.

No quiero que esta sensación me abandone jamás.

Entonces, como si fuera consciente de ello, hace que este momento dure una eternidad.

Y ambos llegamos al clímax a la vez.

Cuando se corre, me embiste con fuerza y luego balancea las caderas contra mí, exprimiendo su clímax, hasta que los dos estamos mareados y jadeantes.

Mientras todo se ralentiza, vuelvo a ser consciente de mi entorno, mis pensamientos vuelven a abrirse paso en mi mente. Comprendo lo que acaba de ocurrir. Aquí la virgen era yo; él ha hecho esto antes, así que quiero saber si he sido horrible. Si ha estado con alguien mejor. Soy competitiva por naturaleza y en la cama quiero ser la mejor que ha tenido nunca, aunque tal vez eso sea mucho pedir.

Veo que su pecho sube y baja mientras intenta recuperar el resuello. Se pone encima de mí, como si pretendiera empezar de nuevo.

Espero que así sea.

Y entonces se echa a reír; su sonrisa le envuelve el rostro entero, pero no ríe porque algo le haga gracia, ríe de felicidad.

—¿Qué pasa? —pregunto en voz baja.

Me mira como si fuese lo único que quiere aquí, debajo de él.

—Tú y yo… —dice lamiéndose los labios—. Follamos como campeones.

Sonríe. No ha dicho que él folle como un campeón, se ha referido a «nosotros». Los dos. Juntos.

—Tienes diez segundos antes de que te haga mía otra vez —me avisa—. ¿Estás preparada?

Ya lo creo. Estoy preparada.

Capítulo 31

Connor Cobalt

No lo hicimos una vez ni dos. Ni siquiera tres. Solo cuando la dejé exhausta en cuerpo y mente, empecé a desatarla de la cama.

Abre y cierra los ojos; está agotada, pero lucha por mantenerse despierta, una cualidad que admiro.

—¿Ya? —pregunta en voz baja, con socarronería.

—Es hora de dormir. —Tiro mi cinturón al suelo y la beso en la muñeca enrojecida. Tiene el cuerpo desnudo lleno de moratones y marcas; no puedo esperar a saber qué pensará de ellos mañana.

Le pongo las manos a los lados del cuerpo con cuidado y la seco entre las piernas con una toalla. Se estremece ligeramente. Era más estrecha de lo que esperaba, pero también estaba increíblemente mojada. De todos modos, no quería hacérselo despacio. Mañana le dolerá todo. Sonrío al pensar que cada vez que note dolor al moverse se acordará de que he estado dentro de ella.

Tiro la toalla al cesto y me limpio. Saco otros calzoncillos de la maleta y me los pongo antes de volver a la cama.

Rose ha cerrado los ojos, pero los abre un instante cuando me meto bajo el edredón junto a ella. Se acerca a mí, un gesto poco propio de la chica reservada que conozco. Aprovecho para cogerla de la cintura y estrecharla entre mis brazos.

Me apoya la cabeza en el pecho y me besa suavemente en la piel desnuda. No dice nada, así que bajo la mano hacia su voluptuoso trasero. Podría acostumbrarme a este lado más vulnerable de ella.

—Creo que ya entiendo cómo se puede desarrollar una adicción al sexo —comenta en voz baja.

—Bueno, tu hermana no tiene sexo como este. —Le acaricio el pelo húmedo.

Mi comentario la despierta casi por completo.

—¿Cómo lo sabes? —replica, combativa, como si hubiera dado por hecho que me he acostado con Lily. Adiós a ese lado vulnerable.

Sonrío.

—Quizá la próxima vez sea mejor que nos lo tomemos con más calma —digo—. Me parece que todas estas endorfinas y hormonas te han puesto un poco…

Veo llamaradas en sus ojos.

—Si dices estúp…

La beso en los labios para interrumpirla y ella se calma, probablemente más por el cansancio que porque se haya rendido de verdad. Es una sumisa terrible, pero eso es lo que adoro de ella. Es un desafío. Mi desafío.

La miro. Apenas puede mantener los ojos abiertos.

—Me alegro de tenerte —me confiesa antes de cerrar los ojos del todo, y se duerme entre mis brazos. Sin embargo, el que debería alegrarse soy yo.

Antes de Rose no tenía a nadie. No tenía amigos de verdad ni familia. Al menos, no una de verdad.

Ahora la tengo a ella. Tengo gente que me importa, gente a la que quiero proteger.

Ahora lo tengo todo.

Y el único inconveniente de tenerlo todo es que también podría perderlo todo.

Capítulo 32

Rose Calloway

No puedo andar. Literalmente. Me duele todo tanto que el corto paseo hasta el cuarto de baño me ha hecho gemir de dolor. Sin embargo, si recuerdo la noche de ayer, me siento como una colegiala incapaz de reprimir una sonrisa alegre y cegadora. Yo solía mirar a esas chicas por encima del hombro, las que babeaban detrás de los chicos. Pero ahora las entiendo. Simplemente, hay cosas que te ocasionan una felicidad abrumadora y, para mí, el sexo es una de ellas.

Por esos sentimientos merecen la pena todos los dolores. Además, no hay nada en este mundo que pueda compararse con los mimos de Connor Cobalt.

Me ha traído el desayuno a la cama y ha alternado besos y mordiscos en el cuello, una sensación que ha empezado a encantarme, tal vez demasiado. Tengo pensado pasarme casi todo el día en el sofá o en la cama, pero he tenido que ir al baño para al menos peinarme y lavarme la cara, la mitad de mi rutina matinal.

Me lavo los dientes procurando mantener las mangas de la bata alejadas del grifo abierto. Después de enjuagarme, me seco los labios con una toalla y contemplo el collar de diamantes. Es precioso, aunque me haga parecer su mascota. Cierro la cremallera del neceser y la bata me cae por los hombros. Cuando me dispongo a subirla, veo que tengo un moratón en el brazo.

Inspecciono el resto de mi cuerpo. Tengo marcas, algunas más prominentes que otras, por los pechos, los brazos, las piernas y las muñecas, que es la parte que tengo más enrojecida. Me quito la bata y contemplo la marca de los dientes de Connor en la cadera. Acaricio la piel dolorida y sonrío.

Me gustan estas marcas.

Son como heridas de guerra.

He sobrevivido al sexo más salvaje.

Soy incapaz de dejar de sonreír, incluso cuando me vuelvo a poner las bragas y todos mis miembros protestan al obligarlos a moverse. Está bien, ahora sí que he dejado de sonreír. Hago una mueca cuando la tela roza un punto sensible que no quiere que nada lo toque.

Miro contrariada el sujetador, que está en la encimera. Me duelen los pezones. El izquierdo, que ayer pasó por un infierno por culpa de la boca de Connor Cobalt, está rojo e irritado. Ese sujetador bien podría ser de espino, y eso que todavía no me lo he puesto.

Antes de tomar esta decisión crucial, la puerta del baño se abre. Me cubro los pechos con los brazos de inmediato. «Que no sea Scott, por favor, que no sea Scott», pienso.

Exhalo en cuanto veo a Connor.

Bajo los brazos y él observa detenidamente mi cuerpo. Me fijo en que lleva una botella de crema.

—¿De dónde has sacado eso? —Parece cara y femenina.

—La compré en Nueva York antes del viaje —contesta casi con desinterés—. ¿Cómo te sientes?

Echo los hombros atrás, confiada, y enmascaro el dolor de mi rostro.

—Estupendamente —respondo peinándome con los dedos—. Preparada para la ronda número… —¿Cuántas veces lo hicimos anoche? Me da rabia haber perdido la cuenta. Nunca pierdo la cuenta de nada.

Mierda. Hasta mis pensamientos son pretenciosos.

Se me debe de estar pegando de Connor. O quizá siempre haya sido así.

—Ya juzgaré yo cuándo estás preparada —contesta observándome con una mano apoyada en el lavamanos.

Le devuelvo la mirada.

—Creo que conozco mi cuerpo mejor que tú.

Él enarca las cejas con aire desafiante.

—Eso es discutible y, en segundo lugar, eres testaruda y competitiva, dos cualidades que te convierten en una juez terrible.

Le quita el tapón a la crema y se echa un poco en la palma de la mano.

—Puedo hacerlo sola —digo, aunque me arrepiento de inmediato. La verdad es que prefiero mil veces que me mime él.

—Pero lo más maravilloso de causarte esos moratones es que soy yo quien te los puede curar.

Por suerte, ignora mi petición y empieza a ponerme crema en una de las marcas más leves, la del hombro. Lo hace con ternura y cuidado, la actitud opuesta a la que tiene en la cama.

Podría acostumbrarme a esto.

Me masajea la marca de los dientes y el dolor solo se intensifica una vez. Intento que no se me note, pero no debo de tener éxito, porque me la besa. Luego me habla en francés sobre cosas mundanas: Calloway Couture, Cobalt Inc., lo que haremos cuando volvamos mañana a Filadelfia…

Nunca me había hecho sentir tan bien que cuidaran de mí.

Cuando termina de mirarme los moratones, se concentra en el punto entre mis piernas. Me toca el sexo y aprieto los dientes, negándome a mostrarle lo mucho que me duele; desde luego, ahora mismo no está precisamente en plan «por favor, fóllame».

—Esto va fuera. —Me baja las bragas. Me agarro a sus hombros para acabar de quitármelas y él me ayuda a volver a ponerme la bata, para luego atármela a la cintura. La seda acaricia mi piel con gentileza, a diferencia del algodón de la ropa interior.

Connor contempla mi collar de diamantes y alarga una mano hacia la hebilla.

Doy un paso atrás y me agarro al collar con un gesto posesivo.

A él se le ilumina el rostro. Contiene una carcajada, llevándose una mano a los labios para amortiguar el sonido.

—¿Ahora te gusta?

—¡Es de diamantes! —contesto como si estuviera loco—. Y es un regalo. No me lo puedes quitar.

—No tengo intención de devolverlo —me asegura—. Lo guardaré en un lugar seguro. —Se vuelve a acercar a mí, pero esta vez no me aparto. Dejo que me lo desabroche y me lo quite, para luego sentir la desnudez de mi cuello, desprovisto ya del cálido cuero.

—¿Por qué no me lo puedo dejar puesto? —pregunto en voz baja mirándole los labios, y me quedo observando cómo se mueven mientras responde:

—Porque te lo pondrás solo cuando juegue contigo. Y hoy voy a cuidar de ti.

Me coge el pelo con una mano y me unta crema en el punto en el que se me ha clavado la hebilla. Sus dedos danzan con maestría sobre las zonas más sensibles. Necesito de toda mi fuerza de voluntad para no gemir y someterme a él como un perrito baboso.

Le pone el tapón a la crema, se guarda el collar en el bolsillo y sale del baño sin decir ni una palabra más. Frunzo el ceño, confundida en un principio, pero vuelve enseguida con otra caja negra del mismo tamaño que la otra. ¿Otro collar?

Abro mucho los ojos, emocionada.

Está vez no me hace suplicar y la abre enseguida.

—Este es para días como hoy.

Lo saca de la caja, se pone detrás de mí y me lo coloca en el cuello para abrochármelo. No es la primera vez que me regala joyas: cuando empezamos a salir juntos, me regaló un colgante en forma de lágrima. Sin embargo, este significa más para mí, no solo porque lo que ahora descansa sobre mi pecho es un diamante, sino porque es sencillo y refinado, porque cuelga de una cadena ligera como una pluma que podría lucir con casi cualquier atuendo. Es evidente que lo ha elegido con sumo cuidado.

Creo que estoy a punto de llorar. Y yo nunca lloro.

Supongo que no pasa nada por derramar lágrimas por una joya. Eso no acrecentará mi fama de reina del hielo ni me convertirá en una esnob materialista, ¿no? Bah, ¿a quién le importa?

Mis lágrimas ya se han escapado.

—Gracias —digo.

Me da un beso en los labios y me rodea los hombros con los brazos.

—No hay de qué.

Connor y yo pasamos toda la mañana zapeando, pero nos centramos solo en el canal de ciencia y el de historia, para evitar los reality shows y ver programas más educativos. Sí, soy consciente de que es un poco hipócrita por mi parte, pero que salga en un reality show no quiere decir que los reality shows me gusten. Nos hemos recluido en nuestro dormitorio y, cuando mis hermanas le han preguntado por mí, les ha dicho que no me encontraba bien. Se lo han creído, al menos lo suficiente como para que nos hayan dejado en paz.

Le suena el teléfono justo cuando empieza un reportaje sobre la peste negra.

—Ahora no puedes irte —le digo—. Te vas a perder todas las imágenes de gangrena y pestilencia.

Levanta la vista.

—Tentador. —Sonríe para que entienda que lo dice en serio.

Recuerdo la literatura relacionada con la peste bubónica y desentierro los conocimientos que obtuve en la universidad, los torneos y las investigaciones que hice por mi cuenta.

—«Incluso para los irremediablemente perdidos, para aquellos para los que tanto la vida como la muerte es una broma, hay asuntos con los que no se puede bromear». —He citado *La máscara de la muerte roja* para ponerlo a prueba y para distraerlo con una sola frase.

Veo un brillo desafiante en su mirada. Baja la mano e ignora la vibración del móvil que le reclama.

—Edgar Allan Poe —contesta enseguida, devorando el cebo de un bocado.

Connor se desliza en la cama junto a mí y enreda sus piernas con las mías. Toquetea mi collar, alisando la delgada cadena, y me hace cosquillas sin querer en el hueco del cuello. Le cojo la mano antes de estremecerme.

Me mira a los ojos y susurra:

—«Ama a todos, confía en unos pocos, no hagas daño a nadie».

Es una de mis citas preferidas. Me vuelvo ligeramente, lo justo para que nuestros labios no choquen.

—Shakespeare —respondo en voz baja.

—Muy bien.

Mis pensamientos emigran a mi corazón. Tengo el beso a un suspiro de distancia y, a pesar de estar dolorida, quiero repetir la noche de ayer.

«Ama a todos». Amor. He aceptado a Connor tal como es, incluso con sus creencias contrarias al amor. Pero ¿por qué narices ha tenido que elegir esa cita?

—No puedes seducirme con Shakespeare. —Doy la orden para que mis pensamientos vuelvan a mi cerebro. «Vuelve, Rose, que no se derrite». Pongo una distancia considerable entre nuestros labios y me desplazo hacia la derecha—. Sobre todo con una cita sobre el amor.

—No necesito seducirte, cariño —repone—. Ya te tengo.

Lleva la lujuria escrita en el rostro. Lo miro con los ojos entornados, pero cuanto más furibunda es mi mirada, más lo excito. Es algo que he aprendido con el paso de los años y, aun así, no consigo contener mi irritación para ganarle la batalla.

Se lame los labios y me regala otra cita, solo que recita las palabras conteniendo el aliento, casi como si les estuviera haciendo el amor.

—«Sabemos lo que somos, pero no lo que podemos ser».

¿Por qué tiene que ser tan sexy?

¿Y por qué la inteligencia me excita más que los músculos o los abdominales definidos?

—*Hamlet* —replico.

Me siento y me apoyo en el cabezal, intentando esconder que ese punto entre mis piernas palpita de nuevo, encendido por la pasión.

—«Estamos hechos de la misma materia que los sueños, y nuestra pequeña vida termina al dormir».

Sonrío interiormente de oreja a oreja. Vimos esta obra de teatro en nuestra primera cita.

—Qué fácil. *La tempestad.*

—Muy bien, señorita graduada con matrícula de honor... —Pone una rodilla a cada lado de mi cintura, pero no se sienta. Se queda suspendido sobre mí, apoya una mano en el cabezal y me mira fijamente. No tiene que tocarme para confinarme bajo su cuerpo alto y musculoso. «No me puedo creer que sea mi novio». Es lo único que soy capaz de pensar.

—«El amor no es más que una locura».

Tardo un instante en comprender sus palabras.

—*Como gustéis.*

Baja la cabeza. Parece que va a tocar mis labios con los suyos, pero me engaña, su boca se desvía hacia mi oído.

—«Y, aunque sea pequeña, es feroz». —Pronuncia cada palabra con tanta convicción que el corazón me da un brinco.

Dios mío.

«Piensa. Piensa». Tengo que ganar.

—*El sueño de una noche de verano.*

Sin quitar la mano del cabezal, empieza a acariciarme con la otra el pecho derecho, el que menos me duele de los dos.

—«Lo pasado es un prólogo».

—*La tempestad* otra vez.

Me alza la barbilla y baja sus labios hacia los míos, los abre con la lengua y me roba el aliento, todo a la vez. Los pezones se me endurecen, pero él se echa hacia atrás y dice:

—«Lo que está hecho no se puede deshacer».

Contemplo cómo su mano baja hasta mi cuello y me acaricia la piel dolorida. Luego pasa al pecho; después, al brazo. Casi no puedo concentrarme. Estoy perdida, la excitación ha vuelto a tomar las riendas.

—Esto... —Mierda—. Repítela.

—«Lo que está hecho no se puede deshacer».

«Piensa, Rose».

Me da otra cita de la misma obra:

—«La vida es un cuento contado por un idiota, lleno de ruido y de furia, que no significa nada».

Lo miro con los ojos entornados; esta casi no me suena.

—¿La has abreviado? —Odia abreviar las citas; debe de haberlo hecho solo para dejarme sin palabras.

—Es posible. —Estoy a punto de llamarlo tramposo, pero entonces me tapa la boca con la mano y añade—: No tenía por qué darte una segunda cita para ayudarte, Rose.

No le falta razón.

Me besa en la frente y recita:

—«La vida no es más que una sombra que pasa, un pobre actor que se pavonea sobre el escenario para que luego nada vuelva a saberse de él. Es un cuento contado por un idiota, lleno de ruido y de furia, que no significa nada».

—*Macbeth*. —Me pongo recta, orgullosa de mí, y él comparte conmigo mi victoria. En lugar de lamentarse por haber perdido, sonríe porque he ganado yo.

Pero entonces agrega:

—«El tiempo no es más que un estúpido, pero estamos a su merced».

Frunzo el ceño. Esta no me suena de nada. Lo fulmino con la mirada; no me tomo la derrota tan bien como él.

—Es original de Connor Cobalt —confiesa.

Le lanzo un cojín a la cara y él lo coge antes de liberarme de la cárcel que ha construido con sus brazos, aunque no me importaría pasarme todo el día encerrada entre el colchón y él, solo él.

Sin embargo, se levanta de la cama y coloca los pies en el parquet, teléfono en mano.

—Voy a devolverle la llamada a Frederick y luego podemos ver juntos cómo muere una ciudad. —Señala el televisor, que muestra los estragos que la peste negra ha empezado a causar en Europa.

—¿Vas a hablarle sobre mí? —pregunto.

—Sí —contesta—. Voy a presumir, así que quizá sea mejor que salga. —Señala el patio.

—Salúdalo de mi parte —contesto con una rígida sonrisa.

Conocí a Frederick una vez. Fue amable pero seco; probablemente, le preocupaba hablar más de la cuenta. Sabe más sobre mí de lo que demuestra, eso seguro.

Cuando Connor sale por las puertas correderas de cristal, cojo mi teléfono, que está en la mesilla de noche. Estoy a punto de marcar el número de Poppy, pero entonces recuerdo que en Filadelfia son las seis de la mañana. La invité a venir a los Alpes con nosotras, pero me dijo que prefería quedarse en casa con su hija. Poppy solo tiene cuatro años más que yo, pero siento que estamos a décadas de distancia. Tiene su propia familia y ha empezado a distanciarse de Lily, de Daisy y de mí por Sam y Maria. ¿Es eso lo que pasa cuando tienes hijos? ¿Ganas nuevos miembros de tu familia a cambio de sacrificar tu conexión con otros?

Me asusta. Me da miedo pensar que la relación que tengo ahora con mis hermanas podría disolverse cuando nos casemos y empecemos «nuevas» vidas. ¿Será que nunca seremos tan íntimas como ahora?

Espero que no.

Alguien llama a mi puerta y la abre una rendija.

—¡Chis! —dice Lily entre dientes—. Igual está durmiendo.

Cruzo las manos sobre mi regazo y también los tobillos, como una señorita, y espero con una sonrisa a que entren. Si dentro de unos años emprenderemos caminos separados, será mejor que disfrute de esto ahora.

—No, ya la veo… Está despierta —dice Daisy, asomando por encima de Lily, quien entonces abre la puerta del todo y deja que nuestra hermana pequeña entre con dos tazas llenas en las que flotan nubes de malvavisco. Lily lleva la suya en la mano.

—Te hemos hecho un chocolate caliente.

—Hemos pensado que igual te ayudaba con la migraña —añade Daisy.

Me tiende una taza azul oscuro y las dos se sientan en la cama, al lado de mis piernas. ¿Migraña? ¿Esa es la mentira que les ha contado Connor? Se le podría haber ocurrido algo mejor, pero supongo que no quería preocupar a nadie.

Lily señala la televisión, donde están lanzando cadáveres en enormes zanjas. Está horrorizada.

—¿Qué estás viendo?

Miro mi taza y sonrío.

—La muerte negra. —Doy un largo trago y luego siento la mano de Daisy sobre mi cuello. Está examinando el colgante con el diamante.

—¿Es nuevo?

Asiento.

—Es un regalo de Connor.

—Qué bonito —responde con sinceridad mientras vuelve a dejarlo delicadamente sobre mi pecho. Sin embargo, veo una sombra de tristeza en sus ojos. Intenta disimularla bajo una capa de normalidad, recogiéndose el pelo en un moño con una sola mano.

—¿Qué me he perdido? —le pregunto.

—Aparte de a Scott siendo un gilipollas, nada —contesta.

Entorno los ojos.

—¿Qué ha hecho?

—El gilipollas no es él —afirma Lily dirigiéndole a Daisy una mirada de reproche poco habitual en ella.

Me quedo boquiabierta.

—¿Estás defendiendo a Scott, Lily? —¿Es que Connor me ha llevado a otra dimensión a base de polvos?

Mi hermana se sonroja.

—No —repone a toda prisa—. A ver, Scott sigue siendo un imbécil... Cada vez que se cruza conmigo en el pasillo me llama zorra por lo bajo, pero... —se encoge de hombros— estoy aprendiendo a pasar de él, como hacemos todos. —Vuelve a fulminar a Daisy con la mirada.

Me pongo rígida.

—Entonces ¿qué pasa? —Estoy uniendo los puntos más rápido que ella en formar palabras—. Es por Julian, ¿no?

Daisy niega con la cabeza, pero Lily asiente y la señala.

—¡Le ha metido la mano en los pantalones delante de Ryke! ¡Se ha pasado!

—Y yo se la he sacado —susurra Daisy—. No ha sucedido nada.

Lily me informa de lo demás.

—Ryke ha estado a punto de darle un puñetazo.

—No me extraña —comento antes de beber un poco de chocolate caliente.

Lily me mira con los ojos tan entornados que parecen dos rayitas.

—Te lo estás tomando muy bien.

—Julian lleva desde que llegamos a los Alpes marcando territorio. No me sorprende que haya decidido hacerlo agarrándole el culo.

—Y metiéndole la mano en los pantalones —aclara Lily.

—Estoy aquí, ¿eh? —Daisy la saluda con la mano.

—Ya lo sé —contesto—. ¿Dónde está el espray de pimienta que te compré? Si tú no le abrasas los ojos, lo haré yo de mil amores.

—Es mi novio. No quiero hacerle daño.

—¿De verdad es tu novio, Daisy? —pregunto en tono gélido, pero no puedo evitarlo.

—Sí.

—Entonces descríbeme cómo te sientes cuando lo besas.

Se estremece.

—¡Ajá! Ni siquiera te gusta —exclama Lily señalándola con un dedo.

Daisy se queda cabizbaja.

—Lo estoy intentando.

—Prométeme que no te pasarás la vida intentándolo —le pido—. Es mayor que tú y no debería atraparte en una relación.

—No me tiene atrapada, te lo juro. Puedo terminar con él cuando quiera. Solo estoy esperando al momento adecuado para atacar. —Me da unos golpecitos en la pierna y cambia de tema—: Bueno, ¿cómo te encuentras?

Decido caer por una vez en su maniobra de distracción, pero solo porque la conversación no va a ningún sitio, no hasta que sea capaz de rechazar a Julian. Y, si no lo es, no tendré ningún problema en tomar cartas en el asunto y enterrarle la puta cabeza en la nieve. Me aclaro la garganta y me pongo recta.

—Bueno… He de daros una noticia. —Hace unos meses, le prometí a Lily que cuando perdiera la virginidad se lo contaría, pero solo si aceptaba no tomárselo muy a la tremenda. Intento reprimir una sonrisa y confieso—: Lo he hecho.

—¡Aaaaaah! —El chillido de emoción de Lily parece más un grito de miedo.

Para sorpresa de nadie, la puerta del dormitorio se abre enseguida. Loren y Ryke entran a toda prisa mientras Connor hace lo mismo desde el patio, con el teléfono todavía en la mano.

—¿Qué coño pasa? —pregunta Ryke mirándonos.

Las tres nos hemos quedado mudas. Daisy finge estar fascinada con una de las nubes de malvavisco que flotan en su chocolate.

Loren observa a Lily con las facciones cada vez más tensas, preocupado, mientras intenta entender qué ha pasado, igual que su hermano. Tanto silencio empieza a afectar a mi hermana, que acaba cogiendo la manta y echándosela sobre la cabeza para esconderse.

Estoy a punto de explicarme, pero entonces veo que Brett intenta meter la cámara en la habitación para grabar el interior, y eso que es una zona no permitida. Su intrusión molesta tanto a Ryke que le cierra la puerta en las narices. Oigo que el cámara exclama «uf» y da un traspiés por el pasillo. Tal vez el comportamiento agresivo de Ryke me habría molestado si hubiera sido Savannah o Ben, pero en este caso me da igual.

Miro a Connor, que arquea las cejas y esboza una media sonrisa. Sabe que se lo acabo de contar a mis hermanas.

Loren se acerca a la cama y toca el cuerpo escondido de Lily. Aunque la cubre la manta, me doy cuenta de que está a punto de derretirse.

—¿Qué pasa, Lil? —pregunta Lo frotándole la espalda.

Ella niega con la cabeza y se da la vuelta para quedar de cara a mí. O eso creo... Me parece que eso que asoma es su nariz. Sin embargo, no sirve de mucho, porque como está debajo de la manta de franela no la veo.

—Lo siento, Rose —dice—. Es que me alegro por ti.

Es como si el monstruo de la manta se estuviera disculpando conmigo.

—No pasa nada, Lily, no me importa —le aseguro. De un modo u otro se iban a enterar. Estoy segura de que Connor se lo habría acabado contando. Es una situación un poco rara, pero así es mi vida.

—Tenéis que trabajaros un poco esos gritos de alegría —protesta Ryke enfadado—. No deberían ser iguales que los que usaríais si alguien os estuviera atacando.

Loren le quita la manta de encima a Lily y ella asoma con el pelo de punta por la electricidad estática.

—¿Por qué estáis tan contentas? —pregunta.

Ella se queda en silencio y un poco pálida. Por el amor de Dios.

—He tenido relaciones —suelto por segunda vez.

Todas las miradas se dirigen hacia Connor, que está muy callado. Se ha guardado el teléfono y tiene las manos en los bolsillos.

—Sí, ha sido conmigo —informa, aunque nadie le haya preguntado. Sin embargo, relaja un poco la tensión incómoda que reina en la habitación.

—¿De verdad? —Finjo estar confundida—. ¿Tú también estabas?

—*Je te rappellerai plus tard*. —«Luego te lo recuerdo». Estas cosas suenan mucho más sexis en francés.

—Dicho eso, me voy. —Ryke abre la puerta y sale con cuidado de no dejar entrar ninguna cámara.

—Felicidades, hermana —exclama Daisy con una gran sonrisa. Me da un abrazo y sale detrás de Ryke.

Eso nos deja solos con Lily y Loren. Espero a que este último me insulte. Seguro que dirá algo sobre «hacerse mujer», como si el sexo me hiciera más vieja y más sabia. No es así. Solo me ha proporcionado un poco más de experiencia.

—Me alegro por vosotros —dice frotándose la nuca. Yo tengo la sorpresa escrita en la cara. Pone los ojos en blanco y añade—: ¿Qué pasa? ¿No puedo ser amable por una vez?

—Es raro —admito.

Le hace un gesto a Connor.

—Entonces ¿te vas a quedar por aquí? —¿Sigue pensando que Connor me va a dar puerta ahora que ya ha conseguido acostarse conmigo?

—Sí, Lo —contesta él con un brillo de dolor en la mirada. Me sorprende que permita que Loren lo vea—. No me voy a ningún sitio.

Lo asiente de nuevo, intentando asimilar la información.

—Enhorabuena, tío. Empezaba a preocuparme que Scott se te adelantara. —Esboza una sonrisa sardónica.

—De momento, lo único en lo que se me ha adelantado es...

—Rose —dice Scott mientras entra en la habitación con el móvil en la mano. Me tiende el aparato, pero yo no hago ademán de abandonar ni mi cama ni mi postura de señorita en mi lecho.

Acabo de anunciar que me han desflorado, por supuesto que le ha parecido el momento oportuno para interrumpirnos. Es evidente que pretende robarle a Connor el mayor de sus méritos, y también a mí.

Pero entonces anuncia:

—Está tu madre al teléfono. Quiere hablar sobre la organización de las mesas para la boda. —Connor se pone entre la cama y Scott antes de que este último llegue hasta mí. En los ojos de mi novio hay una malicia que nunca había visto. Le arrebata el móvil de la mano, pero, antes de que se lo lleve al oído, el productor añade—: No te olvides de darle las gracias a Samantha por la charla de una hora. Me ha gustado mucho saber cómo le ha ido el día. Ha sido muy... informativo.

Está intentando joderle.

Mi madre es muy maleable, los hombres zalameros con dinero la manipulan muy fácilmente. Joder, le cae bien hasta el mismísimo Loren Hale, que solo es amable cuando le conviene. A mí no me entra en la cabeza que alguien se lo intente meter a su hija por los ojos, pero ella lleva soñando con la boda de Lily y Loren desde antes de que estuvieran juntos.

Empiezo a preguntarme cuánto la ha influenciado el reality show. Si el resto de los espectadores odian que Connor esté conmigo —y así es, porque se ha mostrado cortante delante de las cámaras y en el montaje se han encargado de hacerlo parecer un imbécil pretencioso—, los amigos de mi madre tampoco apoyarán nuestra relación. Votarán por Scott, y mi madre suele ponerse del lado de la mayoría.

Maravilloso.

—Samantha... —saluda Connor al llevarse el teléfono a la oreja, sin dejar de mirar a Scott—. Ahora no puede ponerse... Sí, por supuesto. —Mira a Loren para pedirle en silencio que se quede en mi habitación. Este asiente y entonces Connor se refugia de nuevo en la privacidad que le brinda el patio para hablar con mi madre. Cuando cierra la puerta, tomo en consideración la posibilidad de mover mis doloridos músculos para unirme a él.

—Largo de aquí —le espeta Loren a Scott de inmediato.

El productor levanta las manos en un gesto defensivo, pero su mirada lisonjera se detiene en mí, en mis pechos, cuyas partes superiores quedan visibles con el escote del camisón.

—Salta a la vista que has salido del convento, Rose Calloway. —Suelta una carcajada—. Nos vemos luego. —Hace una pausa y un gesto pensativo—. Ah, una cosa... Tus hermanas y tú deberíais poneros ese top dorado que Daisy ya se puso para ir a Valentino's. Ese episodio tuvo muy buena audiencia. —Silba—. Tendríais que ver cuánta gente republicó esa foto. Las tetas venden.

Lo voy a matar. Me imagino acercándome a Scott a cuatro patas y abalanzándome sobre él como una leona, una gata salvaje, una alimaña dispuesta a sacarle ojos con las garras. Pero luego lo imagino esbozando una sonrisilla porque en esa postura me vería el canalillo, así que me arrepiento y me quedo sentada. Como una señorita.

—Largo de aquí, asqueroso —repite Loren muy despacio, como si Scott fuese idiota.

El productor hace de nuevo el mismo gesto, pero sigue comportándose como si tuviera todos los ases en la manga. Y quizá sea así. Es el dueño de la casa en la que vivimos y también el nuestro, y dispone de todo tipo de grabaciones que puede manipular a voluntad. Para él, no somos más que marionetas.

Cierra la puerta, pero la tensión se queda dentro de la habitación. Y creo que seguirá aquí para siempre.

O, al menos, hasta que las cámaras dejen de grabar.

Capítulo 33
Connor Cobalt

—Tiene veintitrés años y lleva un año de relación…

—Más de uno.

—¡Más de un año! ¿Y sigue siendo virgen? Algo falla con esa chica…

Estoy viendo *TMZ*, el canal de crónica rosa, en mi despacho de Cobalt Inc. antes de dar el día por terminado e irme a casa. Los pasillos están desiertos; solo queda un conserje, que está pasando el aspirador por la moqueta gris en la sala de descanso.

—Seguro que tiene herpes —sugiere un reportero que trabaja desde uno de los cubículos, y el resto de la sala estalla en carcajadas—. ¿Qué otra explicación puede haber?

El viaje a los Alpes se emitió anoche en la AGT y no se mencionó en ningún momento que Rose haya perdido la virginidad. De todos modos, si viera cómo la están difamando en *TMZ* se subiría por las paredes. Están avergonzando a cualquier chica de su edad que haya decidido esperar.

Rose no tenía ningún problema con que el tema de su virginidad siguiera siendo un secreto, pero en el vuelo de vuelta, solo para ver qué iba a hacer Scott, miró directamente a uno de los objetivos y proclamó que se había acostado conmigo. Así le quitó a Lily algo de presión. Estaba anormalmente callada por miedo a que se le escapara el secreto ante el mundo entero.

Pero esas imágenes no se han emitido, supongo que para mantener intacta la etiqueta de «virgen» con la que comercializan el programa, y porque, para la audiencia, soy el último candidato para estar con Rose. Hasta su madre me lo dijo por teléfono. Fue una de las conversaciones más difíciles que he mantenido nunca. Quise contestarle como se merecía, pero al final me mordí la lengua y aguanté que me regañara por no ser más cariñoso con mi novia; es decir, su hija.

Nombré el montaje malintencionado una sola vez, y resopló y me replicó que me dejara de excusas. Así que me limité a contestar: «Lo siento, Samantha. Me portaré mejor». Entonces ella me amenazó: «Más te vale, o convenceré a Rose para que le dé otra oportunidad a Scott, como él se merece».

Está convencida de que es verdad que salieron juntos en el pasado. El nivel de locura me resulta incomprensible.

Odio a Scott.

Pero al menos no ha podido estropear el mejor sexo de mi vida. Lo único que quiero es llegar a casa y follar con Rose, olvidarme de toda esta mierda y dedicarme a algo que nos haga sentir bien a los dos. Sin embargo, el tiempo no está de nuestro lado, por mucho que luche constantemente por conseguir más. Wharton está acabando conmigo. Cobalt Inc. es manejable, pero si logro llegar a casa a las dos de la madrugada cada noche, antes de que Rose se duerma, me consideraré un hombre con suerte.

Me levanto, recojo los papeles y los meto en un maletín. Antes de irme, zapeo un poco y me encuentro con una reposición de *Princesas de Filadelfia*. Ya había visto un trozo antes, pero no esta escena, en la que Lo se pone encima de Lily en el sofá, en la cabaña de los Alpes, y la besa en los labios apasionadamente, abrazándola cada vez que se separa de ella un instante.

No obstante, mientras lo hace, mira a cámara. Como si se estuviera follando literalmente a los telespectadores con la boca. Me llevo una mano a los labios e intento no echarme a reír. Rose se pondría como una moto, pero lo cierto es que Lo hace este tipo de cosas a menudo. He visto varias pegatinas por la ciudad en las que se lee «Hazme un hijo, Loren Hale», sobre todo después de la emisión de la última entrevista de Lily. En ella, soltó una larga explicación sobre por qué Loren es el único hombre capaz de satisfacer todas sus necesidades sexuales.

Luego *Celebrity Crush* escribió un artículo en el que intentaban determinar el tamaño de su polla. Como periodismo de calidad era horrible, pero ese tipo de artículos son los que permiten ver con perspectiva lo mucho que se ha popularizado el reality show.

Y lo famosos que nos hemos hecho de repente.

Lily ni siquiera es capaz de verse enrollándose con Loren en pantalla. Se tapa los ojos por lo mucho que la excita.

Apago la televisión y las luces y me tomo un par de anfetaminas. Todavía tengo que terminar un proyecto para una clase de gestión de Wharton que tengo a medio hacer, aunque lo que me apetece de verdad es mandarlo todo a la mierda y tener sexo duro con mi novia.

Atarla y ver cómo se corre es la mejor tarea que tengo en mi lista de pendientes. Me caliento solo con recordar su cara la primera vez que la penetré, la primera vez que la llené. Abrió la boca y emitió de forma entrecortada algunos de los sonidos más hermosos que he oído en mi vida.

Sentí que me pertenecía más que nunca. Me dejó hacerle todo lo que quise, sin barreras ni restricciones. Confiaba ciegamente en mí. La hice mía tan bruscamente como supe que podía soportar, su carne estrecha se asió a mi polla con un desenfreno que no quiero olvidar jamás.

Y precisamente por eso tengo pensado volver a casa y hacerlo otra vez.

Ya veo el ascensor; ya me imagino en qué postura la voy a poner. Boca abajo sobre la cama, con las manos atadas a la espalda.

Creo que la azotaré.

—¡Connor!

Me paro en seco. Solo hay una persona capaz de arruinarme estos preciosos pensamientos. Solo una persona capaz de estar trabajando justo cuando el conserje termina su jornada. Me vuelvo para enfrentarme a mi madre, que se me acerca a paso firme y rápido.

—Acabo de dejarte la propuesta encima de la mesa —la informo. «Deja que me vaya», ruego en silencio.

—Ya la he visto —contesta de forma despreocupada—. El sábado he hecho una reserva en L'Bleu. A las siete en punto. Trae a Rose. —Da media vuelta y desaparece por el pasillo sin darme la oportunidad de ponerle una excusa.

Algo desconocido me oprime el pecho. Creo que es ansiedad. Saco el teléfono para llamar a Frederick y veo que hace un rato he recibido un mensaje.

> **Rose:** Ven a casa, por favor. Tenemos un problema con Lily y Loren.

Mierda.

Intento que mi imaginación no se descontrole y evito predecir qué clase de problema puede ser. Me limito a salir rápidamente y a empezar a prepararme para lo que se me viene encima.

En cuanto entro en casa, veo a Lily y a Lo hechos un ovillo en el sofá, leyendo un cómic juntos y en silencio. Con estos dos, un problema suele implicar gritos y a veces incluso llantos. Es extraño, pero intento no juzgar hasta no conocer los hechos.

Antes de que me dé tiempo a preguntarles, Rose aparece por las escaleras y me coge de la muñeca con fuerza. Tiene los ojos encendidos. Debería preocuparme por la tempestad que está a punto de desencadenarse en mi contra, pero mi polla tiene sus propios intereses y le ruega en silencio que canalice esa energía hacia ella. Intenta llevarme hasta la segunda planta, pero me quito su mano de la muñeca.

—Me parece que ya sé dónde está el dormitorio —le digo.

Aprieta los labios en una fina línea y se sonroja.

—Olvídate de follar ahora. —Ladeo la cabeza y enarco las cejas.

—Lo único que quería decir es que puedo llevarme arriba yo solito. No he dicho nada de sexo. —Paso por delante de ella y empiezo a subir las escaleras.

Ella resopla.

—No tenemos tiempo de preocuparnos por tu ego.

Está enfadada porque le haya robado unos segundos que dedicar a esta situación tan urgente. Intenta adelantarme, pero alargo un brazo para impedirle el paso y la miro.

—¡Date prisa! —me ordena.

—¿Hay un incendio? ¿Te han robado la colección de zapatos? —pregunto con una sonrisa.

Tiene el cuello rígido. Apenas respira.

—Te estás ganando un bofetón.

La verdad es que la veo muy capaz de dármelo.

Tengo demasiada curiosidad por saber cuál es el drama que se ha producido con Lily y Loren, así que evito empezar esta pelea, pero no me resulta fácil. Ya me imagino su mano dejándome una marca en la mejilla. Luego la empotraría contra la pared, le mordería el labio y me la follaría hasta que se le pasara el enfado, reemplazándolo por una sumisión vulnerable y satisfecha.

Por fin exhala sin dejar de observarme, tan fijamente que sé que debe de ver el anhelo en mi mirada. Pero no podemos follar en las escaleras; están llenas de cámaras.

Aparto la vista y me dirijo al dormitorio sin decir nada más. Cuando ella cierra la puerta tras nosotros, me doy cuenta de que Ryke ya está aquí, paseándose delante de la cama con los puños apretados. Reconozco la Canon Rebel de Savannah que está sobre la cama, pero antes de que pueda preguntar por qué está ahí, Rose me lo explica.

—El tequila y el vino han desaparecido —anuncia con los brazos en jarras. Me cuenta que ha buscado por toda la casa y que Ryke ha encontrado las botellas en el armario de Lo, escondidas detrás de un montón de ropa sucia. Vacías.

Parpadeo varias veces, intentando ignorar las emociones que quieren acabar conmigo. No estoy acostumbrado a experimentar sentimientos tan intensos por cosas que no tengan un efecto directo sobre mí, que no impliquen un coste que reduzca mis beneficios.

—En la botella de tequila no quedaba mucho. Lo derramamos casi todo en la cama —le recuerdo a Rose con voz neutral, pero tengo un nudo en la garganta. Me veo obligado a toser para deshacerlo.

—Eso da igual. —Señala la puerta con un dedo—. Llevaba sobrio dieciséis meses. ¡Dieciséis!

—Ya lo sé. —Una recaída no es poca cosa. Me vuelvo hacia Ryke, que está que echa humo, se pasea arriba y abajo con hostilidad—. ¿Y tú no has bajado a cantarle las cuarenta? —pregunto con incrédulo.

Se detiene en mitad de la habitación y señala la puerta, igual que ha hecho mi novia.

—¡Estoy a punto! —gruñe—. Pero eso es justo lo que quieren esos follamadres.

Hago una mueca.

—¿Puedes no usar esa palabrota? Es ridícula. —Los dos me fulminan con la mirada—. ¿Qué? Prefiero «hijos de puta» —bromeo, con la esperanza de que Ryke relaje los músculos y que la mirada iracunda de Rose se rebaje un poco. Sin embargo, me doy cuenta de que si bromeo lo hago por mí. Estoy evitando el tema, y eso no es propio de mí. Simplemente, no quiero que sea cierto. No quiero que Lo vuelva a beber, no quiero que esa oscuridad regrese a su vida. No soy capaz de salvar a ese chico de sus propios demonios y no quiero ver cómo se ahoga desde la primera fila.

Ryke decide pasar de mí y terminar su perorata:

—Lo que quieren es que baje y le grite para que todo el mundo piense que ha recaído, que es lo que esperan de un gilipollas niño de papá. E igual es verdad. —Se lleva las manos a la cabeza. Respira con dificultad.

—No crees lo que has dicho.

Se le deforma el rostro y se le ponen los ojos vidriosos. Niega con la cabeza y dice:

—Todos los días lo miro y pienso que podría haber sido yo. Me pasé veintidós putos años mirando hacia otro lado. Me importaba una mierda mi hermanastro, que sabía que vivía con nuestro padre. ¡Nuestro padre! —Es incapaz de terminar.

Rose mira a Ryke con una empatía que no le había visto nunca. Veo el dolor en su rostro. Yo mismo tengo un nudo en el estómago que no sé cómo deshacer.

Estos detalles dolorosos e íntimos, los que nos convierten en las personas que somos, no suelen emitirse. Creo que los escondemos con demasiada frecuencia, incluso ante nosotros mismos.

El padre de Loren abusó verbalmente de él durante toda su vida. Ryke se libró.

Esa es la verdad.

La que todos conocemos.

Si producción quisiera mostrar al verdadero Ryke Meadows, contarían a los espectadores que pasó su último año de universidad ayudando a su hermanastro a dejar el alcohol. Que dejó de quedar con sus amigos y de asistir a fiestas solo para asegurarse de que Loren no terminase igual que su padre, también alcohólico. Para evitar que fuese por el mismo camino.

Admiro a Ryke por muchas razones, pero creo que esta es la más importante de todas: Loren Hale es el hijo bastardo que destruyó su familia. Su padre dejó embarazada a otra mujer; así concibió a Lo. Y, en consecuencia, Ryke se crio con una madre soltera después del divorcio. Y, aun así, hoy está aquí, y su único deseo es proteger al muchacho que fue el catalizador de su vida rota.

Ryke ni siquiera es consciente del impacto que ha tenido en la vida de Loren. Es incapaz de ver todo lo bueno que ha hecho, porque no es capaz de dejar de culparse por haber sido egoísta esos primeros veintidós años, por haber pasado de Lo porque estaba atado a su padre, por razones de sangre y de proximidad.

Necesita perdonarse a sí mismo. No sé cuánto tiempo tardará, si es que algún día acaba lográndolo. No nos queda más remedio que esperar.

Ryke se frota los ojos enrojecidos. Tiene pinta de querer chillar, o de darle una patada a algo.

—No sé qué cojones hacer.

—Ryke —digo con voz calma, intentando transmitirle tanta seguridad como puedo—, si ha recaído, no te concierne solo a ti. Te ayudaremos a cuidar de él.

Asiente, intentando creérselo. Quiero asegurarle que no le ha fallado, pero suena trillado, un cliché, por mucho que sea cierto.

—Eso no es todo —interviene Rose. Le tiembla la voz.

Mierda.

Se dirige a la cama y coge la cámara de Savannah.

Es Lily.

No sé qué me voy a encontrar, pero tiene que ver con su hermana.

Nos miramos a los ojos mientras ajusta la pantalla y el volumen. A veces siento que Lily y Lo son el corazón de todo el grupo. Cuando no están bien, es como si una fuerza decidiera romperse poco a poco. Son un recordatorio doloroso de que somos humanos, de que todos tenemos puntos débiles y de que, por mucho que pensemos que lo tenemos todo controlado, son los demás quienes más daño pueden hacernos.

El amor es un cabrón. O una zorra. Me pregunto cuánto tiempo llevamos luchando los unos contra los otros.

Miro la pantalla mientras Rose aprieta el botón de reproducir.

Lily y Lo están en una librería, lo que ya es raro. Normalmente, se quedan encerrados en su habitación o se esconden en el despacho de Loren, desde donde este está intentando levantar una editorial de cómics y novelas gráficas.

Veo que Lily tira de Loren hacia el baño público.

Mierda.

Tienen unas reglas, determinadas por el plan de recuperación de Lily. Una de las más importantes es no tener relaciones sexuales en lugares públicos. Savannah los está grabando desde el otro lado de la puerta, pero el audio recoge el sonido de los micrófonos que llevan debajo de la ropa.

—Todo el mundo nos está mirando —susurra Lily.

—Tú eres adicta al sexo, y yo, alcohólico —le recuerda él—. Lo sabe todo el puto mundo. Tenemos que acostumbrarnos a ser el centro de las miradas, mi amor.

Se hace un largo silencio hasta que ella lo rompe:

—¿Te puedo hacer una mamada?

Miro a Rose, que tiene la cámara en la mano. Me dirige una mirada penetrante; sus ojos entre verdes y amarillos están llenos de rabia. Le rodeo los hombros con el brazo; está tan rígida que bien podría ser una estatua de mármol.

Lo no le contesta, pero se oyen unos ruidos. Alguien que chupa, que lame. Pronto llegan los gemidos.

Rose apaga la cámara.

—Eso dura treinta minutos —anuncia con frialdad—. ¡Treinta minutos, Richard! Es para matarlo.

—Porque tu hermana es del todo inocente, claro —salta Ryke—. ¡No tendría que haberle pedido eso!

Rose se coloca como si fuesen a enfrentarse a una batalla por sus respectivos hermanos.

—Lily lo estaba haciendo muy bien…

Ryke la interrumpe con una carcajada y señala la cámara.

—¿Eso es hacerlo muy bien? Si ha estado a punto de saltarle en…

—¡Tiene mucha ansiedad! —lo interrumpe Rose—. Todo el mundo se está mofando de su vida sexual y de su adicción. A ver cómo llevarías tú que miles de personas fueran diciendo que tu polla es un despojo infestado de enfermedades.

—Está limpia —argumenta Ryke— y lo sabe. ¡Todos lo sabemos! ¡Lo que digan los demás no debería importarle!

—¡Está intentando ser fuerte! —le grita Rose. Me acerco a ella y le pongo una mano en la cintura para tranquilizarla, pero ella se aparta de mí—. Tu hermano, en cambio…

Le tapo la boca con la mano. Ella me coge de la muñeca para quitársela, pero me valgo de mi fuerza para inmovilizarla. No pienso dejar que diga nada que convierta la situación, que ya es bastante mala, en algo inmanejable.

—Ya es suficiente —sentencio con tranquilidad, y ambos se quedan en silencio. Bueno, a Rose no le queda otro remedio, pero empieza a relajar los hombros y a mostrarse menos a la defensiva—. Si competís para ver cuál de los dos tiene el mejor hermano, no conseguiremos nada. Los dos están hechos polvo. Dejémoslo ahí.

—No deberían estar juntos —declara Ryke. Es algo que siempre dice cada vez que los tres tenemos estas charlas sobre Lily y Lo.

Rose me da una palmadita en el brazo en lugar de intentar quitárselo, así que la suelto.

—Haz que rompan y ya veremos qué pasa —lo amenaza mientras se quita un mechón de pelo de los labios. Podríamos hacerlo. Somos los mayores del grupo, así que no sería tan difícil obligar a Lily y a Lo a separarse durante un par de años. Reflexionamos sobre ello unos minutos antes de comprender lo que significaría.

Se aman locamente, y la única razón por la que todavía se esfuerzan por seguir sanos es por el otro. Si les quitáramos ese apoyo, volverían a ser esclavos de sus adicciones.

Así que pasamos las horas siguientes pensando en alternativas, como llevarlos a una convención de cómics. Lo hicimos hace meses para sacarlos un poco de casa y distraerlos. Esas pequeñas cosas importan.

No tienen ni idea de que hablamos tanto sobre ellos. Probablemente, se sentirían culpables si supieran que nos importan lo bastante como para estar tan obsesionados por su bienestar.

—Ni siquiera sabemos si el alcohol se lo ha bebido él —sugiero—. Podría haber sido Lily o... —Niego con la cabeza al pensarlo—. O podría ser cosa de producción.

—¡No serán capaces! —exclama Ryke con una mirada oscura—. Si intentan joderlos con sus adicciones, se acabó. Dejo este puto programa y se pueden ir a la mierda.

Juraría que cada vez que oigo tantas palabrotas juntas me vuelvo más estúpido.

—La única forma de saberlo es preguntárselo a Lily y a Loren —afirmo.

—Mentirían. ¿Crees que quieren tragarse nuestra desaprobación y nuestra decepción?

—Pues entonces no les preguntemos. —Me encojo de hombros—. Comportémonos directamente como si fuesen un par de adictos despreciables y deshonestos que no se merecen el derecho de darnos su versión.

Ryke me mira con los ojos entornados.

—¿Sabes qué? Me alegro de que en producción te hayan pintado como un pedazo de capullo, porque esto... —Mueve la mano de un lado a otro. Ryke gesticula en exceso cuando está enfadado. Una parte de mí quiere atarlo solo para que pare—. Esto ha sido lo más molesto de todo el puto día.

Tendría muchas cosas que contestar, pero provocar a Ryke requiere tiempo y ahora mismo no lo tengo.

—Entonces ¿estamos de acuerdo en hablar con Lily y Lo?

Ryke me dirige una mirada asesina.

—Voy a buscarlos —dice Rose, y pasa entre los dos de camino a la puerta.

Capítulo 34

Rose Calloway

Lily y Loren se sientan en mi cama. Mientras Connor y yo les explicamos cuál es la situación, ella no hace más que negar con la cabeza. Por fin, cuando Connor menciona la botella de tequila vacía, reacciona:

—¡Si hubiera bebido, habría vomitado! ¡Está tomando Antabus!

Es un medicamento para tratar el alcoholismo. Cuando lo tomas, si bebes alcohol, te pones enfermo. No trata el impulso de beber, es simplemente un incentivo para no hacerlo.

Loren está cabizbajo y con el ceño fruncido.

—¿Sigues tomando Antabus? —pregunta Ryke con brusquedad.

Loren lo fulmina con la mirada.

—Ya deberías saberlo, ¿no? Me cuentas las pastillas. —Se está comportando de una forma más sospechosa de lo habitual. No contesta a su hermano directamente, si no que evita darle respuestas claras. Estoy a punto de atacar, pero Connor me sujeta por la cintura con firmeza.

Ryke se frota la nuca.

—Dejé de contarlas porque estaba intentando confiar en ti.

—No sé ni para qué me preguntas —repone Lo enfadado—. Estás convencido de que he bebido.

—Si quieres que te diga la verdad, no tengo ni puta idea de qué pensar.

Connor interviene antes de que Lo estalle:

—Hay una manera muy sencilla de acabar con esto. En las últimas semanas no te hemos visto encontrarte mal. Lo único que tienes que hacer es enseñarnos las pastillas para que podamos comprobar que te las sigues tomando.

—No es tu puto cuerpo, Connor —le espeta Loren con desdén—. Esto no afecta a nadie de los presentes, excepto a mí y quizá a Lil. No tengo por qué enseñarte una mierda.

Se pone de pie, como si se dispusiera a marcharse. A Lily se le ensombrece el rostro. Está confundida.

Y yo estoy hirviendo de rabia. Estoy a punto de estallar. No se entera de nada. ¡Me dan ganas de pegarle un puñetazo! Me suelto del abrazo de Connor y doy un paso a un lado para evitar que salga, estirando los brazos delante de la puerta.

—Tu adicción afecta a todos los presentes. Si no eres capaz de verlo…

—Veo perfectamente —me interrumpe, con un tono cada vez más cortante. Tiene las facciones tensas; sus rasgos son hermosos y, a la vez, terroríficos.

—No seas idiota.

Lo suelta una carcajada seca y amarga.

—Para ti es fácil decirlo, ¿no? —contesta con malicia—. Como eres tan lista… Doña perfecta. ¿Qué preocupaciones tienes tú? ¿Tengo bien el pelo hoy? ¿Me combinan los zapatos con el vestido?

—Lo… —le advierte Connor.

Pero no se detiene.

Loren observa cómo mis respiraciones se hacen más profundas debido a la rabia. Y lo único que yo veo es a mi hermana. Dijo que la protegería y la está dejando recaer. ¿Cómo se atreve a hacer algo así? ¿Por qué la persona más importante de su vida es a la vez su demonio y su salvador?

Quiero hacerle daño. Y me lo pone muy fácil. Ese es el problema.

Lo se dirige a mi estantería perfectamente ordenada.

—Veamos, Rose... —Toma un libro de tapa dura y lo hojea sin cuidado, para luego cogerlo por el lomo y sacudirlo. Se me cae el alma a los pies—. ¿Cómo te hace sentir esto?

Horrible.

Luego abre mis archivadores y los sacude hasta que todos los papeles caen al suelo.

—¡Para! —chillo mientras intento recogerlos. Cada papel fuera de sitio es como una puñalada en el costado. Empiezo a notar el pico de ansiedad.

—No te molesta, ¿no? —continúa—. Porque Rose Calloway no tiene nada de malo. ¡El idiota soy yo! ¡Yo soy el puto imbécil en esta casa, el estúpido, el egoísta que bebe y bebe sin parar!

—No... —empiezo a decir, pero la cabeza me da vueltas mientras intento reorganizar los papeles.

Recojo los bocetos con manos temblorosas. Algunos están en carboncillo, otros son a color.

Varios de ellos los dibujé cuando era solo una adolescente.

Ha tirado parte de mi infancia al suelo y ha mezclado los años.

Capítulo 35
Connor Cobalt

Rose está casi en una fase maníaca.

Su mirada danza salvajemente sobre los papeles. Está muy afectada. La última vez que la vi así, paseaba de un lado a otro de la habitación mientras lloraba y chillaba frases que no tenían ningún sentido. Fue después de que su mejor amiga la traicionara: ayudó a Lily a copiar en Princeton a sus espaldas y me culpó a mí.

Pero esto no tiene nada que ver.

Porque se trata de Loren Hale. No importa cuánto nos maldiga, casi puedo saborear el dolor que palpita por su cuerpo. Es cruel con nosotros con la esperanza de que hagamos lo mismo, de que le hagamos daño.

Es así de simple.

Y ni Ryke ni Rose necesitan consultármelo para saberlo. Llegados a este punto, todos lo comprendemos.

Así que no importan las ganas que tenga de aplastar a Lo contra la puta pared por haber provocado que Rose esté en este estado. No puedo tocarlo. No puedo maldecirlo ni darle un puñetazo. Sería como maltratar a un niño al que han pegado toda la vida. No puedo empeorar ese dolor.

Lo que he de hacer es concentrarme en mi novia, que respira de forma esporádica en pequeños jadeos agudos. Me agacho junto a ella y le susurro una frase en francés, busco una respuesta. Ella apenas me presta atención; revisa los papeles a toda prisa, corriendo el carboncillo sin querer en uno de ellos. Luego mancha otro con el dedo ennegrecido.

Hace una pausa y lo contempla horrorizada. Durante un segundo, mi mundo está a punto de desmoronarse.

Tomo una decisión impulsiva. La cojo desde atrás por la cintura y la levanto para alejarla de los papeles. La mayoría se le caen de las manos.

—¡No! —chilla pateando para intentar atraparlos.

—Para —le ordeno al oído.

Chilla otra vez, suelta un gemido agudo que me rompe el corazón.

Lo único que quiero es tranquilizarla. La sujeto por las muñecas y me dispongo a susurrarle de nuevo al oído, pero Lo se me adelanta.

—Has tardado veintitrés putos años en perder la virginidad. —Esta vez ha tirado de otro hilo, de uno con el que también me ataca a mí—. Y vas y la pierdes con un tipo que solo quiere follarte por tu puto apellido.

—¡Loren! —grito. Tengo el rostro entumecido por una ira descontrolada, incandescente. No creo que Lo me haya visto jamás tan enfadado. Quiero golpearle tan fuerte como él desea ser golpeado. Yo jamás atacaría a Lily como él está atacando a Rose. Tal vez sea fuerte, pero también ella tiene sus momentos de fragilidad, y él está intentando destrozarla a propósito.

Se le ensombrece el rostro de inmediato, se le cubre de una culpa abrumadora. Abre la boca, pero temo que lo que salga de ella no sea una disculpa. No puedo permitirle que siga destrozando a mi novia de este modo. No podrá soportarlo.

—¡Calla! —lo interrumpo. La palabra es lo bastante poderosa y controlada como para silenciar a todos—. Dadme un minuto.

Cojo a Rose de la cintura. Respira con dificultad, pero ya no se resiste.

Observo a Lo. Está mirando al techo, con las piernas algo flácidas, como si estuvieran a punto de dejar de soportar su peso. Ryke intenta hablar con él, pero se limita a negar con la cabeza y mira por la ventana. Busco a Lily, pero sigue sentada en el borde de la cama, quieta, con la mirada perdida.

Llevo a Rose junto al tocador del cuarto y la siento en el banco.

—Cariño —le digo mientras le enjugo las lágrimas calientes. Le sujeto la cara con las manos y me inclino frente a ella para ponerme a su altura.

Levanta una mano temblorosa y me acaricia la cara, como pidiéndome que le dé un minuto. Yo le cojo la mano y le doy un tierno beso en cada uno de los dedos. Por fin su mirada se concentra en mí y se suaviza. Me coge de la manga de la camiseta. Me deslizo en el banco junto a ella, que intenta esconderse detrás de mi cuerpo para que nadie vea su rostro enrojecido.

—Ya pasó —la tranquilizo con un susurro mientras le limpio la máscara de pestañas que se le ha corrido.

Una vez me contó que, de niña, solía encerrarse en su armario cuando discutía con su madre. Las peleas eran por cosas distintas, como su horario o porque la obligaba a acudir a una cita con un chico que a ella le repugnaba. Porque la intentaba convertir en una persona que no quería ser.

Se agarraba a un viejo abrigo de pieles y chillaba con la cara enterrada en él para amortiguar sus gritos. Se aseguraba de tener sus crisis nerviosas en privado. Incluso en su locura hay una parte de control.

Respira hondo y de forma controlada, exhalando como si meditara. Y luego me mira a los ojos y me da las gracias.

El corazón empieza a latirme a toda velocidad. Lucho contra la necesidad de apartarla de todos, de esta situación, de sus preocupaciones. De encerrarnos y encontrar consuelo en el silencio. Esta noche me ha asustado, ya que me doy cuenta de lo rápido que la situación se podría haber descontrolado. Podría haber acabado peor. ¿Y si hubiera sido así? ¿Y si se hubiera retorcido en mis brazos hasta que sus gritos hubieran atravesado el cielo? ¿Y si la hubiera perdido por culpa de esas emociones tan profundas, tan capaces de adueñarse de ella?

Quiero protegerla. De todo, incluso de sí misma.

Su respiración se acompasa, le acaricio una mejilla y rozo sus labios con los míos. Responde inclinando su cuerpo hacia mí mientras mi lengua anima a sus labios a abrirse. La cojo de la nuca y la acerco más a mí.

Nos besamos con desesperación, me la acerco tanto que acaba sentada en mi regazo.

Se separa con brusquedad, jadeando, pero al menos respira.

—Lo siento. —Se disculpa por haber montado un número, por ser difícil de gestionar, por haberse abandonado a un momento de puro pánico—. Soy…

—Humana —la interrumpo. Le coloco el pelo detrás de la oreja—. Eres humana, Rose. Todos lo somos.

Miro a los demás. Entre Ryke, Lo y Lily reina un silencio incómodo. Hay cosas de las que debemos ocuparnos, pero no pienso ponerme a ello hasta que Rose no esté preparada.

Me coge del brazo con fuerza, un poco asustada, y me hace un gesto con la cabeza.

—Vamos—digo, y me pongo de pie con ella a mi lado.

Donde quiero que esté siempre.

Capítulo 36

Rose Calloway

Gracias a lo que me ha dicho Connor, a su presencia tranquilizadora, estoy más calmada, pero nadie más parece estarlo. Ryke está de brazos cruzados y mira fijamente a Lily y a Loren, que han empezado a discutir, lo que no es nada habitual.

Mi hermana le ha preguntado si ha bebido y para él eso ha sido como si le hubiera dado una bofetada. Sus palabras, lo que ella sienta por él, son más importantes que nada que podamos decirle Ryke, Connor o yo.

—Es que… No entiendo por qué no traes las pastillas para que lo comprobemos —insiste Lily con un hilo de voz.

—¿Te vas a poner de su lado? —protesta él entrecortadamente.

—No me pongo del lado de nadie. —El rostro de ella se arruga de preocupación—. Solo quiero saber la verdad, Lo.

—No he bebido. —Niega con la cabeza repetidas veces, pero cuanto más lo hace, más enrojecidos se ven sus ojos. Ese gesto cuenta una historia distinta—. Pero no puedo demostrarlo. Dejé de tomar Antabus hace meses.

—¡¿Que has hecho qué?! —grita Ryke.

Lo se lleva una mano al pecho en un gesto defensivo.

—¡Me estaba volviendo loco! Estaba paranoico con todo lo que como, por si lleva algo de alcohol sin yo saberlo. Me veía vomitando después de una puta comida. ¡No me puedo pasar la vida así! —Antes de que su hermano responda, se vuelve hacia Lily y le pide—: Tienes que creerme. —Su voz está colmada de desesperación.

—Te creo —le asegura ella sin vacilar.

Le invade una oleada de alivio. Se dirige a la cama y abre los brazos para abrazarla.

Y entonces sucede algo extraño: Lily le da un empujón en el pecho y lo señala con el dedo.

—Pero ¡esto no está bien! ¡No lo está! —Le tiembla la barbilla; intenta asirse a esa sombra de fortaleza que suele abandonarla con facilidad—. No puedes dejar de tomarlas solo porque te estén volviendo loco. Y no está bien que me lo hayas ocultado. ¡Que nos lo hayas ocultado a todos!

Los dos están llorando. Verlos discutir de este modo se me antoja intrusivo.

—Me arde el pecho —le confieso a Connor.

Quiero irme, pero todavía tenemos que hablar con Lily sobre el vídeo.

Él me acaricia la espalda y me da un beso en la sien.

Me siento bien. Tenerle me hace sentir bien. En momentos como este soy incapaz de imaginarme sola de nuevo. Me sentiría en inferioridad de condiciones, perdida.

Loren estrecha a mi hermana entre sus brazos, o quizá sea al revés. Es difícil de decir.

—Estamos peleados, que lo sepas —susurra—. Hoy dormiré en la habitación de Daisy.

El rostro de él se deforma de dolor.

—Hace tres días que no tienes relaciones. Iba a… —Se interrumpe mientras Lily niega con la cabeza.

—El sexo me da igual. Lo que no me da igual es tu salud, tu sobriedad.

Tengo una sonrisa de oreja a oreja. No lo puedo evitar. ¡Por fin! Me siento más ligera. Como si me hubieran rociado el pecho con agua fresca. Las palabras «el sexo me da igual» han salido de la boca de mi hermana.

Loren está igual de sorprendido, igual de asombrado que yo.

—Hay otro problema —interviene Ryke.

Lo miro con odio.

—No hace falta que hablemos de eso ahora —declaro. Mi hermana acaba de renegar del sexo, del sexo compulsivo y dañino. Deberíamos hacer una fiesta en su honor, no interrogarla sobre la supuesta mamada del baño.

Pero Ryke me mira como si me hubiera quedado sin neuronas y coge la cámara.

—Mirad —les dice a Lily y a Loren.

Se ponen detrás de la cámara para ver la grabación. A ella se le van enrojeciendo las mejillas. Cuando oímos la frase «¿Te puedo hacer una mamada?», pone unos ojos como platos y levanta una mano de golpe, como si quisiese contestar a una pregunta en clase.

—¡Tenía un mal día! —se defiende.

—Chis —la interrumpe Loren, que mira la pantalla con los ojos entornados. Entonces empiezan los gemidos y los gruñidos y Lily se muestra igual de confundida que él—. ¿Qué coño significa esto? ¿Es una broma de mal gusto?

—Explícanoslo tú —replica Ryke—. Estáis follando en unos baños públicos en mitad de la tarde.

—¡No! —Loren pronuncia esa palabra muy despacio—. No follamos en ese baño. No follamos en ningún sitio, excepto en nuestro dormitorio. Alguien ha manipulado el vídeo.

—Entonces ¿no le ofreciste a Loren hacerle una mamada? —le pregunto a mi hermana.

Su rubor se extiende por sus brazos y su cuello, como un sarpullido.

—Eso sí lo hice… —musita.

—Y yo le contesté que no —añade Loren.

No sé qué pensar. Quiero tener fe en ellos, pero las pruebas son convincentes. ¿Se puede editar un vídeo directamente en la cámara? No es que estemos viendo la grabación en un ordenador.

—¿Y qué hicisteis en un baño durante media hora? —pregunta Connor de forma despreocupada. Sus preguntas siempre parecen más parte de una conversación que de un interrogatorio.

Ryke y yo fracasamos en ese aspecto.

—Estaba hablando con ella para animarla a ser fuerte —explica él.

—Lo necesitaba —concede ella. Lo mira con gratitud, pero en ese momento debe de recordar lo que le acaba de decir hace un momento, porque se hace a un lado para poner distancia entre los dos y agrega—: Seguimos enfadados.

Loren traga saliva.

—Empezaré a tomar las pastillas otra vez, Lil —susurra.

—Bien —responde ella y asiente. Luego mira a Ryke—. Adelanta el vídeo hasta el final. Cuando salgamos del baño, verás que se me ve decepcionada.

Ryke aprieta el botón y el vídeo se acelera. Cuando aprieta el de reproducir, todos miramos expectantes, como si fuese la única prueba que nos queda.

Vemos que salen del baño, y, antes de que nadie diga nada, Lily señala la pantalla y exclama:

—¡Ajá! ¡Estoy superdecepcionada!

Frunzo el ceño y me acerco más a la cámara. Tendría que revisarse la vista. Pongo los brazos en jarras y me acerco todavía más. En serio ¿qué está viendo? Lo único que veo es el rostro sonrosado de mi hermana, que va de la mano de Lo. Su actitud es normal, casi satisfecha.

—¿Esa eres tú decepcionada? —comenta Ryke con incredulidad—. Estás sudando y con la cara roja.

—En el baño hacía calor —se defiende ella.

—Es verdad —añade Loren, pero le ha cambiado la voz. Lily está nerviosa, pero él parece resignado, como si hubiera aceptado que esto no pinta bien.

—¿Lo emitirán?

—Es probable —contesta Connor—. Pero servirá como publicidad para la boda. Lo malo sería si te hubieras metido en el baño con otro tío.

—Estamos preocupados por tu salud —intervengo.

—No hicimos nada, Rose —me asegura con ojos suplicantes—. Estoy mejor. A ver, no debería haberle hecho a Lo… esa pregunta. Pero, al margen de eso, estoy mejor.

Tengo que confiar en ella. He de hacerlo.

Pero, si Lily no le hizo una mamada a su novio en unos baños públicos y Loren no bebió, solo hay otro posible culpable.

Producción.

Scott Van Wright.

Lo voy a matar.

Capítulo 37
Connor Cobalt

He conseguido convencerlos a todos para que se guarden sus sospechas para sí. Si reaccionamos, quien gana es producción. Tras varias horas, todos se mostraron de acuerdo, pero Rose, Ryke y Loren son de mecha corta. Es cuestión de tiempo que uno de ellos explote.

Han pasado cinco días y tengo otras obligaciones que atender... Como, por ejemplo, una cena apocalíptica con mi madre y con mi novia.

Espero a Rose en mi limusina, que ocupa toda la curva. La casa se ve iluminada gracias a las bombillas del salón, que parpadean detrás de las ventanas. El equipo de seguridad de su padre vigila la casa. Estoy a punto de llamarla para ver por qué tarda tanto; dudo que quiera llegar tarde el día que va a conocer a mi madre. Si pudiera, cogería la limusina y me iría directo a un hotel o a las oficinas de Rose; a cualquier sitio, con tal de evitar el caos de la noche.

En las últimas tres horas, Rose me ha dicho una docena de veces que quiere impresionar a mi madre. Casi estallo en carcajadas con la confesión. Rose Calloway quiere impresionar a alguien, un hito en el que nunca ha tenido éxito al cien por cien. Sin embargo, siento que esta vez, si fracasa, será en parte por mi culpa. Al fin y al cabo, Katarina es mi madre.

Me vibra el teléfono justo antes de llamarla.

Rose: Daisy, Lily, yo

Miro la lista con los ojos entornados. Empezamos a jugar otra vez a «matar, casarse o follar» en el vuelo de vuelta. Cuando la hice elegir entre tres objetos inanimados, estuvo a punto de sacar el espray de pimienta y vaciármelo entero en los ojos.

Estaba preparándose. Esperando la oportunidad para devolvérmela.

La ha encontrado, no me cabe duda.

Me estremezco mientras intento dar con una respuesta adecuada, una respuesta que no ofenda a nadie.

Y toco el botón de enviar.

Capítulo 38

Rose Calloway

Connor: Follaría contigo, me casaría contigo y te mataría a ti

Vaya, vaya. No va a irse de rositas tan fácilmente. Por su culpa, tuve que admitir que me follaría a un árbol, que mataría a una naranja y que me casaría con un libro. No voy a dejar que haga trampas. ¡Yo no las hice!

Intento contestarle con el teléfono en una mano mientras con la otra me pongo los botines de tacón. Mis viejos *peep toes* plateados me han traicionado. Se me ha roto el tacón mientras bajaba las escaleras, así que he tenido que buscar una alternativa a toda prisa y... He ido a elegir un par de zapatos con demasiadas hebillas.

—¡Lily! —grito.

Tras una larga pausa, contesta:

—¡No pienso salir!

Aprieto los labios. Me había olvidado. Loren y Lily llevan tres días aislados en sus habitaciones y no tienen ninguna intención de salir. Están esperando a que Scott se disculpe por el asunto de *Magic*

Mike y por cada comentario desagradable que le ha hecho a Lily. Creo que la gota que colmó el vaso fue cuando le dijo que se fuera «a chupar una polla por ahí» en las narices de Lo, solo para empezar una pelea.

Pero, en lugar de atacar a Scott, se han encerrado en su habitación. Han sido más listos que él. No va a conseguir metraje de la pareja a no ser que tengan que ir al baño. No sé cómo se las arreglan para comer, porque ni Ryke ni yo estamos dispuestos a formar parte de esta locura. Aislarse de nosotros no hará más que alimentar sus adicciones. Y no me gusta, pero no puedo persuadirlos para salir sin ayudar a Scott a ganar.

Sospecho que Daisy y Connor les han estado pasando alimentos básicos para el desayuno y comida recalentada en el microondas. Pillé a mi hermana pequeña con tres boles de cereales vacíos en la mano y como dentro de poco tiene la sesión de fotos para Marco Jeans dudo mucho que esté comiendo tanto.

A Daisy tampoco puedo llamarla ahora mismo. No está en casa. La última semana debo de haberla visto unas tres horas en total. Está ocupadísima con el colegio y su trabajo como modelo. Les he preguntado a los de seguridad cuándo llegó anoche y me han dicho que a las tres de la madrugada. La trajeron desde Nueva York. Es una de las ventajas de ser ricas: hay un conductor que trabaja para la familia y podemos disponer de él cuando queramos. Así no tenemos que preocuparnos por si conduce habiendo bebido o por si se duerme al volante. Sin embargo, eso no alivia las otras preocupaciones que siento por mi hermana.

Savannah me enfoca con la cámara y me mira como si quisiera ayudarme con los tacones. Le he pedido a todos los cámaras que tengan la amabilidad de quedarse en casa mientras Connor y yo cenamos con su madre, ya que no quiere que la graben. Han aceptado, y luego él le ha pedido a uno de los de seguridad que comprobara que en la limusina no hay ninguna cámara escondida.

Además de Savannah, la única persona que queda en el salón es Ryke. Está bebiendo una botella de agua con las manos llenas de magnesio en polvo. Ha ido a escalar alguna montaña.

No, no estoy de broma.

Lo hace por diversión. Sin cuerdas ni arneses. Está tan loco como mi hermana pequeña.

—Ryke —lo llamo con la vocecilla más femenina que soy capaz de fingir—, ¿puedes venir a ayudarme? —Me siento como si me estuviera ahogando con un hueso.

Él asiente. Olvido que no es igual que su hermano; él no tiene ningún interés en discutir conmigo. Gracias a Dios. No tengo tiempo para eso. Se arrodilla a mis pies y, antes de que me toque los botines, me aparto.

—¿Qué pasa? —pregunta con brusquedad.

—Tienes las manos sucias. —Arrugo la nariz.

Me fulmina con la mirada mientras se limpia los restos de magnesio en la alfombra de color vino.

Arrugo el gesto aún más. Mi pobre alfombra... Pero, si tengo que elegir entre ella y los tacones, no lo pienso dos veces: elijo los tacones.

Me enseña las manos para demostrarme que están más o menos limpias. Está bien. Tendrá que bastar. Vuelvo a tenderle los pies y él me abrocha las hebillas mientras yo le escribo a Connor.

Rose: No me follo a tramposos

Enviar. Eso debería soltarle la lengua.

Me vibra el teléfono, pero el mensaje no es de él.

Mamá: 2 meses y 13 días

—¿Quién se ha muerto? —pregunta Ryke. Lo miro con el ceño fruncido—. Pareces disgustada —me aclara mientras intenta cerrar la última hebilla.

—Preocúpate de mis tacones —le espeto.

Niega con la cabeza y suelta una risita irritada antes de ponerse de pie.

—Ya he terminado, alteza.

Me aliso el vestido mientras me dirijo a la puerta.

—Gracias. —Para que luego digan que no tengo modales—. Intenta no ensuciar el sofá mientras estoy fuera.

Traducción: «Vete a la ducha».

—Yo también te quiero, Rose —replica con una sonrisa tensa.

Se la devuelvo mientras salgo y luego bajo los escalones de ladrillo. La limusina me espera en la calle, aunque he de pasar junto a un par de guardias de seguridad antes de llegar a ella. Más le vale contestarme antes.

Y, como si me hubiera leído la mente, justo entonces recibo un mensaje con una decisión de verdad.

Connor: Follar, matar, casarme

Follaría con Daisy.

Mataría a Lily.

Se casaría conmigo.

No me da ni tiempo a pensar en su respuesta. Me llega otro mensaje.

Connor: Lo, yo, Ryke

Ahora tengo que demostrar que estoy a su altura.

Aunque me resulta bastante fácil.

Rose: Matar, casarme, follar

Mi respuesta es casi idéntica a la suya. Ahora sí que estoy preparada para conocer a su madre. Respiro hondo. No puede ser tan difícil como admitir que preferiría follarme a Ryke Meadows o escuchar que mi novio quiere matar a la hermana con la que tengo más relación.

En comparación con eso, esto tendría que ser fácil.

¿No?

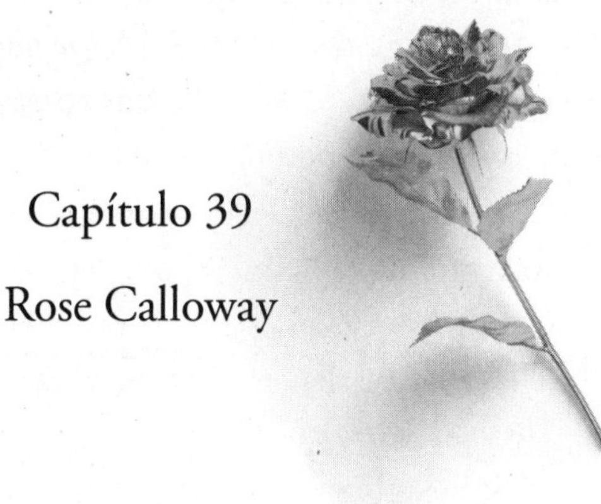

Capítulo 39

Rose Calloway

—No me puedo creer lo que he hecho —admito con ojos como platos. Estoy petrificada. El pecho me sube y me baja con tanta violencia que siento que estoy a punto de hiperventilar. Estamos volviendo a la limusina de Connor después de una cena que ha durado literalmente diez minutos. Ni siquiera hemos pedido nada de comer—. Me he rebajado al nivel de un niño.

Connor sonríe; es la primera sonrisa sincera que le veo en toda la noche. Saca una botella de champán de la cubitera mientras la limusina sigue adelante.

—¡No tenemos nada que celebrar! —protesto. Le doy un cachete en el brazo cuando se sienta a mi lado.

—Quiero celebrar el hecho de que la cena ha terminado setenta minutos antes de lo esperado. —Luce una sonrisa de oreja a oreja.

Lo miro boquiabierta.

—¡Tu novia le acaba de tirar una copa de vino encima a tu madre! ¡En la blusa de seda! —Intenta reprimir una carcajada, pero no lo logra—. No tiene gracia. Seguro que le costó una fortuna. ¿Puedes decirle que se la llevaré a la tintorería o le compraré otra? Lo que prefiera.

No me sentía tan avergonzada desde que iba a sexto y fuimos con el colegio al museo de ciencia Smithsonian. Me acababa de venir la regla y, como si eso no fuera lo bastante memorable, un niñato me señaló y me dijo que mi «Urano» estaba sangrando.

Aunque me parece que esto es peor. En esta ocasión, la inmadura he sido yo.

—Hablaré con ella —me tranquiliza. Exhalo un suspiro de alivio—. Le haré saber que apoyo sin reservas tu decisión de comportarte como una niña y que, si no lo hubieras hecho tú, lo habría hecho yo.

Recurro a mi bolso de lentejuelas negras para atacarle. Le golpeo en el bíceps.

—¡Así no me ayudas, Richard!

Coge mi bolso y lo tira a un lado antes de que me dé tiempo a decir nada más, y luego me pasa la botella descorchada de champán.

—Bebe —ordena.

Doy un trago de mil amores para intentar borrar los recuerdos humillantes que he creado. Los primeros dos minutos han sido bastante cordiales. Me ha preguntado por Calloway Couture, y le he contado que había un par de tiendas interesadas en vender mi colección. Y luego ha desviado bruscamente la conversación hacia mi relación con Connor.

—Aunque admiro tu ambición, sé que destruirá a mi hijo —ha dicho.

—¿Disculpa? —he contestado yo, con la espalda recta, preparada para atacar.

—Necesita tener a alguien mejor que tú a su lado —ha aclarado. De repente su melena teñida de rojo me ha parecido diabólica. Entiendo que estaba intentando proteger a su hijo y que es una mujer muy directa.

Pero yo también lo soy.

—¿Y cómo es posible que sepas tanto sobre lo que es mejor para tu hijo? Se pasó toda su infancia en un internado.

—¿Acaso tú lo conoces más? No eres más que una niña tonta —ha contestado mientras cogía su copa de vino blanco.

Esa frase ha sido la gota que ha colmado el vaso.

El apelativo «tonta». El considerarme estúpida. Y también lo de «niña». Me han llamado cosas mucho peores, pero que me lo llamara ella ha sido un golpe bajo. Y se lo he devuelto. Me he levantado por impulso y le he tirado la copa de vino tinto en la blusa color crema.

Ha puesto unos ojos como platos mientras se levantaba de la silla, alarmada.

Y yo me he quedado paralizada.

Connor me ha puesto una mano en el hombro para tranquilizarme, para decirme de forma silenciosa que no pasaba nada. Y Katarina ha apretado los labios, pero no me ha mandado al cuerno ni ha empeorado el numerito. Se ha recompuesto, ha cogido con calma una servilleta y ha recolocado su silla.

Mientras salíamos, se ha acercado a nosotros para tener la última palabra.

—Ahora os pensáis que tenéis tiempo el uno para el otro, pero, cuando seáis mayores, ya lo veréis. —Me ha mirado de arriba abajo—. Si seguís por este camino, os daréis cuenta de que tenéis que renunciar a algo. Vuestras ambiciones siempre entrarán en conflicto. Y entonces, Rose, serás tú quien mande a su hijo a un internado. Los años pasan tan rápido como minutos, y, cuando tomes conciencia de que te lo has perdido todo, será demasiado tarde.

Y, tras esas últimas palabras, ha pasado de largo y se ha ido.

Esa mujer estaba llena de resentimiento, pero, de repente, sus palabras se me han antojado más como advertencias que como insultos. Me ardían las mejillas; todavía me arden. Me siento tan estúpida... Como una niña, tal como ha dicho ella.

—Me odia —contesto rascándome la nariz después de haber tragado el champán.

Él me quita la botella de las manos.

—Se odia más a sí misma —replica—. Últimamente está muy nostálgica. La has pillado en un mal momento.

—¿Le gustaría más si abandonara mi profesión por ti?

—Sí, pero a mí me gustarías menos. No puedes complacernos a los dos. Solo puedes hacer feliz a uno de nosotros.

Entorno los ojos. No me gusta esta certeza, siento el deseo de aplastarla de inmediato. Pero entonces él se inclina hacia mí, colocando una mano sobre el asiento de cuero, junto a mi muslo. Huelo el dulzor del champán en su aliento. Su mirada seductora me atraviesa todo el cuerpo.

—Que no se te ocurra dejar Calloway Couture por mí. Tu ambición me pone cachondo. —Me besa con brusquedad, estampando sus labios contra los míos. Me acaricia la pierna desnuda con la mano y luego la desliza bajo mi vestido negro y la hunde entre mis muslos.

Ahogo un grito, pero me recuerdo que estamos en su limusina.

Me lleva la otra mano al cuello y me desabrocha la cadenita con el colgante. Yo cojo el diamante en un gesto protector.

—¿Qué haces?

—Voy a jugar contigo. —Me mira a los ojos y esboza esa sonrisa tan arrogante. Sin embargo, no me entran ganas de abofetearlo. Lo que deseo es que tome el control sobre mí.

Se mete mi collar en el bolsillo y saca otra joya que conozco bien.

—¿Has llevado el collar en el bolsillo todo este tiempo? —pregunto.

—Sí. —Me lo pone alrededor del cuello y lo abrocha con cuidado de no pellizcarme.

—¿También durante la cena? —No me lo puedo creer. ¡Estaba ahí su madre! Aunque por poco tiempo.

Me aprieta la barbilla con los dedos.

—Es un collar, no un vibrador.

—Es un collar de perro, Richard —replico.

—Y te queda precioso.

Me quedo en silencio, más por la forma en que me mira que por sus palabras. Sus profundos ojos azules consumen mis rasgos, como si quisieran follárselos. Me embarga un anhelo doloroso y, mientras crece, él me pone una mano en la espalda y me empuja con fuerza contra el asiento de cuero, boca abajo.

Me apoyo en las rodillas y los antebrazos. Sus movimientos son rápidos y dominantes: en cuestión de segundos, me ha subido el vestido, me ha arrancado las bragas y se ha arrodillado detrás de mí, con los pantalones y el bóxer a la altura de los muslos, con la polla dura y expuesta.

Joder…

Antes de penetrarme, me acaricia el culo y acerca los dedos al punto que hay entre mis piernas.

—¿Qué tienes que decir? —me pregunta.

Sonrío con la cara junto al asiento.

—¿Por favor, señor? —Casi me echo a reír al pronunciar esas palabras.

Me azota con tanta fuerza que se me llenan los ojos de lágrimas.

—No me llames señor, listilla —me recuerda con severidad, con la voz totalmente desprovista de humor.

Me vuelvo para mirarle y ver si su mirada sigue siendo la misma, pero me coge del collar y me obliga a no mover el cuello.

Está bien.

Que así sea, Richard.

—¿Qué tienes que decir? —repite, esta vez con la voz más ronca. Suelta un gemido al acercarse más a mí y suelta el collar para tocarme un pecho, me baja el vestido para tener acceso. Cuando me pellizca el pezón, ahogo otro grito—. Rose...

Trago saliva.

—Por favor..., fóllame —ruego.

Echo un vistazo al frente para ver si la pantalla con el filtro de privacidad sigue subida, y así es. Menos mal. Eso significa que Gilligan, su chófer, no puede vernos, pero me pregunto si podrá oír los gemidos agudos que suelto al abrir la boca en forma de «o».

Connor se está dedicando a mi pecho en cuerpo y alma con una mano, mientras que con la otra me frota el clítoris. Luego me hunde los dedos, llenándome al máximo. Sus cortas embestidas amenazan con lanzarme hacia la puerta.

Me acerca a él para que no me choque y luego me coge de un hombro para inmovilizarme.

Sus movimientos son decisivos, duros, implacables.

—¡Connor! —grito.

Me folla con la mano tan rápido que pronto mis ojos empiezan a revolotear y siento que me tenso a su alrededor. El clímax ya casi está aquí, ya casi lo veo. Es como la cima de una colina. Solo un poco más...

Se detiene.

Para y me saca sus magníficos dedos. Cada parte de mí, el cuerpo, la mente, suplica, lo anhela.

Creo que ahora mismo lo odio.

—Sé que me estás fulminando con la mirada, y eso que no te veo los ojos —dice—. ¿Lo llamarías intuición o magia?

En fin, Connor no cree en la magia. Si Hogwarts existiera de verdad, seguro que mandarían una lechuza para que se le cagara en la cabeza.

—Lo siento —me disculpo en lugar de responder a su pregunta.

Intento relajar el rostro.

Y entonces me penetra con su polla larga y dura. ¡Por Dios!

Noto que me fallan los brazos. Gimo con la cabeza pegada al asiento; incluso muerdo el cuero. Joder… Joder…

Ha sometido mis pensamientos a base de embestidas; solo soy capaz de formar palabrotas.

Joder…

Se aferra a mis caderas y a mi culo mientras me embiste una y otra vez desde atrás, aunque no en el culo, gracias a Dios. Para eso sí que no estoy preparada.

Su respiración es más acompasada que mis jadeos, que mis gritos, pero suelta gemidos profundos y satisfechos que vibran en todo mi ser. Cada embestida contra mi cuerpo me convierte los miembros en gelatina, hasta que lo único que me mantiene erguida es su mano alrededor de mi cintura.

Joder… Ah… Joder, joder, joder…

—¡Connor!

Y entonces el chófer coge una curva con brusquedad y mi cuerpo sale despedido con la sacudida que experimenta el coche. Me doy con la cabeza contra la manija. Con fuerza. Se me nubla la visión; lo veo todo negro durante un instante y luego atisbo unos puntos que flotan ante mis ojos.

—Mierda —apenas oigo a Connor.

Estoy desorientada, tanto por el clímax como por el impacto en el cráneo.

Una vez que me hallo entre sus brazos recupero el sentido, refugiada en su regazo, de nuevo cubierto con los calzoncillos y los pantalones.

—Rose, Rose. —Chasquea los dedos delante de mis ojos—. Mírame. ¡Rose! —Mira hacia la pantalla—. ¡Gilligan, al hospital!

¿Qué?

—No —digo en voz baja. Busco sus ojos con los míos e intento enfocar la mirada. Parpadeo varias veces—. Estoy bien... Solo... Un momento. —Me toco la cabeza, donde empieza a asomar un chichón. Me estremezco. Estupendo.

Connor inspecciona la herida con la mirada llena de preocupación.

—Lo siento —se disculpa de inmediato. Me frota el brazo y me abraza con ternura, como si estuviese intentando arreglar su juguete preferido después de que se le haya caído al suelo. Su actitud posesiva me hace sentir bien, porque significa que no tiene ninguna intención de abandonarme, y que nunca me hará daño. Al menos, no a propósito.

—No es culpa tuya. Ha sido un accidente.

Se estremece al oír esa palabra.

—No soy un niño que ha mojado la cama. Esto es serio.

—Los adultos también tienen accidentes.

—Has estado inconsciente unos segundos, Rose. —Me vuelve a poner el vestido bien con cuidado, tapándome los pechos. La ternura y el afecto es un lado de él que amo con todo mi corazón—. Tendría que haberte cogido con más firmeza. —Deja que el dolor asome a sus rasgos. Quizá ya no le moleste que yo vea sus emociones—. Gilligan, al hospital —repite.

La voz del chófer nos llega a través de los altavoces de la limusina.

—Ya vamos de camino, señor Cobalt.

—Estoy bien —insisto—. Solo un poco mareada.

—Quiero que te echen un vistazo de todos modos. —Me pone dos dedos en el cuello para comprobarme el pulso y estudia mis rasgos con atención.

—¿Qué haces, Richard? —pregunto en voz baja. Parpadeo un par de veces más para que no se me nuble la vista. Quiero verlo con claridad.

—Me aseguro de que estés bien.

—¿Ahora eres mi médico? —pregunto de nuevo—. Qué inapropiado. Te estás acostando con tu paciente.

Sonríe solo cuando se queda satisfecho con el ritmo de mi respiración, cuando no ve en mi cuerpo nada que le preocupe.

Sé lo que hay dentro de su corazón.

Y, si no me amase, no se preocuparía tanto por mí. Solo espero (con bastante impaciencia) que llegue el día en el que sea capaz de admitírselo a sí mismo. Y, si no llega nunca, al menos sabré que soy más lista que él, que soy capaz de ver algo ante lo que él está ciego. Me lo tomaré como una victoria si es lo único que es capaz de darme.

Apoyo la cabeza en su pecho mientras la limusina sigue su camino a toda velocidad. Connor me acaricia el pelo, sin dejar de controlar que no aparezcan nuevos síntomas.

—Contigo me siento segura —le confieso—. Aunque dejes que me estrelle contra las puertas de los coches.

—No habrá una segunda vez, ni una tercera ni una cuarta —susurra con los labios junto a mi oído. Su aliento cálido me hace cosquillas—. No volverá a pasar, te lo prometo.

Las promesas de Connor Cobalt son como juramentos trazados con sangre.

Traducción: «Moriré por ti».
Sonrío de oreja a oreja.
Moriré por ti.
Nunca me cansaré de eso.

Capítulo 40

Connor Cobalt

Mamá: 1 mes y 20 días

Leo el mensaje que recibe Rose en cuanto el teléfono vibra sobre su mesa. Ella está abajo, limpiando la cocina con Daisy. Anoche cenamos tacos. Eso significa que es como si hubiera explotado una bomba de queso y patatas fritas, lo que ha empeorado la neurosis histérica de Rose.

De no ser por este artículo que tengo que escribir para la evaluación parcial, yo también estaría echando una mano. Casi puedo ver la línea de meta del primer semestre, pero los trabajos y los exámenes finales todavía son obstáculos en mi camino. La semana pasada tuve que duplicar mi dosis de anfetaminas para concentrarme.

La puerta se abre y veo que Rose entra en el dormitorio. Fulmina con la mirada a Brett, que está en el pasillo.

—Aquí no se graba. Desfilando. —Le hace un gesto con la mano y cierra la puerta. Con Ben y Savannah nunca sería tan maleducada, pero con Brett se lleva más o menos igual de bien que con Lo.

Cuando se vuelve para mirarme, noto que a la altura de los pechos lleva un… Un bulto. No me extraña que Brett la haya seguido hasta aquí.

Movido por la curiosidad, me pongo de pie y cruzo el cuarto hasta donde está ella.

—Hay algo diferente en ti —comento y le miro el pelo, como si me estuviera fijando en su flequillo inexistente.

Alargo la mano hacia sus pechos, pero me la aparta de un manotazo.

—Soy una señorita —me reprende—. No permito que los chicos me toquen ahí.

Mierda. Se me pone la polla dura al oírla. La cojo de la cintura y la apretujo contra mí con un ágil movimiento. Ella inhala con brusquedad cuando sus caderas chocan contra mí. Lleva esos putos tacones de doce centímetros y es casi tan alta como yo.

—¿Y los hombres? ¿Dejas que te toquen? —pregunto estrechándola con fuerza.

—Por supuesto que no. —Su mirada se desliza hacia mi boca.

Me lamo el labio inferior moviendo la lengua lentamente y observo cómo su pecho se va hinchando mientras me mira la boca. Deslizo una mano por su pierna, su muslo y luego entre ellos. La tela de encaje ya está húmeda.

—¿Y aquí?

—Nunca —susurra.

Cuando mi mano la tiene lo bastante distraída, aprovecho la oportunidad y alargo la otra mano hacia la parte superior de su vestido para coger lo que tiene escondido en el sujetador.

—¡Oye!

Pero la bolsa ya está en mis manos. La levanto por encima de su cabeza. No intenta quitármela, se limita a darme un empujón por habérsela jugado. Sin embargo, yo estoy demasiado interesado en el contrabando para responder.

—¿Por qué tienes una bolsa de marihuana? —Y ¿de dónde la ha sacado?

Dentro hay cuatro porros mal liados. El papel no está liso y recto, lo que significa que no los ha liado Rose, la misma que tarda dos horas en doblar meticulosamente sus bragas y colocarlas en el cajón.

La miro con interés. Ella sigue en silencio mientras retuerce el collar del diamante entre los dedos.

—¿Me lo explicas? —insisto.

—Se me había ocurrido que quizá esta noche podíamos hacer algo diferente... —sugiere—. No suelo probar cosas nuevas, pero contigo... —Se interrumpe; no encuentra las palabras adecuadas. Eso debe de molestarla, porque pone los ojos en blanco.

—Acepto —respondo al instante.

Se le iluminan los ojos de sorpresa.

—¿De verdad?

Asiento. Con ella estoy dispuesto a probar cualquier cosa. Quiero que experimente conmigo tantas primeras veces como sea posible. Yo solo he fumado una vez, mi primera y única incursión en el mundo de las drogas ilegales. Fue algo estratégico. En el internado. Estaba intentando conseguir un contacto que necesitaba para el consejo de estudiantes.

—Con una condición —matizo—. Que me digas quién te los ha dado.

—Daisy —contesta sin dudar—. Si yo tengo las drogas, no las tiene ella. Están mucho más seguras conmigo. —Sonríe.

Ladina e inteligente. Me gusta esta faceta suya.

De repente, recuerdo algo importante que me ensombrece el rostro.

Estoy tomando anfetaminas.

Y no estoy del todo seguro de que se pueda fumar porros bajo los efectos de los estimulantes. Ese pequeño porcentaje de duda no es algo con lo que esté dispuesto a vivir. Si algo tan estúpido afectara a mi cerebro o a mi cuerpo, no me lo perdonaría nunca.

—¿Qué pasa? —Me acaricia un brazo preocupada.

Esa pregunta hace que frunza el ceño todavía más. Cada vez me cuesta más esconderle mis sentimientos. O quizá... Quizá simplemente ya no me importe que vea esta parte de mí.

Por primera vez, quiero ser del todo honesto con ella.

No me refiero solo a mi tentativa incompleta de honestidad. Quiero que me conozca tan bien como me conozco a mí mismo, así que me preparo para admitir lo único que podría hacer que se marchara, que hiciera las maletas y se fuera a dormir a la habitación de Daisy, o que incluso lanzara toda mi ropa por la ventana.

—Estoy tomando anfetaminas —digo. Una frase. Un golpe de aire.

Me suelta el brazo y me dirige esa mirada suya que dice: «Te voy a arrancar los huevos».

—Y una mierda —me espeta—. Tú jamás tomarías eso.

—Tienes razón. Pero no estaba durmiendo lo suficiente ni estaba dando lo mejor de mí en Wharton y en Cobalt Inc., así que decidí empezar a tomar anfetaminas.

—¿Desde hace cuánto? —Contiene el aliento tanto que se le marcan las clavículas. Recuerdo lo que Frederick me dijo una vez, cuando tenía solo dieciocho años y pensaba que ya había descubierto quién era y qué quería ser: «Las mentiras hacen jirones las relaciones, hasta que de ellas no quedan más que hilos sin tejer».

Detesto que la mía haya empezado a deshacerse.

Detesto ser, en este momento, ordinario.

—Desde finales de enero.

—Casi cuatro meses… —Está perpleja, pero no me ataca, no echa los brazos al aire ni rompe conmigo. Tiene la mirada fija en el suelo y reflexiona—. Si no hubieras empezado a tomarlas, habrías tenido que dejar algo, ¿no? —pregunta mirándome a los ojos. En los suyos nadan cientos de preguntas.

—A ti no —le aseguro—. A ti no te habría dejado nunca.

—¿Wharton?

Asiento y ella niega con la cabeza, desolada.

—No quiero que me elijas a mí antes que a tu sueño, y tampoco puedo quedarme aquí plantada y aceptar que me elijas antes que a tu salud.

No es justo que la ponga en esta situación, que la obligue a darme un ultimátum. Sé lo que tengo que hacer. Aunque el semestre ya casi haya terminado, todavía me queda un año y medio. Estoy muy lejos de graduarme y conseguir este último título.

Reparo en el espacio que nos separa. Estamos a metro y medio de distancia, e imagino que ese espacio crecerá mucho más si ahora no tomo la decisión correcta.

Frederick tiene razón.

Mi madre tiene razón.

No puedo tenerlo todo, así que no me queda más remedio que tomar una puta decisión.

—Voy a dejar Wharton —sentencio.

Es una decisión irrevocable, pero apenas me afecta. Apenas dudo. De hecho, siento que me he quitado un peso de encima, una carga que ni siquiera sabía que sufría. Una carga que me estaba hundiendo.

No rompe mi mundo en pedazos, como creía que ocurriría. A veces, los sueños que construyes para ti mismo a los diez o los doce años no son los mismos que tienes a los veinticuatro. Simplemente, tardas un poco en aceptarlo.

Y creo que lo acabo de hacer.

—Connor…

—Y voy a dejar de tomar anfetaminas. —Doy un paso hacia ella y le pongo las manos sobre los hombros.

—Pero tu MBA…

—No lo necesito.

—Nunca lo necesitaste —me recuerda—. Si estabas intentando sacártelo, no era por eso. —Veo la culpa en sus ojos. La he elegido a ella y no a mi sueño, después de haberle pedido que jamás hiciera tal cosa por mí.

Le acaricio la cara y le rozo el labio inferior con el pulgar. Lleva un pintalabios rojo oscuro que le confiere un aspecto feroz. Y es que lo es. Quiero estar con ella todos los días de mi vida. Quiero estar aquí, no en clase. Y tengo los medios para lograrlo.

—Mis sueños han cambiado —le aseguro.

El futuro que una vez imaginé para mí ya no existe. El futuro en el que acepto mi diploma con orgullo, en el que me demuestro a mí mismo que soy el mejor porque puedo serlo, ya no está. Cuanto más tiempo estoy con esta chica, más rápido se esfuma.

La beso con ganas y es recíproco; me dice sin palabras que ha aceptado mi decisión.

—Qué fácil —comento cuando nos separamos. La abrazo por la cintura y contemplo su piel sedosa, sus mejillas sonrosadas de rubor y de calor, debido al beso—. Pensaba que discutirías más.

Niega con la cabeza.

—Tendrías que haber visto tu mirada. —Frunzo el ceño y ella sonríe—. Llevas las emociones pintadas en la cara, Richard. —Me acaricia el pecho, alisándome la camisa azul marino—. Veo que

Wharton ya no te importa tanto como antes, y quiero que tú, mis hermanas, sus novios y el hermano de Lo hagáis lo que os haga felices. ¿No se trata de eso?

Para mí, ahora, sí, pero no sé si siempre había sido así.

—¿Los novios de tus hermanas? ¿En plural?

Rose arruga la nariz, disgustada.

—Daisy todavía está con Julian.

—Pues eso no me hace muy feliz. Y ¿qué decíamos sobre la felicidad? —Finjo haberme olvidado—. Hacemos lo que nos hace felices. —Sin soltarla, bajo una mano a su culo, satisfecho porque ya no nos separe un metro y medio—. Y lo que me haría feliz sería sacarlo de la vida de tu hermana. —Recuerdo el mensaje que le envió a Ryke sobre follársela en grupo. Es lo que más me preocupa. No quiero que esté con ella más tiempo del necesario.

—Pues a mí me haría feliz cortarle la polla y tirarla a un bidón lleno de pirañas. —Me dedica una sonrisa tan fría que le congelaría los huevos a Julian.

—Muy creativa.

Rose también vio el mensaje, igual que el resto del país. Por televisión. Producción decidió emitir la conversación que mantuve con Julian en el pasillo. Pensaba que yo le caía mal a la gente, pero después de las violentas críticas que ha recibido ese tipo, me he dado cuenta de que lo que sienten por mí es una especie de amor-odio.

Nadie ha lanzado una petición online para meterme en la cárcel. En eso me ha ganado Julian.

Deberían despedirlo de la campaña para Marco Jeans que protagoniza con Daisy, pero el diseñador no quiere prescindir de él. Le gusta la atención de los medios de comunicación, aunque sea negativa, así que a Daisy no le queda más remedio que trabajar con él.

Intento no pensar en la hermana pequeña de Rose, cuya vida a sus diecisiete años es más complicada de lo que debería ser. Echo un vistazo a los porros que hay en la bolsa de plástico que todavía tengo en la mano. Doy un paso atrás y me saco el teléfono del bolsillo.

—¿A quién llamas? —pregunta con curiosidad.

—A Frederick. Necesito saber si puedo mezclar anfetaminas con marihuana. —Me llevo el teléfono a la oreja.

Ella me mira sorprendida.

—¿Todavía te apetece?

—Claro, cariño. —Le acaricio el labio inferior y la beso otra vez, justo antes de que Frederick responda.

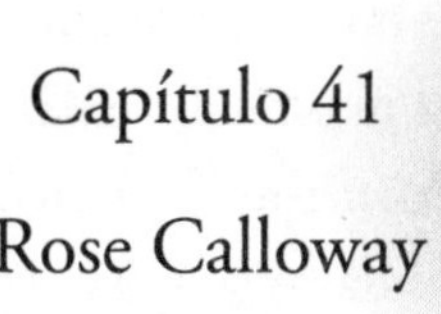

Capítulo 41

Rose Calloway

Connor no notará el entumecimiento mental de la marihuana, pero sí la notará en el cuerpo. Al menos, eso es lo que ha dicho Frederick. No le ha gustado mucho eso de mezclar drogas, pero Connor me lo ha pasado y me he encargado de aliviar su preocupación, asegurándole que acababa de tirar las pastillas que le quedaban. No he mencionado que ha decidido dejar Wharton ni que ha dado un paso de gigante por mí.

Estoy segura de que hablarán de ello el lunes.

Toso al dar la tercera calada, ya que nunca he aprendido a fumar bien. Siempre he estado demasiado centrada en mi empresa, en las notas y en las actividades extraescolares (que no tenían nada que ver con la marihuana) como para implicarme en asuntos ilegales. Pero tengo veintitrés años, no es demasiado tarde para experimentar y probar cosas nuevas. Si le hubiera dicho a mi yo de diecisiete años que seis años después mi rival académico número uno acabaría estrangulándome y azotándome (y que me gustaría) y que me fumaría un porro con él, no me habría creído.

Aunque me parece que a mi yo de diecisiete años le habría tentado mucho esta imagen. Creo que habría querido que se hiciera realidad.

Observo la nube de humo gris que sale de entre los labios de Connor, que no se desgañita tosiendo como yo.

—Espera... —Pasa la manta por encima de los dos y quedamos bajo una especie de tienda. Coge el porro con los dedos, se lo lleva a los labios y da una profunda calada. Me mira fijamente a los ojos y me pregunto si querrá que lo observe para hacerlo bien la próxima vez, pero, si fuera así, se habría encargado de hacerme un comentario de listillo sobre «enseñarme».

Aun así, observo la forma en la que inhala con fuerza y cómo el humo le pasa por la garganta. Fumar nunca me había parecido sexy, al menos, no hasta ahora, que mi inteligentísimo y arrogante novio exhala como un campeón, como un dios, como un ser inmortal con una sonrisa que podría iluminar el mundo y crear su octava maravilla.

Y no le diría esto a él jamás de los jamases. Que quede claro. Entorno los ojos para que no deduzca las alabanzas y exageraciones de la expresión de mi rostro, pero está a punto de echarse a reír, así que supongo que he fracasado. Alargo una mano para coger el porro, pero él niega con la cabeza. Da otra larga calada, y esta vez mantiene la boca cerrada para contener el humo.

Entonces me coge de la nuca con una mano autoritaria y, antes de que me dé tiempo a parpadear, sus labios se acercan a los míos, que se abren como si acabaran de recibir una orden. El humo se me cuela en la boca y me hace cosquillas en la garganta. Una tos inminente amenaza con fastidiarme el colocón de nuevo, pero Connor la aplaca con un beso, me mete la lengua en la boca, mezclando las sensaciones. Respiro su aire embriagador y él el mío. Es el beso más íntimo que he experimentado jamás. Aliento por aliento. Inhalar, exhalar.

Me acaricia el pelo suavemente con los dedos y con la otra mano me sienta en su regazo. Me subo a horcajadas sobre él, pero aun así siento que es él quien tiene el control.

El placer me acelera el pulso. Le rodeo el cuello con los brazos y, cuando por fin nuestros labios se separan, exhalo una pequeña nube de humo en el aire. Nuestras sonrisas son inconfundibles.

—Otra vez —propongo, emocionada por haber podido inhalar sin que me arda la garganta. La verdad es que no me esperaba que mi cuerpo le permitiera la entrada al veneno. Buen trabajo, cuerpo.

—Las palabras preferidas de todo yonqui —contesta con una sonrisa juguetona.

—La hierba no es tan mala —argumento.

Da una calada corta y luego exhala el humo lejos de mi cara. Nuestra tienda improvisada está llena del grueso humo y del olor penetrante, y se ha convertido en una especie de horno. Luego apestaremos.

—Tienes razón —contesta con aspereza mientras evalúa el porro—. No te fríe las neuronas. Solo te mata la ambición. ¿Cómo va a ser eso peor?

Cualquier cosa que convierta a una persona en una versión peor de sí misma es maligna. Al menos, en la mente de Connor Cobalt.

Pero no pienso arruinar esta experiencia discutiendo con él.

—Aunque sí que le veo un problema —admito.

Él enarca una ceja con curiosidad.

—El olor. Es asqueroso. Peor que el del tabaco. Voy a tener que bañarme en lejía.

Él sonríe y me besa con pasión. Me encanta eso. Me encanta atraer a un hombre con mis palabras y mis opiniones, me resulta más embriagador que atraerlo con mi cuerpo, aunque eso también lo disfruto.

—Se podría ganar mucho dinero inventando la marihuana inodora. ¡Oooh! O la marihuana perfumada. —Suelto una risita. ¡Una risita! Ese sonido agudo tan femenino me es desconocido. La tienda de marihuana está funcionando.

Me besa de nuevo y acalla mis risas, llenándome los pulmones de humo y de placer.

Nos quedamos un buen rato bajo la manta. Cuando intento tocarme la cara, mis manos se desplazan a cámara lenta y parece que tardo una eternidad en mover la pierna, estoy demasiado floja para ir a ningún sitio. Me quedo en el regazo de Connor, pero, cuando me vuelvo, la cabeza me da vueltas más rápido que el resto de mi cuerpo, como si no estuviera unida a él. Es una combinación muy extraña que me tiene atrapada dos minutos. ¿Han sido dos?

Connor me observa mientras bebe agua. Cuando me intenta pasar la botella y alargo la mano, le doy un golpe en el codo. Me echo a reír otra vez.

—Toma —dice. Me pone la botella en los labios y la inclina para ayudarme a beber. El agua me refresca la garganta, que la siento como papel de lija. Después de secarme los labios, me quedo fascinada con los botones de su camisa. Empiezo a jugar con ellos. ¡Vaya! Encajan a la perfección en esos agujeritos. Unas matemáticas muy simples y, aun así, alguien, en alguna parte, lo descubrió antes.

Connor no dice casi nada, pero el silencio me gusta. Hace que las sensaciones sean más fuertes, como, por ejemplo, cómo me acaricia el pelo. Cada parte de mí es más sensible que la anterior.

—Tengo hambre —anuncio de repente.

—Sé cómo solucionarlo. —Me coge en brazos y aparta la manta. El corazón me late más deprisa que antes. Me acaricia el cuello con la nariz—. Es hora de alimentarte.

Me echo a reír; cuando salimos de la habitación, su piel me hace cosquillas al rozarme. No me importa adentrarme en una casa plagada de cámaras. No es que estemos fumando delante de los objetivos. Nadie tiene pruebas de nada.

Además, Savannah, Brett y Ben ya no están trabajando. Seguro que están durmiendo en su casa; las encargadas de grabarnos son las cámaras de las paredes y las vigas.

Connor baja las escaleras conmigo en brazos. Cuando llegamos a la planta principal, me deja en el suelo. El salón está muy cerca, pero Lily y Lo están en el sofá viendo la televisión que hay encima de la chimenea. Se pasaron una semana entera en su cuarto antes de que Scott se disculpara. Loren dijo que la disculpa fue «a medias y falsa», pero bastó para que por fin bajaran al salón.

Abro la boca para hablar.

—Chis —susurra Connor llevándome un dedo a los labios. Nos sonreímos. ¿Por qué es tan gracioso?

Nos quedamos escondidos... De nada, en realidad. Si se dieran la vuelta, nos verían, pero la película los tiene absorbidos.

—¿Por qué estamos viendo esto? —pregunta Loren.

—Porque necesito que sepas por qué creo que eres la encarnación de Peter Pan —responde Lily.

Estoy a punto de echarme a reír otra vez. No sé muy bien por qué, pero Connor me tapa la boca con la mano para reprimir mis ruidos. ¿Cómo es posible que me mantenga de pie con un solo brazo?

«Es fuerte, Rose, no seas estúpida». Dios mío. ¿La marihuana te hace estúpida?

—Y, si yo soy Peter Pan, ¿quién serías tú? ¿Wendy?

—No —contesta Lily—. Wendy elige ser mortal antes que al chico al que ama. Yo sería... —Hace una larga pausa y aprovecho para lamerle a Connor la palma de la mano.

Él aprieta los labios, intentando no reírse.

—Campanilla —concluye Lily—. Ella nunca abandona a Peter Pan. Lo quiere más que a nada.

—Entonces ¿eres como mi hada minúscula? —aventura Lo, pero noto la adoración que hay tras sus palabras.

Y, pese a lo tierno de la escena, Connor y yo somos incapaces de seguir reprimiendo nuestras carcajadas. Se nos escapan y acaban con nuestro secretismo.

Lily y Loren se vuelven de golpe y nos descubren al lado de las escaleras.

—¿Qué narices hacéis? —pregunta él analizando nuestras posturas, nuestras caras y... ¿Qué más hay que mirar?

—Mis pies —contesto.

Connor tiene que enterrar la cara en mi cuello para sofocar otra carcajada. La mía, en cambio, sale libremente. No había forma de pararla.

—¿Qué? —Lily entorna los ojos confundida.

Connor me apoya la barbilla en el hombro y dice:

—Vamos a comer.

Lily da un respingo.

—¿Estáis colocados? —Se levanta del sofá antes de que me dé tiempo a ponerle una excusa. Cuando quedan aún más de tres metros, retrocede y se tapa la nariz—. ¡Puaj! Odio ese olor.

Loren luce una sonrisa de oreja a oreja.

—Vaya dos... —Niega con la cabeza mientras se pone junto a su novia—. ¿Quién iba a pensar que las dos personas más responsables de esta casa iban a ser las que se colocaran? Enhorabuena, por fin encajáis con el resto del grupo.

—Nuestro círculo de amigos —aclara Connor.

Suelto otra carcajada. Él me coge en brazos, me lleva a la cocina y me sienta en la encimera.

—¿Podemos quedarnos a mirar? —pregunta Lily emocionada.

—Lo veremos en el próximo episodio —le recuerda Loren.

—Pero yo quiero la versión sin editar.

Connor me acaricia la pierna.

—¿Estás bien? —Incluso colocado se preocupa por mí.

—No estoy paranoica. Igual la marihuana era buena. —Aunque sé que, si tengo a Connor, sería capaz de enfrentarme a un mal viaje.

Qué versión más extraña del amor.

Y es toda mía.

Capítulo 42
Connor Cobalt

Han vaciado el salón. Ahora está lleno de esterillas acolchadas. Daisy está saltando arriba y abajo, se prepara para las clases de autodefensa que Ryke, Loren y yo les habíamos prometido. Me ofrecí a contratar a un instructor certificado, pero Ryke me dijo que él casi tenía licencia.

Le recordé que ser capaz de darle a alguien una paliza no lo convertía en un buen profesor, pero me contestó:

—Deja de tocarme los cojones y vete a fumarte un porro.

Me han insultado mucho mejor otras veces.

Scott Van Wright emitió la pequeña escena en la que Rose y yo nos reíamos como un par de tontos y devorábamos los tacos que habían sobrado. Como no había grabaciones de nosotros dos fumando, el episodio no recibió muchas críticas. Ya se han visto muchas estrellas de reality shows tiradas en su propio vómito, así que la imagen de dos jóvenes adultos riéndose descontroladamente no es muy impactante.

La única desventaja es que he parecido estúpido por primera vez en mi vida.

Y no me importa. He tardado veinticuatro años en obtener esta clase de indiferencia. En la universidad, si alguien no me consideraba como mínimo inteligente, o si estaba en los últimos puestos de la clase, me sentía como si mi vida estuviese a punto de terminar. Si pensaban que era un capullo, no me importaba. Si pensaban que era un trepa, o raro, tampoco.

La palabra que me helaba la sangre era «estúpido». Era el fracaso lo que acababa conmigo.

En solo un día, fracasé en Wharton. Fracasé en lo que se suponía que era mi sueño. Y luego hice algo que me convirtió en una versión más estúpida de mí mismo.

Y hoy puedo decir que no me importa, y es verdad.

Tengo veinticuatro años. Siempre había pensado que ya había terminado de crecer, pero estar con Rose me ha hecho crecer, me ha hecho convertirme en mi versión preferida de mí mismo.

Mis miedos ya no son tan egoístas, ya no son tan vanos y pretenciosos.

—Si me atacan, saco mi espray de pimienta y mi pistola eléctrica. No voy a usar primero los puños. Ese es el último recurso.

—¿Y si no tienes tiempo para eso? —le pregunto. No puedo evitar sonreír cada vez que veo lo que se ha puesto. No lleva zapatillas de deporte, ni leggins ni una camiseta. Ha elegido unos zapatos de cuña, unos pantalones cortos de cuero y un top blanco que lleva por dentro, como si fuese a asistir a una comida de trabajo. Loren le ha dicho que fuese a cambiarse y ella lo ha mirado como si le quisiera arrancar la cara.

Yo la conozco mejor, así que me he mordido la lengua.

—No todos los paparazzi son despreciables —replica—. Seguro que alguno tendría algún gen bondadoso y me ayudaría contra la muchedumbre enfurecida.

—¿Y si no hay ningún paparazzi en los alrededores?

Levanta un dedo.

—Una vez —contesta—. En los últimos cuatro meses, solo he estado sola en público una vez. Y fue el día que Lily se equivocó de calle con el coche cinco veces seguidas.

—¡Oye! —protesta su hermana, que está sentada en el suelo. Se ha puesto ropa de deporte adecuada, igual que Daisy, pero también lleva una gorra blanca peluda que parece más apropiada para la nieve que para el clima cálido de mediados de mayo. Tiene colmillos; al parecer es un ser llamado *wampa*, de *La guerra de las galaxias*. La única razón que se me ocurre para que se la haya puesto es Loren. Cada vez que mira hacia aquí, se le acelera la respiración y sus ojos ámbar se ponen vidriosos de deseo. Parece listo para llevársela a la cama.

Lily se pone de pie, dejando a medias los movimientos que Loren estaba intentando enseñarle.

—Solo me equivoqué de calle porque el GPS estaba en francés.

Rose le dirige una mirada penetrante.

—Fuiste tú quien lo puso en francés.

—Porque estoy intentando aprender —explica Lily—. Para saber de qué narices habláis tú y Connor a nuestras espaldas.

En el último episodio, salimos hablando en francés por primera vez. Producción añadió subtítulos.

Nuestra conversación iba sobre Lily, y en la televisión se vio más o menos así:

ROSE: Está perdiendo peso. Se le marcan las costillas.

YO: Eso es una sombra.

ROSE: No es una sombra, son sus huesos.

YO: Arriba tengo un libro de física que creo que habla sobre la luz y las sombras. ¿Te lo presto?

ROSE: ¿Para qué tienes un libro de física? Estudias economía.

YO: Para momentos como este.

Fue una de nuestras conversaciones en francés más tranquilas, pero a Lily no le hizo mucha gracia que estuviésemos hablando de su peso delante de sus narices. Al parecer, se pensaban que cuando hablábamos en francés discutíamos de cosas de «gente lista» (en palabras de Lily) y que teníamos una norma que nos prohibía hablar sobre ellos en francés.

Sí que tengo una norma.

Si quieres entenderme, aprende mi idioma.

A Ryke y a Daisy no parece importarles lo que hayamos podido decir sobre ellos, pero Lily y Loren se han ofendido.

—Y, para que lo sepas —continúa Lily—, ya puedo decir cinco palabras en francés. Si sigo así, lo hablaré con fluidez dentro de nada.

Daisy se acerca después de saltar un poco.

—¿No suspendiste latín en el colegio? —pregunta con una sonrisa.

—Eso es relevante —se defiende Lily—. No es ni siquiera el mismo idioma.

Rose me vuelve a mirar, pero soy incapaz de contenerme.

—Querrás decir irrelevante, ¿no? —la corrijo.

Lily me mira perpleja.

—¿Qué? —Loren la abraza mientras ella se explica—. Es relevante. O sea, que no tiene importancia.

—Es al revés. «Irrelevante» es que no tiene importancia —insisto—. Te lo aseguro.

Rose me da un codazo y Lily frunce aún más el ceño, confundida.

—La policía de la lengua no le cae bien a nadie —me advierte Ryke.

—Pues da bastante miedo que lo diga un tipo que cuando iba a la universidad escribía en el periódico de la ciudad —replico—. ¿Es que tu editor te odiaba?

Me hace una peineta.

—Un momento —dice Lily—. Entonces ¿«relevante» qué es?

—No importa —interviene Rose.

—Sí que importa. Quiero educar a tu hermana.

Rose me da un puñetazo en el brazo y afirma:

—Eso es por tu insulto indirecto. Lily no es tonta. —Abro la boca para contestar, pero me da otro puñetazo—. Y me parece que quien necesita las clases de autodefensa eres tú. No pareces hacer mucho por defenderte.

Intenta darme otro puñetazo, pero intercepto el puño. Ella aprieta los labios.

—Vale —cede.

Ben, Brett y Savannah empiezan a rodear a Ryke, y es entonces cuando me doy cuenta de que estaban por aquí. Busco a Scott, pero debe de estar encerrado en su habitación, trabajando. Ha cambiado de táctica otra vez. Ya no molesta a las Calloway tanto como antes; lleva dos semanas prácticamente ausente. No sé si esta casa me estará emparanoiando, pero me da la sensación de que está tramando algo. Lo que pasa es que no sé qué podría hacer en mi contra sin atacar físicamente a Rose. En eso ya ha fracasado, así que ¿qué otro as tiene en la manga?

Rose y yo miramos a Ryke, que se está quitando la camiseta. Es más esbelto y tiene los músculos más definidos que Lo y yo. No tenemos problemas en admitirlo porque no somos los que escalan montañas con las manos de vez en cuando.

—No sabía que era una clase de defensa personal nudista —bromeo.

Lo se echa a reír.

—Iba a decir lo mismo.

Ryke nos fulmina con la mirada.

—Que nadie me toque el hombro derecho, ¿entendido? Ni os acerquéis —se limita a contestar.

Sabemos a qué se refiere. Lleva un mes haciéndose un tatuaje muy elaborado. Uno de los episodios más populares del reality show es en el que Daisy lo acompañó al estudio en uno de sus pocos días libres. A Rose y a mí no nos pasó desapercibido el hecho de que, de entre todo el mundo, decidiera pasarlo con Ryke.

Princesas de Filadelfia jugó con la incógnita «¿Se ha hecho Daisy un tatuaje con Ryke?» durante quince minutos, hasta que revelaron la respuesta al final del capítulo.

No lleva tatuajes.

Su cuerpo es clave en su carrera como modelo, así que su madre la habría asesinado si se hubiese atrevido a profanarlo. Samantha habría encontrado también una forma de acabar con Ryke, probablemente, metiéndolo en la cárcel con alguna denuncia ridícula. No me cabe la menor duda de que sería capaz, así que le he advertido a Ryke de que se mantenga alejado de Daisy hasta que sea mayor de edad.

Pero debe de ser masoquista. Juraría que hace cosas a sabiendas de que le acabarán haciendo daño.

Todos miramos el tatuaje terminado: es un ave fénix con las alas en tonos rojos, naranjas y amarillos que ocupa todo su hombro derecho y su pecho. Las patas quedan cerca de los abdominales. En los tobillos lleva enrollada una cadena negra que desciende por el costado y termina en un ancla que descansa sobre la cadera.

Lo niega con la cabeza.

—Al menos no es tribal… —comenta.

—Que te den —dice Ryke. Estira un brazo, llevándolo por encima de la cabeza, e ignora nuestras miradas y las tres cámaras.

Ladeo la cabeza.

—¿Te aseguraste de que la aguja fuese nueva y estuviera esterilizada?

—No soy idiota.

—Bueno, si me lo dices así, te creeremos —contesto con voz inexpresiva.

—Le queda increíble, es un pibón —interviene Daisy. Nos dedica una sonrisa traviesa mientras todos los demás (menos yo) gruñen—. ¿Qué?

—Es mi hermano y tú eres como mi hermana pequeña —protesta Lo con una expresión de asco—. Que ni se te ocurra.

Ryke tensa la mandíbula, pero no dice ni una palabra. Se limita a recoger su camiseta del suelo y a ponérsela.

—Gracias por el estriptís, hermanito —dice Lo.

Ryke le hace una peineta también a él. Sin embargo, me fijo en que mira a Daisy. La sonrisa luminosa de la chica se ha desvanecido por completo. No me he dado cuenta de cuándo ha cambiado su estado de ánimo, pero es posible que haya sido por el comentario de Lo.

Ryke y Daisy se miran un largo momento plagado de palabras que no logro oír y de frases que no logro leer. Casi aparto la vista, irritado por todo lo que ignoro.

Entonces Daisy le dice a Ryke que lo siente solo moviendo los labios.

—No me des en el brazo, ¿vale? —le pide—. Todavía me duele de cojones.

Ella esboza una media sonrisa.

—Sé cómo defenderme —proclama Lily de repente.

Estaba en brazos de Lo, pero de pronto se suelta, lo mira y levanta la mano para hacer el saludo vulcano de *Star Trek*. Cuando fuimos a una convención de cómics, Rose no sabía cómo se llamaba y Loren la regañó cuando se refirió a ello como «eso que hace Spock». Mientras Lily sigue con la mano en esa postura, Lo la mira como si quisiera besarla y borrarnos a todos los demás.

Nadie dice nada; solo los miramos con las cejas enarcadas, sin tener ni idea de qué pasa.

—¿Lo veis? —dice Lily—. Ahora todo el mundo está demasiado confundido para atacar.

Lo la coge de la muñeca con aire juguetón, se inclina y le mete la lengua entre los dos dedos para hacer un gesto obsceno con la mano de ella y la lengua de él.

Las cámaras dejan de grabar a Ryke y los enfocan a ellos.

Lily da un respingo y le atiza un puñetazo en el hombro.

—¡Has profanado el saludo vulcano!

Él le rodea las caderas con los brazos y le sonríe.

—¿Ah, sí? ¿Y qué clase de persona hace el saludo vulcano con una gorra de *La guerra de las galaxias*? La primera en faltarle al respeto has sido tú. —Le acaricia la gorra peluda y blanca que lleva en la cabeza y ella se pone de puntillas y lo besa. Él le sonríe y le devuelve el beso.

—¿Empezamos? —sugiero.

Daisy ha llegado hace treinta minutos y ya es la una de la madrugada. Y eso que ha vuelto antes de lo habitual.

—¡Callad! —chilla Rose, estira un brazo delante de mi pecho de forma frenética. Tiene los ojos encendidos y mira violentamente a un lado y otro.

Todo el mundo se queda paralizado y en silencio.

¿Qué le pasa?

Y entonces oigo un tintineo, como unas campanillas repicando. Sadie aparece por las escaleras del sótano y entra en el salón sin vacilar, como si esta parte de la casa también le perteneciera a ella. Rose coge el espray de pimienta del suelo y mira a la gata con los ojos entornados, como si el animal solo tuviera malas intenciones.

Sin embargo, quien reacciona peor es Lily. Al parecer, Sadie la «atacó» en su cuarto la semana pasada. Dijo que se despertó y se encontró a la gata allí sentada, mirándola dormir. Cuando me lo contó, me pareció tan ridículo que lloré de la risa.

—Diosmíodiosmíodiosmío —exclama Lily.

La oigo decir «demonio» un par de veces, pero no se la entiende muy bien; está histérica. Empieza a correr en círculos por el salón buscando un lugar donde esconderse, pero hemos puesto todos los sofás y las sillas contra la pared. No tiene donde ocultarse de Sadie.

Y cuantos más movimientos espasmódicos y violentos hace Lily, más fuerte es el bufido de la gata.

Daisy intenta cogerla en brazos, pero Ryke la aparta de inmediato y la estrecha contra su pecho. La última vez que intentó cogerla, Sadie la arañó. Le dejó tres arañazos largos y sangrientos en una pierna y su madre montó un número y me gritó durante al menos una hora en la comida del domingo. Después de ese suceso, vendí a Sadie, pero cuando volví a casa al día siguiente me encontré con que Rose y Daisy habían removido cielo y tierra para encontrarla.

Por mucho apego que sienta por mi gata, estas tres mujeres me importan más.

Lily sigue corriendo hasta que da con una solución. Se sube encima de Lo como un mono, trepando por su espalda, mientras él intenta no reírse y, al mismo tiempo, evitar que su novia se caiga. Lo cierto es que, con la gorra peluda y los ojos fuera de sus órbitas, parece una especie de animal larguirucho.

—Ya me la llevo —anuncio.

—Si no somos capaces de protegernos de un gato, ¿qué esperanza nos queda? —apunta Daisy con gesto dramático y una sonrisa luminosa y juguetona.

—Yo sé defenderme —protesta Rose sacudiendo la lata de espray de pimienta.

—Cariño, lo último que necesitamos es que por la mañana nos llamen los de PETA.

—Que les den a los de PETA.

Mierda.

—Rose. —La miro y niego con la cabeza. En esto somos diferentes. Ella no es capaz de morderse la lengua cuando es necesario.

—Después de este episodio, alguien te tirará encima un cubo de pintura roja —le advierte Lo. Tiene a Lily sobre los hombros, donde por fin parece satisfecha, con las piernas colgando sobre el pecho de su novio. Mira otra vez a Sadie, que se pasea por la sala, orgullosa.

Rose parece un poco arrepentida, aunque solo un poco. Me aparto de ella para dirigir a Sadie a la planta de abajo.

—Me encantan los animales —anuncia con tono mecánico para compensar. Le dedica una sonrisa gélida a la cámara y añade—: Y, si alguien me estropea uno de mis abrigos de pieles, le mandaré la factura y luego le arrancaré los ojos. Porque no se merecería ni siquiera ver ropa bonita nunca más.

Observo cómo Sadie baja las escaleras mientras todos se ríen. Miro atrás y sonrío al ver a estas personas, mis amigos.

No querría perderme esto por Wharton.

No querría perdérmelo por nada del mundo.

Aquí es donde soy más feliz.

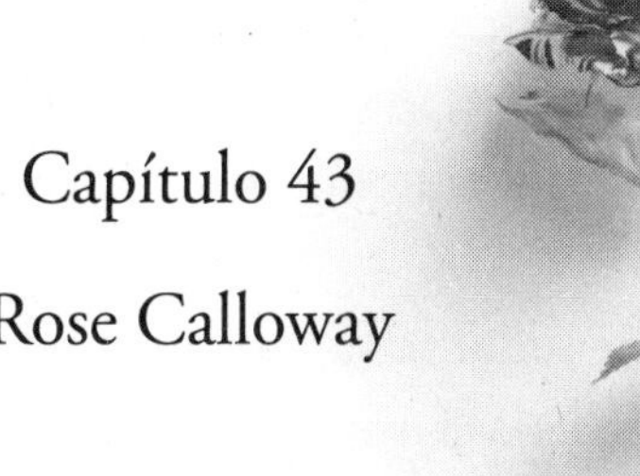
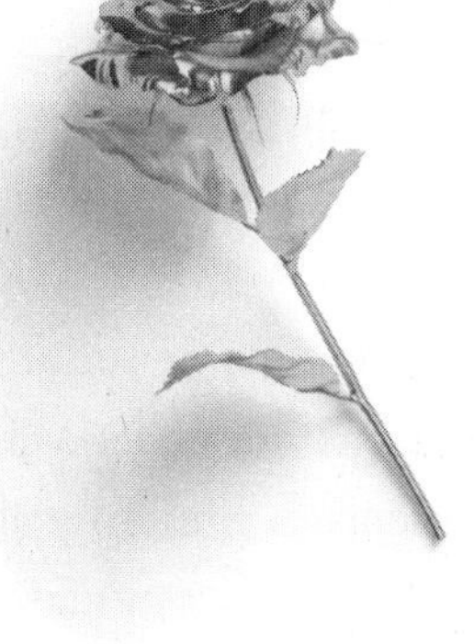

Capítulo 43

Rose Calloway

Me despierto junto a un cuerpo que se mueve contra mí. Mis párpados aletean y se abren, en un estado de semiinconsciencia.

Atisbo la luz tenue de la mañana y empiezo a comprender mi postura y lo que sucede, la plenitud de entre mis muslos, las manos que descansan sobre mis hombros y el cuerpo que se cierne sobre mí y me embiste con decisión.

Sigo desnuda tras la sesión de sexo duro de anoche, excepto por el collar de diamantes que me rodea el cuello.

Connor y yo nos miramos a los ojos y se me acelera el corazón. Observa cómo me despierto por completo; ha hecho realidad esa extraña fantasía que le confesé. Siempre había imaginado que me excitaría al instante, pero tardo un poco más en llegar a ese punto. Connor se ocupa de satisfacer mis necesidades y se mece despacio para ayudarme a que las sensaciones eléctricas se vayan acumulando poco a poco. Me agarro de sus bíceps, que se tensan cada vez que bombea. Es una de las pocas veces que he podido usar las manos durante el sexo. Bajo la vista y veo cómo desaparece entre mis piernas y, con esa imagen, empiezo a sentir que me contraigo a su alrededor.

Él baja la cabeza y me da un beso apasionado.

Esto me gusta.

No me puedo creer que me guste, pero, más que eso, no me puedo creer que haya estado dispuesto a hacerlo realidad. Lo amo por ello.

Una capa de sudor se va formando sobre nuestros cuerpos a medida que me penetra. Le aprieto la cintura con las piernas para que aumente la presión y él abre la boca y gime, con el placer esculpido en el rostro como mármol.

—Rose…

Y entonces acelera y me lo hace más fuerte; entierro la cabeza en mi almohada y gimo; los dedos de los pies se me enroscan. Sale de mí poco a poco mientras recuperamos el resuello. Se tumba a mi lado y nuestros pechos suben y bajan, juntos, al unísono.

Ahora puedo admitirlo sin reservas: despertarme siendo penetrada me excita.

Aúno las fuerzas necesarias para reencontrarme con su poderosa mirada azul. Él sonríe; sabe perfectamente lo mucho que deseaba que ocurriera esto.

—Buenos días, cariño —me saluda sin aliento. Se inclina hacia mí y me besa de nuevo.

Cuando se separa de mí y estoy a punto de decirle lo mucho que me ha gustado, me interrumpen unos fuertes golpes. El sonido viene de la pared que está al lado de nuestra cómoda, no de la de detrás.

El martilleo continúa y pronto se le añaden unos gemidos y gruñidos. Frunzo el ceño.

—¿No se acostaron anoche? —Las paredes son muy finas, así que intento ignorar los ruidos lo mejor que puedo.

La ventaja de tener la habitación al lado de la de Lily y Loren es que me entero de cuánto sexo tienen, lo que significa que sé cuándo mi hermana experimenta un retroceso en su recuperación.

Connor se levanta de la cama y, completamente desnudo, se acerca a la pared y empieza a aporrearla.

—¡Eh! —grita, pero incluso cuando levanta la voz parece siempre seguro y tranquilo—. ¡Vosotros dos, parad!

Los golpes se detienen al instante, pero enseguida los reemplaza un sonido mucho peor para mis oídos: la voz de Loren Hale (aunque se oye amortiguada gracias a la pared).

—¡No estamos haciendo nada!

—¡Os acostasteis anoche! —replica Connor—. ¡Solo una vez cada veinticuatro horas! ¿Os habéis olvidado o qué?

Normalmente, Lo y Lily solo esperan doce horas entre polvo y polvo, pero están probando una nueva regla y nos han pedido que los ayudemos a cumplirla si flaquean.

—¡Pues parad vosotros con los ruiditos! —contesta Loren a gritos—. ¡Mi novia es adicta al sexo! ¡No os puede oír a vosotros dale que te pego!

—¡No haremos ruido! —promete Connor. Se vuelve hacia mí y nos miramos a los ojos—. La próxima vez te amordazo.

Entorno los ojos, pero la parte inferior de mi cuerpo responde de un modo muy distinto.

Connor se limita a sonreír y va al vestidor a cambiarse. Yo me quedo en la cama, cojo mi agenda de la mesilla de noche y empiezo a trabajar en mi lista de tareas pendientes. Hoy he de elegir la música para la boda.

Mamá: 1 mes

Un mes.

Ya casi ha llegado el día. Necesito un poco más de tiempo, pero no podemos posponer la fecha sin que los medios sospechen y monten un escándalo. La semana pasada le pedí a Lily que me echara una mano y estuvo a punto de romper a llorar. Es demasiado para ella.

Y el hecho de que sea un evento televisado no ayuda. Me ha confesado que tiene pesadillas en las que se cae de camino al altar, le ponen *autotune* al vídeo y acaba haciéndose viral en YouTube.

Cuesta un poco tranquilizarla, porque imagino que podría pasar.

Además de la boda, con el inventario de Calloway Couture estoy que me llega el agua al cuello. Gracias al reality show, las ventas de mi marca han aumentado exponencialmente, pero tampoco es la primera vez que pasa. Antes me contrataban para participar en campañas e incluso, cuando estaba en lo más alto de mi carrera, en la semana de la moda. Mis triunfos han sido muy irregulares. Cada vez que una tienda empieza a vender mi marca, la retiran de inmediato. No me puedo permitir disfrutar de este éxito repentino, porque sé por experiencia que podría ser fugaz.

No hay felicidad en la ambición.

Solo existe el miedo de perderlo todo o la creencia de que nunca es suficiente.

Ojalá supiera conformarme con menos. Connor parece satisfecho a pesar de haber renunciado a su MBA, pero no creo que a mí me pasara lo mismo si pusiera mis sueños en jaque.

Y no sé cómo cambiar lo que siento.

—¿Estás bien?

Levanto la vista y lo veo acercándose a mí. Se sienta en el borde de la cama e inclina la agenda hacia él para leer mi lista de cosas que hacer.

—Solo estoy estresada —confieso—. Tengo demasiadas cosas que hacer y el día no tiene suficientes horas. —Hago un gesto como quitándole importancia a mis preocupaciones—. Ya sabes de qué va.

—Puedo ayudarte. —Señala la segunda tarea que he anotado: «Volver a encargar los centros de mesa feos que encargó mamá»—. Me parece que esto se me daría genial.

Le dirijo una mirada reprobadora.

—No has dejado Wharton para ayudarme a organizar una boda. Tienes un trabajo. Vete a trabajar.

Lo bajo de la cama de un empujón, pero en cuanto sus pies tocan el suelo me quita la agenda del regazo. Lo fulmino con la mirada.

—Para que quede claro: he dejado Wharton para estar contigo —me corrige—. Y no por Cobalt Inc.

Me cierro bien la bata a la altura de la cintura y me pongo de pie sin dar crédito a sus palabras. Señalo mi agenda, que, llegados a este punto, es lo que me mantiene cuerda.

—Devuélvemela.

Lo abre y echa otro vistazo a la lista.

—Creo que… —musita—. Me voy a encargar yo de todas las responsabilidades de la boda, y así tú te ocupas de las tareas de Calloway Couture. —Levanta la vista—. ¿Te parece bien?

—No, Richard. Me parece que me estás sacando las castañas del fuego.

Alargo una mano para recuperar mi agenda, pero él la levanta por encima de su cabeza.

—Somos pareja. Quiero sacarte del fuego todas las castañas que pueda. Y no te estoy pidiendo que aceptes mi ayuda, Rose. La tendrás, la quieras o no.

Me cruzo de brazos.

—¿Y si nuestros gustos no coinciden? —argumento—. Podrías elegir unos centros de mesa aún más feos que los de mi madre.

Me mira con las cejas enarcadas, como si hubiese dicho una gran estupidez. Resoplo y bajo los brazos. Está bien: tiene buen gusto. Su champú cuesta más que el mío, por el amor de Dios.

—Consulta con Lily antes de tomar las decisiones definitivas, aunque no te dé una respuesta clara —le recomiendo.

Él sonríe; se está regodeando en su victoria. Sin embargo, baja la vista hacia la agenda y el rostro se le ensombrece.

—¿Por qué tienes escrito el nombre de Scott?

Es el número veintisiete de la lista. No me hace falta refrescarme la memoria para saber de qué se trata.

—Es un recordatorio —contesto—. Quería preguntarte si lo has notado diferente este último mes.

—Diferente ¿cómo? —pregunta, aunque creo que él tiene su propia teoría. Simplemente, quiere oír antes la mía.

—Cuando empezamos a grabar, era un cerdo misógino que se pasaba el día haciendo comentarios asquerosos delante de mis narices. Pero desde que volvimos de los Alpes, o quizá unas semanas después de eso, se está conteniendo. Se me había ocurrido que tal vez era porque tú y yo habíamos empezado a tener relaciones sexuales y porque en el fondo tiene un cierto respeto. —Connor empieza a negar con la cabeza antes de que termine la frase—. Ya, ya lo sé. No encaja.

—Encontrar el momento oportuno lo es todo. Creo que solo está esperando.

—¿Esperando a qué?

—Todavía no lo sé.

Me estremezco.

Queda un mes.

Me pregunto si Scott estará esperando al día de la boda o si tendrá planeado jodernos antes.

Por primera vez, me siento tan nerviosa como cuando empezamos a grabar el programa.

No creía que eso fuera posible.

Capítulo 44
Connor Cobalt

—No lo hagas —ruega Daisy—. Te lo suplico. —Junta las manos como si estuviera rezando y nos mira primero a Rose y luego a mí. Está sentada en el borde de su edredón verde. Estamos en su habitación, con la puerta cerrada, para que no asome ninguna cámara malintencionada.

—Te hemos dado tres días enteros para romper con él —le recuerda Rose a su hermana pequeña—. Si todavía no lo has hecho, no lo harás en un futuro cercano.

La campaña de Marco Jeans terminó hace una semana, lo que significa que Daisy es libre de romper con Julian sin que haya «mal ambiente» en ninguna sesión de fotos. Sin embargo, una de sus debilidades es su incapacidad de herir los sentimientos de los demás.

Una vez le demos la noticia, yo mismo le enseñaré a Julian dónde está la puerta. Tengo muchísimas ganas. Ya no tendré que ser majo y poner buena cara, lo que me duele hasta en la puta mandíbula. Ese tipo ya no me sirve de nada.

Daisy se tapa la cara con las manos y gime.

—¡No quiero que mi hermana mayor y su novio rompan con el mío por mí!

—Vale. ¿Rompes tú con él? —inquiere Rose con las cejas enarcadas.

—Sí.

—¿Ahora mismo?

A Daisy le cambia la cara.

—Veamos qué sabemos hasta ahora —intervengo—. A nadie de esta casa le gusta Julian. Ni siquiera te gusta a ti. Y no me gusta generalizar, pero diría que gran parte del país odia a Julian. Pero tú sigues saliendo con él porque…

—No me gusta romper con la gente —admite—. Es incómodo y horrible. En todos mis rollos pasados, simplemente dejaba de hablar con el chico en cuestión y me dejaba en paz… Pero Julian no es así.

—Si no eres capaz de romper con alguien, no deberías salir con nadie —salta Rose.

—Vale, pero… Propongo que volvamos a debatir sobre esto dentro de un mes o dos. O sea, que nos lo tomemos con calma hasta que Julian se canse y pase página.

Rose me mira y sonríe.

—Creo que esta es una de las cosas que quería hacer antes de morirme. Tú y yo, juntos, aplastando el corazón del asqueroso del novio de mi hermana.

—¿Se llamaba ese novio en particular Loren Hale? —pregunto con una sonrisa.

—Es posible. Pero siempre podemos añadir una adenda.

Daisy vuelve a gemir.

—Si tanto te avergüenza, la próxima vez no salgas con nadie con quien no seas capaz de romper —insiste Rose.

—La obligaremos a mirar, ¿no? —le planteo a mi novia.

—¿Qué? —exclama Daisy con los ojos muy abiertos—. ¡Nooo! —Alarga la palabra como si estuviese empezando a asimilar lo que está a punto de ocurrir.

—Vas a mirar —sentencia Rose.

—Y tomarás apuntes —añado.

Rose se vuelve hacia mí; se le ha iluminado el rostro.

—Míranos. Esto no se nos da nada mal.

Le doy la mano. Soy partícipe de su emoción, de hecho, puede que mi entusiasmo sea aún mayor que el suyo. Nos imagino dentro de diez años. Seguiremos siendo el mismo equipo increíble, solo que con pequeñas versiones de nosotros mismos correteando a nuestro alrededor. Sin embargo, su miedo a la maternidad es una batalla para otro día.

—Detrás de ti —le digo a Daisy señalando la puerta.

—¿Está aquí? ¿Ahora? —Parpadea desconcertada.

—Sí, así que reconfigura tu sentido de la orientación —le espeta Rose—. Bajando, que es gerundio. ¡Venga! —Sigue insistiendo hasta que su hermana se pone de pie.

—Vale, puedo hacerlo… —accede Daisy mientras se aparta la melena de los hombros—. No es la primera vez que nado en aguas infestadas de tiburones. ¿Qué tiene de malo oír a mi hermana machacarle el alma a un chico? —Se estremece y le dirige a Rose una mirada suplicante—. No seas muy dura con él. Ya es mitad simio. El mismo Connor lo dijo.

Me echo a reír cuando Rose me fulmina con la mirada.

—¿Qué? En los Alpes lo vi abrir una lata de sopa dándole golpes contra la encimera. Existen herramientas inventadas por humanos que sirven para ejecutar ese tipo de tareas tan complejas.

Rose niega con la cabeza repetidas veces y luego se dirige a la puerta.

—Si nadie piensa mover el culo, seguid al mío.

—Nada que objetar, cariño —accedo.

Sin embargo, espero a que Daisy vaya antes que yo. Es el tipo de chica que sería capaz de saltar desde tres plantas de altura solo porque sí, y le acabamos de dar una razón para hacerlo.

Suspira y sigue a su hermana. Julian está en el salón, esperándome. Se cree que lo he invitado a tomar una cerveza, como si fuéramos amigos. Está sentado en el sofá hojeando una de las revistas de escalada de Ryke.

Daisy se queda en las escaleras. Es incapaz de acercarse más al sofá. Parece una niña a punto de tirar el pez que tiene como mascota por el váter. Ben ya está sentado en una silla enfocándonos con su cámara.

—Hola, tío —saluda Julian mientras se levanta del sofá. Tira la revista sobre la mesa.

Yo no digo nada. Me limito a acercarme a él.

—Siéntate.

Frunce el ceño, pero me obedece. Rose y yo elegimos el sofá de dos plazas que hay enfrente. Ella cruza las piernas a la altura de los tobillos y pone las manos en las rodillas.

—Julian —dice con voz inexpresiva—. Es un inmenso placer para mí informarte de que Daisy no volverá a verte nunca más.

—¿Qué? —Se rasca la mejilla. Lleva una barba de más días de lo que recordaba.

—Ha decidido romper contigo —aclaro—. No la llames. No le escribas. No te presentes aquí en busca de un polvete ni nada parecido. Se acabó.

Julian se vuelve hacia atrás y mira a Daisy, que está en las escaleras.

—¿Qué cojones es esto? ¿Estás cortando conmigo?

—¡Oye! —Rose chasquea los dedos y él vuelve a mirarnos a nosotros—. No quería herir tus frágiles y desagradables sentimientos.

Julian se pone de pie de golpe.

—¡Y una mierda! —Se queda mirando a la hermana pequeña de Rose—. ¿Te han obligado a hacer esto, nena?

Ella está a punto de responder, pero entonces la puerta principal se abre de golpe y se estampa contra la pared. Rose y yo nos levantamos a la vez mientras unas voces iracundas y descontroladas atraviesan el salón.

—¡No estoy dramatizando! —grita Lily de forma... dramática. Lleva un montón de revistas en los brazos. Loren y Ryke entran tras ella, pasando por delante de Brett y Savannah, que estaban intentando meterse antes que ellos.

Lily entra corriendo en la cocina.

Esto no pinta bien. Voy tras ella a repartir los airbags que sean necesarios para amortiguar esta nueva colisión.

Lily tira las revistas en el fregadero de la cocina, abre un armario y saca una botella de gasolina para mecheros que guardamos para la barbacoa.

—¡Eh! —gritan Ryke y Lo al unísono. Corren hacia ella, que ya está echando el líquido sobre las revistas. Le quito la botella de plástico de las manos y Rose se pone a limpiar de inmediato. Empieza a meter todas las revistas en una bolsa de basura antes de que Lily les prenda fuego.

Loren la tiene cogida de la cintura. La miro a los ojos, que están colmados de odio e histeria.

—¿Qué ha pasado? —le pregunto. Intento mostrarme sereno para que todo el mundo se tranquilice.

Sin embargo, en este momento, mi táctica no funciona con Lily.

—¡La gente da asco! —chilla casi llorando.

Eso no me explica nada. Cojo una de las revistas que Rose tiene en la mano antes de que la tire. El papel está mojado y las páginas, pegadas, pero no me hace falta abrirla para comprender lo que ha ocasionado su ira.

El titular dice:

LILY CALLOWAY, LA NINFÓMANA QUE SUPUESTAMENTE SE ACUESTA CON DOS HERMANOS

La fotografía la muestra a ella caminando por una calle de Filadelfia entre Loren y Ryke, lo que no es nada extraño, sobre todo porque todos estamos preocupados por su seguridad ahora que no tiene guardaespaldas.

—Me importan una mierda los rumores —dice Ryke—. ¿Cuántas veces tengo que decírtelo?

—¡Yo no soy infiel! ¡Así que tampoco me gusta ser una supuesta infiel! —exclama enfadada. Señala las revistas con el dedo y un gesto amenazante—. ¡Y odio que me llamen ninfómana!

La ninfomanía incluye toda hipersexualidad, no solo la adicción al sexo. Para alguien como Lily, que se identifica como una adicta, la etiqueta de ninfómana refuerza la concepción de que la adicción al sexo no es más que un mito.

—¿Y qué quieres que hagamos, Lil? —pregunta Loren—. ¿Tener una rabieta delante de las cámaras? Pues ya está hecho. Lo han grabado todo.

Ella se tranquiliza y el rostro se le deforma de dolor. Antes de que Lo haga lo mismo, hablo:

—O podríamos prenderle fuego a todo esto. —Tiro la revista a la bolsa de basura de Rose—. Quizá sea catártico.

A Lily se le iluminan los ojos, pero Rose me mira con desaprobación.

—No le des alas.

Suelta la bolsa y estira los brazos para no mancharse la ropa. Huelo la gasolina desde aquí. Justo cuando me dispongo a ayudarla a limpiarse, un grito nos sobresalta a todos.

—¿Estás de broma? —chilla Julian. Su nariz está a escasos centímetros de la de Daisy y tiene las manos apoyadas en la pared; la tiene acorralada. Ella le gira la cara y se estremece, cerrando los ojos con fuerza—. ¿Es que no sabes el infierno que me has hecho pasar?

—¡Eh! —grita Ryke mientras corre hacia ellos. Se le ha ensombrecido el rostro en una fracción de segundo. Brett corre tras él para no perderse la pelea.

Rose maldice mientras intenta cerrar el grifo con la muñeca; tiene las manos chorreando. Lo está intentando calmar a Lily. Quiero ayudar a mi novia, pero me pide con la mirada que vaya.

Segunda gestión de crisis del día.

Como esto lo hemos comenzado nosotros, todavía siento más apremio por resolverlo.

No empiezo a correr hasta que Julian da un puñetazo en la pared, justo al lado de la cabeza de Daisy, mientras grita con tanta fuerza que se le marcan las venas del cuello.

Ella se estremece. Ryke coge a Julian del hombro y le atiza un puñetazo en la barbilla. Julian baja un par de escalones a trompicones, pero enseguida se abalanza sobre Ryke para intentar tirarlo al suelo. Yo lo sujeto desde atrás.

Ryke se quita a Julian de encima y le vuelve a pegar. Este retrocede maldiciendo y luego se detiene, jadeante, tapándose un ojo enrojecido con la mano.

Le ha gritado en la cara a una chica. Se merece mucho más que un ojo morado. La verdad es que tenía la esperanza de que Ryke le rompiera un brazo o una pierna, y estoy seguro de que a Rose le hubiera gustado ver un pene cercenado, pero tendremos que conformarnos con esto.

Julian levanta la vista con una expresión salvaje y fulmina a Daisy con la mirada.

—¿Te vas a quedar ahí sin hacer nada?

—¿Qué quieres de mí? —pregunta ella.

—¡Que me devuelvas los meses de mi vida que he malgastado contigo, zorra de mierda!

Cojo a Ryke por los hombros por instinto, y hago bien, porque intenta abalanzarse sobre Julian. Oigo maldecir a Loren. Está a punto de venir corriendo, pero Lily se le ha subido encima para detenerlo. Oigo también los tacones de Rose, que es quien se acerca.

—¡Ve a follarte a alguien a quien le gustes, Julius! —grita Loren desde la cocina—. ¡Ah, espera! ¡No hay nadie en todo el puto planeta! ¡Pues a ver si encuentras a alguien que te lleve a Marte, hijo de puta!

Ryke se revuelve entre mis brazos y al final se vuelve y me amenaza:

—Te lo juro por el dios bizarro en el que creas, Connor, si no me dejas hacerlo picadillo, te voy a dar un puñetazo en toda la cara.

Pero Rose es más rápida que él. Apunta a Julian con un espray de pimienta a modo de advertencia y lo empuja.

—Lárgate de aquí o no te quemaré solo los ojos.

Él levanta las manos; la piel del pómulo se le está empezando a hinchar. Nos dirige a todos una última mirada asesina mientras Rose abre la puerta y lo empuja para que salga.

—Connor —dice secamente—, necesito que acompañes a Julian

a la puerta y les digas a los guardias que lo pongan en la lista negra, por favor.

—Por supuesto. —Miro a Ryke—. Te voy a soltar, pero que ni se te ocurra ir a por él.

Sigue con los músculos en tensión.

—Está bien.

No es muy convincente, pero entonces interviene Daisy:

—Lo siento, chicos. —Se le rompe la voz. Todos la miramos, incluso Rose, que está en la puerta. Se aclara la garganta y continúa—: Tendría que haber roto con él yo misma. Habríamos evitado todo esto. —Se queda cabizbaja, con el rostro cubierto por la melena rubia.

—No —dice Rose—. Me alegro de que lo hayamos hecho nosotros. Bueno, de haberlo intentado, al menos. —Luce una expresión culpable—. Es culpa nuestra, por no terminar lo que hemos empezado.

—No me quiero ni imaginar qué habría pasado si llegas a romper con él tú sola —añade Ryke—. Te habría... Joder. —Se estremece y niega con la cabeza; vuelve a estar cabreado.

Pero yo me estoy imaginando lo mismo que él. Julian habría dicho: «Vamos, nena, no seas así. No les hagas caso. Con lo bien que estamos juntos». Y, si se hubiera negado, la habría acorralado contra la pared y le habría chillado igual.

Al menos estábamos aquí para sacarlo de casa.

Cuando paso junto a Rose, que sigue en la puerta, le rozo el cuerpo con el pecho y la miro a los ojos. Luce esa mirada ardiente que me calienta en un segundo. Cómo me gustaría tener el control ahora mismo y hacer que me mirase exactamente así.

La miro de arriba abajo. Lleva un vestido mini de Calloway Couture con escote cerrado.

—Ya sé cómo te lo voy a hacer esta noche, cariño —le susurro. Le acaricio la cadera y luego le aprieto el culo. A ella se le acelera la respiración.

Luego bajo junto al medio simio, que está pateando nuestra papelera.

Casi puedo sentir la sonrisa de Rose.

Capítulo 45

Connor Cobalt

La sujeto entre mis brazos sin bajar el ritmo. Ella está sentada encima de mí, con las piernas enrolladas en mi cintura, y yo estoy apoyado en el cabezal de la cama. Yo tomo las decisiones y hago la hoja de ruta. Me aferro a la carne de sus caderas y, eufórico, la penetro con fuerza.

Ella gime. Creo que distingo mi nombre en su voz amortiguada. No podría hablar ni aunque quisiera; le he metido las bragas en la boca y luego le he atado las manos a la espalda con mi cinturón de cuero.

Paro de moverme; la cabeza se le desploma hacia los lados, como si llevase veinte minutos montada en una montaña rusa. Y puede que sea así. He ido alternando entre cogerla por la cintura y subir y bajar su cuerpo sobre mi polla y dejarla quieta, bien sujeta, mientras me movía yo. Mi pecho sube y baja por el esfuerzo e intento desesperadamente ignorar las dolorosas palpitaciones que noto en las ingles. Quiero jugar con ella, no me conformo con someterla a base de polvos.

—Examen sorpresa —anuncio entre jadeos—. Describe lo que sientes ahora mismo con una palabra. Solo una. —Le saco las bragas de encaje de la boca y su respiración se hace más profunda, como si estuviese intentando recuperar el aire que antes no tenía—. No dramatices —la regaño—. Podrías respirar por la nariz. ¿O es que de tanto follar se te han olvidado los conocimientos en anatomía?

En lugar de fulminarme con la mirada, como haría habitualmente, se le iluminan los ojos con una sonrisa. Le pongo dos dedos bajo la barbilla para alzarle la cabeza.

—Te gusta, ¿eh? Te gusta que te folle tan duro que se te queda la mente en blanco, sin que la atraviese ningún pensamiento.

Se mece en mi regazo como si estuviese a punto de caerse, así que la agarro con más fuerza; le pongo una mano en la espalda para mantenerla recta y deslizo varios dedos por debajo del collar para sujetarle la cabeza.

—Una palabra —le recuerdo—. Aunque sea tan poco elocuente como «polla». Ahora mismo.

Se lame el labio inferior; sigo el movimiento con la mirada. «No te muevas, Connor». Pero es complicado. Todo lo que hace me impulsa a hacerla mía, rápido, con fuerza. Entonces me da su respuesta, de una sola vez, en voz baja:

—Concupiscencia.

Enarco las cejas.

—Menuda palabra.

Está radiante de orgullo. «No, Rose. No era un cumplido». Tiro del collar y a ella no le queda más remedio que inclinarse hacia delante.

—Todavía eres capaz de pensar —le digo rozándole la oreja con los labios—. Al parecer, no te he follado lo suficiente.

Noto que su sexo se tensa alrededor de mi erección, acompañado de unas palpitaciones cortas y rápidas. Su boca tiene que alcanzar a su cuerpo, que no tiene inconvenientes en suplicar por mí.

Sigo sin moverme. Dejo que se moje, que se retuerza mientras espero, intentando con todas mis fuerzas contener mis propias y acuciantes necesidades.

—Una palabra —repito. Le clavo los dedos en la piel suave de la cadera y luego los deslizo hacia abajo, recorriendo todo el largo de su muslo.

—Lascivia. —No vocaliza al formar la última sílaba; empiezo a penetrarla de nuevo, la cabeza se le cae hacia atrás y los párpados le aletean.

Me detengo tras bombear un par de veces.

—Una palabra —insisto. Tiro del collar y abre los ojos de golpe.

—Pasión. —Eso está mejor.

Suelto el collar y pongo las manos en sus caderas para luego levantarla de mi miembro erecto. Observo la reacción angustiada de su cuerpo; no le gusta que la haya separado de mí. Cuando la vuelvo a bajar y la colmo, lo hago con fuerza. Nuestros cuerpos suenan al encontrarse; carne contra carne, una sinfonía de gemidos, jadeos que llenan el aire silencioso. Lo hago tres veces más, levantándola a pulso.

Tal vez sea mi segunda posición preferida, justo después de tenerla abierta de piernas, atada, amordazada y esperándome ansiosa en la cama, mojándose poco a poco.

La tercera o cuarta vez que ahoga un grito, hago una pausa y la mantengo inmóvil, todavía clavado en lo más profundo de ella.

—Una palabra.

No duda:

—Joder.

Es justo lo que buscaba. La estrecho entre mis brazos y me aseguro de que esa sea la última palabra que recuerde.

Luego charlamos un rato. Rose está boca abajo y el edredón la tapa hasta la cintura; yo, en cambio, tengo un codo apoyado sobre la almohada para ayudarme a estar un poco incorporado. Le acaricio la espalda en su totalidad, masajeando los músculos tensos, grabando en mi mente el terciopelo de su piel.

Adoro estos momentos después del sexo casi tanto como el acto en sí. Su estrés se ha reducido a mínimos; incluso cuando habla de su lista de cosas que hacer —sus miedos y preocupaciones—, lo hace con ligereza, y no con pesar.

—No sé cómo hacer que Daisy siga viviendo con nosotros cuando termine el programa —confiesa en voz baja—. He hablado con mi madre. No piensa dejar que se marche de su casa. —Tiene una mejilla apoyada en la almohada y me mira—. Quizá si hay una segunda temporada pueda seguir viviendo con nosotros.

¿Una segunda temporada? ¿Seis meses más aguantando a Scott y a las cámaras invasivas que nos siguen por todas partes?

—¿Es eso lo que quieres? —pregunto.

—No —responde con franqueza—. Ya he sacado lo que quería del reality show. Las acciones de Fizzle han subido, hay un par de marcas interesadas en vender mis prendas y la gente empatiza con Lily más que nunca. —Sonríe al nombrar el último beneficio—. Eso es lo mejor de todo —admite.

Es difícil negar el amor que Lily siente por Loren, o a la inversa, cuando siempre se les ve juntos en el programa.

—Es fácil apostar por ellos —contesto, y le doy un beso en el hombro—. Solo hay que comprenderlos. —Eso es lo difícil, estar dispuesto a ver más allá de sus adicciones y darse cuenta de que son personas.

Cierra los ojos un instante, cansada, pero no quiero que se duerma todavía. Tengo que preguntarle algo importante mientras aún se sienta complacida y satisfecha.

—Sobre la boda… —empiezo a decir, pero, antes de que pueda terminar, abre los ojos de golpe y me interrumpe:

—Ah, hace días que tenía ganas de decírtelo. Le enseñé a Lily su vestido de novia y le encantó, Connor. ¡Estaba feliz! —Sonríe como si fuese una fantasía cumplida y se me hace un nudo en la garganta—. Chillaba y brincaba, estaba muy emocionada. Creo que por fin se siente lista para casarse.

—Qué bien —contesto incapaz de esconder un tono forzado—. Me alegro por ella.

Frunce el ceño y me da un cachete en el brazo.

—Pues no pareces muy alegre.

Dejo de mover la mano, pero no se la quito de la espalda.

—Salgo con una chica que se negaba a jugar a las casitas cuando era pequeña y ahora no haces más que babear por la boda de otra persona. —Una vez me contó que un día, cuando eran pequeños, Lily y Lo fingieron estar casados y ella destruyó todas las flores arrancándoles los tallos, gritó que eran todos unos «estúpidos» y se fue corriendo.

—Si tienes miedo de que acabe mutilando las flores el día de la boda, no te preocupes, que no lo haré. Las elegí yo misma. Son orquídeas.

—Las cambié.

Se incorpora y abre los ojos de golpe mientras se cubre los pechos con la sábana.

—Si mi madre te ha convencido para elegir los lirios naranjas con lazos azul verdoso, yo… —empieza a decir señalándome con un dedo acusador.

Le tapo la boca.

—No he consultado con tu madre ninguno de los arreglos finales, te lo prometo.

—Entonces ¿de qué va esto? —pregunta—. Tienes la misma cara que si hubieras suspendido un examen de matemáticas.

Me acerco a ella y le doy un beso en la sien.

—Solo estaba pensando en nosotros.

—¿Y eso te disgusta? —Se ha quedado paralizada.

Siempre he sido seguro de mí mismo, si bien no muy comunicativo. Sin embargo, parece que ahora esto se está invirtiendo. ¿Cómo vas a ser seguro de ti mismo si tu destino está en manos de otra persona? No puedo fabricarme el mío propio si ella no me reparte buenas cartas.

—Lo quiero todo —confieso—. Quiero los niños, quiero que tengas un anillo de boda en el dedo. Quiero todo eso contigo, Rose. ¿Dónde tienes la cabeza? —Hacía meses que no hablábamos de esto. La última vez que lo hicimos, me acusó de desear tener hijos por vanidad, pero después de haber lidiado con Daisy y Lily, tiene que haberse dado cuenta de lo bien que lo haríamos, más allá de ser rivales académicos, más allá del sexo increíble. Somos compatibles en la vida, y eso es lo que más importa.

Ella niega con la cabeza y se queda pensativa.

Noto una opresión en el pecho. Intento ponérselo fácil.

—Imagínate dentro de dos años. ¿Qué ves?

Tras un largo silencio, contesta:

—Te veo trabajando en Cobalt Inc. al lado de tu madre, y nos veo a los dos yendo de vacaciones con mis hermanas y sus novios o maridos, lo que sean dentro de dos años.

Pone los ojos en blanco, pero sonríe ante esa visión de futuro. Espero a que termine, pero parece que eso es todo.

—¿Y qué pasa con Calloway Couture?

—No lo sé. Supongo que tendré más empleados que me ayuden. No estaré tan centrada en el trabajo o, al menos, no quiero estarlo.

Frunzo el ceño. No me esperaba esta respuesta.

—Pero te encanta la moda.

—Y a ti te encantaba Wharton.

La miro y niego con la cabeza. No es lo mismo y voy a demostrarle por qué.

—¿Eres realmente capaz de dejar tu negocio, Rose? ¿Te haría feliz?

Exhala un largo suspiro, como si no fuese la primera vez que combate con todo esto.

—No. Sin Calloway Couture estaría destrozada, pero también lo estoy intentando mantener a flote. Una vez que mi colección llega a la tienda, no tengo ningún control sobre lo que sucede con ella. Pueden quitarla en un año o en menos tiempo todavía, y entonces a mí me toca trabajar muy duro desde cero. ¿Y para qué?

—Para que haya mujeres que puedan ponerse tu ropa, cariño.

—Es una estupidez.

—Ni por asomo, Rose —repongo con los ojos entornados—. Les das a las mujeres ropa con la que puedan sentirse seguras de sí mismas. Las empoderas como mejor sabes hacerlo, y eso jamás será una estupidez. Es precioso y brillante, no lo olvides nunca.

Entonces me besa. Se aferra a mi pelo con la mano y presiona sus labios contra los míos. Sonrío y la insto a abrir la boca un segundo para que nuestras lenguas se fundan en un abrazo que se me aferra a la mente y se niega a marcharse de ella.

Pero ella se separa primero mientras me acaricia la mejilla con una mano con delicadeza.

—Gracias —dice—. Tienes razón. —Me roza los labios con los dedos—. Pero que ni se te ocurra regodearte.

Intento no sonreír en exceso.

Ella me devuelve la sonrisa.

—Voy a intentar encontrar el modo de ser feliz con lo que tengo —confiesa—. No quiero seguir pensando que nunca es suficiente. Y tampoco estoy preparada para darme por vencida.

La cojo de la mano y la aparto de mi boca.

—Es una decisión inteligente. —Le acaricio el labio enrojecido—. Y dentro de diez años, cuando tus hermanas y sus maridos tengan hijos y familias, ¿qué imaginas para ti?

—No lo sé, eso está muy lejos todavía —protesta.

—Mentirosa. —Chasqueo la lengua—. Tienes toda tu vida planificada.

—¿Cómo lo sabes?

—Porque es lo que hacemos nosotros dos. Visualizamos nuestro futuro y lo hacemos realidad.

Me da una palmadita en la rodilla.

—Así nos haces parecer vanidosos y superficiales...

—Es lo que somos, pero en el mejor de los sentidos. —Sonrío y espero a que conteste mi pregunta. Quiero saberlo.

—Nos veo a ti y a mí juntos. Estamos comiendo en casa por el día de Acción de Gracias. Vienen Lily y Loren. No tienen hijos, pero son felices así. Y Daisy llegará en la moto con un novio caradura que no podremos ni ver. Ryke no vendrá. Estará... escalando alguna montaña en otro país, viajando de mochilero o haciendo alguna otra locura. Y, cuando todos se vayan a la cama, tú y yo nos quedaremos bebiendo vino junto al fuego.

No hay niños.

No hay niños por ningún sitio. Ni siquiera para sus hermanas.

Eso demuestra el miedo que tiene.

—¿Qué es lo que tanto te asusta de tener hijos? —le pregunto mientras le acaricio las manos, trazando las líneas de las palmas con los dedos.

Ella se pone rígida, así que me incorporo y le acaricio las piernas, que asoman bajo las sábanas.

—El fracaso —responde con la voz contenida—. ¿Y si me odian? ¿Y si no soy capaz de darles el amor que merecen? ¿Y si salgo a mi madre y los asfixio? —Hace una pausa—. No quiero destruir a otro ser humano, Richard.

Le acaricio el pelo y le coloco un mechón detrás de la oreja.

—No lo harás, Rose. Yo estaré ahí para ayudarte, y no me cabe duda de que querrás a todos tus hijos.

Espero su negativa. Espero a que me fulmine con la mirada y me suelte que no sé nada sobre niños porque no tengo ninguno, o algo parecido. Pero la conozco, y sé que sería una madre excelente si se diera la oportunidad. Y es algo en lo que creo con firmeza; solo hay que ver cómo trata a sus hermanas: con compasión, dedicación y un amor que nutre el alma. Da todo de sí por las personas a las que quiere.

—Cuando estemos al final de la treintena, ¡al final!, si estamos preparados, y si me ayudas, podría imaginarme a una niña, o a dos… —Se interrumpe y me mira—. ¿Qué?

Me he quedado boquiabierto, pero mi sorpresa no tarda en convertirse en la más pura de las alegrías. Luzco una sonrisa luminosa; no puedo hacer más que besarla en la mejilla, en los labios. Me abalanzo sobre ella y la inmovilizo contra el colchón.

—Richard —me reprende con una sonrisa—. Para un segundo.

Sonrío.

—¿Quieres tener hijos? —¡Ha dicho que sí!

—Cuando tenga treinta y cinco años o más —insiste.

Quiere tener hijos.

Le doy el más profundo de los besos.

—¡Tendrás que ayudarme! —me recuerda entre beso y beso.

Ayuda. Me está pidiendo ayuda. La chica a la que le costó aceptar mi americana para ocultar una mancha me (nos) está abriendo los brazos por voluntad propia.

—Lo único que he querido en esta vida era formar un equipo contigo, Rose. —Me echo a reír al recordarlo—. Tú, doña graduada con matrícula de honor, fuiste la que eligió ser mi rival cuando decidiste asistir a Princeton.

Ladea la cabeza.

—Me gusta competir contigo. —Se apoya en los codos y, con los labios muy cerca de los míos, añade—: Pero me gusta aún más estar en tu equipo.

—A mí también, cariño.

A mí también.

Capítulo 46

Rose Calloway

Mamá: 7 días

Estoy intentando que la cuenta atrás no altere mi estado de ánimo. Lo que sí que me ha sentado mal es que Poppy, mi hermana mayor, haya decidido no venir a la despedida de soltera de Lily. Como pasaremos el fin de semana en Las Vegas con las cámaras —y con Scott, el eterno villano—, ha preferido quedarse en Filadelfia. Al menos ha aceptado participar en la boda.

Lily está bailando a mi lado. Lleva una tiara y una banda rosa con purpurina que la identifica como la novia. Solo por ver su felicidad, la presencia amenazadora de Scott ha merecido la pena. Estamos en una discoteca enorme con luces estroboscópicas multicolores y chicas semidesnudas que giran en jaulas.

Cojo a Lily de las manos. Todas estamos un poco achispadas. Ella no suele beber, pero, cuando Daisy y yo hemos pedido unos chupitos, ha dicho que ella también se apuntaba.

—¡Te casas! —grito por encima de la música, moviéndole las manos.

Luce una sonrisa de oreja a oreja.

—¡Me caso!

No entiendo este cambio de opinión tan repentino, pero ¿para qué cuestionarlo? Solo serviría para estropear el momento, y prefiero disfrutar de esta noche y de los próximos siete días.

Daisy se recoge el pelo sudado en un moño en lo alto de la cabeza. Savannah y Brett están intentando grabarnos sin que los demás bailarines los empujen.

—¡Mira quiénes son! —oigo gritar a un chico.

Fantástico.

—¡Volved a Filadelfia, guarras!

No se nos acercan, pero cuanto más tiempo pasen gritándonos, más probable es que aúnen el coraje (o la estupidez) de hacerlo.

—¡Largaos de Las Vegas!

—¿Vamos a la barra? —propone Daisy—. ¿Cerveza?

Lily, que también está intentando ignorar los gritos, asiente.

—Cerveza.

—¿Queréis cerveza? —pregunto. Podemos elegir entre cócteles afrutados, martinis y chupitos de tequila y ¿van a elegir cerveza? ¿En serio?

—¡Tú ni siquiera la has probado! —replica Lily—. Hoy es el mejor día para que probemos cosas nuevas juntas. ¡Vamos!

Tira de mi mano.

—Pero si no te gusta la cerveza —protesto. Yo nunca la he probado porque nunca me ha apetecido hacerlo. Parece pis en un vaso, lo que explicaría por qué a los tipos de las fraternidades les encanta.

—Sí que me gusta —repone Lily—. Lo que pasa es que no la bebo a menudo.

—A mí me encanta la cerveza —opina Daisy.

—¡A ti te encanta todo! —contestamos Lily y yo al unísono.

Ella sonríe y se encoge de hombros. Seguro que también estaría dispuesta a comer cualquier cosa si no tuviera que preocuparse por su peso.

—¡Volved a...!

—¡Ya te hemos oído! —grito, aunque no sé de dónde viene la voz. Debe de estar cerca, teniendo en cuenta que lo he escuchado por encima de la música.

Llegamos a la larga barra de granito iluminada por unas luces azules que están colocadas debajo y elegimos tres taburetes. Lily se sienta entre las dos, y yo tengo a mi izquierda a un tipo con barba de varios días que va lleno de tatuajes. Desde aquí vemos a nuestros chicos, que están en la zona vip delimitada por cuerdas, en el balcón que hay por encima de nosotras. Están sentados en unos sofás, charlando.

Scott no se ha unido a ellos. Está apoyado en la baranda de la balconada con la mirada fija en mí. Todo el tiempo.

Me molesta, pero me siento peor por Loren, que tiene que soportarlo en su despedida de soltero. Y eso que en estas situaciones casi nunca siento pena por Loren.

Echo un vistazo a Lily, que en cuanto nota que la estoy mirando se mete el teléfono en el bolsillo

—¿Qué haces? —le pregunto.

—Mandarle un mensaje a Lo. Vamos a pedir.

Sería mucho más fácil si la camarera me hiciera caso, pero está demasiado ocupada ligando con los clientes para que le den más propinas. Yo le habría dado una generosa, pero ahora ya no estoy tan segura. Chasqueo los dedos.

Lily me coge las manos, avergonzada. Se ha ruborizado.

—No es un perro.

Bueno, tampoco es una buena camarera, pero decido calmarme,

porque mi hermana está tan roja como el vestido entallado de la chica de la barra.

Supongo que tendremos que esperar.

La paciencia no es una de mis virtudes.

Capítulo 47

Connor Cobalt

Lily: Scott está mirando a Rose todo el rato. Me da mal rollo. ¿Puedes hacer algo?

Me guardo el teléfono en el bolsillo. He intentado ponerme de pie para distraer a Scott y que así deje de mirar a Rose, pero cada vez que lo he hecho Loren me ha arrastrado al sofá y Ryke me ha dicho que no le dé «ni la puta hora». Pero se trata de Rose. No quiero que él la haga sentir incómoda.

—¡Largaos a Filadelfia, gilipollas! —grita alguien desde otro sofá.

—Me da la sensación de que aquí no nos quieren —observa Lo secamente. Intenta no provocar a los acosadores, pero veo que su irritación va en aumento. Les dedica una sonrisa amarga.

Echo un vistazo a Scott.

—Dadme un minuto, tengo que hablar con él. En serio. —He de descubrir qué está tramando.

—Ah, bueno, pensábamos que las últimas cuatro veces que has intentado ir a hablar con él estabas de broma —replica Lo.

Me levanto del sofá, esperando que Loren tire de mí para sentarme, pero hace un gesto con la cabeza y añade—: Dile de mi parte que lo odio.

—¿Algún otro mensaje? —Miro a Ryke.

—Que lo follen.

Asiento.

—No esperaba nada más elocuente.

Me hace una peineta. Los dejo atrás para ir hacia Scott. Me pongo a su lado, apoyo el brazo en la barandilla, como él, y no medio palabra. Simplemente observo lo mismo que él.

A Rose.

Está discutiendo con una camarera morena con un vestido rojo. Aunque esté lejos, reparo en la forma en que estira el cuello, el fuego que hay en sus ojos. Es evidente que la he pillado en plena ofensiva.

—Así que estabas aquí —digo notando el brillo del objetivo de Ben detrás de mí—. Yo me quedo con la chica y tú ¿con qué? —Por fin me vuelvo hacia él.

—Nunca quise a la chica —admite.

Intento que no se note que estoy sorprendido. Siempre había pensado que esto era una pelea de gallos.

—Querías fama —afirmo con la esperanza de que muerda el anzuelo.

—Tampoco. —Se pone recto y yo también. Nos miramos a los ojos—. ¿Crees que si quisiera fama sería el productor de un reality show? ¿Crees que alguien me va a dar un puto Emmy por filmar a seis universitarios podridos de dinero?

No me molesto en anunciarle que ya estoy graduado. Lo sabe.

—Entonces, lo único que quieres es el dinero que te va a dar el programa —repongo—. *Princesas de Filadelfia* es un éxito. Ya tienes tu recompensa, no tienes por qué seguir mirando a Rose. Se acabó la farsa, Scott. No eres su ex y nunca lo has sido. —Me callo. Cuanto más hablo, más se acentúa su sonrisa petulante. Inhalo con desdén y me froto los labios. Tengo mal sabor de boca.

—No va a haber segunda temporada, ¿verdad? —comenta.

—No.

—Lo supuse en cuanto Rose firmó el contrato. Imaginé que bajo ningún concepto querría seguir con esto más de seis meses. —Niega con la cabeza—. Pero esto no va a quedar así, Connor.

Scott quiere más dinero.

¿Qué coño piensa hacer?

Antes de que pueda contestarle, el teléfono empieza a vibrarme en el bolsillo una y otra vez. Contesto sin mirar quién es.

—¡Tienes que bajar ahora mismo! —grita Lily para que pueda oírla a pesar de lo alta que está la música.

—¿Qué pasa? —pregunto mientras las busco junto a la barra. Rose ya no está discutiendo con la camarera; el tipo de treinta y pocos años que tenía al lado está a pocos centímetros de ella. Y ella de él: se están chillando.

Oigo su voz de fondo por teléfono.

—¡Pide la puta cerveza! —grita él a su vez—. ¿Qué más da cuál sea el tamaño?

—Para entenderme, tendrías que abrir ese cerebrito diminuto e infantil —le espeta ella con desdén— e intentar pasar a este plano de la existencia.

—Tamaño chica o tamaño chico, no es tan difícil de entender. ¡Pequeña o grande!

—¡¡¡Que te follen!!! —chilla ella. Ni siquiera está tan borracha.

Bajo corriendo al oír el último insulto. Ryke y Loren van detrás de mí; mi angustia debe de ser evidente en la tensión de los músculos del cuello y los brazos.

Cuando llego a la planta de abajo, todavía con Lily al teléfono, echo a correr. La multitud se parte en cuanto me ve. Por fin atisbo la barra; debe de estar a unos quince metros.

Y, en ese momento, el tipo le da un puñetazo.

En la cara.

Todo sucede muy rápido.

La fuerza del puñetazo hace que Rose se caiga del taburete. Lily se agacha para ayudarla y Daisy le da un empujón al agresor e intenta devolverle el puñetazo mientras no deja de chillar.

El corazón se me va a salir por la boca. La parte más sensata y razonable de mí, la parte a la que siempre obedezco, me dice que vaya junto a Rose para asegurarme de que está bien. Sin embargo, el lado más furioso y ardiente, ese que Rose conoce tan bien, es el que ha tomado las riendas. Me dirijo hacia el tipo con el teléfono bien agarrado entre los dedos, con los nudillos blancos, lleno de odio. ¿Qué clase de tío le pega un puñetazo a una mujer? He conocido a algunos gilipollas a lo largo de mi vida, personas de mierda que serían capaces de vender a sus propios hijos a cambio de vivir como reyes, pero esto es nuevo, me resulta ajeno y me parece asqueroso.

Ya casi he llegado hasta él.

—Ah, eres ese capullo de la tele —dice—. ¿Has venido a controlar a tu novia? Está como una puta cabra, más valdría que le taparan la boca...

Le doy un puñetazo en el estómago antes de que los de seguridad nos separen. Tenía el móvil agarrado con tanta fuerza que he roto la pantalla. En ese momento, reparo en que Rose sigue herida, en el suelo, y esas emociones estúpidas y descontroladas se apaciguan.

En un segundo, estoy a su lado. Lily tiene los brazos extendidos sobre ella para que nadie invada su espacio, y Lo está a su lado, sujetando una servilleta llena de hielo contra su mejilla. Debe de haberla cogido del bar.

—Dime que le has dado lo que se merecía —declara Lo en cuanto me ve. Asiento a modo de respuesta—. Gracias a Dios.

—Gracias a mí —lo corrijo, y él se echa a reír. Me pongo de rodillas. Esto es lo difícil, lo fácil, en este momento, es reírse—. ¿Rose? —Le inspecciono la mejilla, que se está hinchando. No se le pondrá el ojo morado, pero sí que le saldrá un hematoma en el pómulo. Casi no puedo respirar sin recordar cómo el puño se estrellaba contra su cara, cómo se desplomaba del taburete. Veo la imagen una y otra vez. Tengo ganas de vomitar.

—¡Me ha pegado! —exclama con los ojos llameantes.

Intenta incorporarse para atacarlo, pero Loren la contiene poniéndole una mano en el hombro y la obliga a quedarse en el suelo.

—Ya me encargo yo —le digo a Lo, y la acuno entre mis brazos. Ella se aferra a mi brazo; ya no intenta ir a por el tipo. Loren le da el hielo y ella misma se lo apoya en la mejilla, en silencio.

—¿Tiene muy mala pinta? —pregunta—. ¡Madre mía, las fotos de la boda! —Hace una mueca—. ¡Menudo gilipollas!

—Existe el Photoshop —la tranquilizo.

Odio que se haya hecho daño y que la culpa haya sido de otro tipo. Por lo que me ha parecido oír, ni siquiera era uno de los pesados que gritaban.

—¡Déjame! —chilla Daisy.

Nos volvemos hacia ella. Ryke se la ha echado sobre el hombro y se la está llevando hacia la salida. Lo sigo con Rose en brazos. Lily y Loren vienen tras nosotros.

Daisy está intentando bajar trepando por la espalda de Ryke para ir a por el tipo tatuado, que vuelve a estar sentado en la barra. La cabeza ya casi le llega al culo, pero él se la recoloca sobre el hombro.

—¡¡¡Ha pegado a mi hermana!!!

—¡Grita un poco más, Dais, que el resto del mundo no te oye! —responde Ryke.

Chilla algunas cosas inconexas y luego añade:

—Si alguien pegara a Loren, ¡lo matarías!

—Ya le pegaron y no moví un puto dedo, ¡así que cálmate!

Recuerdo esa noche. Fue el día que se conocieron. En aquel entonces, yo no conocía muy bien a Lo. Intento concentrarme en Rose, que lanza miradas asesinas a cualquier persona que pase por nuestro lado, como si todos los clientes de la discoteca fueran responsables del agravio.

—Estás bien —le digo.

—Debería habérsela devuelto.

—Estabas en el suelo.

Resopla.

—¿Qué aspecto tengo? —pregunta alzando la vista. Su mirada se ha suavizado.

—Estás preciosa —contesto, aunque la mejilla se le sigue hinchando, y la beso en la frente sin darle tiempo a protestar.

—Al menos no me ha roto la nariz —repone, agradecida, mientras se la pellizca con delicadeza.

Si eso hubiera pasado… Creo que si hubiera visto sangre me habría vuelto loco.

Cuando veo que Ryke desaparece por la puerta principal, miro atrás para asegurarme de que Lily y Loren van detrás de nosotros. Sin embargo, a quien veo es a Scott, que va charlando con Brett. Los dos se ríen con gesto cómplice.

Tengo un presentimiento horrible.

Capítulo 48
Rose Calloway

Le he entregado voluntariamente a Connor Cobalt tanto mi placer como la lista de tareas pendientes para la boda. O me he vuelto loca o me ha hechizado. Sonrío al pensarlo. No le gusta que le acuse de brujería.

Me vibra el teléfono justo cuando termino de abrocharme la hebilla del zapato de tacón. Vuelvo a estar en Filadelfia, en mi dormitorio, con las cámaras sobre mi cabeza.

Mamá: 4 días y te he comprado maquillaje nuevo

Voy al tocador para mirarme otra vez en el espejo. No puede estar tan mal… Aunque no está bien. Tengo un moratón violeta en el pómulo, pero podría haber sido peor. Podría tener el ojo tan hinchado que no pudiera abrirlo y supurando pus. Es lo que me dijo Connor para animarme. Funcionó. Ahora estoy contenta por no tener que lidiar con un ojo lleno de pus.

Además, ahora puedo decir que me han pegado un puñetazo. La

despedida de soltera todavía no se ha emitido, pero, si alguien cree que la culpable de lo sucedido soy yo, me da igual.

Connor entra en la habitación sin camiseta y con unos pantalones negros de traje. Tiene los abdominales muy marcados; las líneas de sus músculos bajan hacia un lugar que he visto esta misma mañana. Es más sexy de lo que él mismo cree. No, en realidad no: sabe perfectamente lo bueno que está.

Levanta dos camisas, cada una en una percha.

—¿Blanca o azul?

—¿Has entrado solo para presumir de cuerpo?

Tiene un brillo malicioso en los ojos que me dice que eso es exactamente lo que pretendía.

—Necesito tus impecables consejos sobre moda, cariño. ¿Blanca o azul?

Esto me gusta más de lo que imagina. Me resulta cómodo y normal compartir el espacio, compartirlo todo. Quiero despertarme y ser la mujer que elige de qué color es la camisa que se va a poner hoy y que él elija con qué postura disfrutaremos por la noche.

—Blanca —respondo sin pensarlo dos veces—. Me gustas de blanco.

—Entonces, azul —replica de forma despreocupada.

Lo fulmino con la mirada y él me recorre el cuerpo entero con los ojos, provocándome todavía más. Le encanta meterse conmigo. Deja la camisa azul en la mesa y quita la blanca de la percha.

—¿En qué vas a trabajar hoy? —le pregunto de camino hacia la puerta. Llevo el bolso colgado del antebrazo y un vestido violeta oscuro de corte péplum.

—En mi propuesta para Cobalt Inc. Los miembros de la junta la han aprobado esta mañana. Entrará en vigor en los próximos meses.

Todavía no me ha contado lo que piensa hacer con la empresa. Creo que quiere sorprenderme.

Salgo al pasillo, pero, antes de que consiga bajar las escaleras, veo que Scott está subiendo. Sus feos ojos grises se clavan en los míos. No sé qué lado de él me parecía mínimamente atractivo, pero de repente ese lado está pútrido, como un pantano podrido lleno de sulfuro.

—¿Qué tal, Rose? —pregunta con cordialidad.

—Estupenda, como siempre. —¿Qué? Nunca he dicho que sea humilde.

—Por supuesto. Eres miembro de Mensa, te graduaste la primera de tu clase y sabes todo tipo de datos que no le importan a nadie.

Qué capullo.

Me dedica una sonrisa empalagosa.

Adiós a mis futuros hijos. Lo siento, Connor. Mis ovarios se han marchitado y se han muerto.

Antes de que me dé tiempo a contestarle una réplica todavía más desagradable, pregunta:

—¿Dónde tienes el collar?

Frunzo el ceño y me estremezco de miedo. ¿Lo habré perdido? Me llevo una mano al pecho y me relajo de inmediato al tocar el colgante con el diamante. Incluso bajo la vista para comprobarlo. La cadenita sigue bien cerrada.

Está intentando sacarme de quicio por deporte.

—Vete a molestar a otra —salto—, preferiblemente, a alguien que pertenezca a otro universo. Igual así puedes reunirte con tus ancestros.

Intento pasar por su lado, pero se pone en medio para impedírmelo.

—Me refería a tu otro collar. El que tiene más de un diamante.

—Tengo muchos collares de diamantes, Scott —replico, y no me doy cuenta de lo esnob y repelente que sueno hasta que no es demasiado tarde.

—Pero no todos tienen tantos diamantes —insiste acercándose algo más a mí—. Me refiero al que es de cuero por dentro.

Y entonces da un paso a la izquierda, se mete las manos en los bolsillos y se va tranquilamente.

Me quedo paralizada. Estoy demasiado perpleja para bajar.

Se refería al collar de perro. El de diamantes.

El que solo me pongo para practicar sexo.

Y nunca he tenido relaciones sexuales fuera del dormitorio ni en ningún sitio que puedan grabar las cámaras.

Algo no va bien.

Lo noto en las entrañas.

Terror mezclado con paranoia, una combinación que me da náuseas y que me acompaña mientras bajo las escaleras con el piloto automático puesto. Intento olvidar las palabras de Scott y seguir adelante con mi rutina diaria.

Primero el desayuno. Un yogur de vainilla con muesli y fresas y luego directa a Nueva York, a conocer a los nuevos empleados de Calloway Couture.

Camino con paso firme, haciendo repiquetear los tacones contra el suelo de parquet. Bajo un par de escalones y me detengo. La preocupación ha vuelto a invadir mis pensamientos, pese a haber intentado apartarla de mi mente.

¿Qué coño haces, Rose? Si Scott sabe algo, debo enfrentarme a él. O hablar con Connor. Casi doy media vuelta, pero entonces oigo el sonido de la televisión. Bajo dos escalones más y distingo lo que dice.

«... un notición. Otra de las Calloway, protagonista de un escándalo —dice el presentador—. Y esta vez sí hay pruebas».

Daisy.

Ha pasado algo con Daisy.

Bajo el resto de las escaleras corriendo. Loren, Ryke y mis hermanas están sentados en el sofá; los veo de espaldas. Están mirando la televisión que hay sobre la chimenea. Entro para ver mejor lo que sale en pantalla.

—Mierda —exclama Ryke al verme.

Loren coge el mando a toda prisa y la apaga.

Pongo los brazos en jarras y canalizo mi hostilidad contra el novio de mi hermana.

—No tengo cinco años, Loren. Pon las noticias. —Quiero verlo, sobre todo si se trata de Daisy.

Ryke se peina el pelo castaño con los dedos, clara señal de que él también está angustiado. Lily y Daisy están acurrucadas en el sofá y susurran tapándose las bocas con la mano. Frunzo el ceño y miro a mi alrededor en busca de Ben, Savannah o Brett, pero el equipo no está por ninguna parte.

Qué raro.

¿Y por qué se están comportando así mis hermanas?

¿Será…?

Me niego a creer lo que tengo delante de las narices. No quiero aceptarlo todavía.

Voy hacia Loren. Mis tacones de doce centímetros nunca me fallan; mantienen mi cuerpo recto, seguro de sí mismo y elegante a más no poder. Intento quitarle el mando a distancia, pero no lo suelta. Parece que vayamos a pelearnos por él.

Lo fulmino con la mirada:

—Loren, suéltalo o te disloco un hombro.

Entorna los ojos.

—¿No te cansas de todas estas amenazas vacías?

Le retuerzo el brazo como Connor me enseñó en la clase de defensa personal y él hace una mueca. Aprovecho el momento para quitarle el mando a distancia.

—Zorra… —me insulta mientras se masajea el hombro.

—Pues sí, pero esta zorra no amenaza en vano. —Enciendo el televisor. Cuando veo la noticia, me quedo paralizada de nuevo.

Clavada en el suelo. Congelada, incapaz de moverme.

—Seguro que ahora te sientes aún más zorra —comenta Loren.

—Cierra el pico, Lo —le espeta Lily—. Rose…

La acallo con un gesto y subo el volumen, aunque el titular que aparece en el rótulo está claro como el agua. Sin embargo, he de leerlo cinco veces antes de asimilarlo.

VÍDEO SEXUAL DE ROSE CALLOWAY Y CONNOR COBALT VENDIDO A PÁGINA PORNOGRÁFICA POR 25 MILLONES DE DÓLARES.

Página pornográfica. Vídeo sexual.

¡Yo no he vendido una mierda! Esa rata debe de haber falsificado nuestras firmas para vendérselo a un distribuidor de porno. Ahora mismo, mi única satisfacción es imaginarme a Scott en una celda, porque, si me imagino lo otro —que todo el mundo pueda ver cómo Connor me folla—, noto un hormigueo en los brazos, como si me estuvieran recorriendo miles de ciempiés.

En las noticias, ni siquiera se molestan en explicar quiénes somos. Gracias a los blogs y al reality show, ya somos famosos. Tristemente famosos, supongo.

Me da vueltas la cabeza; el ruido me satura, el de la televisión, el de mis amigos y mis hermanas.

«El productor no es otro que Scott Van Wright, exnovio de Rose», apenas oigo la frase.

¿Sigue siendo mi exnovio? Me concentro en esa estúpida mentira que están emitiendo. Se ha abierto la caja de los truenos y Scott se las ha arreglado para que no se le caiga la máscara. Lo odio.

Esto tiene que ser una pesadilla.

Loren intenta quitarme el mando a distancia, pero le aparto la mano y subo el volumen.

—Quiero verlo —le aclaro.

Y ahí estoy. Emiten un fragmento del vídeo. Estoy tumbada en la cama, desnuda, aunque hay dos recuadros negros que me tapan la vulva y los pechos.

Pero sé que la versión sin censura circula por la red. ¿Cómo puedo pararlo? Con abogados, muchos abogados. Pero ahora mismo no me siento capaz de llamar a mi padre ni al abogado de la familia. Estoy hipnotizada por mí misma. En pantalla. Con Connor.

Tengo los brazos atados al poste de la cama con el cinturón de Connor y el costoso collar de diamantes resplandece bajo la luz tenue de las velas. Recuerdo esa noche: fue justo al volver de los Alpes. Mi segunda incursión en el sexo y ahora es pública y está al alcance de todo el mundo.

Vuelvo a subir el volumen. No levanto el dedo del botón y el volumen sigue subiendo hasta que el ruido es atronador.

—Rose —se queja Loren tapándose las orejas con las manos.

—Rose. —Lily se pone de pie e intenta tocarme el brazo, pero me aparto otra vez.

—No me toques. —Necesito verlo. Nadie me pide que baje la voz, probablemente, por miedo a que me los cargue. Siento ganas de asesinar. Me siento capaz de matar una manada de guepardos bebé sin pestañear.

La voz del presentador aumenta hasta niveles intolerables, pero no bajo el volumen. Todavía no.

«Scott Van Wright ha vendido el vídeo a Producciones Hot Fire por una cifra multimillonaria. Ni Connor Cobalt ni Rose Calloway se han pronunciado todavía, pero parece una transacción legal entre las cuatro partes».

Me quedo boquiabierta. ¡Será mentiroso…! Es imposible que esto sea legal.

«La sinopsis de la película, que dura una hora, advierte de que el contenido es duro y solo apto para adultos». Evidentemente.

Subo el volumen al máximo.

—¿Qué coño haces? —pregunta Ryke tapándose los oídos.

Lily es la única que sigue a mi lado. Su rostro se retuerce de dolor; recuerdo que ella también ha pasado por esto. Más o menos. Su vida sexual nunca se ha distribuido en vídeo. Nadie la ha visto.

A ella solo la llamaron adicta al sexo y todo el mundo dio por hecho que era cierto. Y lo era. Pero esto es una prueba evidente y física de que he tenido relaciones sexuales. Ya no soy virgen.

—Quizá esté en mitad de una crisis nerviosa —sugiere Daisy.

Doy media vuelta y me voy, con el mando como rehén. Intento conservar una pizca de dignidad. Rebusco en el armario de la cocina en el que Brett suele guardar su alcohol. Como tenemos una política que prohíbe que haya alcohol a la vista, casi todo está escondido. Me pongo de rodillas y busco el whisky entre los detergentes.

—¡Rose, en serio! —grita Lily para que la oiga por encima del ruido de la tele—. ¿Estás bien?

Me pongo de pie, cojo una copa de vino de otro armario y vuelvo al salón. Todos me observan llenarla de whisky hasta el borde.

—Rose, no es que quiera darte lecciones en este momento tan delicado de tu vida —dice Loren—, pero el whisky no se bebe así. Y, como experto en licores, me ofende.

Lo fulmino con la mirada.

—No eres experto en licores. Eres alcohólico. —Dejo la botella de Jack Daniel's en la mesa de café y doy un buen trago. Me arde la garganta, pero no hago ni una mueca. La ira casi no me deja sentirlo.

—Lo que me convierte en un experto —me rebate.

Hago un gesto como quitándole importancia a su opinión. Lo que debería hacer con todo, quitarle importancia. Ojalá pudiera hacer que ese vídeo sexual no la tuviera.

Doy tres tragos más de whisky. Estoy cabreadísima, me vibra todo el cuerpo de rabia. Estoy temblando, estoy lívida. Sí, me avergüenza que el mundo entero me haya visto los pechos y la vulva, dos partes de mi cuerpo que no quise enseñarle ni a Connor durante un año entero.

Sí, me pone nerviosa que el mundo piense que es fácil pisotearme cuando me vean sumisa en la cama.

Y no, no pienso llorar.

No pienso derramar una sola lágrima por culpa de Scott Van Wright. Lo único que se merece son palabras viles y ruines, y no las emociones que me reservo para la gente que quiero.

—¿Qué pasa? —Oigo la voz de Connor desde las escaleras. Perfecto. Ha oído mi llamada. El volumen estruendoso de la asquerosa televisión.

Su mirada se desliza hacia la pantalla.

—Mira, cariño. Tenemos un vídeo sexual —anuncio.

Todos se quedan en silencio, supongo que preguntándose si el imperturbable Connor Cobalt perderá los papeles por fin. Tarda menos de diez segundos en separar los pies del suelo, un minuto menos que yo. Espero que saque su teléfono, que haga lo más responsable y empiece a llamar a abogados y especialistas en gestión de crisis.

Pero viene hacia mí y sus ojos se clavan en los míos, como si quisiera evaluar mi estado mental. «Estoy bien, hostia», quiero gritar, pero decido beber otro trago de whisky.

Sus rasgos están inundados de preocupación. Quiero explicarle que estoy enfadada y en absoluto triste, pero no consigo formar las palabras. Y entonces echa un vistazo a mi copa. Que ni se le ocurra quitármela como si fuese una niña. Si tira la bebida en el fregadero...

Y entonces me quita la copa de la mano.

Pero, antes de que me dé tiempo a quejarme, se la lleva a los labios. Lo observo en silencio mientras da un enorme trago para borrar su propia furia con el alcohol. Sonrío, porque los dos lidiamos con los problemas del mismo modo. Normalmente no lo hacemos bebiendo, sino poniéndonos firmes y aguantando como campeones.

Me devuelve la copa y dice:

—*Ce n'est pas la fin.* —«Esto no es el final».

Asiento. Me quita el mando a distancia y alivia a todos bajando el volumen.

Me vibra el teléfono en el bolsillo. No me molesto ni en ver quién es. Me siento en el reposabrazos del sofá y miro la televisión.

«*Princesas de Filadelfia* había vendido que Rose era virgen, así que mucha gente está poniendo en duda la validez del programa...».

Connor cambia de canal.

«... o mintió o perdió la virginidad mientras se grababa el programa. ¡Visitad nuestra web y participad en la encuesta!». Cambia de canal otra vez.

—¿Es que nadie tiene nada mejor que hacer que hablar sobre mi virginidad? —le grito a la pantalla con rencor mientras la señalo con la copa.

—O sobre la ausencia de ella... —añade Loren.

Ignoro el comentario y me vuelvo hacia Connor.

—Mi vulva está en las noticias. —Me echo a reír como una maníaca—. ¿Qué crees que pensarían nuestros amigos del Modelo de las Naciones Unidas?

Connor me mira como si estuviese evaluando mi nivel de histeria.

Eso también lo ignoro.

Tras unos segundos, se coloca detrás de mí y me estrecha entre sus brazos. Me da un beso en el hombro y yo me apoyo en su pecho. Me siento cómoda, envuelta en su calor, incluso segura, al saber que puedo contar con él, que está de mi lado.

Daisy está mirando algo en su portátil.

—Parece que en las encuestas la mayoría de la gente está votando a tu favor. Dicen que no es posible que seas hipócrita ni mentirosa, no después de que hayas dicho que (cito textualmente), «le clavarías los tacones de doce centímetros en el ojo a los gilipollas, los mentirosos y los infieles».

Eso fue un poco dramático, incluso para mis estándares, pero las entrevistas me sacaban de quicio, así que contraataqué con todas las amenazas que se me ocurrieron. Por ejemplo, que le asaría al sol el pene a Scott. Me encantaría llevar esa a cabo si fuese humanamente posible.

Oigo unas campanillas. Es Sadie, que se acerca al grupo. Parece tan salvaje como me siento yo. De repente, un impulso malévolo y travieso se adueña de mí. Me suelto del abrazo de Connor.

—Rose —me llama con un tono a medio camino entre la advertencia y la preocupación.

No le hago caso. Sin soltar la copa, me agacho delante de la gata anaranjada. Es una zorra hostil, como yo. Me ha arañado los brazos, me ha bufado y juraría que se meó en mis Jimmy Choo, aunque eso no puedo confirmarlo.

Sin embargo, en este momento me siento invencible, impermeable ante cualquier ofensa. Los medios, Scott y esta maldita gata. Alargo una mano hacia ella.

—¡No lo hagas! —chilla Lily—. ¡Te va a sacar un ojo!

No hago caso de mi hermana. Deslizo la palma de la mano bajo la barriga peluda de Sadie y la cojo con una mano, ya que en la otra tengo la copa y no la pienso soltar. Me pongo de pie y la miro a los ojos, que son casi del mismo color que los míos. Canalizo todo mi odio en una mirada fulminante suprema.

Sadie se mueve y Lily ahoga un grito.

Pero la gata no me araña. No.

Me lame. Frota la lengüita áspera contra mi barbilla, como si fuera un cachorro y no un felino.

—¿Qué coño hace? —exclama Ryke impactado.

La abrazo y empieza a ronronear contra mi pecho.

—Ahora somos amigas —anuncio y bebo otro trago de whisky.

—Igual piensa que te han crecido dos huevos —sugiere Loren.

—Siempre los he tenido —respondo ofendida.

Me vuelvo hacia Connor, que me está mirando con preocupación e incluso con un poco de miedo. Se me hace un nudo en el estómago. Él es capaz de ver a través de las barreras que construyo para protegerme.

«Estoy bien». Intento transmitirle estas palabras con la mirada, pero no estoy segura de lograrlo.

De repente, a Lily le suena el teléfono.

—Mierda, es papá —anuncia. Mira a Connor y luego a mí—. ¿Qué queréis que haga?

No digo nada. Beso la cabecita de Sadie, que sigue ronroneando contra mi pecho. Su cambio de actitud me tranquiliza y me da fuerzas.

Connor le quita la voz a la televisión, coge el móvil de Lily y pone el altavoz.

—Greg, soy Connor. —Habla en un tono sereno, lo que contrasta con la tensión de su postura y la dureza de su mirada.

—Bien. Llevo un rato intentando hablar contigo y con Rose. Supongo que habréis visto las noticias —expone en un tono urgente en el que subyace la ira—. Me he puesto en contacto con mis abogados y con los de Cobalt Inc. Estamos revisando los contratos que firmasteis. Hasta que no tengamos una idea de lo que está pasando, necesito que saques a mis hijas de esa casa. Se acabaron las cámaras.

Traducción: se cancela la emisión de *Princesas de Filadelfia*.

¡Hurra! Aunque a duras penas puedo celebrar desembarazarme por fin de Scott cuando ha sido a expensas de mi nombre y mi imagen. Y entonces caigo en la cuenta y es como si me atropellara un tren: Calloway Couture. Todo mi esfuerzo se va a ir al cuerno otra vez. Este vídeo sexual podría terminar con mi carrera en el mundo de la moda.

Y me importa. Me importa mucho.

Se me revuelve el estómago; tengo ganas de vomitar. De hecho, creo que lo voy a hacer. Me pongo las manos en la barriga y Connor viene y me estrecha un hombro para tranquilizarme, para demostrarme que está conmigo, que todo irá bien.

Intento creerlo.

—Hoy mismo haremos las maletas y nos iremos —le contesta a mi padre.

—Avísame cuando lleguéis a Princeton. Si hay muchos periodistas alrededor de la casa, podéis ir a la que tenemos en Villanova.

—De acuerdo. ¿Sabes dónde está Scott?

—No tengo ni idea, pero el padre de Loren tiene ganas de hacerle un agujero nuevo en el culo. La verdad es que me encantaría que lo consiguiera. —Mi padre sabe ser tan suave como el pétalo de una rosa, mientras que Jonathan Hale es como una espina—. ¿Está Rose por ahí?

—Tengo puesto el manos libres.

—Rose... —dice mi padre con voz más amable—. Cariño, ¿cuántos abogados revisaron el contrato antes de que lo firmases?

Todo el mundo se me queda mirando, esperando a que conteste. Ya me siento juzgada por ellos. Acaricio a Sadie, que empieza de nuevo a ronronear. Es la única aliada que me queda.

—Solo lo revisé yo —admito.

—Hostia puta... —exclama Ryke, que se ha quedado boquiabierto.

Loren gime y se apoya en el respaldo del sofá, como si lo acabase de derribar una ola.

—¿Por qué habremos confiado en ti?

Connor se frota los ojos y niega con la cabeza.

Lily parece petrificada y Daisy también.

—Hice varias asignaturas de derecho en Princeton —me defiendo—. Entendí cada frase de ese contrato.

Hay un defecto fatal que comparto con Aquiles.

La *hibris*.

Un orgullo excesivo. No quería parecer débil delante de Scott, así que decidí hacerlo todo sola. No necesitaba la ayuda de nadie.

Y, si malinterpreté alguna frase de ese contrato, lo voy a pagar caro. Y Connor también.

Mi padre suelta un gruñido de contrariedad.

—Va a ser... Va a ser complicado, Rose. Te llamaré cuando los abogados hayan estudiado los contratos en profundidad.

—Un momento. ¿Cómo lo está llevando mamá?

—Estupendamente, en realidad. Lleva todo el día echando pestes de Scott. Me ha dicho que luego te llamará para disculparse contigo, Connor. —Casi oigo la sonrisa de mi padre al terminar la frase. Connor responde con el mismo gesto. Su querido Scott ha mostrado su verdadera cara. Me alegro de que mi madre vuelva a estar del lado de mi novio.

—Cuidaos, por favor —dice mi padre y cuelga.

No nombra el vídeo sexual ni me regaña. Solo parecía decepcionado por mi negativa a hablar con un abogado.

Connor me lanza una mirada reprobadora mientras le devuelve el teléfono a Lily.

—Pensaba que te habías llevado a mi abogado a la reunión. Y pensaba que había leído los contratos.

—Y yo pensaba que te había dicho que no lo llevé.

Connor niega con la cabeza.

—Se lo debiste de decir a otra persona, cariño. —Me coge la copa y se la termina de un trago.

—¿Qué coño acaba de pasar? —protesta Loren—. Cuando nuestro escándalo se hizo público, Greg me soltó un sermón de dos horas sobre la sobriedad, ¡y mira cómo reacciona ahora con esto vuestro!

—Seamos justos. Vosotros habíais mentido a Greg y a Samantha sobre vuestras adicciones y eso es bastante más impactante que un vídeo sexual…

Su voz se apaga al pronunciar las últimas palabras y todos nos volvemos para ver qué ha llamado su atención.

Ahí está.

El puto Scott Van Wright.

Se hace un silencio incómodo. Me vibra el cuerpo de rabia y no me doy cuenta de que estoy apretando demasiado a Sadie hasta que no suelta un pequeño bufido de protesta.

Scott nos mira uno a uno y entonces esboza esa sonrisa estúpida.

—¿Me he perdido algo?

Antes de que me dé tiempo a responder, Connor se acerca a él con paso despreocupado, con la expresión tan imperturbable como siempre. Soy incapaz de predecir lo que va a hacer, y esa incertidumbre nos tiene a todos de los nervios. Excepto él, nadie hace un solo ruido ni mueve un solo dedo. Lo único que se oye es el repiqueteo de sus zapatos caros sobre el parquet, que resuenan hasta que por fin se detiene delante de Scott.

Y entonces le tiende la mano, como si quisiera estrechar la del productor.

—Enhorabuena. Has sido más listo que yo, y no hay mucha gente que lo consiga. He de admitirlo: no me lo esperaba.

Su voz de acero me asusta. Scott se queda observando la mano de mi novio y luego lo mira a la cara. Se encoge de hombros y entonces se la estrecha.

¿Qué es esto? ¿Una tregua o…?

En ese momento, Connor le atiza un puñetazo en la mandíbula con la otra mano. Scott se estampa contra la pared.

—Eso es de mi parte —dice Connor con la voz llena de ira.

Scott se recupera rápidamente y contraataca, pero Connor lo esquiva y le da una patada en la entrepierna con todas sus fuerzas. El productor gruñe, víctima de un dolor horrible. ¡Toma ya! Estoy chillando de alegría para mis adentros. En mi cerebro, hay cañones disparando confeti. ¡Aleluya!

—Y eso de parte de Rose.

El productor está en el suelo en posición fetal. Tiene los ojos húmedos. Hace una mueca y se pone de pie poco a poco, poniendo una mano en la pared para sostenerse. Connor no retrocede; la posibilidad de que trate de devolverle el golpe no lo asusta ni una pizca.

Scott tose. Tiene pinta de no querer ni contemplar la mínima posibilidad de que se repita lo que acaba de pasar.

—Me encantaría ver tu cara cuando te des cuenta de lo que has firmado.

—La estás viendo ahora —le contesta Connor con calma. No piensa darle ninguna satisfacción—. Estoy seguro de que tienes todos los derechos sobre cualquier imagen que se haya grabado, y que ello te permite vender el vídeo a una página pornográfica sin nuestro consentimiento escrito. No tengo el contrato aquí, pero apuesto lo que sea a que hay algo sujeto a interpretación en la parte en la que se estipula que no puedes grabarnos en nuestros dormitorios.

—Entendí esa parte perfectamente. Estoy segura —intervengo. Había algo sobre los dormitorios… ¿o no?

Scott se encorva un poco; todavía se está recuperando de la patada en las pelotas.

—Lo que decía era que no podríamos emitir nada de lo que fuera grabado en los dormitorios por televisión… Y nunca lo hemos hecho. El contrato no decía nada sobre grabar. Eso significa que todo el metraje obtenido en los dormitorios y los baños se puede utilizar en películas y en contenidos online. Simplemente, no se puede emitir por televisión.

Dios mío. Le hice una mamada a Connor en el baño.

Scott suelta una carcajada malévola mientras ve cómo mi rostro se deforma de horror. Tiene muchísimo metraje. Recuerdo cada vez que hemos tenido relaciones sexuales. Lo tiene todo. Nos tiene follando durante horas.

Lily y Loren…

Scott debe de reparar en que mi mirada se desvía hacia mi hermana pequeña.

—Lily estaba casi siempre en su cuarto —dice Scott—. No pudimos instalar cámaras allí, así que no los hemos pillado. —Es verdad. Supongo que reinstalaron las cámaras después de que nos mudáramos, porque hice que Connor y Loren revisaran tanto el baño como los dormitorios.

Echo un vistazo a Ryke.

—Yo no he follado en esta casa —asevera.

Me vuelvo hacia Daisy. Está pálida.

Connor se apresura a tranquilizarla.

—Es ilegal filmar a menores en situaciones pornográficas —fulmina a Scott con la mirada.

Lo tenemos.

Va a ir a la cárcel.

—Y no lo hemos hecho —asegura Scott—. Todo ese metraje ha sido destruido.

¡Lo quiero matar! Dejo que Sadie salte de mis brazos y me dispongo a meterle el tacón por el culo, pero Ryke viene detrás de mí y me retiene cogiéndome de los hombros. Tardo un instante en darme cuenta de que Connor lo está mirando, le ordena en silencio que no me suelte.

—¡Eres repugnante! —le chillo con voz muy aguda.

El productor ni se inmuta. Yo soy la única que está fuera de sus casillas. ¿Cómo es eso posible? Este tipo ha bombardeado mi vida. Quiero que todo el mundo esté tan cabreado como yo.

Sin embargo, soy consciente de que, cuando estoy enfadada, no hay espacio para que nadie más lo esté. Soy un huracán, un tifón capaz de destruir a cualquiera que se me ponga delante.

Sí, un poco dramático.

Pero así es como me siento.

Quítate de en medio o acabaré contigo.

—¿Aquel mensaje de Julian? —le pregunta Connor.

—Fue cosa nuestra. Brett le quitó el móvil de madrugada y se lo mandó a Ryke. —Ese imbécil rechoncho. Sabía que no estaba de nuestro lado.

—¿Lily y Loren en el baño con aquel audio?

—Lo editamos. Lo preparamos y lo subimos a la cámara para que lo encontraseis. —Hijo de puta…

—¿Y el alcohol que descubrimos en el armario de Lo?

—También fuimos nosotros. Lo pusieron allí Savannah y Ben mientras Lily se echaba una siesta. También tenían que instalar una cámara, pero no les dio tiempo…

Savannah y Ben. Los odio a todos. ¿Dónde queda su lealtad?

Ryke me suelta y va a por Scott. Loren no se mueve. Susurra al oído de Lily, que asiente a modo de respuesta.

—¡Vas a ir al puto infierno! —le espeta Ryke; la oscuridad se refleja en su mirada.

Connor lo empuja hacia atrás cuando está cerca del productor para encararse él mismo con él.

—Si no sales de esta casa ahora mismo, soltaré a Ryke. Y sus puñetazos te harán mucho más daño que los míos, te lo aseguro. Así que lárgate de aquí.

Scott se endereza. No se va de un modo muy digno, pero tiene millones de dólares en los bolsillos gracias a nuestros múltiples vídeos sexuales. Podrá venderlos por mucho más dinero que el primero.

Se ha solucionado la vida.

Ha ganado.

Y nosotros hemos perdido. ¿Cómo ha podido pasar?

Ah, sí. *Hibris*.

Soy una tragedia griega. O, quizá, una comedia de Shakespeare… Al fin y al cabo, esto va a terminar en boda.

La puerta se cierra tras él, pero la tensión no abandona la sala. Lo único que la relaja es el cascabel de Sadie, que se está restregando en las pantorrillas de Connor.

—Bueno… —Loren mira a Connor y luego a mí—. ¿Lo venderán en un DVD edición especial?

—Es probable —contesta él—. Y cada céntimo irá a parar a los bolsillos de Scott y la página porno. Qué asco de vida.

Viene hacia mí y me da un beso en la sien. No hay nada que podamos hacer. Tendremos que asumirlo y punto. Junto a Connor, me veo capaz.

Doy una palmada para aliviar la tensión que reina en la sala.

—Bueno, todos a hacer las maletas. Nos vamos, ya habéis oído a papá.

Recuerdo mi casa, con sus portones y sus persianas negras, su enorme cocina y, sobre todo, sus cuartos de baño privados. ¡Por Dios! Estoy salivando solo de pensar en darme una ducha caliente sin la amenaza de las cámaras.

Miro a Connor y él me aparta el pelo del cuello. Quizá él pueda ducharse conmigo.

Daisy se pone de pie.

—Supongo que yo vuelvo a casa de mamá.

Se me cae el alma a los pies. Tiene diecisiete años, así que no hay nada que pueda hacer al respecto, por mucho que quiera. Entonces miro a Ryke, el único que se quedará en Filadelfia. Es raro. Llevamos tanto tiempo en la misma casa que poner fin a esta rutina se me antoja extraño. Como una pieza de puzle fuera de lugar.

Nos hemos convertido en algo parecido a una familia.

Una familia jodida y disfuncional, pero una familia, al fin y al cabo.

Y ahora se ha producido un nuevo giro de los acontecimientos. El reality show ayudó a Calloway Couture y ahora, en un instante, este vídeo sexual puede destruir todos mis sacrificios.

En algún momento tendré que enfrentarme al público, y no me valdrá con amenazar a una pantalla de televisión con un vaso de whisky.

Podrían odiarme y condenarme, igual que a mi hermana.

Ya puedo oír las críticas. Y no voy a dejar que acaben conmigo. Solo estoy enfadada.

Aquí estoy, hijos de puta. Intentad hacerme daño. No pienso permitíroslo.

Os habréis ganado el derecho de ver mi cuerpo, pero no os llevaréis mi orgullo.

Es demasiado grande como para ser destruido.

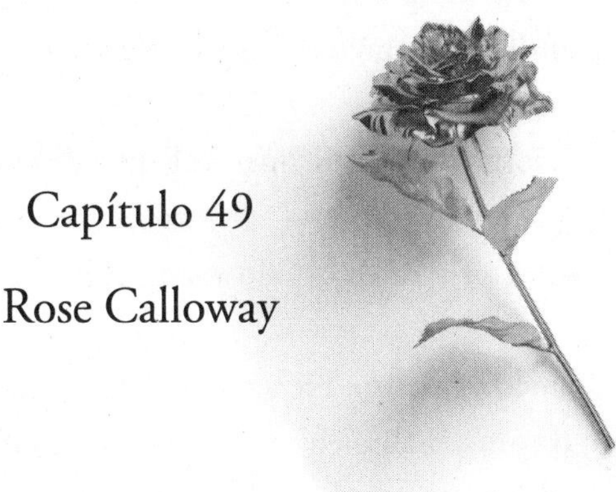

Capítulo 49

Rose Calloway

La casa está totalmente vacía, excepto por mi pesada mesa de cedro, que está en el centro del salón. Dejo mi mochila sobre la encimera de la cocina mientras Connor baja las escaleras.

—He revisado todas las habitaciones —me informa—. No nos hemos dejado nada.

—Excepto mi dignidad.

Me mira preocupado, igual que ha hecho durante todo el tiempo que hemos estado haciendo las maletas. He cortado toda conversación sobre Scott y el vídeo sexual, pero ahora ya no tengo el coraje que me ha dado el alcohol y, además, he tenido un par de horas para asimilar lo sucedido.

—Lo siento —digo de inmediato.

Él se acerca a mí y me acaricia la mejilla, pero yo retrocedo.

—Rose…

—Déjame soltarlo, ¿vale? —Respiro hondo—. Si tenemos un vídeo sexual, vídeos sexuales, dentro de poco…, es por mi culpa. —Hago una mueca, pero no aparto la mirada. No me acobardo—.

Ha sido culpa mía. Mía. Y lo siento, lo siento muchísimo. Tu pene está circulando por internet y la culpable de que eso sea así soy yo.

Sonríe. Entorno los ojos y él se vuelve a acercar a mí y me acaricia las mejillas.

—Rose, no tienes que pedirme disculpas —dice con sinceridad—. Fue un error. —Me estremezco—. Lo sé. Tú y yo no solemos cometer errores. —Me aparta el pelo de los ojos—. Pero a veces pasa.

Exhalo y asiento. He aguantado mucho. Parecía una tabla de madera, o como si alguien me hubiese metido un palo por el culo. Estaba en alerta, esperando el siguiente ataque. Estoy intentando dejar de comportarme así, pero no es fácil. Mi cuerpo desnudo está por todo internet y mi mundo ha cambiado por completo en un milisegundo.

Lo que está hecho no se puede deshacer.

—¿Puedo probar una cosa? —me pregunta.

Frunzo el ceño. No lo entiendo, no hasta que me coge de las muñecas y me atrae hacia sus brazos. Luego coloca su manaza en la nuca y me guía la cabeza hacia su pecho, de forma que mi frente queda protegida por la curva de su cuello.

Ha llegado la oscuridad.

Esa clase de oscuridad con la que no me gusta encontrarme.

En mi interior se agitan todo tipo de lúgubres emociones y una fuerza poderosa las saca de golpe a la superficie, una fuerza que no soy capaz de contener. Las capas que llevo para amortiguar el dolor empiezan a caer una a una. Primero llegan las lágrimas silenciosas, luego, los sollozos. Son cada vez más altos, de los que hacen que se me agite todo el cuerpo. La he cagado muchísimo y yo no soy la única que lo está pagando. Odio haber arrastrado a otra persona con mi error.

Es posible que Connor pierda su trabajo por eso. Es posible que en Cobalt Inc. no vean con buenos ojos que su futuro presidente sea una estrella del porno. Perder Calloway Couture me dolerá, pero saber que he arruinado el sueño de otra persona... Es imperdonable.

No puedo parar de llorar. Odio las lágrimas. Odio lo que significan, pero, en los confines del cuerpo de Connor, me siento segura mostrando esta parte de mí.

Él me abraza con fuerza y yo me aferro a la tela de su camisa.

—Sácalo todo —me dice arrullándome, y me acaricia la nuca.

Me han robado mi intimidad y jamás la recuperaré. Me siento increíblemente violada, pero, de algún modo, Connor ha apagado este dolor que me golpea. La forma en que me abraza, con compromiso y confianza, tratando de tranquilizarme, me hace creer capaz de superar cualquier cosa. Creo que este hombre me ha ayudado toda la vida a encontrar poder en mi interior para que siga siempre hacia delante y sin mirar atrás.

No sé cuánto tiempo me abraza mientras lloro, pero cuando siento que se me han secado las lágrimas, cuando todo ha llegado a su fin y aúno las fuerzas necesarias para librarme de la culpa, me aparto de su cálido pecho.

Él me seca los restos de humedad del rostro.

—¿Me arreglas la máscara de pestañas? —le pregunto en susurros.

—Mira arriba —me pide. Miro al techo mientras él me limpia las manchas negras con el pulgar. Cuando termina, me acaricia una vez más las mejillas—. Rose... Prefiero que llores en mis brazos diez minutos a que te pasees como una maníaca durante dos horas. Siempre estaré cuando me necesites.

—Un hombro sobre el que llorar, literalmente —respondo con una media sonrisa.

—Literalmente, sí. —Me sonríe y me da un casto beso en los labios antes de añadir—: Lo superaremos. No hay ningún desafío que no podamos vencer juntos.

Tiene razón. Una nueva fuerza aligera la carga que me oprime el pecho justo cuando la puerta principal se abre. Los dos nos volvemos y vemos entrar a Loren y a Ryke.

—El camión de mudanzas se acaba de ir —nos informa el primero—. Han dicho que la mesa de cedro no cabía, así que la tendremos que llevar hasta tu Escalade. —Se detienen junto a mi mesa como si se dispusieran a cogerla, pero entonces se quedan ahí un segundo y me dirigen una mirada extraña. No estoy acostumbrada a esto.

Me han visto tener relaciones sexuales.

Lo más probable es que me hayan visto desnuda o parcialmente desnuda.

No tengo ni idea de si han visto el vídeo sin censurar sin querer, a propósito o si ni siquiera lo han visto, pero esa posibilidad está ahí. Pero, en lugar de dejar que me coma la vergüenza, que amenaza con adueñarse de mí, pongo los brazos en jarras y les digo:

—¿A qué esperáis? Llevadla al coche. —Casi chasqueo los dedos, pero contengo el impulso.

Loren ladea la cabeza y esboza una sonrisa traviesa.

—Así que te gusta que te aten, ¿eh?

Lo miro con unos ojos como platos. La vergüenza ha desaparecido, pero la ira está intacta. Estoy a punto de abalanzarme sobre él (con clase y elegancia) y pegarle con el bolso, pero Connor me abraza por la cintura.

—¿Qué? —añade con tono burlón—. Solo estoy diciendo la verdad.

Ryke le lanza una mirada a su hermano.

—No la avergüences.

Lo se lleva una mano al pecho con aire inocente.

—Es que me parece gracioso que la misma chica que se inventa mil maneras de mutilar rabos disfrute cuando uno se la folla bien duro.

Connor habla antes de que me dé tiempo a hacerlo a mí.

—Le gusta lo que le gusta. Dejémoslo ahí, Lo —responde con tono despreocupado, pero todos oímos la amenaza que subyace en sus palabras.

—Vale —accede, pero se nota que le cuesta contener una sonrisita y una carcajada. Ryke lo mira negando con la cabeza, pero también está a punto de echarse a reír.

—Os odio a los dos.

Ryke parece un poco arrepentido.

—No nos estamos riendo de ti. Es solo que... —me mira a mí y luego a Connor y sonríe de nuevo— vas por la vida viendo a la gente de una manera y..., en un abrir y cerrar de ojos, lo que te parecía corriente se convierte en otra cosa, en algo diferente. —Se encoge de hombros—. Eso es todo. Ahora os veo de una forma un poco diferente. Ni mejor ni peor. Simplemente distinta.

Tardo un momento en asimilar lo que ha dicho. Diferente no me parece mal. Veo que Connor está intentando reprimir una gran sonrisa. Casi puedo oír sus pensamientos: «Lo normal es aburrido, cariño». Le encanta cada palabra que ha salido de la boca de Ryke, y eso no le pasa casi nunca.

Loren señala a Connor con la cabeza.

—¿No piensas ayudarnos?

Mi novio enarca las cejas.

—¿Tanto pesa?

—Es madera maciza —contesta Lo.

Está a punto de darle una patada a la mesa para demostrarlo, así que levanto un dedo a modo de advertencia y lo fulmino con la mirada.

—Ni se te ocurra rascar la mesa.

Deja el pie quieto a medio camino y lo vuelve a poner en el suelo.

Connor se coloca en medio de los dos hermanos. Antes de coger la mesa, mira al horizonte un segundo con gesto confuso.

—Os quería preguntar una cosa. —Se aclara la garganta. Mira a uno y luego al otro—. ¿Alguno de vosotros folló en las duchas?

—Qué va —responde Ryke.

Mierda. No habremos sido los únicos, ¿no?

—Lily tenía demasiado miedo hasta para ducharse desnuda. Se pasó así los seis meses. ¿Cómo íbamos a follar ahí? —Así que no hay imágenes de Lily duchándose desnuda. Debió de dejarse siempre el bañador. Gracias a Dios. Todo un milagro—. ¿Vosotros hicisteis algo?

Nos quedamos en silencio recordando la mamada. Yo parezco mucho más culpable que Connor. Loren me mira a los ojos y yo lo fulmino con la mirada. Se echa a reír.

—¡No me lo puedo creer!

—Lo que no te vas a poder creer es lo que te puedo hacer si te doy una patada en las pelotas —replico.

—¿Y por qué no le pegas a Connor? —bromea él—. Así luego él puede darte unos azotes.

—O te los puedo dar a ti —dice mi novio.

Loren se ríe.

—¿Antes o después de que me ates?

—Después.

Loren sonríe, y lo interrumpo antes de que vuelva a abrir la boca.

—Sois los dos adorables. Ya nos hemos dado cuenta. ¿Cómo están Lily y Daisy? —añado antes de que Lo conteste. Todavía no he hablado con ninguna sobre los vídeos. Lo he estado evitando, y ellas han decidido darme espacio mientras hacía las maletas.

Al principio, ninguno de los dos hermanos contesta. Debo de poner unos ojos como platos, porque Connor vuelve a mi lado y me atrae hacia su pecho.

—Habla tú —susurra Ryke.

Loren niega con la cabeza y pone los ojos en blanco. Luego me mira.

—Lil está preocupada por ti. Ella está bien, pero... —Se estremece—. La verdad es que estamos aliviados. —Parece sentirse culpable—. Nos alegramos de que no nos haya pasado a nosotros.

—Yo también me alegro.

Exhala y se pasa una mano por el pelo.

—Lo siento. De verdad, Rose. Pero es que si Lil... —Se le descompone el rostro. Tiene los hombros hundidos, como si llevara un peso sobre ellos.

—Está bien —digo de nuevo. Si no la grababan a ella, tenían que grabarme a mí, ¿no? Yo puedo soportarlo. Si me lo sigo repitiendo, tal vez se haga realidad. O, simplemente, me lo llegaré a creer—. ¿Y Daisy?

Ryke se mete las manos en los bolsillos de los vaqueros.

—Está un poco callada. Creo que está en estado de shock.

—Lo superará —afirmo.

—Sí —responde él, aunque está tenso—. Lo superará. —Es como si estuviese poniendo en práctica mi nueva táctica: repetirlo hasta creerlo.

Connor me da un beso en la mejilla y se separa de nuevo de mí para ayudar con la mesa. Respiro hondo y los observo levantar la antigüedad. Es el último mueble que queda en la casa. Y el último instante antes de librarnos para siempre del reality show.

Pero jamás me libraré de Scott Van Wright.

Me ha puesto su sello en todo el cuerpo.

Y se lo ha distribuido al mundo entero.

Capítulo 50

Connor Cobalt

—Lo siento.

Me disculpo con mi madre en cuanto entro en su despacho. Un ventanal con vistas a Filadelfia ocupa una pared entera. La decoración es minimalista: un par de librerías negras y una mesa. No hay fotos de su familia. No hay nada personal ni privado a la vista.

—Cierra la puerta —me pide con frialdad.

Obedezco. Las persianas de las ventanas que dan al pasillo ya están cerradas. Estamos solos.

Me siento frente a ella y espero a que diga algo sobre el vídeo, pero sigue mirando su ordenador y clicando con el ratón durante un minuto más. Me deja solo con mis putos pensamientos.

Siempre he protegido mi reputación. Para mí, lo significaba todo. Pero ya no me importa. Tengo todo lo que quiero: un trabajo en Cobalt Inc. y mi novia. Además del bienestar de Rose, lo único que me preocupa es el daño que le haya podido hacer a esta empresa.

Scott puede seguir contando dinero.

Yo tengo a la chica. Ahora solo he de asegurar mi posición aquí.

Espero a que mi madre me diga que estoy despedido, que me destituye como presidente interino y nombra a Steve Balm. En cuestión de minutos, podría perder todo aquello por lo que llevo tanto tiempo trabajando, algo por lo que llevo años esforzándome y que es tan importante para mí.

—Estoy dispuesto a hacer lo que haga falta para arreglar todo esto. Lo que necesites. —Es una afirmación arrogante, y no sé si estoy preparado para ser consecuente. Pero la hago de todos modos y espero su respuesta.

Por fin se gira en la silla y me mira. Pero no dice nada. Se limita a observarme fijamente, tal vez para ponerme a prueba. Luce una expresión que no logro interpretar.

—¿Has visto el vídeo? —pregunto.

Me estremezco interiormente al pensar en que mi madre me haya visto follando con mi novia.

—No —responde en tono inexpresivo—. He leído acerca de tu situación con Rose en internet. Doy por hecho que lo están gestionando los abogados.

—Sí.

Exhala con fuerza y asiente varias veces antes de apoyarse en el respaldo de la silla.

—Connor, no sé si alguna vez te lo he dicho, pero... estoy muy orgullosa de ti.

¿Qué? Repito esas palabras en mi mente.

—¿Estamos hablando de lo mismo?

Me sonríe. ¡Me sonríe!

—Se está comercializando un vídeo tuyo de contenido sexual, y no, no estoy orgullosa de eso, pero... Quiero hablar con Rose en la boda. Para aclarar las cosas. Para decirle que, cuando nos conocimos en el restaurante, yo no estaba en un buen momento, y proyecté mis problemas en ella. Me tomé vuestra relación como algo distante y forzado. Como lo que yo tenía con tu padre.

—Mi padre. —Ella nunca habla de Jim, y yo tampoco. No es más que un nombre en un certificado de nacimiento.

—Casi nunca teníamos relaciones íntimas. —¿Por qué me está contando esto?—. Y, cuando las teníamos, era para tener hijos. Y después de los gemelos yo ya no podía… —Se aclara la garganta y se le forman unas arrugas en la frente, un reflejo de su dolor. Esta vez me permite verlo.

Noto que empiezo a sudar por debajo de la camisa blanca. Todo mi cuerpo arde ante esta sinceridad tan inesperada. Siento que voy a estallar, eso es lo único que siento en este momento. No comprendo mi reacción, apenas comprendo nada. Me limito a escuchar y a dejar que mi mente reconecte con mi cuerpo.

—Cuando os veo a ti y a Rose… Creo que conseguiréis que vuestra relación funcione a largo plazo. —Mi madre acaba de aprobar mi noviazgo con Rose justo después de que se haya filtrado un vídeo sexual. ¿En qué puto mundo vivo?—. Como iba diciendo… Estoy orgullosa de ti. —Se pone recta y apoya las manos sobre la mesa. Luego empieza a toquetear papeles, nerviosa, una emoción que tampoco intenta ocultarme. Sus ojos azul oscuro se encuentran con los míos—. Eres increíblemente inteligente y harás grandes cosas en la vida, Richard… Connor… Cobalt. —Sonríe al pronunciar mi nombre completo, como si recordase el momento en el que lo eligió para mí—. No tengo ninguna duda. —Sigue mirándome y, cuanto más tiempo pasa, más dolor reflejan sus ojos. Pasa tal vez un minuto hasta que añade—: Y siento muchísimo todo lo que te he hecho.

—¿A qué te refieres? —Niego con la cabeza. Sus palabras han puesto un peso sobre mi pecho del que no consigo liberarme.

—Te hice sentir que no necesitabas un padre en tu vida, que era tan poco importante que podías vivir sin uno. —Bebe un trago de agua—. He necesitado algo de terapia para aceptar esto, pero lo he logrado… —Hace una pausa—. No necesitabas a Jim. Y a mí tampoco. Te di las herramientas que necesitabas para prosperar tú solo, pero nunca te di las que merece todo niño. —Se enjuga una lágrima antes de que caiga—. Nunca te di amor. Y lo siento muchísimo. Espero… Espero que Rose pueda darte lo que yo te negué durante tantos años.

Abro la boca para contestar, pero me interrumpe alzando una mano.

—Déjame terminar —prosigue—. Hay más. —Coge un pañuelo de papel, se suena y rodea el escritorio.

Se sienta en la silla que hay a mi lado.

Y solo con ver la expresión tan seria y torturada de su rostro, sé que no hay forma de prepararme para sus siguientes palabras. Soy incapaz de adivinar lo que va a decir.

Así que me agarro del reposabrazos, aprieto los dientes y me preparo.

No quiero derrumbarme.

Nunca me ha pasado.

No me lo esperaba.

Toda mi vida me he asegurado de evitar esta sensación; en cada camino posible, en cada probabilidad, en cada «y si». Y hoy me levanto y ahí estaba.

El camino que nunca vi venir.

Salgo de Cobalt Inc. con un desgarro inconcebible en el pecho. Pienso en llamar a Frederick, pero solo hay una persona a la que deseo ver. Y no es mi terapeuta.

Las oficinas de Calloway Couture están llenas de cajas y de gente que va de un lado a otro, sumida en un frenesí. El bullicio representa un gran cambio respecto a hace meses. La empresa sigue en funcionamiento. Rose no sabrá cuál es el impacto del vídeo sexual hasta que no pasen unas semanas.

La encuentro en su despacho de paredes de cristal, que está al fondo. Se toca de forma inconsciente el moratón de la mejilla, que lleva oculto bajo una capa de maquillaje, mientras mira la pantalla de su ordenador. Entro a toda prisa y cierro la puerta.

Al verme, se pone de pie al instante.

—¿Qué ocurre? —Me acaricia las comisuras de los ojos, como si necesitara tocar mis lágrimas para saber si son reales. No se lo puedo reprochar; yo he hecho lo mismo.

No recuerdo cuál fue la última vez que lloré, pero seguramente fue por alguna tontería. Por una mala nota, por algo en lo que no tuve todo el éxito que esperaba. Las cosas que antes me importaban. Esta es la primera vez que lloro por una persona.

—Un momento —añade con la voz llena de preocupación.

Cierra rápidamente las cortinas de color crema para que sus empleados no puedan ver lo que sucede en el interior del despacho.

Me siento en su sofá blanco y disfruto de otra vista impresionante, esta vez, de Nueva York. Rose se sienta a mi lado, se vuelve hacia mí y me acaricia la pierna.

—Connor…

Le cojo la mano y entrelazo mis dedos con los suyos con suavidad. Intento hablar, intento desahogarme, pero niego con la cabeza y me froto los ojos, que siguen llenos de lágrimas. ¿Por qué es tan duro? ¿Por qué las emociones reales tienen que ser tan devastadoras? ¿Por qué me dejan paralizado?

—No pasa nada —prosigue ella—. No tienes que decir nada.

Pero sí debo hacerlo. Debo decirlo de una puta vez.

—La odio... —Lo primero que sale de mi boca es insolente e infantil, pero no puedo retirarlo, así que continúo—: Odio que me haya tenido siempre a ciegas. Por mucho que abriera los ojos, había en ellos una neblina que solo ella podía disipar. Y me hizo creer que estaba caminando por un cielo despejado, sin una puta nube. —Me froto los ojos de nuevo y suelto un grito que me quema en la garganta—. Soy un...

—No te atrevas a decir estúpido —me espeta—. No eres estúpido, Richard.

—Me siento como un idiota. Mi propia madre me ha tenido engañado dos putos años, Rose. Durante dos años no ha sido capaz de decirle a su único hijo que tiene cáncer de mama. ¡Que se está muriendo! —Tengo un nudo en la garganta. Poco a poco, empiezo a asimilar la verdad—. Me hizo creer que me haría cargo de Cobalt Inc. en cinco años, tal vez diez. Y todo este tiempo sabía que empezaría a dirigirla en dos meses.

Rose se queda boquiabierta.

—¿Dos meses?

—Dos meses. Ese es todo el tiempo que le queda. —Alargo los brazos—. Y no le pareció importante decírmelo.

No hasta ahora. Está asustada. Cuando estaba en su despacho, he visto el miedo en sus ojos. Por eso tiene remordimientos, por eso se ha puesto a recordar el pasado. Y, a pesar de todo, no soy capaz de sentir compasión por ella. No puedo decirle adiós.

Odio que haya hecho falta que la muerte llame a su puerta para que sea consciente de sus errores.

Y odio haber tardado el mismo tiempo en ser consciente de los míos.

Desenredo mis dedos de los de Rose y le cojo una mano entre las mías. Las contemplo durante un rato. La llamo testaruda, pero lo cierto es que en el último año y medio yo he sido peor.

Miro esos feroces ojos entre verdes y amarillos. A pesar del nacimiento de mi dolor, ella muestra una resiliencia más hermosa de lo que podrían describir las palabras. Es el fuego para mi agua. Quiero que me queme vivo.

—Tú eres la única persona que me ha querido —confieso con una opresión en el pecho—. Ni mi madre ni mi padre. Ni un amigo. Solo tú, Rose. —Durante todos estos años, jamás pensé que necesitaría a alguien para sobrevivir. Y mi madre pensaba lo mismo.

Me equivocaba.

—No quiero llegar a los sesenta años deseando haberme abierto ante la gente que me importaba. No quiero mirar atrás y arrepentirme de no haber sido un amigo mejor o un hombre mejor para la mujer a la que adoro.

Ya está llorando y ni siquiera se lo he dicho todavía.

Le caen lágrimas por las mejillas, un reflejo de las mías.

—Y no sé cuánto tiempo llevo luchando contra la verdad… Pero es mucho —confieso.

Las siguientes palabras nacen de lo más hondo de mi pecho. Cada una de ellas es como beber agua, como respirar oxígeno.

—Estoy profundamente enamorado de ti, Rose.

Le seco las mejillas con el pulgar. Ella intenta sonreír, pero cada vez que lo hace, caen más lágrimas, aunque, por la forma en la que se le ilumina la mirada, sé que nacen de la felicidad. Y entonces comenta:

—*Ça t'a pris pas mal de temps.* —«Mira que has tardado».

Una vez, le dije yo a ella lo mismo.

—¿Cuánto tiempo nos queda?

Por fin consigue sonreír entre tantas lágrimas.

—Toda la vida.

La atraigo hacia mi pecho y la beso con fuerza, sin soltarla.

En este preciso instante, comprendo que a mi vida solo le faltaba el amor.

Y es lo único que me importa.

Puedo vivir con eso.

Por estúpido que parezca.

Capítulo 51

Rose Calloway

Connor vuelve a abrocharme el cuello del vestido de dama de honor mientras le leo un artículo que tengo abierto en el teléfono. Cuando termino, pregunto:

—¿Y bien?

—No deberías hacer caso a una columna de chismorreo.

—No es una página de chismorreos. Es una noticia, Richard —le espeto—. ¿Es que no has oído lo que han escrito?

Me dispongo a releerle la parte del artículo en la que lo condenan por no ser un verdadero dominante en una relación entre amo y sumisa. Ni siquiera sabía que hubiera unos estándares que respetar.

—En esto no hay reglas —me explica con calma—. Hacemos lo que nos funciona, y, si en internet no le gusta a nadie, pueden ver una película porno en la que no salgamos nosotros. —Me sonríe—. Aunque no será tan buena…

Me vuelvo y le doy un cachete en el pecho.

—Te estoy hablando en serio…

—Y yo también —responde.

Me mira con intensidad, como si quisiera consumirme entera.

Amor.

Sonrío. Sí, me ama.

Y de eso no me cansaré nunca.

—Tienes que dejar de leer todos esos artículos que diseccionan los vídeos sexuales —me recomienda en voz baja y aterciopelada—. Te acabarán volviendo loca.

—Igual es eso lo que quiero, volverme loca.

—Se me ocurre un modo mucho más sano de lograr eso. —Sonríe y se acerca para besarme, pero la limusina empieza a traquetear sobre una calle de adoquines y me desconcentro.

—Ya estamos —anuncio.

Siento un sinfín de emociones distintas.

El vehículo sortea a los periodistas enloquecidos que hay en la entrada. Bajo la ventanilla y oigo el motor de los helicópteros que surcan los aires. Los ignoro y me concentro en el palacio que se erige ante nosotros, admirando su precioso estilo y su enorme tamaño. No hay duda de que es una boda digna de una reina.

Espero que Lily esté más emocionada que angustiada. Siento que yo soy la que carga con los nervios de las dos. No sé muy bien qué esperar. Connor ha tomado las riendas de la boda, lo que significa que cada detalle será una sorpresa. Ya ha confesado que ha cambiado el sitio: ya no es en una iglesia en el corazón de París.

Estamos en las afueras de la ciudad.

—Sigo sin entender cómo conseguiste alquilar el palacio de Fontainebleau —le digo anonadada.

Me rodea el hombro con el brazo y se inclina para decirme al oído.

—Tengo mis métodos.

Connor y sus métodos.

—Querrás decir tus contactos —apunto.

—Sí, eso. —Sonríe.

Vuelvo a mirar la hora en mi teléfono, pero él me lo quita de la mano. Ignoro su táctica para tranquilizarme y me subo un poco el vestido rosa para asomarme por el asiento del copiloto.

—Disculpe, ¿podría ir un poco más rápido? —le pido al conductor en tono seco—. Vamos con retraso.

—Vamos media hora antes —me recuerda Connor sonriendo todavía más.

—¡Yo quería llegar una hora antes! —le espeto—. Pero alguien ha perdido quince minutos escogiendo unos gemelos. No creo que a Loren le importe mucho lo que te pongas en… —Echo un vistazo a sus muñecas—. ¿Son de oro?

La sonrisa se le refleja en los ojos. Pongo los míos en blanco, pero en ese momento miro por la ventanilla y me da un vuelco el corazón. ¿Qué coño es eso?

Me cojo de nuevo el vestido con cuidado para no arrugar la tela rosa y me incorporo para sacar la cabeza por la ventanilla, como si fuese un perro. He hecho cosas aún menos propias de una señorita, pero esta está bastante arriba en la lista. Connor me agarra de las caderas y me obliga a meter la cabeza en la limusina.

—Hay cámaras en el cielo —me avisa.

—¡Y rosas en el camino! —chillo con unos ojos como platos—. ¡¿Cambiaste las flores por rosas?! —Lily me va a matar. Esto es terrible, absolutamente terrible. Yo elegí orquídeas, unas flores neutrales.

Connor frunce el ceño, confundido.

—Debe de haber sido un error. —Se vuelve hacia mí y me acaricia las mejillas con las manos—. Respira. Ahora le escribo al coordinador de la boda y le pido que las cambie.

—¡El coordinador de la boda eres tú!

Sonríe de nuevo.

—Cariño, yo soy el director de la boda. Tengo a un organizador de bodas y a diez coordinadores a mi disposición, aunque no son más que asistentes con ínfulas.

Por supuesto que ha delegado todas sus responsabilidades. Ahora sí que estoy nerviosa. Ha depositado su confianza en otras personas, cuando yo preferiría matarme con tal de hacerlo todo sola. «Revísate ese orgullo, Rose», me digo. Exacto, mi orgullo no va a fastidiar absolutamente nada hoy. Me dispongo a mirar qué más se ha estropeado, pero él me pone las manos en los hombros y me obliga a quedarme donde estoy.

—Va a ser un día muy largo y quiero que estés a mi lado, no sacando la cabeza por la ventanilla. ¿Qué me dices? ¿Aceptas el desafío, Rose Calloway?

Asiento. Estoy dispuesta a aceptar sus planes para calmar mis nervios.

Solo por esta vez.

—¿Dónde está todo el mundo?

Mis tacones repiquetean en el pasillo vacío y el sonido reverbera por las paredes. No hay nadie. No lo entiendo. Ni Lily ni Loren ni Ryke ni Daisy… Ni los invitados ni nuestros padres. No soy tonta. Es evidente que Connor ha cambiado la hora de la boda.

—¿A qué hora la has puesto?

—A las cuatro —admite—. Querías llegar pronto, ¿no?

—Tampoco tres horas antes. —¿Está loco? Pongo los brazos en jarras, pero él me apoya una mano en la parte baja de la espalda y me lleva en otra dirección—. ¿Adónde vamos?

—Fuera.

—Tengo que llamar a Lily. Tengo que encontrarla para asegurarme de que no esté hiperventilando.

—Lily está bien.

Lo ignoro.

—Estoy segura de que está al borde de un ataque de nervios. Tranquilizarla es mi obligación como dama de honor.

—¿Nunca te ha dicho nadie que te detengas un momento a disfrutar de las pequeñas cosas, como el olor de las rosas? —pregunta con una media sonrisa.

Pongo los ojos en blanco.

—Ja, ja. Me lo han dicho todo, créeme. —Pero, en cuanto los tacones se me hunden en el césped recortado, dejo de pensar en ello. Levanto la vista y siento que me enraízo en la tierra. Connor espera a mi lado, sin quitar la mano de mi espalda.

Una cascada de rosas de color crema, rosa y rojo recubren los setos y llenan los jardines. Pero lo que hace que me sienta desbordada de emociones no son las flores, por preciosas que sean.

En el patio veo a Lily, a Daisy y a Poppy, con sus vestidos de dama de honor rosa pálido ligeros y sencillos, a diferencia del que yo llevo puesto. Se parecen a los que me ponía para mis festivales de ballet.

—Yo no… —Niego con la cabeza mientras contemplo sus rasgos. Están radiantes. Lily está llorando y sonríe a la vez.

Entonces veo al marido de Poppy y a Ryke y Loren, vestidos con traje, guapísimos y elegantes. Y luego…

—¿Madre?

Mi madre se seca un par de lágrimas, aunque luce una gran sonrisa. Tiene una mano en el pecho y está casi sin aliento de la emoción. Por un día, no se ha puesto su collar de perlas. Casi rompo a llorar al verla. Mi padre está a su lado y al verme reacciona de forma tan emotiva como ella.

Connor me empuja hacia ellos con suavidad.

Uno los puntos y niego con la cabeza.

—Connor, no podemos robarle la boda a mi hermana.

—No lo hemos hecho.

—Se la cedimos hace un mes —explica Loren con una gran sonrisa.

—¿Qué? —Los miro uno a uno, furiosa porque me hayan ocultado un secreto como este, pero entonces contemplo con atención los rostros de cada uno de mis amigos y familiares.

Todos están felices.

Había imaginado que el día de hoy sería brutal. Esperaba gritos, arrastrar a Lily hacia el altar, rezar por que tanto ella como Loren dijeran que sí.

—Pero... —tartamudeo mientras miro a mi madre y a mi padre. Todavía no he asimilado lo que me está pasando—. ¿Y la herencia de Lily? Dijisteis que no la recuperaría hasta que no se casara con Loren.

—Seguimos comprometidos —me aclara mi hermana. Se pone junto a su novio, que la abraza por la cintura—. Solo vamos a esperar a casarnos como nosotros queremos.

—Y nos parece bien —añade mi padre—. No queremos que el matrimonio sea una condición. Pueden hacerlo cuando ellos quieran.

Miro a mi madre, que se lleva una mano donde suele tener el collar, pero, al no tenerlo, se acaricia los huesos de la clavícula. Es la única pista, lo único que me indica que tal vez no esté del todo satisfecha con cómo han terminado las cosas con mi hermana. Sin embargo, deja los labios en una fina línea, apretados, y no discute. Lo ha aceptado, y eso es un comienzo. El reality show reparó la imagen de Lily más de lo que lo habría hecho la boda. Le dimos a la gente seis meses de imágenes para que se enamoraran de ella y de Loren en lugar de una docena de fotos.

—Está todo bien —repite Lily—. Este día es para ti.

—¿Qué? —Estoy tan impactada que me quedo sin voz.

Connor me coge de la mano y me vuelvo hacia él. Reina el silencio. El único sonido es el del agua de la fuente que hay a nuestro lado, el de los pájaros que revolotean por el cielo. Los helicópteros están muy lejos, son como pequeños insectos en la distancia.

—Rose —dice Connor en voz baja. Se pone de rodillas, se saca una cajita negra del bolsillo y la abre—, ¿quieres pasar el resto de tu vida conmigo?

Ni siquiera miro el diamante.

—Sí —contesto sin dudar, sin pensar. Simplemente, pronuncio la palabra que tiene más sentido, porque así lo desea mi corazón. Me siento tan abrumada que no me doy cuenta de que se ha puesto de pie y me está besando hasta que no oigo a todo el mundo aplaudir.

Sonrío y me aferro a él; todavía no quiero despegar mis labios de los suyos.

Él sonríe mientras me besa.

¡Me caso!

Hoy mismo.

¡Madre mía! Connor se separa de mí y Daisy se me acerca con una caja. Cuando la abre, veo el vestido que he diseñado y cosido doblado cuidadosamente debajo de un envoltorio de plástico.

—Le hicimos unos arreglos en el pecho para que fuera de tu talla, y no de la de Lily —admite—. Te lo robé del armario.

Acaricio el plástico con los dedos. He diseñado mi propio vestido de novia. Sonrío. Sé que me encantará. Es de una tela delicada, tan fina como la de un vestido de ballet. El escote me llega a las clavículas, tal como a mí me gusta. En ese momento, reparo en que Connor ha encontrado unos vestidos para las damas de honor que combinan mejor que lo que había diseñado para Lily.

—Es perfecto —respondo. Miro a mi futuro esposo y niego con la cabeza—. No me puedo creer que hayas hecho todo esto por mí.

—Sé lo que te gusta. Ha sido un placer hacer que este día sea nuestro.

Respiro despacio para no empezar a llorar otra vez. Mis hermanas comienzan a entrar en el palacio para prepararse para la boda…, mi boda. Loren y Ryke van tras ellas, seguidos de mi padre y el marido de Poppy.

Los únicos que se quedan en el patio son Connor y mi madre. Ella me coge una mano con las dos suyas. Tiene los ojos vidriosos.

—Rose…, te quiero. Jamás pensé que te casarías. —No puedo evitar echarme a reír, porque yo pensaba lo mismo—. Así que el día de hoy también es un sueño para mí.

Acepto el cumplido.

—Gracias.

Le doy un beso en la mejilla y ella hace lo mismo.

—Nos vemos dentro.

Le da unas palmaditas en el brazo a Connor y desaparece en el palacio. Él ladea la cabeza; luce esa sonrisa de satisfacción tan arrogante que conozco tan bien. Se inclina hacia delante y me rodea la cintura con los brazos.

—Te quiero —dice.

¡Me quiere!

Nada me haría sentir tan plena como esas palabras. Me acaricia la frente con los labios y me estrecha con fuerza. Nos mecemos un poco, como si estuviésemos bailando en nuestra boda. Como si ya nos hubiésemos dado el sí quiero.

—Un día, miraremos atrás y recordaremos todo lo que hemos hecho juntos —me comenta—. Y pensaremos: «Madre mía, y solo teníamos veinticuatro años».

Se me llenan los ojos de lágrimas.

—Somos la pareja responsable.

—Los que arreglan los desaguisados de todo el mundo.

—A los que todo el mundo pide ayuda —añado.

—Los más adultos, aunque seamos nuevos en esto.

Me echo a reír, pero no dejo de llorar. Esto va a pasar. Vamos a estar juntos. Me siento como si el resto de mi vida estuviera esperando. Todos mis miedos, todas mis reservas, han desaparecido. Confío en que Connor se quedará a mi lado, conmigo.

Que soy más que un juego para él.

—Besa el cielo conmigo —me susurra con una sonrisa luminosa— y no bajes a la tierra jamás.

Epílogo

Connor Cobalt

Tres meses después

Los focos ardientes y cegadores caen sobre mí. Tengo las manos a los lados de un atril de cristal y trescientos rostros frente a mí, aunque no consigo ver a ninguno de ellos. Es como si estuviera en posición supina en un hospital, contemplando las luces fluorescentes, sin saber qué hay más allá.

No estoy nervioso. No tengo las palmas de las manos sudadas. El único sudor que me brota en la frente es debido a las luces.

El logo de Cobalt Inc. rota en una pantalla que hay detrás de mí. Debajo aparecen los nombres de nuestras empresas subsidiarias, como MagNetic. Ya he hablado sobre mi madre. Ya he contado que tenía una visión para esta empresa y todo eso, lo típico que la gente esperaría oír tras la muerte de la presidenta, después de que su hijo lo haya heredado todo.

Me aparto del atril. El traje que llevo es la personificación de mi confianza en mí mismo.

Un día estoy en Penn, sentado en la primera fila, entregando trabajos sobre teorías de gestión y, en un abrir y cerrar de ojos, estoy aquí. A mis veinticuatro años, me dirijo a hombres y mujeres que me doblan la edad para hablarles del último emprendimiento de Cobalt Inc. Nadie más domina este escenario, solo yo.

Sonrío, aunque no veo nada. Y me da igual.

—Como afirmó Galileo, toda verdad es fácil de entender una vez que ha sido descubierta —le digo a la multitud—. Se trata de descubrir las verdades. —La única persona que sabe cómo aplicar eso a mi vida es la chica que está sentada en la primera fila—. Hoy vengo a contaros dos verdades. —Me acerco al borde del escenario con paso seguro—. Conozco a las mujeres. —Se oyen unas risitas. Los vídeos sexuales ya son de dominio público, pero, en lugar de evitar la mala prensa, tanto Rose como yo hemos sacado provecho de ellos, como harían dos buenos estudiantes de economía—. Y también conozco los diamantes.

Sonrío todavía más.

El logo de Cobalt Inc. se desvanece detrás de mí.

Y lo reemplaza el de Cobalt Diamonds.

Todo el mundo aplaude, y el entusiasmo se incrementa cuando leen el eslogan: «Si algo conocemos, son las mujeres y los diamantes».

La industria que construyó mi madre siempre estuvo pensada para interactuar con otras. Imanes, pinturas, gemas... Podríamos haber inaugurado una franquicia de joyería hace años, pero el nombre de Cobalt no era muy conocido antes del reality show y habríamos tenido que comprar otra empresa, algo que no queríamos hacer.

Los vídeos sexuales me han inmortalizado como algo mucho más grande de lo que soy: un dios dominante que puede cumplir todas las fantasías de las mujeres. Esa creencia tiene más poder que nada que pueda construir yo mismo.

Le ha dado un rostro a la empresa de mi madre y un futuro mucho más próspero.

Comunico a la multitud que nuestro director de publicidad les hablará de las estrategias de marketing. Les doy las gracias y, en lugar de ir detrás del escenario, bajo las escaleras en dirección a la sala de butacas.

Mientras poco a poco se me ajustan los ojos a la oscuridad, noto que los vítores se oyen más fuerte. Parpadeo varias veces y entonces reparo en que todo el mundo se ha puesto de pie.

Rose incluida.

Aplaude junto a los demás y me mira con esos ojos entre verdes y amarillos entornados, llenos de fuego y de pasión. Me acerco a ella y, sin mediar palabra, le doy la mano y la guio por el pasillo, pasando entre hombres y mujeres de negocios. Recibo varias palmaditas en el hombro.

—Así que diamantes, ¿eh? —Niega con la cabeza. Llevaba meses guardando este secreto. Una sonrisa le ilumina el rostro—. Te diría que me parece una genialidad, pero me da miedo hincharte aún más el ego. Ya es lo bastante difícil vivir con el tuyo y el de Loren.

Sonrío y me inclino para susurrarle al oído:

—Damas y caballeros, me ha llamado genio y ni siquiera me ha lanzado una mirada asesina al decirlo.

Esta vez sí que lo hace. Le doy un beso en la sien y me pongo recto para abrir las puertas. Salimos al pasillo, que está tranquilo. Solo hay varias personas vestidas con traje y con etiquetas con su nombre que van de un lado a otro con un propósito, con sus archivadores de cuero en las manos. Solo nos prestan atención cuando nos reconocen.

Cojo a Rose por la cintura y le levanto la mano para señalar el enorme diamante que descansa en su dedo, con una serie de gemas incrustadas en su superficie.

—Este fue uno de nuestros primeros diseños —le digo.

—¿Tengo un Cobalt auténtico?

—Sí.

Contempla el anillo con una sonrisa.

—Cuando alguien me pregunte de quién es, contestaré que mío y de mi marido.

Lo extraño que suena eso me resulta tan atractivo como a ella. Le alzo la barbilla para que su mirada se encuentre con la mía. El pintalabios rojo oscuro hace que sus facciones destaquen aún más.

—¿Cuánto tiempo me queda contigo? —le pregunto.

—Todo el día. He reorganizado mi agenda.

Frunzo el ceño.

—¿Cómo has podido hacerlo? —Casi me echo a reír—. He visto tu lista de tareas pendientes esta mañana. Tenía cinco páginas.

—Estoy probando un método nuevo —contesta.

Me acaricia el pecho con una mano, alisándome el traje.

—¿Y cuál es?

—Delegar —responde—. Tengo un gerente en la tienda. Se ocupa del inventario y de las tareas más rutinarias. —Rose ha abierto una boutique en Filadelfia. Ya no depende de otras tiendas. Podría haber aceptado un par de ofertas, muchas marcas le han pedido una colección de lencería; la demanda era cada vez más alta.

Y está diseñando una, pero no es para H&M ni para Saks. Todo se venderá en su nueva tienda. Ha renunciado a millones de dólares para ser la dueña de su propio negocio, por pequeño que sea, y es feliz. Lo veo en sus ojos. La presión del éxito y el miedo al fracaso han desaparecido por fin.

—Pero tenemos planes para cenar —me informa.

—¿Ah, sí? —Enarco las cejas.

—Hemos quedado con Loren y Lily en un restaurante a unas manzanas de aquí. —Rose se pone el pelo detrás de la oreja—. Creo que Lily está mejor.

Cuando estalló el escándalo de los vídeos sexuales, el nombre de Rose no quedó tan manchado como el de Lily. Muchas mujeres la han alabado por ser tan abierta y otras muchas han querido hacerle preguntas. Rose parece sentirse verdaderamente enferma cuando hablamos de las diferencias entre su caso y la filtración de la adicción al sexo de su hermana. Incluso ahora noto la tensión en sus ojos cuando recuerda los últimos meses. Lily estuvo fría con Rose durante un tiempo.

—No es justo —la oí decir un día a Loren entre lágrimas.

Tenía razón.

No es justo.

Rose odia que Lily se haya llevado tantas críticas, sobre todo porque es ella quien tiene una enfermedad. No obstante, Rose solo tuvo relaciones sexuales con su novio estable, mientras que Lily tuvo muchas parejas sexuales antes de conocer a Loren. Rose era la virgen; Lily, la guarra. A ojos del mundo, una no ha hecho nada malo y la otra sí.

Y, para cambiar el mundo —si es que eso está en manos de alguien—, el tiempo tiene que estar de tu lado. Es una de las pocas cosas que no puedo controlar.

Rose descubre un periódico en un banco. Sigo su mirada y leo el titular:

NUEVO VÍDEO DE CONNOR Y ROSE COBALT

VENDIDO POR 35 MILLONES

Scott acaba de vender los derechos de la grabación en la que salimos en el baño, en la que Rose me hace una mamada. Es un recordatorio de que sigue sacando provecho económico a nuestra costa, incluso meses después de que el reality show haya terminado. Hace un mes que quitamos la denuncia. El tiempo y el estrés que destinábamos a esa batalla legal no merecía la pena. Ahora estamos mejor.

Nos rendimos. Y Scott Van Wright ganó.

Pero no nos ganó en lo que más importa.

Sin embargo, me consuela que no tenga grabado lo que pasó en los Alpes, la noche que Rose perdió la virginidad. La primera vez que estuvimos juntos. Puede vender todos los vídeos sexuales que quiera, pero ese momento es nuestro y solo nuestro, y así será para siempre.

Cuando vuelvo a dirigir mi atención hacia Rose, me doy cuenta de que, para ella, ese titular también forma parte del pasado. Me está observando con una mirada de deseo y fascinación.

—¿Qué pasa? —pregunto.

Se me aligera el corazón al ver que me mira de ese modo, me da un vuelco.

Ella niega con la cabeza sin perder la sonrisa. Con los ojos llenos de lágrimas, me dice:

—Te quiero más que a nadie.

Me quedo boquiabierto. Jamás me creí capaz de alcanzar ese lugar en su corazón, de superar incluso a sus hermanas. Me parecía inconcebible, por mucho que desease que fuese cierto.

Cuando se me pasa el asombro, esbozo una sonrisa sincera y la cojo de la nuca, enredando los dedos en su pelo sedoso.

—Te quiero más de lo que jamás podría quererme a mí mismo —susurro.

Vuelvo a levantarle la barbilla para mirarla a los ojos y no digo nada más. Me limito a sonreír mientras veo cómo sus ojos se colman de una emoción sin filtros que conozco bien.

Me encanta saber que me quedaré dormido y me despertaré al lado de esos ojos llenos de pasión. Me encanta estar seguro de que la posibilidad más aterradora de todas, la de un mundo en el que ella no esté, es el camino que jamás se hará realidad. Mis nuevos sueños están en un futuro lejano, lleno de niños. Y de amor.

Agradecimientos

Este libro trata de soñar a lo grande. Queremos dar las gracias a nuestros padres por permitirnos soñar el mayor de todos los sueños, por animarnos a perseguirlos y brindarnos un apoyo que jamás les podremos pagar. Lo único que podemos hacer es darles las gracias, en estas páginas, por ser el susurro a nuestro oído que nos aseguró que podíamos convertirnos en cualquier cosa y hacer lo que nos propusiéramos. Gracias, mamá y papá. Os lo debemos todo.

Gracias a nuestro hermano. Aunque estés enfrascado en tu propio trabajo, siempre encuentras nuevas formas de ayudarnos a avanzar con nuestras carreras. Un día, hermano mayor, lo celebraremos juntos. Sabemos que estarás a nuestro lado.

Y al resto de nuestra familia y amigos, queremos decirles que es vuestro amor lo que nos ayuda a seguir. Violaine, Sarah y Nieku, nuestras traductoras al francés, gracias, sois las mejores. Gracias, Nieku, por todas esas noches viendo *Gossip Girl* en nuestro cuarto. Las echamos de menos.

A nuestros lectores y fanes: este libro es para vosotros. Como pasa con las mejores series de televisión, los fanes son los que mueven cada escena y cada palabra, son el coro de lo que podría ser una obra muda.

Gracias por ponerle música a nuestro trabajo.

Sois los espíritus llenos de pasión que pintan nuestro mundo de color. Nunca lo olvidaremos. Prometido.